BLACK COFFEE

SOPHIE LOUBIÈRE

BLACK COFFEE

Édition enrichie d'une nouvelle inédite
de l'auteur

© 2013, Fleuve Éditions, un département d'Univers Poche
© 2016, Pocket, un département d'Univers Poche,
pour la présente édition

ISBN : 978-2-266-24631-6

*À ma famille, endurante jusqu'au bout de la Route 66.
À tous ceux qui un jour ont fait ou feront la Route.*

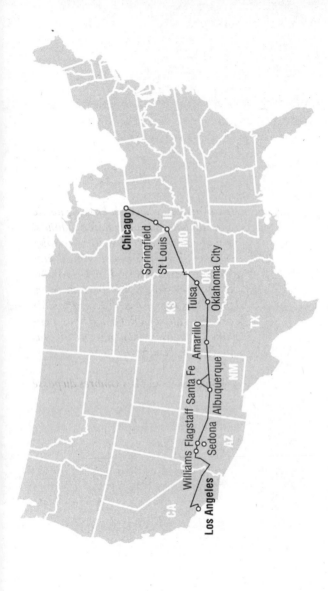

Route 66, de Chicago à Los Angeles

Il ne prononça pas un seul mot de tout le reste du trajet sous le soleil brûlant, si bien que même avec les vitres grandes ouvertes, j'avais l'impression d'être enfermé dans une cage. Car la véritable chaleur provenait de mon père, de ce feu lent et destructeur qui n'avait jamais cessé de brûler en lui. Quand nous atteignîmes la maison, mon père n'était plus qu'un tas de cendres.

Thomas H. Cook, *Les Ombres du passé*

I

Children crossing

Juillet 1966

Narcissa, Oklahoma

Courbées sur la route, les branches de genévrier offraient leurs aiguilles bleutées aux rayons du soleil avec pudeur. Revêtement de fortune pour une voie en désuétude, de la caillasse ocre tapissait le chemin. La East Road 150 croisait la South 540 un peu avant Narcissa : on avait bâti là une maison en bois, au toit sombre et aux murs gris. Enveloppée d'arbustes et de buissons, elle ronronnait dans la tiédeur du jour. Fichée de l'autre côté de la route, une boîte aux lettres en tôle ondulée clouée sur un bâton cuisait en son ventre un prospectus vantant les mérites d'une nouvelle huile pour friture.

La température avait encore grimpé.

L'été, à cette heure la plus chaude de la journée, un voyageur ayant manqué l'embranchement de la 69 se montrait parfois au volant de sa voiture, contraint de demander son chemin à la famille logée dans la maison grise.

Un nuage de poussière apparut sur la 540 : le pick-up des Grove dont la ferme se trouvait à un demi-mile plus loin en direction du nord l'empruntait chaque jour. Cliquetis familier du moteur ; un bras sortit de l'habitacle pour un salut amical. Depuis le porche, Nora Blur répliqua d'un sourire, écrasant sa cigarette dans un cendrier publicitaire en fer-blanc.

— *Hi*, James !

Un torchon jeté sur l'épaule, elle rejoignit le salon, replaça le canapé dans l'axe de la table basse, frappa les coussins les uns contre les autres, puis le dos parfaitement droit, elle se pencha pour soulever le panneau d'un buffet en noyer verni. À l'intérieur, un électrophone encastré. Nora Blur saisit délicatement le bras du tourne-disque. Crépitement des premières notes. La voix de Peggy Lee se posa entre swing et blues. Celle de Nora lui fit écho tandis qu'elle retournait à la cuisine, balançant les hanches sous son tablier.

> *I'm feeling mighty lonesome*
> *Haven't slept a wink*
> *I walk the floor and watch the door*
> *And in between I drink*
> *Black coffee*

La Ford Mustang arriva par l'est, moteur au ralenti, coloris jaune poussière. Il se dégageait du véhicule une

14

odeur âcre d'huile et d'essence. Le gravier rissolait sous les pneus surchauffés, produisant des craquements secs comme lorsque des grains de maïs explosent et cognent le couvercle brûlant posé sur la poêle. Son conducteur coupa le contact. L'âme corrompue par une clameur intérieure, il ne goûta pas tout de suite à la fournaise, termina d'abord sa bière, contemplant la maison de bois offerte à la route dans son écrin de brins d'herbe.

Jet d'une bouteille vide sur le bas-côté.

Bottillons en cuir élimé crevant la caillasse.

L'homme tira sur son tee-shirt imprégné de sueur, rajusta une casquette de base-ball sur son crâne et traversa la route en direction de la maison. L'usure grignotait son jean et ses cheveux enduits de cire à coiffer poissaient sous la casquette.

Le portillon n'était pas verrouillé. Pourquoi l'aurait-il été ? Dans un endroit aussi paumé de l'Oklahoma, la famille Blur ne craignait pas les cambriolages. Si l'on avait dressé des barrières autour de la maison, c'était pour couper le chemin aux lièvres saccageurs de potager. Martyrisées par le soleil et la pluie, percées de clous rouillés, les planches se retenaient aux piquets, résolues au pire.

L'homme poussa le portillon, surprit le chien en pleine sieste. Tapis dans l'ombre du porche, invisible depuis la route, le berger allemand bondit sur l'intrus, le tirant violemment de sa torpeur. Un cri plaintif succéda aux grognements de bravade. L'animal fit une pirouette arrière sur le sol à moins d'un mètre de sa cible. Quelqu'un avait eu la bonne idée d'attacher le chien.

L'homme marcha à reculons jusqu'au porche dont il gravit les marches sans quitter des yeux la bête furieuse.

Il ouvrit le vantail de la moustiquaire et pénétra à l'intérieur de la maison.

La fraîcheur du hall le déconcerta. Il avait roulé depuis l'aube, fenêtres ouvertes au vent ardent, l'esprit attisé par une peur dont il éprouvait toujours la morsure. L'air était frais sur sa crasse, émouvant et doux comme cette mélodie de jazz qui emplissait la maison. Il frissonna. Face à lui, un escalier montait vers les chambres. Sur sa droite, le living-room d'où provenait la musique. Il s'y dirigea, posant avec précaution les talons de ses bottillons sur le carrelage en damier. L'homme jeta un rapide coup d'œil au mobilier ; il cherchait quelque chose de précis tout en ignorant quoi – un objet familier ? Il ne s'attarda pas. Le living donnait sur une salle à manger baignée d'une lumière en clair-obscur, hachurée par les rideaux à lamelles d'un bow-window. Dessinées au fusain par la maîtresse de maison, les trois natures mortes accrochées aux murs laissèrent l'homme insensible. Il fouilla le vaisselier, souleva le couvercle d'une soupière, retourna sur ses pas en se grattant la nuque, traversa le hall étroit et bifurqua vers la cuisine.

La porte était ouverte.

Devant lui, à quelques mètres, le tablier noué sur les hanches, une femme lui tournait le dos, occupée à faire la vaisselle. Elle chantonnait. Sa robe à pois cachait un jupon dont la dentelle pointait sous l'ourlet, les bras nus répondaient en rondeur aux motifs de la robe, les cheveux noirs et bouclés coiffés d'un serre-tête de velours retombaient en corolle. Une femme comme une vallée, parangon de courbes et de volupté, jusqu'aux talons bobines des chaussons. L'homme se rapprocha, entre convoitise et supplice, la gorge serrée d'amertume. La cuisine avait un parfum de brioche à la cannelle.

My nerves have gone to pieces
My hair is turning gray
All I do is drink black coffee
Since my man's gone away

La chanson mourut dans un ultime craquement. Une salve de jappements monta du perron, couvrant le ronflement des pales du ventilateur suspendu au plafond. La femme laissa glisser dans l'eau tiède le plat qu'elle tenait en main.

— Qu'est-ce qu'il a ce chien ? murmura-t-elle.

Elle pointa le nez vers la fenêtre entrouverte qui donnait sur le porche.

Comme un frémissement des narines.

L'homme blêmit.

Deux jours et deux nuits, collé au siège de la voiture, cuit, roussi.

Son odeur.

Elle avait senti son odeur infecte.

Dans une seconde, elle allait faire volte-face.

L'homme se projeta mains tendues et referma les doigts sur le cou de Nora Blur. Deux gants de vaisselle roses s'agitèrent comme des papillons autour d'une ampoule, la femme hoqueta, dans l'incapacité de crier, son serre-tête tomba dans l'eau savonneuse et elle s'effondra sur le plancher.

Une ritournelle de Frank Sinatra résonnait à présent dans la maison, joyeuse à l'excès. L'homme enjamba le corps, évitant de marcher dans le sang qui s'écoulait par une plaie ouverte au menton – la mâchoire de Nora Blur avait frappé le rebord de l'évier. Il tourna le robinet pour asperger d'eau fraîche son visage collant de sueur.

17

I've got you under my skin
I've tried so not to give in

— Nora ?

L'homme essuya ses joues avec le torchon de vaisselle. Son cœur pulsait à tout rompre.

— Nora ? Ton chien fait un raffut du diable dehors.

Cela provenait du haut de l'escalier. Une voix féminine engourdie par le sommeil. L'homme balaya la pièce du regard : sur le plan de travail, des couteaux de cuisine crânaient dans un présentoir en bois. Il choisit le plus maniable et s'aplatit contre le mur à gauche de la porte. Les marches grincèrent l'une après l'autre jusqu'à la dernière.

— Tu es là, Nora ?

L'intrus bondit hors de la cuisine et fondit sur la femme qui se tenait en bas de l'escalier. Matilda Jefferson poussa un cri outrageusement aigu avant que la lame n'ouvre son cou. Elle tomba à la renverse sur les dernières marches, la robe remontée sur les cuisses, secouée de spasmes.

L'homme eut un mouvement de recul. Pas seulement à cause de l'abondance du sang. Quelque chose d'inattendu. Le ventre de sa victime était rond. Un dégoût le saisit jusqu'à la gorge. Il retira sa casquette, repoussa du plat de la main une mèche de cheveux sur son crâne en lâchant un juron et se rua dans le living.

Don't you know, you fool, you never can win ?
Use your mentality, wake up to…

Fracas du tourne-disque sur le tapis. Jet d'une lampe contre un mur. Vol plané d'un tableau au travers de la

18

pièce. L'homme lacéra rageusement le canapé avant de le renverser, brisant la table basse. Des babioles disposées sur les meubles valdinguaient, napperon de dentelle compris.

C'est à cet instant qu'il la vit, dans l'encadrement de la porte.

Une petite fille.

Une brunette.

Six ans, guère plus.

Desmond Blur libéra sa cousine. Elle était furieuse. Il venait de l'attacher à un poteau de la charpente, dans la grange, sous prétexte de lui montrer une astuce d'agent secret pour se libérer facilement de ses liens. Il lui en avait fait lui-même la démonstration avec brio voilà un instant. Épatée, Samantha Jefferson avait accepté de se prêter au jeu. Elle ne pensait pas l'agent secret capable d'en profiter pour essayer de l'embrasser et lui toucher les seins. Elle frotta ses poignets en geignant.

— Je vais le dire à ma mère !

— Si tu lui dis, je raconte à la mienne que tu chipes des rubans dans sa boîte à couture.

Desmond, trop occupé à tripoter sa cousine dans le foin avait bien entendu les hurlements du chien. Mais ce n'était pas la première fois que Clyde s'égosillait ainsi : un lièvre égaré dans le jardin ou un tracteur circulant sur la route pouvaient le mettre en transe.

— Des', t'as entendu ?

— C'est ma sœur, on dirait.

— Pourquoi elle crie comme ça ?

Les enfants allèrent à la lucarne de la grange. Bruissement inquiet du foin sous leurs genoux. Écartant les toiles d'araignées, ils approchèrent leur visage de la vitre poussiéreuse. Ce qu'ils virent les plongea dans l'effroi.

Il y avait un inconnu dans le jardin près de la balançoire. Un homme aux mains ensanglantées. L'intrus avançait à grands pas en direction de Cassie Blur avec un couteau. La petite fille courait en zigzag pour lui échapper, sa chevelure bouclée sautillant sur ses épaules. Samantha posa une main sur sa bouche pour ne pas crier, le souffle de Desmond s'accéléra. Le visage empourpré de larmes, la jeune fille se mit à geindre.

— Il a fait du mal à maman !

— Samantha, c'est pas le moment de pleurer.

— Je veux aller voir ma mère !

Il la saisit par les épaules. De trois ans son cadet, Desmond faisait cependant presque la taille de sa cousine.

— Regarde-moi, ordonna-t-il. Regarde-moi !

La jeune fille retint ses sanglots et s'accrocha aux iris bleutés du garçon.

— Faut pas aller dans la maison.

— Mais…

— Faut pas, je te dis !

En un instant, Desmond atteignit l'escalier en bois qui menait à la remise.

— Ne me laisse pas Desmond, ne me laisse pas !

— Écoute Sam' : tu vas descendre par l'échelle, longer la grange et rejoindre la maison par-derrière. Après, tu détaches Clyde et tu cours sans t'arrêter jusqu'à la ferme des Grove.

Un nouveau cri de Cassie résonna depuis le jardin. Desmond hurla à sa cousine :

— Fonce, fonce !

La jeune fille obéit. Tandis qu'elle enjambait en tremblant l'ouverture par laquelle on charge le foin et posait un pied sur l'échelle extérieure, Desmond descendit l'escalier, sautant les dernières marches. Il perdit l'équilibre et roula sur le sol. Il se releva aussitôt et fonça en direction du potager, saisissant au vol la lourde hache de son père fichée dans une vieille souche devant la grange. L'outil ralentissait sa course, mais un sentiment de terreur et de colère mêlées le galvanisait. « Maintenant, c'est toi l'homme de la maison. Je te confie ta mère et ta sœur. » Les mots prononcés par Benjamin Blur dès qu'il prenait la route ne prêtaient plus à sourire, cela sonnait plutôt comme une mauvaise blague faite à un gamin de huit ans. La paume qui se posait sur la tête de Desmond ne transmettait aucun superpouvoir. S'il arrivait quelque chose à sa mère ou à Cassie, ce serait de sa faute. Jamais il n'aurait dû désobéir à son père. Jamais il n'aurait dû attacher le chien.

Encore un cri, long et perçant. Desmond soufflait entre ses dents, lèvres retroussées. Il luttait contre une furieuse envie de pleurer sans vraiment y parvenir.

L'homme surgit à dix mètres sur sa droite, marchant vers la maison, dos et bras raidis, traînant Cassie par les cheveux tel un trophée de chasse. Ébloui par un soleil ardent, Desmond ne distinguait devant lui qu'une silhouette compacte. Il fonça dessus en brandissant la hache à deux mains et lorsqu'il estima être à la bonne hauteur, il visa l'abdomen et frappa.

La lame entama le haut de la cuisse droite avant de choir sur le sol. L'homme émit un râle et lâcha les cheveux de la fillette dont la tête retomba dans l'herbe. Jambes fléchies, il appuya une main à l'endroit où rougissait son jean et considéra son jeune agresseur, haletant tel un fauve surpris en plein festin. Desmond recula de trois pas. À contre-jour, caché par la visière de la casquette de base-ball, le visage de l'homme se réduisait à une mâchoire. Un son rauque jaillit de sa gorge.

— Fils de bâtard !

De la main gauche, il lança son couteau comme on jette un os à un chien. Le cri de Desmond fut bref, un cri de garçon qui bascule dans le vide, emportant avec lui le ciel blanchi par l'éclat du soleil. Avant que la lumière ne fît place aux ténèbres, avant que la souffrance ne paralyse son corps et son ouïe, il vit l'homme se pencher sur lui et perçut au loin les grognements furibonds d'un chien courant ventre à terre.

Une douleur aiguë irradiait son bras gauche de l'aisselle jusqu'aux poumons. Desmond avait froid et les soubresauts de l'ambulance sur la route lui donnaient envie de vomir. Quelqu'un disait des paroles de réconfort, appuyant un masque à oxygène sur son visage.

— Accroche-toi, petit. Ça va aller.

L'enfant peinait à soulever les paupières, ses oreilles bourdonnaient.

Bruit strident de sirènes se faisant écho.

Image persistante de mains ensanglantées.

À qui appartenait ce sang ? Sa mère, où était sa mère ? Et tante Matilda ? La police avait-elle arrêté l'assassin ? Clyde l'avait-il mordu au cou, le saignant à mort comme un lièvre ?

De sa sœur, étendue sur l'autre brancard, il apercevait les pieds dépassant d'un drap. Cassie n'avait plus qu'une sandale. Deux personnes vêtues de blouses tournaient le dos à Desmond et comptaient à voix haute. De temps en temps, les petits pieds sursautaient, ballottés par le tangage du véhicule.

Un pied nu, une sandale rouge, la dernière image que Desmond aurait de sa sœur.

You still have your private struggles.

Décembre 1972

Lincoln Park, Chicago, Illinois

Des volutes de fumée s'étiolaient au plafond. Coincé entre le toasteur et la bouilloire électrique, un poste de télévision en Bakélite mal réglé diffusait des publicités pour articles ménagers. Sur la table de la cuisine, une tasse de café, un paquet de cigarettes et un cendrier formaient un triangle dérisoire. Nora Blur se tenait assise, un coude replié sous elle, l'autre posé au centre de la figure géométrique. Réunis en queue-de-cheval, ternis de solitude, ses cheveux absorbaient la lumière. La maigreur des bras disait un petit appétit. Jambes croisées, dos rond, elle portait à ses lèvres une cigarette d'un geste machinal. Avec sa robe de chambre rose pâle serrée à la taille et ses chaussettes épaisses roulées sur les chevilles, elle ressemblait à ces artistes de

25

music-hall que l'on surprend parfois dans les coulisses des théâtres, juchés sur un tabouret, le regard vide, épuisés d'avoir trop dansé. Lorsqu'elle n'était pas embarrassée par la cigarette, la main droite de Nora descendait sous la table pour y chercher consolation. Clyde venait alors glisser son museau dans la paume de sa maîtresse, friand de réconfort. En mettant en fuite le tueur, le chien avait perdu plus qu'un morceau d'oreille : sa patte arrière gauche se réduisait à un moignon. Le bruit des clés dans la serrure le fit sursauter. Il émit un jappement, boita jusqu'à la porte d'entrée de l'appartement et reçut les caresses de son jeune maître comme un compliment.

— Maman ? C'est moi !

Desmond trouva sa mère dans la même position que la veille lorsqu'il l'avait quittée vers minuit. Son premier geste fut d'éteindre le poste de télévision. Il retira ses gants et son bonnet de laine qu'il posa sur la table avec un sachet rempli de commissions avant d'embrasser sa mère.

— Bonjour, m'man.

— Bonjour, mon chéri, dit-elle d'une voix fêlée.

— Tu as dormi cette nuit ?

— Je crois, un peu… Ta peau est glacée, Desmond.

— Il neige sur le lac. Tu as déjeuné ?

— Le matin, tu sais, je n'ai jamais très faim.

L'adolescent prit le cendrier dont il vida le contenu puis le replaça sur la table.

— Il faut que tu manges, m'man. Tu as pris tes médicaments ?

Nora se frotta la nuque.

— Est-ce que je les ai pris…

— Tu as mal ?

— C'est supportable.

— Alors tu les as pris. J'ai acheté du bacon et des œufs. Je t'ai aussi rapporté le journal.

Il posa le *Chicago Sun Times* sur le buffet ; Nora le feuilletterait plus tard. Il rangea les achats dans les placards, mit de l'eau à chauffer et déchira l'emballage du pain de mie avec ses dents. Sa mère demeurait immobile, fixant l'évier en inox.

— Ton père n'a pas appelé ?

— Il téléphone toujours le soir, tu le sais bien.

— Mais quelle heure est-il ?

Nora pivota, le cou raide. La pendule accrochée au mur de la cuisine derrière elle indiquait 9 h 43. Elle fronça les sourcils.

— Je ne comprends pas, il fait encore jour.

— C'est normal, tu t'es réveillée tôt, ce n'est que le matin.

Pour Nora, les séquelles de l'agression ne se limitaient pas aux dommages physiques. Ils touchaient aux tréfonds de son âme, bouleversant jusqu'à sa perception du temps.

— Ah. Mais tu n'es pas au collège ?

— On est dimanche… M'man, ta cigarette.

De la cendre tombait sur le peignoir dont la ceinture menaçait de se dénouer. Nora s'excusa comme une petite fille.

— C'est rien, soupira l'adolescent, juste de la cendre. Tu devrais aller te doucher pendant que je prépare le repas.

— Tu… tu ne veux pas que je t'aide ? proposa-t-elle entre deux toux. Je peux m'occuper des œufs.

— Ça ira, je me débrouille. Va te faire belle.

Nora se leva, resserra la ceinture de sa robe de chambre et traîna des pieds jusqu'à la fenêtre de la cuisine. Un instant, son visage s'éclaircit d'un sourire. Sous son menton, on devinait encore la marque de plusieurs points de suture.

— Tu as raison, il neige sur le lac. C'est magnifique.

Desmond cassa quatre œufs dans un saladier.

— On déjeune et on va se promener ? Et si tu prenais ton bloc à dessin ? Qu'est-ce que t'en dis, Clyde ?

Le chien leva les yeux sur son maître, plein d'espoir, puis il se tourna vers sa maîtresse. Sa queue cessa de battre.

Le visage contre la vitre, Nora pleurait.

Avril 1973

Desmond regardait son père remplir sa valise : chemises repassées, chaussures cirées protégées de papier de soie, cravates enroulées dans un sac en tissu noir, chaussettes pliées et rangées avec les ceintures, trousse de toilette et boîtier contenant le rasoir électrique cachés sous le pyjama bleu foncé, caleçons remisés tout au fond, chaque objet y trouvait sa place dans un ordre précis. Accrochés à la porte de l'armoire, en vedette, les costumes voyageraient sur la banquette arrière de la Pontiac Catalina, sur cintre et sous housse protectrice. Benjamin Blur n'était resté que quelques jours à Chicago. Cela ne plaisait guère à son fils qu'il reprenne la route si tôt. Lorsqu'il était contrarié, la blessure de Desmond le lançait. Il plaçait alors sa main droite sous son aisselle gauche et du bout des doigts, massait la cicatrice à travers le pull-over.

— Tu vas où ?

— Nouveau-Mexique. Santa Fe.

Un atlas des cartes routières du pays était ouvert sur le lit, à côté de la valise. Sur la table de nuit trônait un agenda en cuir dans lequel Benjamin Blur notait ses rendez-vous. L'attaché-case contenant les catalogues de linge de table et de vaissellerie patientait dans l'entrée, prêt pour la grande tournée.

— C'est pas lassant de vendre de la vaisselle de second choix à des ménagères ?

— Non. Ça rapporte. Ça paye tes études.

Desmond ravala sa salive. Ses parents faisaient chambre à part depuis leur installation à Chicago. Celle de son père était austère, dépourvue d'objets personnels, hormis un portrait de lui que Nora avait dessiné à la mine grasse un peu avant leur voyage de noces, le représentant de profil, jeune et arrogant. Pas une photo de famille pour égayer les murs. Des rideaux marron assortis au dessus-de-lit assombrissaient la pièce. Benjamin Blur soupira.

— Excuse-moi, fils.

— P'pa, je ne supporte plus de la voir pleurer.

— Je sais. Elle a besoin de temps.

— Elle ne fait rien de ses journées quand tu n'es pas là. Elle reste assise à t'attendre.

— Écoute, je trouve ta mère en meilleure forme. Elle m'a dit qu'elle voulait faire un gâteau pour toi ce soir.

— La dernière fois qu'elle s'est mise en tête de cuire un œuf, elle a mis le feu à la poêle.

— Je trouve très positif qu'elle se remette à cuisiner.

— Quel jour on est ?

— Mercredi, pourquoi ?

— La date.

Le père de Desmond réfléchit un instant avant de fermer sa valise, appuyant fermement des deux poings au niveau des serrures jusqu'au claquement familier.

— 15 avril, dit-il.

— Date anniversaire de Cassie.

Le jeune garçon tapota son front de l'index.

— Maman a perdu la notion du temps, mais dans sa tête, tout y est.

Son père empoigna l'agenda puis il s'empara des costumes et de la valise, impatient de quitter la chambre. Desmond appuyait son dos contre le chambranle de la porte.

— Parfois, je me dis qu'elle serait plus heureuse si on était resté à Narcissa.

— Ne dis pas n'importe quoi, Des'.

Faisant à son cœur comme un accroc dans un pantalon du dimanche, le souvenir pénible d'une journée d'automne rafraîchie par le vent traversa l'esprit de l'adolescent : des gens allaient et venaient à leur aise dans la maison de Narcissa, fenêtres et portes ouvertes, impudiques. Certains portaient des cartons, d'autres palpaient les pieds des meubles ou picoraient des objets disposés sur des couvertures étalées dans le jardin ; il se trouvait même des enfants pour faire de la balançoire, ignorants du calvaire qu'une petite fille avait vécu là. Les maigres biens de la famille Blur exposés, sacralisés comme autant de vestiges du drame, furent vite éparpillés. Ses disques, Nora Blur les avait abandonnés à la femme du droguiste de la ville d'Afton. Elle n'avait rien emporté à Chicago sinon son désespoir. Elle en imprégnait l'appartement, tirant les rideaux aux fenêtres comme l'on recouvre d'un voile un miroir, renonçant à contempler le vivant.

Benjamin reposa la valise et saisit son fils affectueusement par la nuque.

— Je n'ai pas le choix, tu comprends ? Appelle oncle Thomas si ça empire.

— P'pa…

— Ne rends pas les choses plus difficiles.

— Tu as perdu quelque chose.

Sur la moquette beige, Desmond ramassa une photographie tombée de l'agenda. Le cliché n'était pas récent. Un jeune garçon coiffé en brosse semblait défier du regard le photographe.

— C'est qui ?

Son père pâlit.

— S'il te plaît, rends-moi cette photo.

— Mais c'est qui ce gosse ? Pourquoi tu as sa photo avec toi ?

Benjamin Blur glissa le cliché dans la poche de sa chemise.

— Je rends service à une cliente. Son fils a fugué, voilà tout.

Il soupira.

— Faut vraiment que j'y aille, maintenant.

Desmond s'écarta pour laisser passer son père et croisa les bras, peu convaincu par ce que le voyageur de commerce venait de lui vendre. Puis, entendant les jappements du chien résonner dans le hall d'entrée, il lança à voix haute :

— Benjamin Blur ! N'oubliez pas d'embrasser votre femme avant de partir ! Pas comme la dernière fois !

Pisces (Feb 20 – March 20)
Don't cast off your moorings
just yet, keep away from water.

Juillet 1973

Santa Rosa, Route 66, Nouveau-Mexique

Le vent brûlant du désert déformait à peine les rideaux. Les murs de la chambre s'ornaient de leurs motifs à lacets projetés en ombre chinoise. Allongé au bord du lit, toujours au bord, un bras replié sur le visage, l'homme offrait son torse à la caresse de l'air tiédi par le ventilateur couvert d'un linge mouillé. Sa peau saturée de sueur prenait des reflets ambrés, une longue cicatrice enveloppait le haut de sa cuisse droite. La tête relevée de l'oreiller, un fatras de boucles rousses retombant sur les épaules, Suzann regardait le corps nu de l'homme auquel elle avait fait l'amour avec rage et joué les soubresauts du plaisir. Un homme dont elle avait imaginé porter un jour les enfants telle une naïve héroïne de feuilleton télévisé. Un type aussi séduisant que le docteur Michael Rossi[1], seulement capable de féconder la colère. Sans doute ne lui avait-elle jamais procuré autant de jouissance auparavant, car elle venait de s'offrir sans limites et docile. De quoi nourrir ses pensées lorsqu'il dormirait contre le mur glacé d'une prison.

On ne menaçait pas Suzann Owens.

Personne n'avait le droit de la gifler.

Pas même l'homme de sa vie.

Elle se leva sans bruit, attrapa un paquet de chewing-gums mentholés sur la table de nuit et jeta deux dragées dans sa bouche. Une douleur à la pommette gauche provoqua une grimace. La semaine dernière, il l'avait frappée fort ; Suzann avait valdingué contre le buffet du salon. Les clients de chez *Bernie's* s'étaient inquiétés de voir bleuir la joue de l'éternelle *employee of the month*. Elle avait dû leur servir un petit mensonge en supplément du plat du jour. Depuis, Suzann s'était tenue tranquille, toute plaisante avec son homme, pas un mot de travers.

Lorsqu'elle enfila son déshabillé de soie rose, les pointes de ses seins durcirent au contact du tissu. Elle quitta la pièce. Ramolli par la chaleur, le tuyau d'arrosage dessinait des courbes sur le rebord de la piscine, et elle manqua de s'y prendre les pieds. L'homme avait encore oublié de le ranger, comme il négligeait toute tâche dans la maison depuis qu'une bande de bikers l'avait laissé en sang devant les pompes de la station-service. Il souffrait de maux de tête terribles, « pires que ceux d'une bonne femme » raillait-il.

1. Héros de la série américaine *Peyton Place*.

Le soleil chatoyait à la surface de l'eau. Aucun remous, aucun cri d'enfant pour en troubler la quiétude. Suzann savait leur histoire parvenue à sa limite, ne restait que soupçons et ressentiments. Le déshabillé tomba en corolle sur une chaise longue, la canicule imposait de se rafraîchir avant toute chose. Suzann brisa le miroitement, s'immergeant jusqu'au cou. En quelques brasses, elle retrouva les idées claires : tout à l'heure, avant d'aller travailler, elle irait parler au shérif Doniphon. Elle lui dirait tout ce qu'elle savait : que ce salaud avait tué Bill Whitalker et Domingues Barbosa. L'homme qui s'était hissé sur elle comme l'on s'accroche à un radeau de peur que le courant ne l'emporte ne la laisserait jamais partir. À son tour de déguster. Suzann prit une longue inspiration et plongea la tête sous l'eau. Elle ne vit pas l'homme au bord du bassin, une pelle à la main, attendant tranquillement que la nageuse remonte à la surface.

Mars 1974

Nora avait avalé plus de médicaments que d'habitude. Elle titubait presque dans le salon, prenant appui contre le dossier du canapé pour ne pas chanceler. La conversation téléphonique avec son mari tournait au vinaigre.

— Calme-toi… Calme-toi, Ben… Mais si, je comprends.

Benjamin Blur fulminait : on venait de lui voler sa Pontiac en plein jour sur le parking d'un restaurant au Nouveau-Mexique et sa femme paraissait indifférente à son malheur. Stock de vaisselle et de ménagères en démonstration, fichier clients, catalogues, carnets de commande, bagages, papiers du véhicule, tout avait disparu. Le représentant téléphonait en bras de chemise depuis une cabine – son *green chili* allait lui coûter largement plus de trois dollars. Nora l'avait écouté avant de murmurer de sa voix détraquée :

— Cherche un travail à Chicago, Ben. Tu t'es déjà trop éloigné de nous, de ton fils… Fais-le, je t'en prie. Redevenons une famille normale, ne serait-ce que pour Desmond.

Benjamin interrogea sa femme sur le sens des mots *famille* et *normal* avant de raccrocher.

Nora navigua jusqu'à la chambre de son fils, gratta de ses ongles contre la porte, attendant que l'adolescent ensommeillé l'autorise à entrer. Léger craquement du plancher au contact de ses pieds nus. Elle s'allongea sur le lit, se blottit contre Desmond, fuyant son propre anéantissement. Le garçon ouvrit les bras et doucement la berça. Les larmes de sa mère imprégnaient son oreiller.

— Je crois bien que ton père va nous quitter.

— Mais non, m'man.

— Il y a une autre femme dans sa vie, j'en suis certaine.

— Y a personne.

— Tu ne me quitteras jamais ? Je n'ai plus que toi, tu sais ?

— Je sais.

Nora souffrait d'insomnie. Nora ne rêvait plus. Ses nuits rapetissaient jusqu'à l'aurore. Elle buvait du café le jour, l'alcool venait le soir, après le dîner. Elle s'enivrait dans la cuisine d'une liqueur douceâtre et sucrée, lapant jusqu'à la dernière goutte au rebord du verre, écoutant l'écho du métro dans Lincoln Park, une main arrêtée sur un bloc de papier où rien n'existait sinon de misérables croquis dépourvus de perspective. Lorsque l'émotion la submergeait, et cela pouvait durer des heures, elle arpentait l'appartement en tapant des talons ou se jetait à corps perdu dans les tâches ménagères, s'invectivant.

Alors, Desmond lui faisait couler un bain.

Déshabillait sa mère.

L'aidait à immerger dans l'eau son corps fatigué.

Puis il lui tendait la boîte de biscuits, celle où Nora rangeait précieusement les cartes postales que son mari griffonnait au fil de la Route 66, florilège de montages photographiques aux couleurs agressives ornés de deux chiffres rutilants. De ces formules laconiques, elle fabriquait un poème comme une récitation.

Tendres pensées pour vous sur la Mother Road.

Pris froid dans l'Illinois.

Finalement, je rentrerai le 3 ou le 4.

La nouvelle gamme d'oncle Thomas fait un tabac en Californie.

Chaleur difficilement supportable dans le Missouri.

Pas un jour sans que je ne pense à vous.

Réparation urgente du moteur, ne m'attendez pas avant le 26.

Trouvé un joli point de chute pour passer Noël en Arizona.

Serai de retour pour l'anniversaire du fiston.

Baisers d'Amarillo.

Apaisée, il n'était pas rare que Nora s'assoupisse, laissant choir la boîte sur le sol, et son contenu de dessiner une autre carte des États-Unis dont le tapis de bain symbolisait les contours.

Desmond ne parlait de cela à personne.

— C'est notre secret.

— Oui, m'man.

— Tu es mon p'tit homme.

— Oui, m'man.

— Mon p'tit homme à moi.

— Il faut dormir.

Le lycée était pour lui certitude et liberté, ses livres l'échappatoire divine.

Le samedi, Desmond se rendait à la bibliothèque, empruntait journaux, romans et magazines qu'il consultait sur place ou emportait pour les lire dans le parc, assis sur un banc. Les séquelles de sa blessure le dispensaient de la plupart des disciplines sportives, vélo et course à pied mis à part. Il glissait toujours volontiers une main sous le chemisier d'une fille mais venait rarement au deuxième rendez-vous, de crainte qu'elle ne s'attache et ourle bientôt ses cils de petites larmes insipides.

À la demande du shérif Talbot chargé de l'enquête sur le double homicide de Narcissa, le jeune garçon se présentait régulièrement au poste de police le plus proche. Il y consultait les fiches de suspects transmises par le bureau des affaires criminelles dans l'espoir de reconnaître l'homme entrevu ce dimanche de juillet 1966. Encore bien des années après, il débarquerait au commissariat, ses classeurs de cours sous le bras, et patienterait dans le hall, côtoyant sur le banc des plaignants aussi désemparés que certains *homeless* et parents d'enfants fugueurs dans l'attente d'être reçus par un officier de police, scrutant chaque visage, imaginant à chacun son propre drame, policiers compris, avec ce besoin inconscient de communier, métamorphoser bientôt sa tragédie en un fait divers d'une banalité rassurante.

Tourner la clé dans la serrure lorsqu'il rentrait chez lui mettait fin à l'éclaircie d'une journée sans mère, à toute tentative d'échappatoire.

Il ignorait quand, cependant il savait.

Il savait qu'un matin, il serait réveillé par les glapissements pointus de Clyde.

Quelque part dans l'appartement, il allait la trouver.

Pas dans son lit, non, ni étendue là, sur le plancher de sa chambre, mais plus loin, dans le salon, ou bien à la cuisine, semblant dormir sur sa chaise, le front contre la table en Formica, un bras replié sous la tête, le cœur abruti et trop las pour supporter un autre verre, un autre jour, trente-neuf cigarettes consumées dans le cendrier.

Virgo (Aug. 24 – Sept. 23)
You know what's eating you up inside.

Août 1975

Doolittle, Missouri

L'air brassé d'un ventilateur en Bakélite rabattait ses cheveux sur sa nuque. La sonnerie la fit sursauter. Annie Bates essuya ses mains dans son tablier mais demeura immobile devant l'évier. De la fenêtre de la cuisine, elle avait une vue dégagée sur le jardin ceinturant son pavillon. Suspendue à un portique rouillé, la balançoire penchait légèrement.

— Maman ! Téléphone !

La pelouse commençait à jaunir, la pluie se faisait attendre depuis juin. Mrs Bates traversa le salon où un dessin animé de Tom & Jerry distrayait son fils Brian. Elle lui demanda de baisser le son de la télévision, rajusta une barrette à ses cheveux et alla décrocher le combiné dans le hall d'entrée. L'homme appelait à

41

l'heure dite. Le menton d'Annie Bates s'enfonça deux fois dans le gras de son cou.

— Oui, j'ai réfléchi… J'ai le reste du paiement.

Elle tourna la tête en direction du canapé où son fils de six ans dévorait son goûter, une serviette nouée jusqu'aux épaules. Ses mains étaient moites, de la sueur perlait au-dessus de sa bouche.

— Je sais… Je suis passée à la banque ce matin. J'ai le complément que vous m'avez demandé… Quel endroit ?

John's Modern Cabins, à la sortie de la ville. Annie connaissait. John Dausch avait racheté ces bungalows dans les sous-bois à l'âge d'or de la Route 66, avant que l'autoroute ne détourne les touristes du secteur. Abandonnées depuis la mort du propriétaire trois ans plus tôt, ces cabanes étaient vouées à la destruction et au vandalisme.

— Dernier bungalow sur la gauche. J'y serai… Entendu…

Elle respirait mal, il lui semblait qu'une entrave invisible enserrait sa poitrine.

— S'il vous plaît, supplia-t-elle doucement, c'est l'argent du loyer. Il ne me reste plus rien…

L'homme attendit une poignée de secondes avant de raccrocher.

Annie Bates embauchait à 18 heures au *Maid-Rite* de Rolla, Kingshighway Street. Elle enfila son uniforme rouge et blanc, coiffa son serre-tête amidonné, maquilla ses lèvres, remplit un sac des billets de banque qu'elle gardait cachés au fond d'une boîte à bigoudis, plaça le sac sous le siège passager et fit grimper son fils à l'arrière de la voiture. L'uniforme de serveuse en Tergal soulignait le surpoids engendré par les soucis que les hommes ne cessaient de causer à Annie Bates, à commencer par le père de Brian, parti au Vietnam en novembre 1968 pour ne jamais revenir. Le bandeau à l'effigie du fast-food contrastait avec une chevelure couleur corbeau.

— Pourquoi on va chez tante Kathy maintenant ?

— J'ai une course à faire en ville.

Annie rejoignit Rolla en une dizaine de minutes sans perdre du regard son enfant dans le rétroviseur. Indolent, Brian rêvassait sur la banquette. Comme presque tous les soirs, elle viendrait rechercher son fils à la fin de son service, vers 23 heures, endormi et vêtu de son pyjama. Annie échangea quelques mots avec sa sœur et reprit le chemin en direction d'Arlington. Le soleil déclinait, ouvrant un couloir lumineux à l'horizon dans un dégradé orangé.

Elle fit exactement ce que l'homme lui avait demandé. Elle gara son véhicule sur un chemin de terre à l'écart de la vieille route et marcha d'un pas véloce sur l'asphalte rugueux jusqu'à l'endroit convenu. Des herbes sèches se glissaient à l'intérieur de ses sabots en cuir rouge, piquant sa peau à travers les socquettes. Elle alla jusqu'au dernier bungalow situé sur sa gauche, vérifia que personne ne l'avait suivie et poussa le sac contenant l'argent sous le marchepied. Annie était en nage. Elle demeura quelques instants à écouter la rumeur du sous-bois saturée par les stridulations des criquets. Des parfums de chênes et de genévriers s'effaçaient derrière l'odeur acide des planches pelées et desséchées utilisées pour la construction des cabanes.

L'homme viendrait certainement plus tard chercher l'argent.

Elle soupira.

Maudit la fois où elle avait croisé son regard en lui tendant son hamburger *Maid-Rite* par-dessus le comptoir avec un sourire. En échange, il lui avait donné sa carte. Plus tard, sur le parking du fast-food, tandis qu'elle prenait sa pause, l'homme lui avait offert une cigarette. Elle l'avait acceptée. Il était séduisant, elle l'avait invité chez elle. Ce jour-là, Annie avait préparé une orangeade et Brian s'était vu remettre un beau porte-clés publicitaire pour sa collection. C'était il y a six mois.

Un craquement de brindilles à quelques mètres d'elle la fit tressaillir.

— Il y a quelqu'un ?…

Engourdissement du feuillage des arbres dans la torpeur de l'été. Rien ne bougeait autour d'elle hormis une nuée de moucherons excités par le sel de sa peau. Son cœur battant la chamade, Annie Bates atteignit l'ancienne voie désertée, pressée de regagner sa voiture. Un ultime rayon de soleil frappait le bitume à l'horizontale, tel un phare déchirant le crépuscule. De quoi éblouir un conducteur arrivant trop vite en sens inverse. Relevées plus tard par Rooster J. Cogburn, le shérif adjoint d'Arlington, les traces de pneus sur le sol indiqueraient qu'un véhicule s'était arrêté à trente mètres de la victime après l'avoir fauchée.

Septembre 1976

Restaurant Lou Mitchells, 565 West Jackson blvd, Chicago

Assis dans un box flanqué de banquettes en skaï, le père et le fils avaient chacun commandé « le meilleur breakfast de la planète ». Depuis vingt minutes, ils attendaient que les assiettes fumantes parviennent jusqu'à leur table. Desmond sirotait d'un air distrait son jus de pomme tandis que son père s'essayait à la conversation entre deux gorgées de café.

— Les études ?

— Ça va.

— Ton boulot à la bibliothèque te laisse assez de temps pour réviser ?

— Je me débrouille.

— Tu ne voulais pas une gaufre plutôt que des pancakes ?

— J'aime pas les gaufres. Cassie en raffolait.

Simultanément, le visage de la petite fille leur apparut puis s'effaça dans un abîme de silence.

Desmond reposa son verre sur la table et tripota sa paille.

— P'pa, j'ai un truc à te demander.

— Je t'écoute.

— C'est à propos de la photo que tu as fait tomber un jour de ton agenda.

— Quelle photo ?

— Le garçon qui avait fugué. Le fils d'une de tes clientes.

Benjamin Blur leva les yeux au-dessus de sa tasse de café, étonné.

— Tu te souviens de ça ?

— Paraît que j'ai une bonne mémoire.

— Qu'est-ce que tu veux savoir ?

— Est-ce que tu l'as retrouvé ?

— Retrouvé quoi ?

— Bah ! le gamin qui a fugué.

Le père de Desmond soupira. La tasse tournait entre ses mains.

— Non. Elle en met du temps à nous servir…

Sa tête pivota en direction des cuisines : il cherchait du regard la serveuse qui leur avait dit s'appeler Jessie et être à leur disposition s'ils désiraient quoi que ce soit de particulier. Le dimanche matin, le restaurant était farci d'une clientèle familiale et vorace ; les plats tardaient à venir. Desmond n'avait pas spécialement faim mais il savait son père allergique à l'attente. C'était un homme ponctuel à ses rendez-vous, quelles que soient les distances qu'il ait à parcourir au volant de sa vieille Pontiac, entre Los Angeles et Chicago. Il estimait donc être servi rapidement dès lors que les cuisines étaient situées à moins de quinze mètres de sa table. Aborder maintenant le sujet du garçon sur la photo relevait d'une stratégie du fils : attaquer l'animal lorsqu'il est à l'affût. Des années qu'il avait l'image de ce gosse à l'esprit, comme une énigme dont on redouterait la solution.

— Et la mère de ce gamin, tu as couché avec ?

Benjamin Blur se racla la gorge.

— S'il te plaît, Des'.

— Ça ne me regarde pas, c'est ça ?

— Non, murmura-t-il en martelant la table du bout des doigts.

— C'est dommage que tu penses ça, parce que tu vois, pour moi, savoir que mon père ne s'est pas comporté comme un salaud en trompant ma mère, avec tout ce qu'elle a enduré, ça me rassurerait.

Le père de Desmond replaça les flacons de moutarde et de ketchup dans leur présentoir, aligna fourchette et couteau avec le set de table. Il s'écoula bien une minute avant qu'il ne reprenne la parole.

— Il a classé l'affaire.

— Quoi ?

— Le shérif Talbot. Il a classé l'affaire.

Desmond secoua la tête, incrédule.

— Il n'a pas le droit de faire ça !

— Ça fait dix ans, justifia son père. Ils ne le retrouveront plus.

— Mais les empreintes ? Ils ont ses empreintes !

— Tu ne t'es jamais demandé pourquoi ce fumier en avait laissé un peu partout dans la maison ?

Desmond connaissait la réponse. À force de relancer la police au sujet de l'enquête, il avait fini par obtenir pas mal d'informations au commissariat de Lincoln Park. Il referma les mains autour de son verre.

— Il en avait rien à foutre qu'on les trouve parce qu'il n'a jamais fait de prison, répondit-il.

— Il n'est pas fiché. Il sait que sans portrait-robot la police fera chou blanc.

— Et il a voulu massacrer tout le monde pour ne pas laisser de témoin.

— Oui. Si tu es là c'est parce que notre chien a empêché cette ordure de t'achever.

Desmond baissa les yeux et aspira le contenu de son verre avec la paille.

Comme un goût acide.

Le jeune homme était le seul à avoir approché le tueur d'aussi près, à s'être trouvé face à lui. Malheureusement, ce qu'il avait vu se limitait à une casquette de base-ball crasseuse et à une mâchoire hérissée de poils courts. Identifier le criminel parmi les centaines de photos extraites des fichiers qui lui avaient été soumises n'avait jamais donné le moindre résultat.

— Tout ce qu'il a à faire, c'est se tenir tranquille, reprit son père.

— Ou bien mettre des gants.

— Tôt ou tard, il commettra une erreur, et ses empreintes seront là pour le confondre.

L'arrivée de la serveuse avec son énorme plateau les surprit. Elle déposa les plats dans une explosion de joie qui retomba comme une crêpe à côté de la poêle devant la mine sinistre de ses clients. Elle s'éclipsa, penaude, promettant de revenir avec la cafetière.

— *Yummy*… lâcha Desmond sans conviction.

Puis il versa un godet de sirop d'érable sur ses pancakes. Son père renifla l'odeur des saucisses et du pain toasté en fermant les yeux puis repoussa son assiette.

— Quand « c'est arrivé », ta mère et moi on ne s'entendait déjà plus. C'est à cause de moi qu'elle a arrêté ses études artistiques à Chicago, pour suivre un gars qui se croyait le roi du monde dans un trou perdu… Elle a mal vécu mes déboires financiers. Quand le garage a englouti toutes nos économies, elle ne m'a plus regardé pareil… Après la mort de Cassie, ça n'a cessé d'empirer.

Il passa une main sur son visage, souffrant la brûlure du souvenir.

— Et dire que j'étais à plus de mille miles de la maison ce jour-là…

Desmond mangeait sa crêpe sans respirer tel un concurrent de ces jeux stupides où l'on doit ingurgiter le plus de nourriture possible en une minute. Car son temps était compté. Dans un instant, il ne serait plus capable d'avaler quoi que ce soit. Desmond savait où son père allait en venir.

Au point le plus douloureux.

Là où le fils avait failli.

En dépit de la bravoure dont il avait fait preuve, en dépit des sacrifices quotidiens qui consistaient à exécuter sans broncher toutes les tâches ménagères visant à soulager une mère dépressive et à pallier l'absence d'un père, Desmond serait désigné coupable, irrémédiablement.

— Si seulement tu n'avais pas attaché le chien.

Double homicide de Narcissa :
Dix ans après, le tueur court toujours.
Récit d'un dimanche tragique…

Le 17 juillet 1966, le shérif Pat Talbot fut contacté par son adjoint Duke Hudkins. Il achevait alors de déjeuner en compagnie de son épouse. Un drame venait de se passer au domicile d'une famille du comté d'Ottawa : celle de Mr & Mrs Benjamin Blur et leurs deux enfants.

Le shérif fut le second officier de police parvenu sur les lieux. Le shérif adjoint Hudkins l'attendait sous le porche. À ses côtés, James Grove, le fermier chez lequel la nièce de Mrs Blur était accourue pour demander de l'aide. Un fusil pendait à son bras, et il redoutait d'aller voir à l'intérieur de la maison. Pat Talbot était entré le premier. Jamais de mémoire de shérif il n'avait rencontré pareille scène de crime, jamais il n'avait vu autant de sang répandu. Des images que Pat Talbot garderait malgré lui gravées dans sa mémoire avec précision :

— Mrs Jefferson, la sœur aînée de Mrs Blur, enceinte de huit mois. La position du corps dans l'escalier, presque à l'horizontale, la tête coincée contre un pilier de la rampe en bois sur lequel on devinait la marque d'une main ensanglantée.

— Mrs Blur, allongée au milieu de la cuisine. Écrasement de la trachée et des cervicales. Un miracle qu'elle ait survécu.

— Cassie Blur, 5 ans, étendue dans l'herbe, derrière la maison. Poignardée dans le dos. Une des sandales de la fillette était manquante – retrouvée plus tard dans le potager. Décédée durant le trajet vers l'hôpital.

— Desmond Blur, 8 ans, recroquevillé sur le chemin de terre qui mène à la grange. Gravement blessé. À ses pieds, soufflant et gémissant, gueule ensanglantée, un chien avait encore la force de menacer quiconque approchait son jeune maître. Une de ses pattes arrière était presque sectionnée. L'officier, accroupi, avait tâté le pouls du gamin : inconscient mais vivant.

Une rude journée, prémices d'une enquête qui se révéla difficile. À commencer par le portrait-robot du tueur. Mrs Blur fut dans l'incapacité de donner la moindre description concernant son agresseur, sinon qu'il émanait de lui une odeur de sueur et de bière frelatée, celle d'un homme qui ne s'était pas lavé depuis plusieurs jours. Ce détail donna une première orientation : il pouvait s'agir d'un de ces vagabonds qui maraudaient dans le comté, s'attaquant de préférence aux fermes isolées et aux stations-service. Les crimes ayant été commis avec un couteau de cuisine appartenant à Mrs Blur, on en déduisit l'hypothèse que l'intrus n'était pas venu avec l'intention de tuer et qu'il s'était probablement arrêté là par hasard. Samantha Jefferson, la nièce, ne fournit guère plus d'indices : de la position où elle se trouvait dans la grange, elle n'avait pu distinguer le visage du criminel, mais sa description de la tenue vestimentaire de l'agresseur ainsi que son approximation concernant sa taille recoupèrent le témoignage du fils Desmond Blur. L'homme mesurait plus d'1,80 m et marchait en balançant les bras, le dos raide. Il portait un jean, des bottillons, un tee-shirt kaki et une casquette de base-ball noire, dépourvue d'écusson. L'enfant ajouta que l'homme devait avoir une trentaine d'années et qu'il était mal rasé. Ce signalement fut communiqué le lendemain à la presse qui donna un large écho au plus odieux massacre que le comté d'Ottawa ait jamais connu.

Samantha Jefferson rapporta un autre élément important qui mettrait en doute l'hypothèse d'un vagabondage ayant mal tourné : lorsqu'elle était descendue de la grange, la jeune fille avait aperçu un véhicule de couleur jaune stationné sur le bas-côté, au croisement de la East 150 et de la South 540, soit à quelques mètres de la maison. On avait rapidement établi qu'il s'agissait de la Ford Mustang que plusieurs témoins avaient vu traverser la petite ville de Commerce en direction de la South 570 un peu plus tôt dans la matinée. Un signalement fut aussitôt adressé aux postes de police de l'État de l'Oklahoma, du Kansas et du Missouri. Mais quarante-huit heures plus tard, la Mustang demeurait introuvable. Pour le shérif Talbot, pas de doute, le tueur s'en était débarrassé. Les faits allaient lui donner raison : le 26 juillet, trois enfants firent une découverte au bord du lac Oologah, situé à une quarantaine de miles d'Afton : une Ford Mustang jaune, à demi immergée, dissimulée derrière des buissons, modèle 1964. Le véhicule volé à Detroit le 15 juillet, soit deux jours avant le drame, permit d'établir avec certitude que le tueur venait du Michigan. Au fond du lac, on trouva le couteau de cuisine de Mrs Blur enroulé dans un tee-shirt kaki et lesté d'une grosse pierre. Le shérif Talbot procéda à un relevé d'empreintes et fit passer un nouvel appel à témoin dans la presse en insistant sur le signalement du criminel, précisant que le 17 juillet l'assassin circulait certainement à pied dans le secteur du lac. Le 28 juillet, l'appel d'un couple qui pêchait ce jour-là à Oologah fut reçu au bureau du shérif. En rentrant chez eux, à la tombée de la nuit, ils avaient aperçu sur Vinita Road un type avec une casquette boitant au bord de la route en direction de Nowata. Un pick-up fut justement volé à Nowata dans la nuit du 17 juillet et retrouvé le jour même sur le parking d'un supermarché à Kansas City. Le tueur avait fui vers le Texas en direction de Coffeyville. Il avait probablement emprunté un autre véhicule pour le Nouveau-Mexique ou le Colorado.

Sans portrait-robot, l'homme resterait introuvable.

Des années durant, le shérif Talbot se pencha sur les indices, recoupa ses informations avec d'autres affaires criminelles, cherchant le plus petit dénominateur commun. Puis il se résolut à envisager le double crime de la famille Blur comme une de ces sales affaires qui tombent sur un flic une fois dans sa carrière, celles où une combinaison de facteurs relève de la fatalité et profite au meurtrier…

Un jour de grand beau temps, un homme fut pris d'un coup de folie. Un type qui venait de Detroit et marchait bras en avant, dos raide. Il égorgea une femme enceinte dans une maison et poignarda une petite fille dans le jardin. Il blessa gravement une mère de famille, son fils, mutila un chien, puis il repartit en boitant, couvert de sang, au volant d'une Ford Mustang jaune.

C'était un dimanche après-midi.

Et personne n'a rien vu.

Si vous pensez pouvoir aider la police, merci de contacter le journal qui transmettra.

D. G. B.

Gemini May 22 – June 21
A lot of what you can accomplish
is tied to what others require
of you.

Août 1980

Las Vegas, Nevada

Des spirales dansaient devant ses yeux, comme animées de sursauts. Parfois, quelqu'un la bousculait. Perdue dans la foule du Strip[1], Janet Davis manquait alors de trébucher puis reprenait sa marche, le regard noyé de larmes, deux lignes noires fendant ses joues. Des rires éclataient contre sa figure, glanés sur le boulevard où des couples s'affichaient dans ces instants de bonheur foudroyants – souvenir qu'ils convoqueraient bien plus tard pour rendre leur quotidien encore

---

1. Nom donné à la portion du Las Vegas Boulevard sur lequel donnent nombre d'hôtels et de casinos.

supportable. Ballottée d'insouciance, dans l'absence croissante de l'homme qui venait de la quitter, Janet Davis goûtait aussi à l'ivresse, mais la sienne n'ouvrait pas d'autre perspective que la mort. Dans son dos, ses longs cheveux tissaient comme un voile noir dont on recouvre les femmes adultères.

Tu n'es qu'une pute.

L'air brassé par mille baisers poussait vers elle des parfums capiteux, renforçant cette migraine germée dans son crâne. L'homme avait embrassé sa bouche et souri à ses taches de rousseur avec malice. Puis il lui avait fait boire du champagne à l'excès.

Tu n'es qu'une sale pute, Janet.

L'incrédulité avait fait place à la torpeur. Et le monde de se dissoudre, aspiré par un siphon, confondant le cendrier au milieu de la table avec l'évacuation d'un lavabo.

Tout n'était qu'un jeu.

Un effroyable jeu.

Voilà trois jours, elle avait retrouvé son amant à Las Vegas avec l'argent liquide, de quoi l'aider à racheter la part que son épouse possédait dans sa société. Il allait quitter sa femme pour venir vivre avec elle à Los Angeles. Il était fou d'elle, Janet s'était proposé de lui avancer la somme.

Jamais tu ne reverras ton fric !

Descendus au Golden Nuggets à un jour d'intervalle, chacun possédait sa propre chambre : l'homme tenait à montrer une certaine forme de respect envers sa compagne, il se voulait vertueux dans la luxure. À l'hôtel, il agissait avec un excès de prudence, passait à côté de Janet en feignant de l'ignorer, lui donnait rendez-vous dans sa chambre, se gardait bien de visiter la sienne. Hors du casino, il lui offrait tout ce qu'elle désirait, payait en gros billets bijoux, restaurants, spectacles… Au troisième jour, l'homme l'avait invitée à dîner au Riviera, l'air maussade. Après s'être abreuvée d'alcool et de ses silences, Janet l'avait vu soudain lever son verre en la toisant avec dégoût.

— Tu te rends compte de ce que tu fais à ton mari ? Qu'est-ce qu'il va dire quand il va voir que tu lui as piqué tout ce pognon ?

Parmi les tenues affriolantes des femmes venues s'encanailler à Las Vegas, la petite robe noire cintrée rendait la jeune femme plus fluette encore.

Tu es la reine des salopes !

Le Rimmel coulait jusqu'au cou, traçant une route incertaine vers le cœur. Tout à l'heure, dans la paume délicate de sa main droite, l'homme avait glissé une boîte de barbituriques avant de l'abandonner là, au milieu du Strip.

Tu sais ce qu'il te reste à faire, chérie.

En quatre mois, il avait dévasté sa vie.

À présent, il allait retrouver sa femme.

Elle au moins, elle a de la moralité.

Sa silhouette brusquement happée par le flot des badauds, toute cette sensualité masculine cachée sous un costume de mensonge, soustraite à jamais.

La morsure incontrôlable du manque.

Comme Janet avait aimé cet homme ! Comme elle avait soupiré contre les plus intimes recoins de sa peau, adoré les rugosités de sa voix et ses gestes ardents, embrassé le sel de leurs amours, bu leurs rires en cascades sous des draps humides. Comme elle avait aimé cet homme-cauchemar…

Janet chemina jusqu'à son hôtel, Petit Poucet suivant la ligne scintillante des néons. La porte de sa chambre s'ouvrit devant elle comme poussée par une main invisible. Elle se dirigea aussitôt vers le minibar. Dans un élan misérable, elle s'empara d'une mignonnette de whisky, la vida dans un verre rafraîchi de glaçons et avala en quatre fois le contenu du flacon. Puis, d'une main tremblante, la blessure n'en finissant pas de s'ouvrir, elle écrivit sur un sous-verre la seule phrase que son cerveau fut encore capable de formuler clairement.

« Pardonne-moi, Don. »

Avril 1998

Rédaction du Chicago Sun Times, *Chicago, Illinois*

Un vent violent balayait les rues de la ville. Benjamin Blur avait dû s'accrocher à son chapeau sur le trajet depuis le parking. Devant le bâtiment, des fourgonnettes hérissées d'antennes paraboliques stationnées en épis sur le trottoir gênaient la circulation des piétons. L'homme pénétra dans le hall d'entrée où des équipes de télévision rangeaient leur matériel sans empressement. Il se présenta au comptoir d'accueil, déclina son identité et demanda à voir son fils. Le sourire que lui adressa l'hôtesse était aussi limpide que l'eau d'un ruisseau.

— Félicitations Mr Blur ! ajouta-t-elle lorsqu'il se dirigea vers les ascenseurs.

Entre le premier et le quatrième étage, il retira son couvre-chef, déboutonna son imperméable et retira une enveloppe en papier kraft de l'intérieur de son veston. Benjamin Blur n'avait pas revu son fils depuis des années. Il craignait que ce dernier ne le trouve vieilli – à

soixante-deux ans, son corps asséché ployait insensi-
blement. Venir à sa rencontre sur son lieu de travail
relevait de l'incongruité. Ils avaient partagé si peu de
choses après la mort de Nora, s'éloignant l'un de
l'autre, déroulant le fil de leurs ambitions pour mieux
séparer leurs solitudes. Avec la précision de ces instants
que rien ne peut effacer, lui revint une image pathétique : son fils à dix-huit ans, agenouillé devant une
pierre tombale, ravalant ses larmes et reniflant dans sa
manche. Ce jour-là, ils avaient acheté des fleurs en
chemin pour signifier à Nora combien son absence
obscurcissait leur âme. Le jeune homme avait quitté le
cimetière d'un pas résolu sous les bourrasques, les
poings fichés dans les poches de son caban, laissant à
son père la tâche de déposer seul le bouquet sur la pierre
gelée. Desmond avait un bus à prendre, il voulait être à
l'heure à son entretien d'embauche au *Chicago Sun
Times*. Ce jour-là, il neigea sans discontinuer et
Desmond décrocha son premier job au service des faits
divers. Son désir de s'affranchir au plus vite des drames
passés en sautant par-dessus la barrière, Benjamin
l'avait respecté, comme son besoin d'indépendance.
Existait-il d'autres solutions que celle de le laisser
s'enfuir ?

Les portes coulissantes s'ouvrirent sur une salle
immense bordée d'une baie vitrée et morcelée de
bureaux vides. Personne ne semblait travailler en cette
fin d'après-midi. Benjamin Blur jeta un œil à sa
montre : où pouvaient bien être passés tous ces journalistes ? On lui avait indiqué un étage sans préciser le
numéro du bureau où travaillait Desmond. Il regrettait
de ne pas avoir écrit à son fils pour lui annoncer sa

venue. Cette visite surprise était une idée stupide ; le bâtiment surchauffé décuplait un sentiment de malaise.

L'homme s'engagea dans un long couloir d'où provenaient des éclats de rire. Il débouchait sur une salle de conférence dont les portes ouvertes offraient le spectacle d'une foule exaltée : exclamations, applaudissements, tintements de coupes de champagne. Benjamin Blur s'immobilisa sur le seuil, plus incongru qu'un vendeur de hot-dogs devant un magasin de soieries. On fêtait un événement, quelque chose de suffisamment important pour déplacer plusieurs chaînes de télévision et siphonner un étage entier de ses employés. En dépit de la température tropicale de la pièce, l'homme frissonna sous son imperméable : le sourire radieux de l'hôtesse d'accueil lorsqu'il s'était présenté, sa petite confidence « Je ne vous annonce pas, M. Blur, vous allez lui faire la surprise », tout prenait sens.

Cette scène d'allégresse concernait son fils.

Benjamin Blur eut un goût âcre dans la bouche, il serra machinalement chapeau et enveloppe contre lui.

— Vous cherchez quelqu'un ?

La jeune femme qui s'adressa à lui affichait la trentaine ; un sautoir en métal tombait en cascade sur un sous-pull bleu cobalt notablement moulant et ses cheveux étaient relevés en un chignon piqué d'un crayon de papier.

— Pardon pour le désordre, mais deux de nos collaborateurs viennent de recevoir le Pulitzer !

Son regard tomba sur l'enveloppe.

— Un pli à remettre, peut-être ?

Benjamin Blur hocha la tête, la jeune femme lui sourit poliment.

— Donnez, je vais m'en charger. C'est pour… ?

L'homme se tétanisa.

Dans un halo de fumée de cigarette, au milieu d'une foule grouillante, il venait d'apercevoir son fils à une dizaine de mètres. Son visage empourpré brillait sous l'éclairage. Tour à tour, on se pressait vers le journaliste pour lui secouer l'épaule, lui palper la main jusqu'au coude, l'étreindre comme un parrain de la pègre, remplir sa coupe de champagne. Émanait de lui une gaieté émouvante, presque magnétique.

Benjamin Blur chercha dans ses souvenirs l'expression d'une telle joie chez son fils. Cela remontait loin : à l'époque où Nora peignait encore et où Cassie faisait ses premiers pas. Ils étaient partis pêcher tous les deux au bord du lac Oologah, non loin de l'endroit où le shérif Talbot découvrirait plus tard la Ford Mustang jaune ainsi que le couteau ensanglanté. Toute la journée, Desmond avait tenu vaillamment sa canne, espérant la venue d'un gros poisson. La pluie tombée vers 16 heures en avait attiré des dizaines à la surface de l'eau, des mariganes noires, rondes et luisantes que l'enfant recueillait dans ses mains, sautillant d'allégresse, avant de les glisser dans la nasse immergée. Jamais ils n'étaient revenus aussi fiers et trempés. Nora avait photographié les poissons, accrochés côte à côte par les ouïes sur un filin telles de longues perles noires sur un collier dont Desmond tenait fièrement les extrémités, à bout de bras. Il avait quatre ans.

Quelle éclatante réussite que celle de son fils.

Benjamin baissa la tête et replaça l'enveloppe à l'intérieur de son veston.

— C'est pour M. Blur mais je repasserai.

Quelque chose de furtif apparut dans le regard de la jeune femme, comme l'expression d'une arrogance charnelle. Son fils se tapait ce charmant brin de fille, sans aucun doute.

— Je peux déposer cela sur son bureau si vous voulez.

— Non merci, ne prenez pas cette peine. Ça n'a rien d'urgent.

— Il est plutôt occupé en ce moment, s'excusa la jeune femme au chignon. C'est un grand jour pour lui.

L'éclatante réussite de son fils.

Le sourire empreint d'exaltation de son interlocutrice.

Benjamin Blur eut un pincement au cœur.

— Oui, en effet, c'est un grand jour. Au revoir, mademoiselle.

L'homme ajusta le feutre à ses cheveux soigneusement peignés et rejoignit l'ascenseur.

Sagittarius (Nov. 23 – Dec. 21)
At the moment, you are strad-
dling two worlds.

Juillet 2007

Grand Canyon, Arizona

Lola n'avait jamais eu le loisir de faire connaissance avec la police américaine. Jusqu'ici, les séries télévisées lui donnaient une image plutôt sympathique des officiers dans leurs uniformes beiges et bien repassés. Aussi ne fut-elle pas tout à fait en mesure de réaliser dans quelle situation son mari venait de les fourrer, elle et les enfants.

— Retournez dans la voiture, madame ! Retournez dans la voiture !

Comme on cherche le meilleur fauteuil dans une salle de cinéma, elle était sortie pour reprendre sa place à l'avant du véhicule, jugeant plus opportun de se trouver aux côtés de son mari durant le contrôle de police.

— Allez Annette, va derrière.

— Quoi ?

— Retourne à l'arrière avec ton frère !

— Mais quoi ?

La nonchalance de sa fille aînée s'avérait, dans certaines situations, particulièrement détestable.

— Fermez tout de suite cette portière, madame ! aboya l'officier. Reprenez votre place !

On ne sort pas d'un véhicule en cas de contrôle de police. Lola venait de commettre une erreur. Une de plus à mettre sur la liste depuis le début du voyage. Elle se rassit auprès de son fils. De l'autre côté de la vitre, une main posée sur la crosse d'une arme intimait l'ordre de se tenir à carreau.

L'excursion au Grand Canyon tournait au mélodrame.

Pierre avait eu la mauvaise idée de s'arrêter sur le bas-côté pour vérifier la direction à prendre : il savait exactement où il se trouvait – contrairement à ce que sa femme semblait croire depuis trois mille kilomètres. Il était passablement tendu et agité, comme traversé par un courant électrique. La faute à Gaston qui menait une vie infernale à sa sœur à l'arrière de la voiture, au point que Lola avait dû échanger sa place avec sa fille pour calmer le jeu. En cause, aussi, l'agent d'accueil derrière son guichet à l'entrée du parc. Le jeune homme avait posé à Pierre un tas de questions auxquelles, une fois encore, le conducteur avait été incapable de répondre, comme si la compréhension de l'anglais qu'il avait pratiqué régulièrement depuis le collège lui échappait : la plus limpide interrogation se cristallisait en lui sans que jamais ne fuse l'étincelle au cerveau. Humilié, il avait laissé sa femme prendre le relais, puis, d'un coup d'accélérateur, poussé la voiture sur le circuit touristique. Pierre en situait le point de départ à gauche. Son épouse maintenait que le début du circuit était à droite ; à gauche se trouvaient l'office du tourisme et les boutiques. Pierre avait alors arraché des mains d'Annette le plan du parc, puis déporté le véhicule à droite vers un terre-plein, un peu avant l'embranchement. C'est là que les choses s'étaient gâtées : entendant la sirène de police, le conducteur pris en faute avait eu le mauvais réflexe de démarrer la voiture. Une seconde fois, la sirène s'était imposée à leurs oreilles, insistante. Pensant qu'on lui signifiait de façon intempestive de déguerpir, Pierre s'apprêtait à pousser la Mercury plus avant, mais Lola lui avait conseillé de couper son moteur et d'attendre. Coup de bol, il s'était plié à sa suggestion. À présent, deux véhicules de police stationnaient à cinq mètres derrière eux.

— Sortez de la voiture, madame. Et restez à distance.

Lola n'en menait pas large. Il lui semblait que la mauvaise porte venait de s'ouvrir : dans un instant, ce serait les mains en appui sur le capot et palpation de sécurité. Elle n'avait pourtant guère le profil d'une crapule avec son petit gilet en maille tricotée et son pantalon en lin couleur tourterelle.

— Votre mari vient de commettre une infraction, mais je ne suis pas certain qu'il comprenne ce que je lui dis. Vos passeports sont dans un des bagages qui se trouvent dans le coffre, c'est exact ?

— Oui. Dans la valise de notre fils.

— Avant toute chose, dites-moi si vous transportez de la drogue, des armes ou de la marchandise volée.

Lola réprima un sourire en songeant au revolver en fer-blanc et crosse en plastique acheté à *Meramec Caverns* pour Gaston lors de leur passage dans le Missouri.

— Non, monsieur l'officier.

— Vous allez ouvrir cette valise, madame, et me donner vos passeports.

Lola eut bien du mal à extirper le bagage du coffre. Pierre l'avait coincé entre deux autres valises, sous la poussette et la planche de piscine Spiderman. Elle parvint à le déloger d'un coup de reins. Pestant intérieurement contre son mari, qui par un mécanisme inconnu avait l'art de plonger sa famille dans le chaos, elle tendit les passeports à l'officier.

— Nous faisons la Route 66, murmura-t-elle.

Le type en uniforme hocha la tête et rejoignit son collègue demeuré en retrait. Après un temps insupportablement long, il revint avec les passeports.

— *OK, M'am !*

Il expliqua à Lola que son mari avait commis un excès de vitesse et qu'il était interdit de stationner là où se trouvait le véhicule. Deux raisons suffisantes pour l'interpeller. Le fait qu'il n'obtempère pas immédiatement avait été mal perçu. Que Lola sorte de la voiture n'avait rien arrangé à l'affaire. Elle s'excusa, masquant un sentiment de déshonneur profond que rien n'avait pu anticiper, fournit la raison pour laquelle elle s'était mise en tête de reprendre sa place à l'avant, plaida son ignorance des règles et usages relatifs à un contrôle de police aux États-Unis et justifia l'excès de vitesse de son époux par le fait qu'elle avait à ce moment-là une discussion animée avec ce dernier concernant l'itinéraire adéquat à suivre. L'officier se radoucit. Le sourire de Lola et son accent tout en rondeurs firent leur effet. Il alla aimablement expliquer à Pierre qu'il avait été contrôlé à la vitesse de 51 miles/h au lieu des 40 miles/h autorisés sur cette portion et que *pour cette fois ça irait*, mettant fin à l'anxiété grandissante des membres de la famille restés à l'intérieur de la Mercury.

Lola aurait presque dansé de joie en voyant les patrouilleurs repartir. Mais elle avait surtout hâte de fiche le camp. Quitter ce pays de cinglés où l'excès commandait jusqu'à l'hérésie, où l'on braquerait presque un flingue sur la tempe d'un enfant de quatre ans sous prétexte que son papa avait oublié de boucler sa ceinture.

Cet après-midi-là, Annette fit de magnifiques photos du Grand Canyon et Gaston traumatisa son père une fois de plus en courant joyeusement vers le précipice à peine sorti de la voiture.

Motel Econo Lodge, Williams, Californie

La chambre sentait le renfermé et le tabac froid. Restes effondrés d'un confort passé, la moquette sale noircissait la plante des pieds et des brûlures de cigarette agrémentaient les draps usés d'une dentelle aléatoire. Ils avaient pourtant dormi cette nuit dans cette chambre, épuisés, vaincus par la chaleur, le trajet infini depuis le Grand Canyon jusqu'à Williams puis, entre minuit et une heure du matin, la recherche éprouvante d'une chambre d'hôtel avec deux Queens Bed à moins de quatre-vingt dollars. Pierre avait jugé qu'il valait mieux rouler jusqu'à Williams plutôt que dormir au Grand Canyon dans un motel au tarif exorbitant, sous-estimant la distance à parcourir – sa spécialité. Sur la route, il avait bien vu le gros lièvre au milieu de la route, aveuglé par les phares, mais les réflexes annihilés par une torpeur inexplicable, il n'avait pas même levé le pied. Cela ne fut pas sans conséquences sur l'estime que lui portait son fils.

— Papa t'es méchant.

Lola fut la première à se réveiller, anticipant une morne journée. Elle se tourna vers son mari, et du bout des doigts lui caressa la nuque.

— Pierre, il est 9 heures…

L'homme se tourna, s'étira, et se blottit contre sa femme, le nez entre ses seins.

— Pierre, on va encore rater le petit déjeuner.

Lola repoussa son mari et s'assit sur le matelas. Elle ressentit aussitôt une légère migraine dont les ramures poussaient déjà jusqu'à sa nuque. Dans le lit voisin, les enfants dormaient encore, draps en bataille sur leurs jambes nues. Allongé en travers du lit, ses petits pieds contre les cuisses de sa grande sœur, Gaston occupait l'espace. Lola tapa affectueusement sur les fesses de son mari.

— Allez ! Debout.

À 11 h 45, elle achevait de boucler les valises. En dépit des cachets, le mal de tête avait empiré. Chaque mouvement amplifiait l'inconfort, lui donnait la tentation de prier le silence pour que cesse le moindre écho. Depuis 10 heures, Pierre était à la laverie, à un pâté de maisons de là, et les enfants achevaient seulement de s'habiller. Annette portait les mêmes vêtements que la veille et Gaston avait enfilé sa tenue de cow-boy, chapeau de feutre compris.

— Gaston, tu ne peux pas mettre les bottes, il fait trop chaud.

— Si ! Je veux mes bottes.

— Il faut mettre tes sandales.

— Non ! Les cow-boys ne portent pas de sandales.

— Sandales et short.

Assis sur le lit à côté de sa sœur dont les cheveux séchaient à l'air libre, Gaston enfila résolument ses petites bottes en cuir. Lola massa son front du bout des doigts, soupirant de lassitude. Pas le courage de se battre avec le fiston. Il fallait libérer la chambre avant midi – timing que la famille était dans l'incapacité de respecter depuis le début du voyage. Idem pour les horaires du petit déjeuner. Gaufres chaudes et porridge à la cannelle leurs passaient sous le nez depuis Chicago. Pierre Lombard n'entendait pas se faire à la route, c'était à la route de se faire à lui. Se lever au chant du coq, couper le moteur à l'heure du goûter et dîner avant le coucher du soleil n'entraient pas en adéquation avec son mode de fonctionnement. Lola jeta un œil à sa montre, grimaça. Dehors, la température grimpait de façon vertigineuse. Charger les quatre énormes valises dans le coffre surélevé de la Mercury était une tâche dont l'époux se chargeait classiquement : avec cette migraine, un tel effort reviendrait à enfoncer le contenu d'une boîte de clous dans sa tête.

À midi trente, le cœur au bord des lèvres, elle enfila sa casquette, chaussa ses lunettes et traversa le parking en direction de la laverie. Le portable de son mari était sur messagerie – il négligeait de le mettre en marche un jour sur deux. Lola pressentait l'arnaque : Pierre s'était éclipsé en catimini dans une de ces boutiques d'antiquités attrape-nigauds de la Route 66 entre le cycle de lavage et de séchage, espérant y dénicher la perle rare qu'il revendrait à prix d'or sur *eBay*. À force de tourner dans le tambour, les tee-shirts allaient perdre une taille. Cet homme avait besoin qu'on lui secoue les puces ;

plus d'une parole serait nécessaire pour le faire revenir au concret des choses.

Dehors, la luminosité était si forte que Lola perdit toute notion du relief, les bâtisses semblaient s'aplatir et les fils électriques s'étirer à l'infini. Un train de marchandises entrant dans la ville fit entendre sa sirène, donnant à Williams des allures de ville western. Enfin, Lola pénétra dans la laverie où, contre un mur, le sac de linge sale emporté par son mari attendait d'être défait.

— Vous dites qu'il est parti il y a plus de trois heures ?

— Oui.

— Et il n'est pas revenu.

— Non.

— Et il ne répond pas sur son portable.

— Le téléphone de mon mari est sur messagerie.

La migraine augmentait proportionnellement au stress. Lola venait d'avaler un autre cachet d'antalgique codéïné. Sa voix se fendillait tout comme le gobelet en plastique qu'elle broyait entre ses mains. Elle manquait de souffle et ressentait des picotements au bout des doigts.

— Madame, avez-vous eu une dispute récemment avec votre mari ?

Lola tourna faiblement la tête en direction des enfants : dans le couloir du poste de police, Gaston et Annette discutaient avec un officier. Ce dernier semblait en admiration devant le costume de cow-boy de Gaston. Lola pensa qu'il était heureux que son fils n'ait que quatre ans. Ce serait moins difficile pour lui d'apprendre que son père venait de se volatiliser au fin fond de l'Arizona et que pour le reste de la famille, la Route 66 s'arrêterait ici, là où rien n'existait pour eux.

— Madame, s'il vous plaît, pouvez-vous répondre à ma question ?

— …

— Avait-il des problèmes de santé ?

— Il essayait d'arrêter de fumer.

— Des soucis professionnels ?

Des taches blanches apparurent sur le visage du chef de police.

— … Non, il démarrait une nouvelle activité.

— Votre mari souffrait-il de dépression ?

Lola reposa le gobelet sur le bureau d'une main tremblante. La pièce s'assombrissait étrangement.

— Je… je ne crois pas.

Elle eut soudain très chaud.

— Madame ? Vous vous sentez bien ?

Lola glissait doucement de sa chaise vers un silence étrange, foudroyée.

Los Angeles International Airport, Californie

Le petit garçon promenait une main sur la vitre, index pointé, suivant le trajet d'un avion décollant à l'horizon. Il se dressait sur la pointe des pieds dans une paire de bottes de cow-boy, frottant son menton à un foulard rouge imprimé du sigle de la Route 66. Son chapeau de shérif marron penchait ostensiblement vers l'arrière et un lasso de pacotille pendait à sa ceinture, au risque de se dérouler jusqu'au sol. Assises en retrait à quelques mètres, la mère et sa fille regardaient l'enfant jouer, sacs de voyage contre les genoux. Attentives aux annonces faites par haut-parleur, quelque chose d'obscur semblait les porter loin de la clarté du jour.

Une sonnerie de téléphone comme en décrochait Cary Grant dans les films d'Hitchcock leur fit tourner la tête. Au même instant, l'agent du consulat Étienne Suberville ressentit une vibration à la hanche droite. Il s'extirpa maladroitement de son siège et retira le téléphone de l'étui. Un appel du Community Relations Office de la police de Williams. Il s'éloigna de Mme Lombard avant de prendre la communication, marchant sans déplier les genoux pour compenser son excès de poids. En un instant, son visage changea d'expression. L'homme glissa un doigt fébrile entre le col de sa chemise et sa cravate lie-de-vin dont l'extrémité rebiquait à hauteur de nombril – sa carrure de rugbyman était incompatible avec le port du costume.

— Vous en êtes certain ?

Le ton de sa voix traduisait un embarras qu'il tenta de dissimuler derrière un sourire adressé à Mme Lombard dont la raideur lui rappelait quelque chose – mais quoi ?

— Sur le compte professionnel ?… Est-ce qu'on connaît le montant exact ?

Fantasme de la mémoire, peut-être cette femme évoquait-elle dans sa posture autre chose qu'une image réelle, entre la vie et la fiction. Le doute brûlait son âme aussi certainement que l'absence de son mari et elle n'était pas la première à se tenir là, devant l'attaché dépité, en quête de vérité.

— OK. Je transmets l'information… Merci.

Le téléphone disparut dans son étui. Pivotant sur lui-même, Étienne Suberville se grattouilla le front.

Tourner le dos un instant à Mme Lombard.

Lui offrir sa nuque rasée et son dos en perspective, le pantalon en accordéon. Réfléchir à la meilleure façon de présenter la chose.

Comme si un verre s'était brisé à ses pieds, répartissant des reflets froids, il ne savait comment ordonner ses pensées.

Ce que la police de Williams lui avait appris tenait en peu de phrases. Une personne avait retiré la somme de neuf cents dollars dans un distributeur avec la carte bancaire de Pierre Lombard à peine une heure après sa disparition. Cette personne était Pierre Lombard lui-même, comme l'attestait l'enregistrement vidéo de l'appareil. Quarante-huit heures plus tard, il effectuait une opération de transfert de fonds dans un établissement bancaire du Nevada : selon l'employé de banque chargé de la transaction, le client avait justifié ce besoin de liquidité par l'achat d'antiquités. La somme de dix-huit mille dollars avait donc été prélevée sur son compte professionnel avec l'accord de la banque française. L'attaché du consulat jeta un œil au panneau lumineux situé au-dessus du comptoir d'embarquement : l'avion décollait dans quarante minutes. Les familles avec enfants étaient invitées à se présenter au comptoir. Étienne Suberville s'approcha de Mme Lombard, hochant son menton.

— J'ai de bonnes nouvelles.

La femme se leva. Son regard émeraude le pénétra aussi sûrement que le feu de l'aiguille sous la peau.

— La police a retrouvé mon mari ?

— Pas encore. Mais rassurez-vous, il va bien, précisa-t-il.

L'agent du consulat fourra les mains dans ses poches et parla du retrait dans un distributeur à Williams. De la transaction effectuée dans le Nevada. À chaque phrase, les mots lui venaient, creusés d'amertume.

— M. Lombard semblait tout à fait calme et maître de lui. On ne pense pas qu'il ait agi sous une quelconque menace.

Le plus difficile restait à venir.

Dire ce qui se devait puisque Pierre Lombard était libre de brasser les cartes du jeu comme bon lui semblait.

— Nous allons devoir attendre que son visa touristique ait expiré à l'échéance de trois mois depuis son entrée sur le territoire américain avant d'entamer d'autres démarches, madame.

Préciser que la somme de dix-huit mille dollars avait été retirée dans un établissement bancaire à Las Vegas.

Ensuite viendrait le silence, plus lourd de sous-entendus que la valise d'un homme en supplément de bagage.

Capricorn (Dec. 22 – Jan. 20)
Find a creative outlet and let
off some steam.

Novembre 2007

Route 66, Californie

La salle oblongue sentait la peinture fraîche et le poisson frit. Flanqué contre un mur d'un blanc immaculé, un juke-box des années soixante nourri aux vinyles se tenait coi. Le client qui venait de pénétrer dans l'établissement s'en approcha avec précaution, comme s'il craignait de déranger un nourrisson dans son sommeil. L'appareil était en assez mauvais état, ses néons encrassés diffusaient une lumière glauque tel un arc-en-ciel en phase d'extinction et les étiquettes jaunies étaient pour la plupart illisibles, l'encre ayant fini par s'effacer. Le client clignait des yeux, littéralement fasciné : se trouvait devant lui un authentique juke-box Wurlitzer. Il en possédait une copie dans son

79

bureau, bourrée de 45 tours collectors. L'homme avait toujours rêvé d'en voir un en fonctionnement. Le destin l'avait poussé là, vers ce bar en rénovation, dans un patelin à l'abandon sur la Route 66.

Un sac à dos élimé glissa de son épaule droite. Il fourra un quart de dollar dans la fente de l'appareil, choisit la seule chanson qui lui disait quelque chose dans ce fatras d'artistes country et de vieux tubes de chanteurs blancs, et la voix sirupeuse de Peggy Lee raviva instantanément la nostalgie du décor.

> *I'm feeling mighty lonesome*
> *Haven't slept a wink*
> *I walk the floor and watch the door*
> *And in between I drink*
> *Black coffee*

L'éclaircie fut de courte durée. Un son âpre sortit d'un box aligné contre le mur.

— Hé, mon gars ! C'est pas une chanson pour un homme, ça ! Patti ! Débranche-moi cet engin !

— Mais tais-toi donc, mon chou, pour une fois qu'on joue de la bonne musique…

Un type pencha sa tête dans l'allée. Une paire d'yeux bleu vif éclairait un visage maigre lesté d'une barbe en foutoir. L'homme était encore plus vieux que le juke-box. Remontait à l'époque de la TSF. Il fit signe au client de se rapprocher.

— Touriste ?

— Touriste.

— Allemand ?

— Français.

— Ah ! La France, la tour Eiffel… Comment y s'appelle déjà ton président ?

— Sarkozy.

— Non, celui d'avant.

— Jacques Chirac.

— Chirac ! Ouais ! Il a refusé d'envoyer des troupes françaises en Irak. C'était pas bien, ça, pas bien du tout. Quand on sait ce qu'on a fait pour la France ! Nous les Américains, on est allés se battre pour vous en 40. Il est la honte de votre pays, Chirac !

— Ça n'a rien à voir, rétorqua le touriste. On était là pour la guerre d'Indépendance des États-Unis. Pourquoi est-ce qu'on serait venus se battre en Irak : pour du pétrole ?

Le vieil homme dans le box scruta son regard.

— Ouais. N'empêche que vos présidents, vous devriez mieux les choisir, mec.

Il se radoucit, baissant d'un ton.

— Tu bois quoi ?

— Une bière.

— Assieds-toi. Patti ! Deux bières ! lança-t-il en direction du comptoir.

Le touriste jeta son sac sur la banquette et prit place face au vieil homme. Celui-ci dégageait une drôle d'odeur de papier mâché, comme parfois certaines personnes âgées, mais c'était supportable à côté des motels crapuleux où il avait dormi ces derniers jours. L'attitude générale du type était en flexion, épaules voûtées, bras fléchis, poils de barbe recourbés.

— Qu'est-ce que tu fais dans un coin aussi paumé de la Californie ?

— Aucune idée.

— Tu vas quelque part ?

— Je ne sais pas trop.

— Tu ne sais pas grand-chose, hein.

Le touriste repoussa les pans de son blouson en cuir blanchi par le soleil.

— Demain, j'ai une décision à prendre : où je vais voir les flics, ou bien…

— Ou bien quoi ?

— … Rien. En fait, je viens de dépenser mes derniers dollars dans cette bière, j'ai plus le choix.

Le vieil homme se redressa contre le dossier de la banquette en skaï.

— La bière, c'est moi qui te l'offre. T'as fait une connerie ? ajouta-t-il avec un clin d'œil.

Le touriste haussa les épaules. Ses lèvres étaient sèches, craquelées par le souffle aride des pauvres jours.

— Je me suis menti à moi-même, et aussi à ma femme. À toute ma famille.

— Tu sais ce qu'elle raconte cette chanson ?

— Oui. Une femme seule qui attend son mari. Elle fume, elle boit du café noir.

— Pourquoi tu as choisi un truc pareil ?

— Parce que j'ai abandonné ma femme et mon gosse ? dit-il dans un sourire qui inspirait la pitié.

Le regard du vieil homme s'assombrit, une épaule tressauta sans raison.

— C'est moche, ça, c'est très mal d'abandonner ses gosses. On devrait tuer les gens qui font ça. Pourquoi tu les as abandonnés ? T'as pas l'air d'un mauvais bougre.

— C'est… c'est pas facile à expliquer.

— Quand les flics vont te renvoyer chez toi, faudra bien que tu trouves une réponse à donner à ta femme.

La serveuse lâcha deux dessous de verre en papier sur la table et y planta les bouteilles. Elle ressemblait à Bette Midler période rousse, un foulard indien sur les cheveux et une paire de lunettes rondes démesurées accrochée à son nez.

— Deux blondes pour ces messieurs.

— Merci, ma beauté.

— Pas de quoi, mon chou.

Elle repartit sans se presser. Les dernières notes de musique s'effacèrent sous des craquements et la galette noire reprit sa place dans la colonne de 45 tours. Le vieil homme déploya un bras et saisit sa bouteille par le goulot. Sa main tremblotait.

— Pourquoi tu te cherches pas un boulot dans le coin, le temps de mettre tes idées au clair ; qu'est-ce que tu sais faire à part choisir des chansons pourries ?

— Jouer de la guitare.

— Ça peut intéresser Patti mais je doute que ça te rapporte assez pour te payer l'hôtel tous les soirs… C'était quoi ton métier en France ?

— Journaliste.

— Ah voilà, c'est beaucoup mieux. Journaliste à la télé ?

— Presse. Magazine musical.

Le vieux leva les yeux au plafond.

— Je comprends mieux pourquoi tu trouvais ta vie nulle en France. C'est quoi ce métier débile ? Un journaliste ça s'intéresse aux faits divers, aux histoires criminelles, c'est ça que les gens aiment lire dans les journaux, pas des interviews de rappeurs nègres ! Ton anglais, il est aussi mauvais à l'écrit que quand tu me causes ?

— Et encore là j'ai bu une bière. À jeun, je ne sais même pas commander à bouffer.

Le touriste posa un index contre sa tempe.

— … J'ai eu un problème dans ma tête. Totalement à côté de mes pompes. Je faisais des cauchemars terribles. J'avais des idées suicidaires. Mais ça commence à aller mieux maintenant… On peut fumer ici ?

Le vieil homme ricana. Un éclair malin traversa son regard.

— Toi, tu me plais. Ouaip !

— Ah bon ? Parce que je fume ?

Il regarda du côté de la serveuse qui bouquinait un magazine à son comptoir puis se pencha vers son vis-à-vis.

— Et si je te racontais une histoire ? Mais pas n'importe laquelle, hein. Une histoire que des patrons de chaînes de TV se prostitueraient pour en avoir l'exclusivité…

Patti se grattait derrière l'oreille avec un crayon.

— L'écoutez pas, il raconte ça à tout le monde ! Trésor, arrête donc d'embêter ce monsieur avec tes mauvaises fables.

Il se tourna vers la serveuse, agacé.

— Ah, ne me cherche pas Patti, sinon, tu vas bien finir par t'y retrouver dans mon histoire. Avec des yeux qui te sortent de la tête !

Puis il ajouta à voix basse :

— Elle a une oreille, celle-là, Super Jaimie que je l'appelle.

Le touriste se sentit bien las. Des histoires d'ivrognes, il en avait entendu tout un stock depuis des semaines au gré de ses étapes, glanées dans des bars de plus en plus rustiques et d'une crasse majestueuse. Il avait un peu trop traîné sur le chemin du retour, l'insatisfaction pourrissait le fruit. Rien de tel que la puanteur de l'ombre pour retrouver ses esprits. Il était temps de redevenir ce bon papa loser et de rentrer au bercail, poursuivre une vie douceâtre, faire vendeur de souvenirs à défaut d'exister. Un train passerait bientôt. Il se leva.

— Merci pour la bière.

Une main ferme l'empêcha de se sauver.

— Attends, mon gars, je n'ai pas fini de te causer. Mon histoire, c'est peut-être la seule chance que t'as de ne pas rentrer chez ta femme la queue entre les jambes.

Le touriste reprit sa place en tirant sur le col élimé de son tee-shirt. Il ignorait encore sur quel plan se jouait la partie.

— Et c'est quoi le sujet ?

Après avoir jeté un coup d'œil à la pièce vide, le vieil homme fixa sur lui son regard bleuté.

— Le tueur de la Route 66.

— Le tueur de la Route 66… Connais pas.

— Pour cause ! Personne ne l'a jamais arrêté.

Depuis son comptoir garni de chewing-gums et de barres de chocolat, Patti pouffait :

— C'est lui le tueur de la *Mother Road* ! Celui dont personne n'a rien à foutre parce qu'il a jamais existé ! Il vend ça à tous les touristes qui passent.

— Te mêle pas de ce que tu connais pas, ma grande. L'Allemand et moi, on cause.

— Français. Je suis français.

— On s'en fout. Dis-moi, c'est comment ton nom ?

— Pierre Lombard.

— Comment ?

Le touriste répéta son nom. Le vieux eut un moment d'hésitation. Gratta sa barbe.

— Faut que tu en trouves un autre. J'aime pas, ça sonne mal ici, ça fait étranger.

— De toute façon, avec mon accent…

— Qui te demande de causer ? T'as qu'à écouter. Et puis on a tous un accent ici. Y a personne qui est né dans le coin, à part les crotales et une espèce d'écureuils un peu crétins.

Soudain, il se mit à se tortiller sur la banquette, extirpant quelque chose d'une poche de son pantalon. Un billet froissé atterrit sur la table.

— Voilà cinquante dollars. Avec ça tu peux te payer une nuit chez Stew. Il loue encore des bungalows de l'autre côté de la route. Et il te reste assez pour déjeuner et dîner ici – parce que le motel a fermé y a belle lurette –, et même garder la monnaie. Ça coûte rien, la bouffe de Patti, si t'es pas exigeant.

La réaction ne se fit pas attendre à l'autre bout de la salle.

— Je t'ai entendu, mon trésor !

— … Reviens demain ici à la même heure, et je t'en donnerai cinquante de plus, ajouta-t-il plus bas.

— C'est gentil mais je ne peux pas accepter.

Le vieil homme se redressa, dos raide.

— Hé ! Ho ! Je ne fais pas dans l'humanitaire, l'Allemand, je te propose un job.

— Ah bon ? C'est quoi comme travail ?

— Tu vas écrire mon histoire.

— Votre histoire ? Quelle histoire ?

— Bah ! T'as pas pigé ? Il est long à la détente, lui. T'as raison. Doit y avoir un truc qui ne fonctionne pas bien dans ta tête et c'est pour ça que ta vie elle va de travers. T'es pas un junky au moins ?

Pierre Lombard se renfrogna.

— Qu'est-ce que vous voulez que j'écrive au juste ?

— De quoi nous faire vivre grassement une fois que tu auras vendu les droits à un éditeur ou à un gros producteur d'Hollywood.

— … Ah ! Je crois que je comprends : vous voulez que je raconte cette histoire du tueur de la Route 66.

— Voui.

— Et le tueur, c'est vous ? questionna Pierre soudain détendu.

— Disons plutôt qu'on se connaît bien tous les deux. Je te donne cinquante dollars par jour jusqu'à ce que t'aies tout pris en note parce que moi, je n'ai pas eu autant de chance que toi quand j'étais môme. J'ai pas fréquenté beaucoup l'école, on va dire.

Il leva la main droite au-dessus de la table. Le bras tressautait jusqu'à l'épaule.

— … Et surtout, j'ai cette foutu maladie qui m'empêche de me raser et de me gratter le cul !

Pierre hocha la tête.

— Et alors, votre « copain », il a tué beaucoup de monde ?

Le vieil homme le fixa avec une ardeur troublante.

— Bien plus que tu ne t'es farci de nanas.

Le touriste se demanda brusquement si c'était bien raisonnable de sa part de piquer d'un coup de crayon du pognon à ce vieux barjo. Indéniablement, son récit rassemblerait les pires séquences de ces séries américaines diffusées sur le câble avec homicides sanglants, mutilations et viols à répétition.

— Écoutez, reprit-il perplexe, je ne suis pas sûr d'être la bonne personne pour…

Un poing s'abattit sur la table d'autorité.

— T'as pas le choix ! Je t'ai choisi. C'est comme ça. Et je te conseille de ne pas refuser. Hein, Patti qu'il a pas intérêt à refuser mon aide, l'Allemand ?

— Il est français, on t'a dit. Laisse-le tranquille, chéri.

Pierre se gratta la tête. Ses cheveux jaunis aux pointes se clairsemaient de chaque côté du front.

— Bon, écoutez, je vais réfléchir, et merci pour les cinquante dollars… Je vous les rembourse demain soir si jamais je décide de…

— Demain, même heure, tâche de venir avec de quoi écrire. Allez. Barre-toi. Allez !

En sortant du *diner*, Pierre Lombard vacillait presque. Trois nuits qu'il n'avait pas dormi dans un lit ni mangé un vrai repas. En quelques mois, il avait claqué tout son fric, joué le 8 comme un con à la roulette, racheté de la main à la main à un biker – puis revendue moitié prix – son Harley Davidson 1200 Sportster Custom bleu métallisé et roulé sans casque. Il finissait la route à pied, les semelles en charpie, au bout du rouleau. À cent mètres, l'enseigne faiblarde d'un motel clignotait sous le ciel étoilé. Cinquante dollars. Il roupillerait dans des draps propres. Aurait droit à un petit déjeuner.

La partie décisive de sa vie se jouait là, dans la somme de toutes les parties, et le jeu n'en était plus un. Pierre reprit sa marche, enfoncé dans son blouson, tel un zombie attiré par le grésillement d'un lampadaire.

II

Road damage

Jeudi 23 septembre 2010

Université de Loyola, Chicago

— Comme la plupart des inspecteurs de la brigade criminelle de Chicago avec lesquels nous avons fait équipe, William Bartlett et moi avons été confrontés à pas moins de deux cents meurtres annuels, soit environ quatre mille homicides en vingt ans.

Les chiffres s'affichèrent sur l'écran au fond de la scène. Comme un bruissement de voix dans l'amphithéâtre du campus de Water Tower. Un ordinateur portable calé sur l'écritoire de leurs fauteuils, les étudiants écoutaient docilement leur professeur, auteur d'un mémoire sur *La Sociologie du crime*, lauréat du

Hans Mattick Haward remis par l'académie de Criminologie de l'Illinois.

— ... Les affaires criminelles, que l'on soit flic, procureur ou journaliste, ça peut vous mener sur des chemins de solitude profonde, générer des nuits blanches. C'est une lutte permanente contre la violence des sentiments qui envahissent votre inconscient. Très vite, on quitte la normalité et l'on se retrouve devant le cadavre mutilé d'une femme ou d'un enfant sans ressentir la moindre émotion. En cela nous sommes aussi effrayants que le crime, aussi infréquentables que le tueur. Quatre mille homicides en vingt ans, vous imaginez les dégâts sur votre vie privée ?

Silence de l'assemblée. Le professeur repoussa la paire de lunettes sur son nez et reprit d'une voix neutre :

— Avec William, nous avons eu le privilège d'accompagner des équipes au cours de leurs enquêtes dans le cadre de nos reportages. Jamais nous n'avons dépassé les limites qui nous étaient imposées, révélé le moindre élément susceptible de porter préjudice au bon déroulement des investigations concernant les affaires en cours, ni occulté les difficultés relatives aux conditions de travail de la police. De la même manière, nous avons pris le parti de ne jamais édulcorer photos ou articles.

Une épreuve en couleur fut projetée sur l'écran. Celle d'un cadavre d'homme recroquevillé sur un sol jonché de détritus, pieds et poings liés, le visage en partie arraché.

— Nous avions un cahier des charges très contraignant mais nécessaire. Par exemple, nous n'étions jamais confrontés aux suspects, mais certaines pièces des dossiers nous étaient accessibles. Nous assistions aux réunions de préparation et pouvions suivre les inspecteurs sur les scènes de crime à condition, une fois encore, de rester en retrait et de marcher dans leurs pas. William prenait plus de cent clichés sur une scène de crime. Nous ne décidions de publier qu'avec l'accord des inspecteurs sous couvert de leur hiérarchie. Ces photos étaient parfois insoutenables, comme celles de cadavres en état de décomposition.

Les images se succédaient sur l'écran, preuves muettes d'un fait de violence ou de souffrances endurées par un corps. L'orateur empoigna le lutrin en bois, le buste tendu.

— Je vous demande de regarder attentivement ces photos. Elles sont le nerf de la guerre. Notre contribution au témoignage de l'évolution de la violence dans les banlieues de Chicago et l'aspect sociologique, le lecteur s'en fout. Ce qui a frappé le monde, ce qui restera, c'est une certaine image de la mort, violente, vaine, et tellement proche. Voyez ce visage d'enfant qui se reflète dans la vitrine en arrière-plan… Il vient d'assister à un meurtre d'une rare brutalité. Et là, regardez bien l'attitude de ce flic à l'écart du groupe au fond de cette impasse à Bronzeville. Pourquoi se tient-il penché en avant, une main en appui contre le mur ? À votre avis ?

Rumeur dans l'amphithéâtre. Le teint pâle, presque spectral sous l'éclairage oblique du plafond, une étudiante leva un bras.

— Parce qu'il vomit ?

Des exclamations de dégoût fusèrent çà et là.

— Exact. Et pourquoi a-t-il la nausée ? Cet homme est mort de peur. On vient de tuer son coéquipier. Ils sortaient d'un *coffee shop* avec deux cappuccinos quand ils sont tombés sur des dealers. Pas de bol. Vous voyez les gobelets renversés sur le trottoir en bas de l'image ? Cet agent sait que sa vie s'est jouée à peu de chose : ça aurait pu être lui. Et cette idée va le hanter tout le reste de son existence. La violence d'une scène de crime se répand bien au-delà du terrain que délimite un ruban jaune et noir.

Une mélodie électronique interrompit le professeur. Quelqu'un avait oublié d'éteindre son téléphone portable. L'individu fautif retira l'appareil d'une poche de sa veste, jeta un œil au numéro d'appel et coupa la sonnerie.

— Ça, releva l'orateur le menton tourné vers l'homme au téléphone, c'est aussi une forme de violence.

Un sourire ironique quitta son visage lorsqu'il reconnut le révérend Michael J. Lavarone dans le rôle du perturbateur. Debout au fond de la salle, ce dernier lui adressa un signe contrit de la main, l'invitant à le rejoindre plus tard dans son bureau. Le président de l'université de Loyola assistait rarement aux conférences, sa présence annonçait un événement sérieux. Desmond Blur éclaircit sa voix et mit un point final à sa causerie.

— William Bartlett est décédé en janvier 2001. C'était mon ami. C'est à lui, à son remarquable travail que revient tout le mérite du Pulitzer. Je vous remercie. Si vous avez des questions…

Il y en eut, comme d'habitude, une bonne dizaine dont une concernant sa propre expérience de la violence faisant référence à l'agression de sa famille en 1966. Lorsque le professeur Desmond G. Blur put enfin s'entretenir avec le révérend, il était plus de 15 heures.

— Je suis désolé de vous annoncer une si triste nouvelle.

— J'ignorais qu'il était malade.

Troublé, Desmond eut quelques difficultés à replacer ses lunettes dans la poche intérieure de sa veste.

— La personne qui a téléphoné est sa compagne. Elle vous demande de venir dès que possible, ajouta le révérend tout en saisissant une demi-feuille de papier sur son bureau.

— Voici les coordonnées de Mrs Deronse. Il semble que les circonstances du décès de votre père soient « particulières ».

— Particulières ?

— C'est ce qu'elle a dit.

Le révérend quitta son fauteuil et agrippa l'épaule droite de Desmond d'un geste emphatique.

— Courage, mon ami. Quand votre prochaine conférence doit-elle avoir lieu ?

— Mardi.

— Appelez-moi si vous souhaitez la reporter.

— Je serai là. Merci Révérend.

Un instant plus tard, Desmond traversait le campus sous le crachin, négligeant d'ouvrir son parapluie. Plus rien ne le rattachait à son père depuis trente ans sinon une correspondance clairsemée. Longtemps, postées au gré de ses déplacements comme jadis il l'avait fait pour sa mère, Benjamin Blur avait adressé à son fils les mêmes cartes postales saturées de couleurs, au verso desquelles des formules puériles étaient écrites, figeant le fils dans la posture de l'éternel adolescent. Les envois s'étaient taris lorsque le représentant de commerce avait quitté la route et remballé sa vaisselle. Dans un dernier courrier, il invitait Desmond à lui rendre visite à

95

Flagstaff, en Arizona, où il avait emménagé à la fin des années 90. *Viens me voir. Il faut qu'on parle, fils.* L'enveloppe contenait la carte de visite d'un magasin d'antiquités dont Benjamin Blur venait de faire l'acquisition. Mais Desmond n'avait pas honoré l'invitation. Il savait que son père fréquentait une femme à Flagstaff et cela bien avant l'achat du magasin et en aucun cas il ne désirait la connaître. Sans doute ce principe d'évitement était-il réciproque : cette Mrs Deronse n'avait-elle pas préféré s'adresser à l'université plutôt qu'à lui directement ? Quoi qu'il en soit, la présence de Desmond était souhaitée. Depuis son portable, il envoya un SMS laconique à la compagne de son père, annonçant son départ le jour même, puis il composa le numéro de Casey Rosanky avant de se raviser. Leur dîner prévu à 18 h 30 tombait à l'eau. En dépit du chamboulement que cette décision occasionnerait à son emploi du temps, Casey allait certainement lui proposer de le suivre en Arizona. Desmond n'avait guère envie de voir une femme à son bras lui tendre un paquet de mouchoirs tout en lorgnant sur l'écran de son Blackberry, fût-elle de son point de vue l'avocate la plus sexy de Chicago. Aussi prit-il l'initiative de se rendre directement chez elle pour anticiper les choses.

Casey Rosanky habitait un loft aménagé dans un ancien entrepôt sur River North. Elle le reçut en jogging, le visage rougi, trempée par quarante minutes de footing sous la pluie.

— Oh Des', je suis désolée pour ton père…

Desmond posa un doigt sur sa bouche, la serra dans ses bras, puis la mena jusqu'à la chambre sans lui demander son avis. Un furieux désir de faire l'amour le tenaillait. Casey ne protesta pas. Lorsque la mélancolie guettait, son partenaire avait tendance à passer en mode vibreur. Après cela, il fut plus aisé à Desmond d'expliquer à l'avocate qu'il était préférable qu'il se rende seul aux obsèques de son père.

Il rejoignit le quartier de Gold Coast et grimpa les deux étages de la maison victorienne où se situait son appartement. Il fourra dans une valise quelques affaires, glissa sous housse son ordinateur portable et contacta American Airlines : le vol de 19 h 15 pour Phoenix n'était pas complet. Un taxi le déposa à l'aéroport juste à temps pour l'enregistrement. L'avion ouvrit une brèche dans un ciel obscurci de nuages, laissant Chicago s'effacer sous son ventre de métal.

Le professeur déplia la tablette incluse dans le dossier devant lui et fit signe à l'hôtesse. Un instant plus tard, on lui apportait un whisky glacé avec une serviette en papier. Il retira le glaçon puis avala le contenu du gobelet.

La phrase résonna dans sa tête avec une étonnante clarté :

« Un verre à vin ne se conçoit qu'en cristal Waterford, une assiette se doit d'être de porcelaine et fabriquée chez Johnson Brothers. »

Benjamin Blur détestait la vaisselle provisoire. Son baratin pour ménagère, Desmond le connaissait par cœur. Cela ne le contrariait guère de vendre à ces dames de vulgaires copies de vaisselle anglaise à des prix excessifs, il détestait son boulot et se moquer du monde était sans doute sa seule consolation. Cet homme qui aspirait à collectionner les Cadillac et les vieilles limousines avait vécu toute sa vie de la vente de services de table et salières en argent massif tout en racontant des sornettes. Arraché à sa transparence, le glaçon fondait sur la tablette couverte de la serviette en papier.

— Moi aussi avant, je le buvais sec.

À la droite du professeur, contre le hublot, un homme d'une cinquantaine d'années souriait aimablement, tenant dans une main une canette de Coca Light, un magazine ouvert à la page des horoscopes étalé sur un genou.

— Maintenant, je carbure aux édulcorants. Et ça me bousille l'estomac.

Desmond le jaugea. D'allure sportive, il semblait à l'étroit entre les accoudoirs. Tous deux étaient approximativement de la même taille, un bon mètre quatre-vingts, mais le voyageur devait peser dans les quatre-vingt-dix kilos, soit vingt de plus que le conférencier. Son cou massif dépassait d'un tee-shirt blanc porté sous une chemise à carreaux. La peau tannée par le soleil donnait de l'éclat à ses yeux bleus. Une moustache roussie et un bouc court taillé parachevaient le tableau.

— On se connaît ?

— Ouaip.

L'homme tendit sa paluche.

— Gary Banning. Chef de police de Jerome, la ville fantôme la plus peuplée d'Arizona. J'étais à votre causerie.

— Vraiment ?

— La question sur le massacre de votre famille, c'était moi.

Desmond hocha la tête. Des flics venaient parfois assister à ses conférences. Son discours plutôt favorable aux pauvres types qui faisaient le choix de bousiller leur vie de couple en travaillant dans la police était apprécié.

Ça les rassurait de savoir qu'il existait dans ce pays des journalistes capables de les considérer sans forcément chercher à les décrédibiliser ou les ridiculiser. Gary Banning avait lu la plupart de ses publications et sollicitait un entretien personnalisé.

— … Je suis désolé de vous avoir rappelé un moment qui a dû être sacrément terrible pour vous. Mais je voulais savoir si vous aussi vous partagiez mon point de vue.

— Est-ce qu'on est un meilleur journaliste ou un meilleur flic quand on a été victime d'un drame ? Je vous ai répondu que ça dépendait des individus, je crois…

— Oui, ceux qui vivent dans la crainte que ça recommence, et ceux qui n'ont plus peur de tout perdre parce qu'ils ont déjà tout perdu.

— Ceux-là sont certainement les plus coriaces.

— Je peux me permettre de vous poser une autre question, professeur ?

— Allez-y.

— Pourquoi vous avez arrêté votre métier de journaliste ?

Il fallait un deuxième whisky à Desmond. Il chercha du regard l'hôtesse.

— Le journalisme tel qu'on le pratique aujourd'hui, dans des conditions de tension permanente, de contraintes commerciales et de compromis politiques ne peut conduire qu'à la déconsidération de soi ou à la crise cardiaque. Vous reprenez quelque chose à boire ?

Dix minutes plus tard, le chef de police et le professeur trinquaient au hasard heureux d'un numéro de siège.

— Mon père était inspecteur à la criminelle à San Francisco, confessa Gary. Il a été tué lorsque j'avais six ans.

— Les risques du métier... Je me rends aux obsèques de mon père. Cancer des poumons.

— Fumeur ?

— Gaz d'échappements. Il était voyageur de commerce.

— Les risques du métier. Condoléances.

Deux gobelets se levèrent de concert.

— À votre père, professeur.

— Santé, éternité.

Vers 21 heures, l'avion atterrit à Phoenix. Desmond se présenta aussitôt au comptoir d'un loueur de voitures. Sur les conseils de Gary Banning, il réserva une chambre à Sedona où le lever du jour était, paraît-il, unique au monde.

— Les falaises rouges creusent les ombres et transforment la lumière en vibration sur toute la vallée, on se croirait dans un film en 3 D, vous verrez professeur. Quelque chose de faramineux !

Un peu avant minuit, il atteignait péniblement la ville du Vortex [1], déconfit par la route et un mauvais hot-dog de station-service avalé durant le trajet. La chambre réservée dans un motel de la chaîne Best Western recommandée par le chef de police était confortable et spacieuse. Il se doucha, se coucha, consulta ses mails, écouta les deux messages compatissants laissés par Casey sur sa boîte vocale, espéra le sommeil, en vain, tourmenté par l'idée qu'une femme avait requis sa présence ici dans l'optique de lui faire payer quelque chose.

1. Surnom donné parfois à la ville de Sedona.

Desmond passa sa première nuit à observer la lune depuis la rambarde de son balcon, assis dans un fauteuil en osier, fasciné par la forme des rochers, célestes remparts au ciel étoilé, se demandant ce que pouvait bien être une vie accomplie, de quelle nature avait été celle de son père et si la sienne était digne d'être vécue. Il était des hommes qui, à rester seuls, finissaient par disparaître, à se défaire comme des courants d'air.

Et il demeura ainsi, enroulé dans une couverture jusqu'au lever du jour, à 6 h 02.

Quelque chose de faramineux.

Sagittarius (Nov. 23 – Dec. 21)
Keeping yourself financially
afloat demands complete attention.

Vendredi 24 septembre

Nancy, France

Lola releva la tête de l'oreiller. Sur la table de nuit, son téléphone portable se déplaçait frénétiquement au gré des vibrations, éclairant la nuit de son écran. Elle tendit un bras vers l'interrupteur de la lampe de chevet, alluma la lumière, nota l'heure au cadran du réveil – 4 h 35 – et ramena l'appareil vers elle pour lire le numéro qui s'affichait. L'indicatif était celui des États-Unis. Elle prit la communication dans un sursaut. La voix qui chatouilla son oreille était hésitante, en partie masquée par un fort bruit de fond. Pour la seconde fois, la vie de Lola se retournait comme un gant.

103

— Pierre ! Où est-ce que tu es ?… En Arizona ?… Où ça ?

Infernal brouhaha. Pierre répéta ses mots au plus près du combiné.

— … Qu'est-ce qui s'est passé à Williams ?… Réponds-moi, dis-moi ce qui s'est passé.

Sa réponse la glaça. Elle s'assit au bord du lit puis remonta la couette sur ses épaules, bousculant le chat qui roupillait au milieu. Des larmes perlaient à ses yeux.

— De quoi tu parles ?… Mais Pierre, TU NOUS AS RENDUS TRÈS MALHEUREUX ! Tu as une idée de ce que nous avons enduré depuis trois ans dans l'angoisse de savoir ce qui t'était arrivé ? De l'épreuve que Gaston a vécue ? De ses cauchemars la nuit ? Des rendez-vous chez le psy ? Est-ce que tu as seulement imaginé les dégâts que tu allais causer à ta famille en prenant une décision pareille ? !

Le mari se confondait en excuses, implorait le pardon de sa femme et celui de son fils, suppliait que Lola l'écoute. Des cris joyeux retentissaient derrière sa voix, nourris de refrains de musique country. Lola rejeta la couette sur le lit, attrapa rageusement un gilet et sortit de la pièce. Une douleur enfouie en elle se dépliait soudain comme une carte routière.

— Tu as raison, je ne te pardonnerai jamais, chuchota-t-elle en passant devant la chambre de son fils. Tu n'as pensé qu'à toi ! Ce jour-là, tu t'es simplement comporté en sale égoïste une fois de plus.

Alors qu'elle traversait le couloir en direction de la cuisine, la communication fut interrompue. Lola maudit son opérateur. Elle s'apprêtait à rappeler automatiquement le numéro lorsque le portable vibra pour la seconde fois.

— Pierre ?

Elle se radoucit.

— … On a été coupés, oui.

Coupés. Le mot lui était venu, fatalement. Pierre tentait de renouer un lien, ballotté par les vagues d'applaudissements qui submergeaient sa voix.

— Un courrier ? Quel courrier ?…

Lola comprit qu'il était question d'une lettre. Quelque chose de très important qui lui était destiné, de quoi rembourser les dettes que Pierre lui avait laissées. Il voulait savoir si sa femme avait changé d'adresse. Elle sentit un courant d'air frôler ses jambes nues.

— Pourquoi on aurait changé d'adresse ? Je te rappelle que tu es propriétaire pour moitié de la maison. À moins que tu réapparaisses en chair et en os dans le bureau du notaire, je ne pourrai jamais la vendre, même si mon salaire couvre à peine la mensualité du prêt !

La nuit était claire, la maison baignée d'une pénombre bleutée. Dans la cuisine, machinalement, Lola mit de l'eau à chauffer. Un café l'aiderait à sortir de cet état de torpeur, entre détresse et sueur froide. Une lune insolente dessinait le feuillage des arbres en ombre chinoise sur le carrelage de la cuisine.

— Et qu'est-ce qu'elle contient cette lettre ?…

Le débit de son mari s'accéléra. Il avait rencontré un vieux bonhomme dans un bar en Californie, un type souffreteux qui avait changé sa vie.

— Il t'a demandé d'écrire quoi ?…

Lola chercha une tasse dans le placard, attrapa la première qui lui venait sous la main et versa une dose de café soluble dans le mug Astérix de Gaston. Ses mains tremblaient.

— … C'est ça : une cinquantaine de victimes !
Comment peux-tu imaginer un instant que je vais
écouter ces conneries après ce que tu nous as fait ?
lâcha-t-elle, consternée.

Son mari changea radicalement de ton. Il gémissait
presque. Lola sentit sa gorge se serrer au point de gêner
sa respiration.

— Pierre Lombard, j'ai longtemps cru à tes histoires
de grand frère parce que sans doute ça correspondait à
un besoin chez moi de me faire balader par mon mari et
de me retrouver toute seule dans une laverie à l'autre
bout du monde avec un sac de linge sale. Mais là, sincèrement, avec ton histoire de serial killer, tu dépasses les
bornes.

L'eau frémit dans la bouilloire. La voix de Pierre ne
fut plus qu'un murmure étouffé. Pour lui, les choses
avaient mal tourné. Il avait fait une grosse connerie.
Lola glissa un bras sous sa poitrine, le regard sombre.

— … OK. Les choses ont mal tourné. Maintenant
donne-moi ton adresse que maître Petitjean t'envoie la
convention de divorce… Ah ! Non, s'il te plaît, laisse
tomber ! Ton adresse et ton numéro de téléphone.

Le silence se fit de l'autre côté de l'Atlantique.

Un vent léger traversa le jardin, brouillant l'ombre
des feuillages sur le carrelage.

L'homme préférait ne pas communiquer ces informations à sa femme.

Lola eut un rire nerveux.

— … Qu'est-ce que je dois comprendre ?

Il ajouta qu'il avait changé de nom et lâcha un juron.

— … Pierre ?

Le bruit désagréable d'un téléphone que l'on raccroche agressa l'oreille de Lola. Elle resta immobile au milieu de la cuisine, hagarde.

Son regard tomba sur les photos fixées à la porte du réfrigérateur par des aimants *Star Wars*. Des photos prises par Annette sur la Route 66. Paysages saisis dans leurs superbes atours, dégradés de gris-bleu et de rose. Sur l'une d'elles, on voyait Pierre serrant Gaston dans ses bras, assis au bord d'un précipice du Grand Canyon au soleil couchant. Lorsqu'elle délogea la bouilloire électrique de son socle dont le contenu dégageait une furieuse vapeur, Lola eut la sensation de se tenir exactement là.

Au bord du gouffre.

Aries (March 21 – April 20)
A little stress is unavoidable
with all the internal changes
that you are experiencing.

Vendredi 24 septembre 2010

Vers 8 h 30, l'appel d'un certain inspecteur High-tower réveilla le professeur fraîchement assoupi.

— 10 heures ?… Entendu, j'y serai.

Il se doucha sous une eau froide, avala son petit déjeuner en vitesse et se rendit au commissariat principal de Flagstaff.

La maladie n'avait pas emporté Benjamin Blur.

Benjamin Blur s'était suicidé dans sa chambre d'hôpital avec un revolver *Iver Johnson* à canon court. Une arme réputée pour être la plus sûre grâce à un système de sécurité garantissant contre les erreurs de manipulation – à son époque. Cette antiquité presque centenaire provenait de la boutique, comme l'attestait l'étiquette tachée de sang. Elle pendait encore à la gâchette.

— Deux cent soixante-dix dollars, commenta l'inspecteur Hightower. Une crosse de toute beauté.

Il reposa sur son bureau l'arme enveloppée d'un sac plastique, recula son siège et croisa les bras. La couleur de sa peau trahissait ses origines indiennes et des incisives marquées lui donnaient un air juvénile.

— Je suis tombé un jour sur une vieille publicité pour ce revolver dans une encyclopédie sur les armes à feu. On voyait une petite fille assise au milieu de son lit avec une poupée. Elle tenait l'arme dans ses mains comme un jouet, et sur sa chemise de nuit, c'était marqué *Papa says it won't hurt us*[1].

Papa says it won't hurt us.

Ce slogan d'avant-guerre avait quelque chose d'obscène. Le badge cousu sur la chemise de l'inspecteur attira le regard du professeur : des montagnes aux sommets enneigés titillaient un ciel azur en arrière-plan, alors qu'un cerf dressait fièrement ses bois sous un drapeau américain planté au bord d'une rivière. Nettement plus bucolique que l'écusson de la police de Chicago. Bien qu'ici non plus le boulot ne manquât pas (des trains reliaient quotidiennement Las Vegas et San Francisco à Flagstaff, chargés de populations *borderline*), les conditions de travail d'un officier de police semblaient, à première vue, plus confortables. À commencer par cet air vivifiant qui frappait vos poumons : la ville cernée de forêts s'établissait à plus de deux mille mètres d'altitude.

1. Papa dit que cela ne peut pas nous blesser.

— La question qu'on se pose, c'est pourquoi votre père a fait le choix de mourir dans une chambre d'hôpital et non pas chez lui ou sur son lieu de travail comme le font généralement les personnes désespérées…

Desmond avait bien une idée sur la question : pour ne pas salir la moquette. Il considérait son père comme un grand maniaque.

— Vous devriez plutôt demander cela à la personne qui partageait sa vie, choisit-il de répondre.

— Nous lui avons demandé, rétorqua l'inspecteur, feuilletant le dossier qu'il avait sous le coude. Mrs Deronse pense qu'il a voulu protéger sa maison d'un « flot d'énergie mortifère »… Maison dont, je crois, vous êtes l'héritier.

Le fils du défunt ne s'attendait pas à ça. Il gagnait suffisamment bien sa vie pour s'être intéressé un jour à son patrimoine familial. L'idée qu'il ait bientôt à fourrer son nez dans les affaires de son père lui déplaisait. Dieu sait de quel pavillon navrant il avait hérité.

— Ah. Je l'ignorais.

— Une drôle de baraque à ce qu'on m'a dit, commenta l'inspecteur, dans Oak Creek Canyon. Votre père ne vous en a pas parlé ?

— On ne s'est guère fréquenté ces dernières années. Avant non plus d'ailleurs.

L'inspecteur produisit un bruit de bouche saugrenu et secoua la tête comme si Desmond venait de lui annoncer le massacre de pauvres orphelins.

— Ah ! C'est triste, oui, bien triste.

— C'est ainsi, répliqua Desmond. Autre chose, inspecteur ?

Après une hésitation, l'officier de police ouvrit un tiroir et en retira un livre légèrement corné. Sur la couverture, le visage du professeur Desmond G. Blur. Le troisième tome de ses chroniques judiciaires.

— Si cela ne vous dérange pas de me le dédicacer, professeur…

La rencontre avec Mrs Deronse eut lieu une heure plus tard à la morgue du comté de Coconino.

Desmond n'en était pas à son premier cadavre, mais devant celui de son père, il perdit contenance. Ce corps famélique n'avait rien de familier. Cheveux et sourcils ruinés par les substances chimiques injectées pour combattre le mal, les os saillaient sous une peau parcheminée. La plaie par balle à la tempe droite le mit par ailleurs dans un profond embarras.

En quittant la pièce refroidie à 2° C, tout à ses réflexions, il ne prêta pas attention à la personne assise sur une banquette inconfortable du hall d'entrée. Une voix fragile s'éleva lorsqu'il parvint à sa hauteur.

— Finalement, votre père aura réussi à vous faire quitter Chicago.

Desmond avait toujours imaginé la compagne de son père sous les traits d'une actrice hollywoodienne des années quarante, blonde ou brune, figée dans la représentation cinématographique de la femme adultère, éternelle garce aux yeux fardés. Le visage sobrement poudré, sourcils arc-boutés, pommettes marquées, Mrs Deronse devait avoir l'âge de son père, soit pas loin de soixante-quinze ans. Minuscule dans cette pièce aux hauts murs couverts de lambris, elle portait un gilet vert sapin assorti à ses iris, un pantalon de flanelle sombre et des tennis de jeune fille. Ses cheveux blond cendré s'étaient soustraits au coup de brosse matinal. La dame tenait un mouchoir dans une main et ses yeux rougis brillaient.

— Il a toujours su trouver les arguments, répondit Desmond.

Elle sourit à la remarque facétieuse. Mrs Deronse se releva.

— Je doute cependant qu'il eût aimé vous avoir comme client.

— Pourquoi donc ?

— Eh bien, vous avez mis plus de dix ans à vous décider, non ?

Elle hésita avant de lui tendre la main.

— Éleda Deronse. Je regrette que Ben ne soit plus là pour faire les présentations.

L'homme serra la paume délicate.

— On va se débrouiller, Mrs Deronse, murmura-t-il.

— 9607, Oak Road, sur la route de Sedona. C'est l'adresse de votre père. Retrouvons-nous là vers 16 heures, s'il vous plaît.

Desmond fit tomber deux fois ses clés de voiture sur le parking de la morgue avant de réaliser qu'il essayait d'ouvrir un véhicule qui n'était pas le sien.

Le fils s'était éloigné d'un père pour se soustraire à son jugement, grandir en dépit du naufrage familial. Mais au fond, que savait-il de cet homme nu, dégagé de sa chrysalide, remisé dans un tiroir ?

Rien ne serait plus comme avant.

Aucune certitude.

En dehors du fait que son père était gaucher.

Desmond trouva le Cancer Center of NAH[1] sur Beaver Street, un bâtiment en briques rouges agrémenté de maigres plates-bandes. Il put s'entretenir quelques instants avec le médecin ayant soigné le défunt : le docteur Lechee, une femme aux lèvres fines et aux seins refaits, lui confirma que son père souffrait d'un cancer depuis trois ans.

Viens me voir. Il faut qu'on parle, fils.

Sa dernière lettre remontait à trois ans.

— Il avait subi une première ablation au poumon gauche, confia le médecin. Une récidive sévère s'était révélée au dernier examen…

Les métastases avaient atteint le foie et le pancréas. Le service complet, avec les soucoupes.

— Je dois avouer que votre père ne s'est jamais vraiment décidé à livrer bataille contre la maladie.

— Ce n'était pas son genre.

Le docteur Lechee souleva un sourcil. Le ton amer du visiteur contrastait avec la douceur qui émanait de son visage.

---

1. Northern Arizona Healthcare.

— Ce que je veux dire, c'est qu'il semblait avoir accepté son sort comme une fatalité.

— De toute évidence.

Desmond demanda à voir la chambre où le patient s'était donné la mort, ce qui lui fut accordé. Une pièce claire, dont la vue donnait sur San Francisco Peaks, les montagnes sacrées des Navajos. En dehors d'une forte odeur de détergent, rien n'indiquait qu'un homme s'y était fait exploser la cervelle. Desmond nota la disposition du lit par rapport à la fenêtre et demanda à parler avec Mrs Prescott, l'infirmière qui avait été la dernière à voir son père en vie. Celle-ci lui précisa la raison pour laquelle il l'avait appelée quelques minutes avant le drame : Benjamin Blur avait réclamé un verre d'eau.

— Il tenait ses mains sous les draps, j'ai pensé qu'il avait froid alors j'ai refermé la fenêtre. Si j'avais su qu'il cachait une arme…

— Était-il assis ou couché ?

— Couché.

— Est-ce qu'il vous a dit quelque chose de particulier ?

— Non. Votre père n'était pas très causant.

— Vous avez refermé la fenêtre, puis vous êtes sortie.

— Oui.

— Rien d'autre ?

— … Ah, si, il m'a demandé de ne pas tirer les rideaux.

Mrs Prescott eut un regard confus.

— Quand j'ai entendu la détonation, je suis revenue sur mes pas… Il y avait du sang partout… On voit beaucoup de gens mourir ici, mais pas de cette façon.

— Est-ce que quelqu'un aurait pu pénétrer dans la chambre entre le moment où vous l'avez quitté et le coup de feu ?

— Il n'y avait personne dans la chambre.

— Vous n'avez vu personne, mais cela ne veut pas dire qu'il n'y avait personne.

— Je pense que si ça avait été le cas, je m'en serais aperçue.

— Et dans le couloir ? Vous avez remarqué quelque chose ?

— Oui. Un patient en chaussons avec son déambulateur. C'est tout ?

Le professeur soupira.

— Au revoir, Mr Blur.

Vers 13 heures, il avala un sandwich végétarien dans un *coffee house* en centre-ville et but deux cafés noirs. Déco vintage, comptoir en vieux chêne, pâtisseries maison sous vitrine, clientèle relax ; dans son costume gris ajusté, Desmond détonnait. Des mots d'italien et d'allemand fusaient du fond de la salle, on croisait ici le même genre de touristes que dans certains quartiers de Chicago l'été, arborant tee-shirts ou casquettes à l'effigie de la Route 66. Desmond rentra la tête dans les épaules.

Un sentiment de rancune dessinait trois plis à son front.

Que croyaient-ils donc glorifier sinon un ruban de bitume moribond ? Quel intérêt y avait-il à se jeter sur ce chemin de croix, enfilade de patelins sacrifiés sur l'autel du profit et de la vitesse, rayés de la carte routière à coup de déviations grotesques ? Route 66, route cimetière, balisée de centaines de *gas stations* orphelines. Si

Flagstaff lui devait sa prospérité, la ville faisait figure d'exception. L'empreinte de pompes à essence arrachées à leur socle de béton gris, une enseigne arc-boutée au milieu d'herbes folles, voilà où cette route s'arrêtait pour Desmond : quelque part en Oklahoma, là où son père s'était échoué dans les années soixante en tenue de garagiste bleu ciel, scrutant l'horizon, guettant le ronflement d'un moteur parmi le bruissement du vent dans les arbres. Cette route ne pouvait mener que là où Benjamin Blur était finalement parvenu : à la mort, l'éternité en pénitence.

Gare TGV de Nancy, France

— Tu crois que c'est prudent de partir toute seule,
Lola ?

— Ne t'inquiète pas maman.

— Tu ne veux vraiment pas que ton père
t'accompagne ?

— Non. C'est moi que ça regarde.

Poussant la valise à l'intérieur du compartiment, Lola
ajouta :

— … J'ai contacté le consulat, quelqu'un m'attend à
l'aéroport. Tu peux me prêter combien ?

Sa mère tira de son portefeuille quelques billets flam-
bant neufs.

— Tiens. Tu feras le change ?

Lola s'en saisit, dissimulant son malaise.

— Je te rembourserai.

— Allez. Va donc lui botter le cul à ce salopard.

— Maman…

— J'ai toujours su que ce n'était pas un homme pour toi. Rien qu'à sa façon grotesque de s'habiller.

— Tu peux parler de lui au présent ?

— Des bracelets en cuir, des tatouages de dragon sur les biceps… Et ses chemises à jabot ! Le look du parfait abruti.

— Quoi que tu en dises, c'est le père de ton petit-fils.

— Hélas ! soupira-t-elle.

— Ne donne pas trop de bonbons à Gaston.

— Et toi, reviens avec les papiers signés ! avait-elle soufflé entre deux bises.

Personne n'attendait Lola à Phoenix.

Personne n'attendait Lola où elle allait.

Elle s'affala dans son siège, massa son front du bout des doigts. Des éclairs traversaient les brumes intérieures de son âme jusqu'à l'aveuglement ; aucun traitement ne parvenait à bout de ses migraines dont la fréquence des crises augmentait. Au plus fort de la douleur, elle perdait parfois conscience. Un neurologue avait proposé de la soigner avec un antidépresseur, ce que la patiente avait refusé : on ne toucherait pas à la chimie de son cerveau. Trop de collègues de travail usaient de ces traitements aux effets secondaires indomptables : elle redoutait de se retrouver un jour face à ses élèves, hagarde, dans l'incapacité d'articuler le moindre mot.

Lola Lombard entendait se battre seule dans un monde opaque.

Elle avait toutes les chances de se ratatiner avant la fin de la route.

Tôt ce matin, lorsqu'elle avait rapporté à sa fille les propos de sa conversation nocturne puis annoncé sa décision de partir chercher Pierre en Arizona, Annette avait à peine détourné la tête du téléviseur, calée dans le canapé, un bol de céréales sous le menton. Le sort de celui qui avait assumé bon an, mal an le rôle de beau-père durant cinq années lui importait peu et, de son point de vue, le voyage n'en valait pas la chandelle. Le traumatisme de l'abandon hantait encore la jeune fille. Lola lui avait caressé la joue.

— Je serai de retour dans trois jours, ma douce.

— Tu n'es pas obligée de faire ça. Je vais travailler chez Mac Do... Non, pas chez Mac Do, c'est trop la honte. Je ferai du baby-sitting, je garderai des gosses et des vieux, je promènerai leurs chiens. On va y arriver à payer la maison.

Après la disparition de son mari, Lola avait chancelé crescendo sous le poids des dettes face à des créanciers déterminés à puiser jusqu'au dernier centime dans les comptes bancaires, à la vider de sa substance. À Noël dernier, comme une voleuse, elle avait prélevé quelques centaines d'euros sur le livret de Caisse d'épargne de Gaston pour acheter des cadeaux.

— Ce n'est pas ton problème Annette, avait-elle dit à sa fille. Tu as tes études. C'est ça qui compte.

En quelques heures, elle s'était organisée. Coup de fil à son employeur, achat du billet d'avion, demande d'autorisation ESTA (acceptation reçue en moins de quinze minutes, un miracle), réservation d'un véhicule de location, garde de Gaston.

— Pas de fiesta durant mon absence, d'accord ?

— Je le déteste, avait maugréé Annette tout en saisissant la télécommande de la télévision pour zapper les publicités.

L'avion pour Phoenix décollait à 16 h 35. Avec le décalage horaire, elle atteindrait Flagstaff largement avant minuit.

Seul importait à Lola le but de ce voyage : pousser la porte de ce bar d'où Pierre l'avait appelée.

Trois ans auparavant, ils avaient fait étape dans cette ville lors de leur traversée des États-Unis. Le paysage verdoyant, la fraîcheur du climat après tous ces déserts parcourus, le parfum des pins *ponderosa*, l'ambiance post-New Age des restaurants en centre-ville, Pierre en était resté baba. Il en avait presque pleuré en posant un pied sur le parking d'un *Cracker Barrel Old Country Restaurant*. Lola s'en souvenait : ce jour-là, Gaston ne tenait pas en place. Après avoir empilé le flacon de ketchup sur celui de mayonnaise et saupoudré de sel et de poivre les serviettes en papier, il s'était mis en tête d'assaisonner sa sœur, debout sur une chaise. Cerise sur le gâteau, la serveuse maladroite les avait accueillis en laissant choir un broc d'eau glacée sous la table. Absorbé par la contemplation du parking, Pierre ne s'était même pas rendu compte que ses espadrilles prenaient l'eau.

Deux jours plus tard, il disparaissait dans une laverie.

J'avais besoin de faire un break.

Une rafale de vent frappa les flancs du TGV, jetant sur la vitre une pluie compacte.

Quelque chose grondait en Lola.

Comme un cri retenu, étouffé par les remords.

Victime de ce sentiment coupable propre à l'imprudente qui n'a ni voulu voir ni vraiment compris, Lola brûlait d'ignorer la véritable raison de cette peine infligée, pourquoi l'homme avec lequel elle partageait sa vie, le père de son fils, s'était soustrait brutalement sans payer l'addition, s'offrant du bon temps dans ce centre commercial de frivolité navrante qu'était à ses yeux Las Vegas.

L'urgence était de savoir ce qui se cachait sous cet élan de faiblesse, quelle part relevait de sa responsabilité.

Lola était prête à tout pour recevoir l'absolution.

Pisces (Feb. 20 – March 20)
A part of you would like to
escape and float away from all
the chaos that envelopes you.

NO TRESPASSING, PRIVATE DRIVE

Éleda Deronse n'habitait pas avec le père de Desmond. Elle vivait à Sedona. Deux ans après son installation à Flagstaff, Benjamin Blur s'était entiché d'une habitation sur pilotis en plein parc naturel de Coconino. Elle était idéalement située à moins de dix-sept miles de la ville, après une enfilade de virages coudés, à flanc de montagne. La bâtisse dominait une rivière sauvage qui sortait une fois l'an d'un lit de roches grises. C'est là qu'Éleda avait donné rendez-vous à Desmond. Construite en bois, peinte couleur vert-de-gris, dissimulée derrière une muraille de conifères géants, la maison aguichait la falaise en contrebas, offrant sa terrasse au soleil. Sur la barrière qui clôturait l'entrée de la propriété, un écriteau peint à la main mettait en garde le touriste à la recherche d'un sentier pédestre.

— Votre père tenait à sa tranquillité, justifia Éleda en soulevant le loquet du portail.

Aussitôt, sur le chemin de terre, un chien vint à leur rencontre, la queue basse. Un golden retriever couleur caramel.

— Hello, Bonnie… Tu dois être affamée.

La chienne renifla le caban en gabardine de Desmond puis elle sautilla jusqu'à la maison. Benjamin Blur avait toujours appelé ses chiens Bonnie ou Clyde, en référence au célèbre couple de gangsters qui avait traversé l'Oklahoma et laissé des traces sanglantes à Commerce, à une dizaine de miles de Narcissa. Une chienne sans collier, que son père n'attachait certainement jamais.

Après avoir nourri Bonnie, Éleda rejoignit Desmond près de la rivière. Un ponton de fortune y était aménagé. Face à eux, un roc magistral se dressait vers le ciel, occultant l'horizon.

— On m'a parlé de votre passage à l'hôpital.

Desmond hocha la tête.

— Je n'ai pas fait très bonne impression au docteur Lechee, c'est ça ?

— Vous avez demandé à voir la chambre où votre père est décédé, pour quelle raison, Desmond ?

— Je voulais savoir si c'était bien lui l'auteur du coup de feu.

— Vous en doutez ?

— La plaie est située sur le côté droit de son crâne.

Éleda marqua un temps avant de répondre.

— Ben était gaucher, bien sûr. Et vous vous interrogez sur ce point.

— Je m'étonne que la police ne l'ait pas fait.

— Elle l'a fait, professeur, rectifia-t-elle. Votre père ne s'est pas servi de sa main gauche car il aurait été dans l'incapacité physique d'appuyer sur la détente. Avez-vous une idée de ce qu'une ablation d'une partie d'un poumon peut causer comme dommages ? De l'ampleur de la cicatrice ? Celle de votre père commençait au milieu de dos et remontait jusqu'à l'aisselle. Le bras gauche était couvert d'hématomes à force d'intraveineuses. L'infirmière avait dû s'y reprendre à plusieurs fois pour…

— J'ai saisi, coupa-t-il.

Des larmes montaient aux yeux d'Éleda.

— Je vous en prie, ne cherchez pas d'autre raison à sa mort que celle qui l'a mené à cette extrémité. C'est assez douloureux comme ça.

— Désolé.

Elle prit le bras de Desmond et ils firent quelques pas, longeant la rivière.

— Ici votre père a pêché quelques poissons lorsqu'il était encore en capacité de lancer sa ligne, soupira-t-elle. Il aimait cet endroit. Je l'ai peint pour lui.

— Vous êtes peintre ?

— Hélas ! J'ai bien peur d'être une artiste régionale, admit-elle. La toile est dans le salon, au-dessus de la cheminée. *The living river.*

Bonnie batifolait dans l'eau fraîche, jetant des regards réjouis aux visiteurs impromptus. Un quart d'heure plus tard, ils rejoignaient la maison.

— Je vous mets en garde, dit Éleda, Bonnie est une très mauvaise gardienne.

Puis elle remit à Desmond un trousseau de clés garni d'une patte de lapin.

— Prenez-en soin.

L'homme leva sur elle un regard surpris.

— Vous êtes chez vous, Desmond. Cette maison vous a attendu au moins aussi longtemps que votre père. Elle mérite que vous lui rendiez visite avant de retourner à Chicago. Nous nous voyons après-demain aux obsèques ?

Il acquiesça. Un vent malicieux rabattait des mèches de cheveux sur le visage d'Éleda. Elle plissa les paupières.

— Vous avez ce même regard bleu magnétique. Les femmes doivent vous tomber dans les bras.

Puis, comme à regret, elle ajouta :

— Je vous en ai voulu, Desmond. Ben le cachait mais il souffrait de ne plus communiquer avec vous… Les choses sont plus compliquées qu'elles ne le paraissent, n'est-ce pas ?

Elle repartit vers sa voiture, accompagnée de la chienne, sans attendre de réponse.

— … Si vous décidiez de ne pas garder la maison de votre père, ce qui serait parfaitement stupide, lança-t-elle en chemin, je prendrais Bonnie avec moi !

Desmond entendit le claquement du loquet de la barrière, la course de l'animal martelant la terre, le moteur d'une voiture qui s'éloigne sur la route, puis, le ruissellement paisible de l'eau entre les pierres satinées. Cette femme semblait envisager la possibilité qu'il quitte un jour Chicago pour venir s'enterrer ici, habiter un chalet sous les arbres, lancer la balle à une chienne candide et se pâmer devant les couchers de soleil jusqu'à l'overdose. Les gens du coin ne pensaient pas qu'un « ailleurs » puisse décemment exister.

Une lumière orangée remontait le flanc de la falaise, accrochant des ombres bleu marine aux buissons. Une brise soudaine confirma le fléchissement des températures. Debout sur le ponton, Desmond ressentait un désarroi. Quelque chose en lui pliait, telle la branche d'un arbre courbée sous le poids de ses fruits. Bonnie vint s'asseoir à ses côtés, affichant un sourire souverain, guettant la queue d'un écureuil sur une branche. Desmond remonta le col de son caban.

L'homme qui habitait cette maison pouvait-il sérieusement être son père ?

Benjamin Blur était-il revenu à l'état sauvage ?

Desmond aurait-il gaspillé un temps colossal à se construire loin d'un mirage ?

Il s'agirait alors d'un exploit. L'exploit le plus sot qu'il ait réalisé.

Le fils allait devoir improviser. Puiser dans le regard de cette femme comme on suit aveuglément un point lumineux dans la nuit.

Il glissa une main au fond d'une poche de son caban, sentit sous ses doigts le velours de la patte de lapin.

Une fois franchi l'escalier qui le séparait de la terre ferme, Desmond introduisit la plus grosse clé dans la serrure d'une porte en bois massif sculpté d'oiseaux et de motifs végétaux. Elle donnait sur un living tout en baie vitrée, surmonté d'une mezzanine. L'intérieur évoquait plutôt celui d'un gîte de montagne, agrémenté de tapis indiens et de rideaux de chanvre. Flottait dans l'air le parfum irritant des cendres froides d'un feu de bois. Le mobilier était constitué d'un assortiment de chaises, fauteuils et canapés récupérés sur des brocantes et disposés devant une cheminée surmontée d'une toile abstraite aux couleurs pastel : le tableau d'Éleda. À droite de l'entrée, une cuisine rudimentaire communiquait avec une buanderie où Benjamin Blur entreposait son matériel de pêche. La chambre et la salle de bains étaient à l'étage, le lit trônant au milieu de la mezzanine. Desmond s'y allongea, paumes vers le plafond.

Gamin, jamais il n'aurait osé franchir l'interdit.

Il demeura ainsi dix bonnes minutes.

Bonnie gémissait d'impatience en bas de l'escalier.

Il retourna sur la terrasse qui communiquait avec une passerelle en bois menant à une sorte de cabane hexagonale. La porte n'était pas verrouillée, il la poussa. Une discrète odeur de cèdre flottait à l'intérieur. Son père avait aménagé là un bureau plutôt spartiate, constitué d'une planche et de tréteaux, flanqué d'une bibliothèque remplie de vieux bouquins parfaitement alignés et d'un fauteuil en cuir élimé. Les trois fenêtres étaient ornées de *dreamcatchers*[1] aux lanières gainées de perles et de plumes. Au fond de la pièce, dans une armoire en fer, il trouva des boîtes en carton, des dossiers et de vieux catalogues de vaisselle défraîchis. Benjamin Blur avait aussi conservé la boîte à biscuits où son épouse rangeait les cartes postales qu'il lui envoyait au cours de ses déplacements. Desmond en tira une au hasard.

Je pense très fort à vous deux en ce triste jour anniversaire. Cette maudite blessure nous rapprochera toujours, Desmond. Mon retour est pour bientôt. Affectueusement.

1. Attrape-rêves : objet traditionnel indien censé emprisonner les cauchemars de celui qu'il protège.

Postée à Doolittle, Missouri, datée du 17 juillet 1975. Nora Blur était décédée quatre mois plus tard. Il replaça la carte avec les autres et poursuivit son inventaire. Encrier, coupe-papier, boussole, sablier, photophore indien, diverses babioles encombraient le bureau – des antiquités. Un objet posé sur le sous-main en cuir marron attira son regard. C'était un vieil agenda de son père, plus usé qu'un missel. La tranche était identique à celle des autres bouquins de la bibliothèque. Un sourire dépité creusa deux sillons à la joue gauche de Desmond : le représentant de commerce avait conservé tous ses agendas où il consignait jadis ses rendez-vous. Sans amertume, il semblait tenir aux vestiges de sa propre histoire. Desmond se demanda pour quelle raison l'agenda n'avait pas été replacé parmi les autres ; même les crayons alignés sur le bureau étaient soigneusement rangés par ordre de grandeur. Il jeta un œil par la fenêtre : bon petit soldat, la chienne se promenait sur la passerelle, agitant la queue. Il ouvrit l'agenda.

La photo dépassait entre deux pages.

Une photo jaunie.

Celle du garçon fugueur.

Vue pour la dernière fois sur la moquette de la chambre de son père. Il remarqua l'année de référence inscrite en lettres d'or sur la couverture de l'agenda : 1966. La photo aurait-elle été prise l'année du massacre ? Pourquoi son père avait-il inséré là le portrait de ce gamin dont il cherchait encore la trace bien des années plus tard ? Desmond replaça l'agenda sur l'étagère, puis il sortit sur la terrasse. Bonnie le suivit, se frottant à ses jambes.

S'accoudant à la rambarde, il eut la sensation d'un léger vertige. Dans cette pièce, le passé professionnel de son père occupait tellement l'espace qu'il repoussait tout alentour.

La chienne aboya. Quelque chose venait de se faufiler derrière un buisson en bas, vers la rivière. Desmond tendit une main pour caresser le crâne de la chienne.

Contact du poil tiède sous sa paume.

Elle se calma aussitôt.

De retour à l'hôtel, il feuilleta les magazines touristiques mis à disposition dans sa chambre et interrogea divers sites Internet. Éleda Deronse était bien plus qu'une artiste régionale. Ses œuvres étaient connues et exposées jusqu'à Florence en Italie. Elle avait étudié auprès de Karl Knaths au musée Philips à Washington, à New York avec le peintre expressionniste Hans Hoffman, puis avec Karl Zerbe au Museum of Fine Arts de Boston. Desmond songea à la carrière que sa mère aurait pu faire si son père ne l'avait pas soustraite à ses études artistiques, puis il s'intéressa à Sedona. La ville semblait dédiée au commerce de l'art et de l'amour. Max Ernst s'y était installé à la fin des années quarante, ravi de pouvoir converser enfin avec la pierre, façonner ce divin échange avec le minéral et le végétal, à haute voix ou à mains nues. Depuis, les œuvres d'artistes « western », amérindiens et contemporains se côtoyaient dans les galeries du centre-ville et de jeunes couples bien portants venaient s'y marier. Poser devant les majestueuses falaises vibrantes d'ombre et de lumière était censé bénéficier à la longévité de leur union, même s'ils devaient dépenser pour cela un paquet de pognon. Dans la revue immobilière *Homes & Land*, Desmond releva le prix d'un cottage situé sur Oak Creek Canyon : trois cent quatre-vingts mille dollars. La région regorgeait de somptueuses résidences et de ranchs bâtis sur des terrains bruts valorisés à plus d'un million. Survenue beaucoup trop tôt après le massacre, la vente de la maison de Narcissa n'avait rapporté qu'une misère à ses parents. Desmond se demanda à combien s'élevait le nombre de services de table et de ménagères en argent massif que son père avait fourgué pour s'offrir sa propriété sous les arbres. Au bout du compte, à force de courbettes et de boniments, Benjamin Blur avait fait son beurre. La station-service ne lui aurait jamais rapporté autant.

Vers 18 heures, il s'immergea dans le jacuzzi jouxtant la piscine extérieure de l'hôtel. Union du ciel couchant et du grès rouge, sporadiques stridulations de grillons, une brise délicieuse frappait la surface de l'eau. Desmond se sentait étranger à ce miracle, comme s'il prenait conscience du temps sous sa forme la plus éthérée, un intervalle que rien ne traversait ou ne semblait pouvoir combler. L'énigme de ce père singulièrement étranger pesait sur lui. Il étendit les bras sur le rebord du bassin et ferma les yeux.

Sagittarius (Nov. 23 – Dec. 21)
Your mind is constantly moving
between practical considera-
tions - like staying financially solvent - and how to
achieve the freedom that you
desire.

Depuis l'aéroport de Phoenix, Lola se laissait guider par la voix masculine du GPS, piochant dans un paquet de chips, buvant du thé glacé. Vers 22 heures, après une fascinante route de montagne en lacets, elle atteignit Flagstaff. Elle fit une halte à l'hôtel Weatherford pour confirmer sa chambre et déposer ses bagages, puis elle programma le GPS à destination d'une autre adresse. Apparut bientôt dans la nuit une guitare acoustique lumineuse démesurée. En verrouillant la Chevrolet de location garée sur le parking du Museum Club, Lola fit un rapide calcul : train, avion, voiture, elle avait voyagé plus de dix-huit heures – sans compter l'escale à Dallas. Entre surexcitation et langueur, elle naviga au milieu

132

d'une trentaine de pick-up stationnés en épis devant le bar.

Étape incontournable de la Route 66, le Museum Club ressemblait à un grand chalet vosgien. La décoration intérieure était rigoureusement conforme aux photos du site Internet : les murs lambrissés supportaient des têtes d'animaux naturalisés et des cornes de bœufs, on y avait aussi suspendu d'authentiques tapis indiens et des tableaux naïfs à la mémoire des pionniers, cow-boys et bûcherons. Au fond de la salle principale bordée de petits box, un groupe de musique country occupait la scène. Lola parvint jusqu'au bar en jouant des coudes parmi la clientèle et se hissa sur un tabouret.

— Bonsoir, qu'est-ce que je peux faire pour vous, *sweety* ?

De l'autre côté du comptoir, une jeune femme aux cheveux rouges lui adressait un sourire radieux. Lola commanda une bière. Une chope couverte de buée atterrit rapidement devant elle.

— Dites-moi si vous avez besoin de quoi que ce soit d'autre !

La barmaid criait presque pour se faire entendre. Lola trempa les lèvres dans le liquide ambré au milieu d'applaudissements et de « Yi ha ! » expansifs à l'excès. Une cinquantaine de clients braillaient, soulevant à bout de bras presque autant de chapeaux. La moyenne d'âge avoisinait la trentaine avec une prédominance du sexe fort. Lola scrutait chaque visage masculin, cherchant sous une barbe les traits de son mari, imaginant des cheveux à tel crâne rasé.

Exercice ordinaire et vain pratiqué depuis trois ans.

Que Pierre revienne en France et hante les rues de Nancy en se cachant d'elle était la conclusion de l'enquête du détective privé engagé quelques mois après sa disparition. En dépit des trois mille euros versés par sa cliente, ce dernier n'avait pas jugé un déplacement aux États-Unis nécessaire, se contentant d'échanger quelques courriers avec le consulat à Los Angeles et la police de Williams. Le détective était persuadé que Pierre Lombard avait fui ses déboires professionnels et « une certaine image dévalorisante de lui-même ». Il n'était pas rare que de telles disparitions surviennent au cours d'un voyage à l'étranger. De la même manière, un époux fraîchement évaporé pouvait tout aussi bien revenir un jour habiter à quelques rues de sa famille et se terrer là, avec l'appréhension de franchir les derniers mètres.

En gros, Lola avait épousé un loser : un type qui finirait sa vie allongé sur des cartons sous un abribus de la place Carnot.

Les miroirs derrière le comptoir lui permettaient d'observer discrètement la clientèle sans quitter son tabouret. Profitant d'une accalmie sonore, Lola sortit de son sac à main une photo et fit signe à la jeune femme aux cheveux rouges.

— Est-ce que cela vous ennuierait de jeter un œil ? demanda-t-elle.

— C'est à quel propos ?

Lola lui résuma en quelques phrases la raison de sa présence à Flagstaff. La barmaid marqua un temps d'hésitation, comme si elle craignait de se brûler les doigts en touchant la photo, puis, elle se décida à la faire pivoter sur le comptoir.

— … Ça ne me dit rien, dit-elle en grimaçant.

— Mon mari a pu changer d'apparence, sa coupe de cheveux est peut-être différente…

— J'étais de service en salle hier, pas au bar. Attendez.

La barmaid leva une main en direction d'un serveur qui rappliqua, portant un plateau garni de verres et de chopes vides. Il s'empara de la photographie, la repoussa sur le comptoir. Le visage de Pierre Lombard ne lui était pas plus familier.

— Ce n'est pas un client régulier, m'dame, lâcha-t-il.

— Vous êtes sûr ? Il a téléphoné d'ici hier soir aux alentours de 21 heures.

— Le jeudi soir, c'est karaoké, on est blindés, justifia la barmaid avant d'aller remplir d'autres verres.

Le serveur reprit la photographie en main, fronçant les sourcils.

— Hier soir ?

— Oui.

— Y a bien un type… Il m'a demandé s'il pouvait téléphoner parce qu'on venait de lui voler son sac à dos. Il n'avait plus de portable, il voulait contacter son assurance. Mais ce gars-là ne ressemblait pas du tout à votre mari.

Un frisson parcourut le dos de Lola.

— Vous vous souvenez de quoi il avait l'air ?

— Bah, il était un peu stressé, comme quelqu'un qui vient de se faire voler.

Lola fouilla dans son sac à main. Pas un seul stylo. Finalement, elle attrapa sa trousse de maquillage.

— Mais physiquement, il était comment ?

— Barbu, cheveux longs, lunettes jaunes, bandana et gilet en jean.

À l'aide d'un crayon noir pour les yeux, elle apporta quelques modifications à la photo en fonction des indications données par le serveur. Ce dernier regarnissait déjà son plateau de boissons.

— Et comme ça, est-ce que c'est plus ressemblant ?

— Difficile à dire.

— Cet homme, il avait un accent ?

— Léger… Sur le coup, j'ai pensé qu'il était allemand. Mais maintenant que j'y pense, c'était peut-être plutôt un accent comme le vôtre.

— Il a dit ou fait quelque chose de particulier ?

— Oui, lança-t-il en retournant servir en salle, il est parti sans me payer !

Lola soupira. Pierre n'avait pas seulement changé de vie. Il avait aussi transformé son apparence. Sur la photo corrigée, il ressemblait à un biker post-hippie. Elle but presque toute sa bière, régla et descendit du tabouret, manquant de glisser sur le parquet usé. La foule dégageait une chaleur enivrante. Elle la traversa avec la désagréable sensation que des chiens lui reniflaient le derrière. De jeunes couples en tee-shirt se poussaient sur son passage, affichant des mines blagueuses, les joues enflammées par l'alcool. Parvenue à sa voiture, Lola réalisa qu'elle avait oublié sa petite trousse sur le comptoir. Fendre la foule en sens inverse. Au bar, quelqu'un occupait sa place et la trousse s'était envolée. Il lui fallut cinq bonnes minutes pour accrocher le regard de la barmaid et récupérer son bien échoué près de la caisse. Une idée traversa alors l'esprit de Lola, aussi fugace que le craquement d'une allumette. Elle chercha du regard le serveur auquel elle venait de parler et un instant plus tard, fourrait un billet de cinq dollars sous son nez.

— Excusez-moi, mais c'est important.

Le serveur empocha le billet.

— Je vous écoute.

— Est-ce que l'homme qui a téléphoné hier soir avait sur lui une enveloppe ou un paquet ?

Il réfléchit avant de hocher la tête.

— Une grande enveloppe, oui. Il l'a oubliée sur le comptoir. C'est moi qui l'ai récupérée.

Lola retint son souffle. Et dire que cet abruti avait oublié de lui dire ça ! Pierre avait le courrier avec lui, il attendait que Lola lui confirme l'adresse pour le poster. Mais comment avait-il pu laisser là l'enveloppe alors que son contenu semblait si capital ?

— Puis-je l'avoir ?

— Faut que vous demandiez au patron. C'est lui qui récupère les objets trouvés. Est-ce que vous avez d'autres questions ?

— Non, merci.

— Dites, ajouta-t-il, ce type, c'est vraiment votre mari ?

— Ça m'en a tout l'air, pourquoi ?

— Eh bien, si vous pouviez me payer ce qu'il doit…

— Combien ? demanda Lola en ouvrant son sac à main.

— Trois bières à deux dollars.

Elle plaqua un billet de dix dollars sur le plateau du serveur.

Un instant plus tard, elle ressortait du bar bredouille.

L'enveloppe préalablement affranchie avait été déposée au bureau de poste le matin même par le responsable du bar.

Jamais elle n'aurait cru maudire la qualité de l'accueil et l'efficacité du service d'un établissement américain.

De retour à l'hôtel, elle s'affala sur le lit. Ensorcelée par des milliers de kilomètres, elle venait de se fracasser à vive allure dans un bar à cow-boys. La raison pour laquelle Pierre Lombard s'était décidé à l'appeler de cet endroit touristique semblait claire : passer inaperçu, se dissoudre parmi la clientèle, habillé en motard.

Ce voyage solitaire était une épreuve aussi rude que parfois la réalité pouvait l'être. Lola avait cru à un appel à l'aide, il n'en était rien. Pierre n'avait pas l'intention de renouer avec sa famille, seulement besoin de mettre le contenu d'une lettre en sécurité. Aussi s'était-il bien gardé de lui donner une adresse ou un numéro de téléphone. Elle n'avait plus qu'à rentrer chez elle et attendre patiemment le courrier du biker.

Lola retira bottines et chaussettes et massa ses pieds. Une information pouvait encore s'avérer utile : Pierre lui avait confié avoir changé de nom. Elle passa le reste de la nuit à cogiter, dressa une liste de ses chanteurs, acteurs et personnalités masculines préférés, puis, harassée de fatigue, elle s'abandonna au sommeil, une joue contre le carnet de note fourni par l'hôtel, et du glissement de son abandon émergea un petit gémissement.

Samedi 25 septembre 2010

— Bien dormi, professeur ? Paraît que vous avez apprécié la piscine hier soir ?

Gary Banning. Un flic en diamant pur. Avec des ruses d'Indien. Il avait collé Desmond à l'hôtel de son beau-frère. L'Arizona était petit.

— Dites, ça vous dirait de goûter à un hamburger hanté ?

Desmond n'envisageait rien de particulier pour la journée. Plus que tout, il redoutait l'inaction. Le désœuvrement l'indisposait, tant il générait d'infécondes réflexions sur son existence. Ici, rien n'opérait : il lui était impossible de se concentrer sur un livre ou de suivre une émission à la télévision, les articles qu'il parcourait dans la presse ne retenaient pas mieux son attention. L'épreuve de la mort de son père était au moins aussi redoutable que jadis ses silences.

— J'étais certain que vous diriez oui ! jubilait le chef de police. C'est marqué dans mon horoscope. Je vous attends pour midi ?

Desmond oublia le costume, enfila un jean, une chemise, jeta un pull sur ses épaules et quitta l'hôtel.

Jerome était située à moins d'une heure de route de Sedona, sur le flanc est de Cleopatra Hill. Cette ancienne ville minière jadis prospère avait connu le déclin à l'arrêt de l'exploitation de son sous-sol. Classée *Historic district* à la fin des années soixante-dix, la ville entièrement vidée de ses habitants allait s'offrir une nouvelle vie et devenir un site touristique incontournable de la région. L'adresse que Gary Banning lui avait donnée à Jerome était celle d'un restaurant, *The Haunted Hamburger*. C'est là que le chef de police de la ville l'attendait dans sa tenue officielle, installé à une terrasse ombragée agrémentée de balconnières fleuries, un bocal de thé glacé sous le nez.

— Professeur ! Bienvenue chez moi.

Les deux hommes se serrèrent la poigne et commandèrent la spécialité de la maison : un hamburger à rehausser soi-même de différentes sauces et pickles proposés au bar. La viande était juteuse, les frites à peau brûlantes et la vue sur la vallée épatante. De quoi vous faire presque oublier un enterrement. La capacité d'écoute du professeur était proportionnelle au bavardage du chef de police et son intérêt pour l'histoire de cette bourgade le réjouissait. Desmond l'interrogea sur la raison qui l'avait amené à prendre ses fonctions dans un endroit pareil, où le souvenir d'une Amérique industrielle déchue hantait chaque bâtisse.

— Le climat, répondit Gary. J'ai cinq enfants.

— Il est vrai que l'air est vivifiant.

— Attention, l'hiver est rude.

— Oui, l'altitude. Mais rien de tel pour tuer les microbes.

— Ouaip !

Le shérif cligna d'un œil.

— ... Mais y a pas que ça dans la corbeille.

— Ah ! Et qu'est-ce qui rend donc ce patelin tellement sexy ?

Il remua ce qui restait de glaçons dans le fond de son bocal.

— Le taux de criminalité. C'est le plus bas de tout l'Arizona. Une petite visite ?

Rassasiés, les deux hommes quittèrent le restaurant. Ils firent quelques pas dans Clark Street, admirant l'ancienne église épiscopale, puis descendirent l'escalier un peu raide longeant le restaurant pour rejoindre Main Street. Boutiques, magasins de gadgets pour touristes, *coffee shops* et galeries d'art redonnaient vie à des maisons antédiluviennes, peintes de couleurs guillerettes, et dont l'état témoignait d'un siècle de fléaux incluant plusieurs incendies et un glissement de terrain. Sur les hauteurs de la ville se dressait un bâtiment imposant. Gary rajusta ses lunettes aux verres fumés, grimaçant sous le soleil.

— Au-dessus de nous à gauche, vous avez l'ancien hôpital. Il est bâti sur une pente à 50º. La vue sur Verde Valley est exceptionnelle. Transformé en hôtel il y a quinze ans.

Renaître de ses cendres. De la désolation et de la poussière, une ville tirait sa nouvelle identité : *the town with the million dollar view*.

— Si vous vous intéressez aux phénomènes para-normaux, poursuivit le chef de police, c'est là qu'il faut dormir. On y organise régulièrement des chasses aux fantômes.

— Laissez-moi deviner : les chambres sont hantées par des miniers estropiés en pyjama ?

— Et je ne vous parle pas des infirmières, gloussa Gary, paraît que leurs blouses brillent dans la nuit.

Le commissariat de Jerome se trouvait en contrebas du *Haunted Hamburger*, logé dans l'ancien hôtel de ville bâti en 1899. Le shérif Banning avait organisé là une petite fête.

— J'espère que ça ne vous dérange pas, professeur. C'est juste un pot amical pour honorer votre venue à Jerome. Ça n'a pas été facile de réunir tout le monde en quelques heures, ajouta le shérif, poussant la porte du commissariat.

Ils étaient une quinzaine, attendant leur dédicace devant une pile de cookies et un thermos géant de café.

Des flics venus de tout le comté.

Trois quarts d'heure plus tard, le professeur n'en pouvait plus. Sourire crispé, il fit mine de répondre à un appel urgent sur son portable pour s'échapper.

— On vous attend pour la photo de groupe ! lui lança Gary, radieux sur le pas de la porte.

La photo de groupe, destinée au site officiel et à la page Facebook du commissariat. *The Press Pulitzer Price visiting Jerome !*

Besoin d'air.

Promener son regard le plus loin possible.

Desmond fit quelques pas dans la rue, longeant le trottoir pentu surplombant le parc de la ville et s'engagea bientôt dans une ruelle descendant à pic. Sur la gauche, à ciel ouvert, surgit une bâtisse en ruine dont l'ossature métallique d'une devanture évoquait la présence initiale d'une colossale baie vitrée donnant sur Main Street. Seules les façades tenaient encore debout, dans l'attente que l'association historique de Jerome lève les fonds suffisants pour sauver l'édifice. Il s'approcha du deuxième corps de bâtiment en contrebas : un artiste avait choisi d'y montrer ses toiles. Desmond poussa la grille sur laquelle un panneau autorisait l'accès à l'exposition, descendit quelques marches et se retrouva face à la plus grande énigme de sa vie.

La porte du commissariat s'ouvrit avec une telle force que le rideau à lamelles qui la recouvrait frappa contre le mur.

— Chef, vous pouvez venir une minute ? lança le professeur.

Tous les regards du petit comité réuni par Gary Banning se tournèrent vers lui. Le shérif reposa son gobelet de café.

— Un problème, professeur ?

— Je voudrais vous montrer quelque chose.

Tous deux franchirent les quelques mètres qui séparaient le bâtiment en ruine du poste de police.

— C'est le Bartlett Hotel, expliqua Gary. Ça fait bien cinquante ans qu'il est comme ça. Certaines galeries l'utilisent ponctuellement pour des expos.

Desmond semblait tendu, tel un cerf aux aguets.

— Vous avez jeté un œil sur ces tableaux ? demanda-t-il.

— Pas encore eu le temps.

— Sujet peu banal.

143

Verres sales, bouteilles de bière ou de soda entamées, assiettes empilées sur un coin de table, serviettes chiffonnées oubliées au creux d'une banquette en skaï, nappe cirée couleur miel, flacons de sauces diverses, les toiles étaient de taille moyenne, travaillées au fusain et à l'estompe. Les objets au premier plan baignaient dans une atmosphère générale en dégradé de gris foncé. Les parties éloignées étaient traitées avec moins d'exactitude et de contraste. De minuscules touches de peinture grenat se révélaient sur la toile si l'on s'en approchait.

— Le peintre, vous le connaissez ? questionna Desmond.

— Il n'est pas du coin. La galeriste vous renseignera.

Ils s'immobilisèrent sous la plus grande toile. Le professeur croisa les bras.

— Regardez Gary, et dites-moi ce que vous en pensez.

L'officier souleva ses lunettes et fronça les sourcils : cette fois, l'artiste avait laissé tomber la vaisselle et le fusain pour le plan large et l'acrylique. Le portrait d'un homme était plaqué contre un mur de brique rouge. Un individu au visage émacié, le front fendu par deux mèches de cheveux gris, une maigre barbe suspendue à ses joues, et des yeux d'un bleu azur pénétrant, seul coloris vif de la toile aux dominantes kaki et marron. Le personnage portait une veste de jogging d'une saleté ostentatoire, la capuche recouvrait ses cheveux. En arrière-plan, un panneau indicateur annonçait l'*historic Route 66* au prochain croisement.

— Pas très gai, lâcha le shérif.

— À votre avis, qu'est-ce qu'il a voulu représenter ?

— … Un de ces pauvres gars qu'on trouve sur les routes et qui crèvent de faim.

— Vous ne remarquez rien de particulier ?

Gary regarda autour de lui.

— Je ne sais pas, moi… Ce tableau est le plus grand, placé sur le mur du fond, les autres sont disposés sur les murs adjacents… C'est un truc biblique ?

— Le titre.

L'officier rapprocha son nez de l'étiquette collée à la base de la toile.

— *The Route 66 killer*…

— *The Route 69 killer*, rectifia Desmond.

— Oui, tiens ! Pas banal. L'artiste s'est trompé on dirait.

Desmond porta une main sous son aisselle gauche.

— Je ne crois pas, grimaça-t-il.

Scorpio (Oct. 24 – Nov. 22)
I'm sure your career is on the
rise if you put even a little
energy in this direction.

Police Department, Flagstaff

Il avait horreur qu'on le dérange à l'heure de sa pause café. Aussi, avant de recevoir la touriste française, l'inspecteur la fit-il patienter vingt bonnes minutes dans un hall surchauffé, baigné de soleil. À son arrivée, elle s'était assoupie sur le banc.

— Madame Lombard ?

— C'est moi, dit-elle dans un sursaut.

— Inspecteur Hightower, soupira-t-il. Veuillez me suivre s'il vous plaît.

Tassée sur une chaise couleur lie-de-vin dans un minuscule bureau, les pommettes rougies, la femme expliqua la raison de sa présence en Arizona.

— Quand vous aurait-il appelé exactement ?

146

Cintré dans sa belle chemise noire, flegmatique, l'officier nota sur son ordinateur les éléments donnés tout en achevant de vider un mug de café tiède.

— Nous avons bien un avis de disparition concernant votre mari. Il est toujours dans le fichier. M. Lombard a donc repris contact avec vous jeudi soir ?

— Oui. Il téléphonait d'un bar, le Museum Club.

— Une bonne adresse pour touriste, railla-t-il. Et vous avez pris l'avion pour vous rendre directement à ce bar hier soir ?

— Oui. Je pensais l'y retrouver, ou bien obtenir des informations…

— Vous avez décidé de partir comme ça, toute seule ?

— Oui.

— C'est un peu risqué, vous ne croyez pas ?

— Pourquoi ?

— Vous m'avez dit que vous pensiez votre mari en danger, pourquoi ne pas avoir averti la police ?

— C'est ce que je fais. Je vous demande votre aide.

L'homme dissimula mal son agacement et lui adressa un sourire forcé.

— Je suis heureux que vous soyez venue nous voir, madame. Nous allons tout reprendre depuis le début, vous êtes d'accord ?

Lola hocha la tête. Obéissante petite fille, elle lui rapporta la conversation qu'elle avait eue avec son mari ; puis elle évoqua le contenu supposé du pli que ce dernier lui aurait adressé : les confessions d'un criminel. L'inspecteur Hightower n'avait encore jamais entendu conter dans son bureau pareille histoire. Les touristes venaient plutôt déposer plaintes pour le vol de broutilles comme leur téléphone ou leur appareil photo. Perplexe, il affichait une moue placide.

— Cette histoire de tueur, vous y croyez ?

— Pas vraiment, admit-elle.

— Est-ce qu'au téléphone votre mari vous a semblé dans son état normal ?

— Il était tendu.

— Est-ce qu'à votre connaissance M. Lombard consomme de la drogue ?

— J'ai répondu cent fois à cette question, soupira-t-elle, c'est dans le dossier.

L'officier jeta un œil à son écran : M. Lombard était réglo de ce côté-là. Il s'intéressa alors à la description physique fournie par le serveur et à l'hypothèse que le disparu ait pu changer d'identité.

— Pourquoi pas, conclut-il, pianotant sur le clavier de son ordinateur. Mais tout ça ne va pas nous mener très loin.

Les joues de son interlocutrice changèrent de couleur. Visiblement, elle s'attendait à mieux de sa part.

— Vous ne pensez pas que l'on pourrait lancer un nouvel avis de recherche en changeant la photo qui figure dans votre fichier ? suggéra-t-elle.

— Ça me semble difficile, madame, nous n'avons aucune certitude concernant son apparence physique. On ne peut pas se baser sur le seul témoignage d'un barman.

Lola regardait ses mains, crispées, blotties entre ses genoux. L'officier s'impatientait.

— Quelque chose à ajouter ?

La touriste française paraissait hésiter, comme si un détail lui échappait. Il ne lui laissa pas le loisir d'y réfléchir.

— Bien, enchaîna-t-il. Je vais rédiger une note concernant notre entrevue et ajouter au dossier de votre mari les éléments d'information que vous nous avez communiqués.

— Il doit pourtant y avoir un moyen… Il faut agir d'une façon ou d'une autre…

La petite dame se débattait toute seule, cloîtrée dans son obstination. L'inspecteur Hightower attendit un instant, le regard suspendu dans le vide comme on guette une pluie qui viendrait effacer le bleu du ciel, puis il quitta son siège.

— Madame Lombard, dit-il, je crains de ne pouvoir faire plus pour l'instant. Appelez-moi quand vous aurez reçu le courrier de votre mari.

La femme leva sur lui des yeux de naufragée, infiniment sombres. Il se contenta de lui tendre la main.

Gemini (May 22 – June 21)
Stay in contact with friends,
and get out of the house.

Dimanche 26 septembre 2010

Éleda prit place dans la voiture de Desmond, serrant contre elle l'urne funéraire. Le trajet depuis le crématorium de Flagstaff jusqu'au village de Oak Creek dura une cinquantaine de minutes, avec un arrêt au 9607 Oak Road pour nourrir Bonnie. Le ciel était d'un bleu divin, le soleil se jouait avec délice de l'opacité de la forêt bordant la route sinueuse. Desmond avait mal dormi, tourmenté par un cauchemar d'une violence inouïe : des jets de sang éclaboussaient de la vaisselle propre posée sur un évier tandis que son vieux chien Clyde grattait le sol quelque part au milieu du désert, hurlant à la mort. Surgissait ensuite un *homeless* édenté qui poussait sa mère sous un train avec un rire sardonique. Assoiffé, désemparé, encastré sous une carcasse de voiture rouillée, dans l'impossibilité d'agir, Desmond tendait la

150

main vers une rivière aux reflets d'argent lorsqu'une douleur vive dans les reins l'avait réveillé, prémices d'une infection urinaire. Il avait bu presque un litre d'eau, assis sur les toilettes.

— Mauvaise nuit, Desmond ? questionna tristement Éleda.

— Mauvaise nuit.

Les huit véhicules qui constituaient le cortège parvinrent à l'entrée du parc de Crescent Moon. Un Indien havasupai dans un costume traditionnel d'homme-médecine et son extravagante coiffe de plumes attendait le petit groupe. Il enveloppa l'urne dans une couverture de laine et conduisit tout le monde sur un chemin de terre rouge. Longtemps, ils longèrent les rives d'un ruisseau jusqu'à ce que l'Indien décide que la dernière demeure de Benjamin Blur serait un alignement de pierres affleurant à la surface de l'eau, là où le côté ouest de Cathedral Rock se reflétait au coucher du soleil dans toute sa splendeur, mettant l'eau à feu et à sang. L'homme-médecine distribua des bâtons d'encens à chaque membre du cortège, entamant un chant rituel. Il tendit l'urne à Éleda, laquelle hésita avant de se tourner vers Desmond.

— Faisons-le ensemble.

Le fils du défunt offrait un visage déconfit comme celui d'un enfant qui se serait perdu en chemin. Elle insista.

— S'il vous plaît.

Desmond retira les mains de ses poches, les posa contre l'urne en terre cuite.

Ainsi furent répandues les cendres de Benjamin Blur.

Éleda pleura longuement durant le trajet du retour. La vessie de Desmond redevenait douloureuse, il était au comble de l'inconfort.

Mrs Deronse habitait une maison contemporaine de plain-pied à l'ouest de Sedona, perchée sur une butte au milieu d'un terrain arboré, cerné de murets couleur cactus. La vue sur les roches rouges était incroyable. Sculptures, tableaux, céramiques et objets d'art surgissaient dans chaque pièce, n'oubliant ni le patio ni le jardin où les invités partageaient une collation préparée en l'honneur du défunt. Desmond préféra se tenir à l'écart. Il n'avait aucune envie de parler à des inconnus. Il se dirigea directement vers la salle de bains, fouilla l'armoire à pharmacie où il trouva des analgésiques et des comprimés diurétiques périmés depuis trois mois qu'il avala. Une demi-heure plus tard, après deux whiskies et un pichet de jus de canneberge glacé, assis sur un tabouret recouvert de peau de vache, il fut enfin en mesure de parler à son hôtesse. Une question le taraudait depuis la veille.

— Mrs Deronse, la galerie d'art située sur Main Street à Jerome, elle est à vous, n'est-ce pas ?

Installée dans un fauteuil en rotin, enfouie sous un châle, elle refusa le verre de vin blanc que lui proposait une amie avant de répondre.

— Vous êtes allé à Jerome ?

— Hier.

— C'est un endroit fascinant, surtout l'hiver, lorsque le brouillard tombe sur la ville… Qui vous a dit que j'avais une galerie là-bas ?

Desmond extirpa d'une poche de sa veste la carte de visite récupérée la veille à la boutique.

— Je voulais des informations concernant l'artiste qui expose ses toiles dans les ruines du Bartlett Hotel.

Éleda cligna des paupières en soupirant.

— Bobby Wyatt… Notre artiste underground. Je pensais qu'il serait des nôtres aujourd'hui.

— Vous le connaissez ?

— Votre père me l'a présenté il y a environ un an.

Desmond éclaircit sa voix.

— Ah. Et comment l'a-t-il connu ?

— Il travaillait pour lui au magasin d'antiquités. Bobby donnait un coup de main sur les vide-greniers et gardait la boutique quand Ben devait séjourner à l'hôpital. Votre père s'était pris d'affection pour cet homme. C'est lui qui m'a demandé de l'aider à se remettre à la peinture.

— Je crois savoir qu'il n'est pas de la région.

— En effet. Il vient de San Francisco… Du moins, c'est ce qu'il m'a dit.

— J'aimerais pouvoir lui parler.

Éleda replia le châle sur sa poitrine.

— Bobby n'est pas facile à joindre. Il fait partie de ces personnes réfractaires au téléphone portable. Mais il doit revenir décrocher ses toiles la semaine prochaine. Je lui donnerai vos coordonnées. Pourquoi vous intéressez-vous à lui ?

Desmond glissa une main sous son aisselle gauche.

— Cette peinture intitulée *The Route 69 killer*. Je voudrais l'acheter.

— Vraiment ? Elle n'a pas grand intérêt.

— La fille de la galerie m'a dit que la toile était déjà réservée pour un client.

La dame au châle eut un sourire triste.

— Elle est pour le petit garçon qui ne sait plus pleurer, murmura-t-elle.

— Pardon ?

— C'est comme ça qu'il vous appelait parfois… Elle est à vous, Desmond.

— À moi ?

— Bobby l'a peinte pour votre père. Il voulait lui offrir à la fin de l'exposition. Il est normal qu'elle vous revienne.

— Mrs Deronse, je…

Une main se posa avec tendresse sur l'épaule gauche de Desmond.

— Je suis certaine que Bobby serait de mon avis.

— Mais je tiens à payer la toile.

— Entre nous, je me demande bien ce que Ben aurait fait de ce tableau. L'hyperréalisme, c'est à la base la recherche d'une neutralité. Notre peintre met ici bien trop d'émotion.

Elle se redressa dans le fauteuil en frissonnant.

— … Nous devrions rejoindre les invités.

Desmond l'aida à se relever.

— Ne trouvez-vous pas que le personnage du tableau lui ressemble ? dit-elle brusquement.

— À qui donc ?

— Eh bien, à votre père.

Puis elle ajouta, regardant Desmond droit dans les yeux avec un brin de malice :

— Vous venez ? Il est temps pour vous de faire plus ample connaissance avec lui.

Il prit la fuite à la faveur de la nuit. Desmond passa se changer dans sa chambre, enfila un caleçon de bain, vola une bière dans le minibar et s'immergea dans l'eau chaude du jacuzzi de l'hôtel sous un ciel d'étoiles chatoyantes, les nerfs à vif.

Mettre à bouillir sa colère.

Dissoudre les maux.

— Votre père était quelqu'un de formidable.

— Il avait l'œil pour dénicher des trésors ! Et pas seulement dans les débarras.

— Un sens indéniable de l'harmonie.

— Pêcher avec lui, c'était réapprendre le temps qui passe.

Tous tellement émus de rencontrer le fils de Benjamin, sincères et touchants, les yeux embués de bons sentiments, rejouant les derniers instants en compagnie du père. Comme cette femme dont il n'avait pas retenu le prénom, à peine trente ans, un bébé collé à son ventre par un large tissu bicolore et que le défunt avait rencontrée au pavillon des cancéreux au début de sa maladie.

— Il m'a soutenue durant toute ma convalescence. C'est grâce à lui que j'ai tenu bon. Il a été comme un père pour moi.

Un père.

Un type formidable.

Desmond s'était retenu de la contredire, affichant ce sourire qui formait deux plis à sa joue gauche. Mais il brûlait de dire à tous ces lourdauds quel genre d'homme était en réalité l'antiquaire de Flagstaff. Leur avait-il seulement parlé de sa famille en Oklahoma ? De Cassie et de ses boucles brunes sautillant sur ses épaules avec des éclats de rire ? Du visage ravagé de Nora, des rides autour de sa bouche comme des sillons stériles ? Certains ignoraient même que Benjamin avait un fils ! Ça ne les empêcha pas de serrer Desmond contre leurs bides, les larmes aux yeux.

— Ce n'était pas un antiquaire mais un collection-neur passionné.

— Il avait un cœur gros comme ça.

— Vous pouvez être fier de lui.

Desmond appuya sur sa vessie douloureuse. Tout à l'heure, il avait pissé rose. Demain, il partirait à l'aube. Rentrer d'urgence à Chicago. Et laisser ça derrière lui. La maison du bonheur dans les arbres, la chienne ahurie qui chasse les écureuils, les Indiens à plumes sentant le savon. Pas envie d'apprendre à nager chez les ploucs post-New Age, les béni-oui-oui de l'Arizona. Il avait assez supporté d'âneries depuis quarante-huit heures. Faire brûler de l'encens sur des cailloux mouillés, foutre à l'eau de la cendre humaine et nourrir les vers de vase à l'heure où se couchent les montagnes, passe encore. Bouffer des toasts *organic* au tofu et au concombre en s'extasiant sur les œuvres de la série

High Desert Pieces fabriquée en bois brûlé et objets recyclés par un certain Michael Craig Whitaker, c'était limite. Mais entendre chanter les louanges d'un raté qui a laissé une femme mourir de désespoir et son fils grandir seul par punition, ça n'était pas tenable. Benjamin Blur resterait ce qu'il était, ce représentant de commerce vissé à sa Pontiac, un lot de vaisselle en porcelaine calé dans le dos, cet irresponsable maniaque et borné, au comble de la médiocrité.

Opposant à sa colère la possibilité d'un vœu, une étoile filante traversa le ciel.

Puis une autre.

Encore une autre. Des dizaines.

Pour le petit garçon qui ne sait plus pleurer.

Le ciel lui tombait sur la tête.

Lundi 27 septembre 2010

Pourquoi il est parti papa ?
Tu crois qu'il va revenir à Noël ?

Un éclair blanc passa devant ses yeux, tel un panneau annonçant un précipice en amont. Les maux de tête gagnaient en intensité. Lola ne serait bientôt plus en état de conduire. Un beignet gras ainsi que le contenu de deux gobelets de café crème avalés à la hâte dans une station-service n'étaient pas sans rapport avec son indisposition. Lola jeta un troisième cachet au fond de sa gorge. La voix artificielle du GPS guidait la voiture plus sûrement que sa conductrice.

L'avion décollait à 8 heures de Phoenix. Elle vomi-rait le contenu de son estomac dans les toilettes de l'aéroport si les médicaments se refusaient à combattre la migraine. Remisée au fond de la valise, l'enveloppe qui contenait la convention de divorce et l'acte de donation concernant la part de Pierre sur la maison se froisserait un peu plus encore. Le jour ne se décidait pas à se lever. Dans la lumière des phares, le ruban de bitume creusait comme une source tarie au milieu d'une colline.

La veille, Lola avait arpenté Beaver Street, présenté dans chaque commerce la photo de son mari, élargi sa recherche à d'autres rues de la ville, Birch Avenue, Humphreys Street, Santa Fe Avenue, Leroux Street… sans résultat. À 15 heures, elle avait abattu sa dernière carte, entrant successivement dans le GPS les neuf adresses d'*Antique Mall*[1] de Flagstaff relevées sur Internet. Deux d'entre elles n'étaient plus valables, trois magasins n'ouvraient pas le dimanche. Lorsqu'elle avait garé la voiture devant la dernière boutique, déjà l'espoir la désertait. *The Carriage House Antique Mall*, au 413 North sur San Francisco Street proposait des babioles en tout genre, fausses antiquités et vrais ramasse-poussière. La responsable du magasin était charmante : la permanente en fleur, les joues poudrées de rose, elle avait accepté bien volontiers de jeter un œil à la photo retouchée que lui présentait Lola, sans conviction. Elle avait chaussé la paire de lunettes suspendue à son cou au bout d'une chaînette, puis, après avoir gratté son menton de ses ongles peints, elle avait secoué la tête.

Point de non-retour.

---

1. Marché d'antiquités.

Demeurait l'espoir de trouver dans la boîte aux lettres la missive miraculeuse.

Si papa revient, tu crois qu'il va me reconnaître ? Parce que mamie elle dit que j'ai beaucoup grandi.

Une ombre s'étendait autour de Lola, pesant sur ses épaules plus lourdement qu'un drap de bain gorgé d'eau. Il était heureux qu'elle n'ait rien dit à Gaston de ce voyage, cette parenthèse grotesque. Elle aurait tant aimé rapporter à son fils un papa, le tirer par la manche, même barbu et chevelu, quelle importance, mais en ramener un pourvu qu'il y ait une pile à l'intérieur, qu'il marche et qu'il parle, un père debout dans le salon pour serrer un fils dans ses bras. Ensuite, elle l'aurait flanqué à la porte. Maman aurait fait son job, fourré une petite main dans la grande, effacé un coin de l'ardoise, mis un terme à la cruauté du silence, au questionnement incessant de l'enfant ces trois dernières années.

Si je ne suis pas sage, tu crois qu'il va revenir plus vite pour me gronder ?

Pourquoi tu dis que ça n'a rien à voir ?

Tu l'aimes plus papa ?

Lola peinait à garder les yeux ouverts.

Elle baissa la vitre pour cingler son visage du souffle de l'aurore.

Toute la nuit, Desmond avait mangé des Cheetos Crunchy dans une soucoupe volante en compagnie de Spoke tandis que sa petite sœur Cassie dessinait son signe zodiacal sur une serviette de table en papier, les pointes de ses cheveux agaçant son visage. Du n'importe quoi. La ville du Vortex, ses mariages d'amour en voyage organisé et ses pluies d'étoiles filantes lui tapaient sur le système. Heureusement, l'infection urinaire s'effaçait – au lever, il avait pissé blanc.

À 6 heures, il atteignait l'aéroport Phoenix Skyharbor et garait la voiture de location au sixième niveau du parking réservé aux véhicules restitués. Le jour se levait, craintif, soulignant l'horizon d'une couleur pêche. Desmond empoigna l'ordinateur portable sous sa housse noire ; sa valise à roulettes suivait avec des petits sursauts. Un crissement de pneus le surprit : à quelques mètres, une Chevrolet blanche hoquetait sur sa place de stationnement de façon comique. Le conducteur malmenait la boîte automatique avec un tel acharnement que Desmond ne put s'empêcher de convoquer l'image de son père dans sa blouse de mécanicien automobile, les bras levés au ciel et le visage courroucé. Il aurait lâché un de ses commentaires bien salés.

— Bordel de Dieu ! Arrêtez-moi ce carnage !

Une vie n'avait pas suffi.

Avant de faire faillite, le garage de Narcissa tenait sa réputation de Miami à Vinita. En moins de six mois, Benjamin Blur avait racheté et transformé le vieux garage adjacent au Motel 66 en une rutilante station-service aux pompes rouges, murs blancs et toiture en ardoises vert pomme. À l'époque, il était capable de miracles et Desmond en était le témoin privilégié. Nora déposait l'enfant au garage le vendredi après-midi avant d'aller à la ville faire des achats : assis sur l'escabeau près de son père, le petit garçon prenait son goûter – une tranche de pain de mie accompagnée d'une barre de chocolat – et assistait au spectacle, sourcils froncés. Benjamin Blur plongeait les mains dans un moteur tel un magicien fourrageant à l'intérieur de son chapeau. En ressortait presque aussitôt la pièce maîtresse, câble d'allumage, tendeur de chaîne, joint de culasse ou bouchon de vidange cassé sous le regard médusé du client et du gamin baptisé de chocolat. Un as de la mécanique, virtuose de la chaîne de distribution.

Un violent coup d'accélérateur sortit Desmond de ses pensées. La Chevrolet partit brusquement à reculons comme une fusée, défonçant la barre en béton et la barrière de sécurité métallique. En un instant, elle se retrouva en équilibre au bord du vide. Le temps que Desmond réalise ce qui venait de se passer, la voiture bascula en arrière de tout son poids, telle une feuille morte aspirée dans un siphon. Il resta bouche bée, écoutant un improbable crissement de métal ponctué d'un grand fracas. Il courut vers la barrière en fer défoncée et se pencha : un autre bâtiment adjacent au parking se dressait à moins de deux mètres. La Chevrolet avait glissé comme dans un goulot, ralentie dans sa chute par le frottement de la carrosserie contre les murs face à face. Couchée sur le flanc, vitres et pare-brise en accordéon, elle ressemblait à une tortue prise entre des rochers, deux pneus tournant désespérément dans le vide.

Le conducteur avait peut-être encore une chance d'être vivant.

Desmond largua valise et ordinateur au point de restitution des véhicules et dévala l'escalier de service accompagné de deux employés de la société de location. Parvenues sur le lieu de l'accident, d'autres personnes se tenaient prudemment à l'écart.

— Elle est en vie ! cria un type, depuis le trottoir.

Desmond se rapprocha de la voiture. À l'intérieur, les airbags étaient retombés comme des soufflets. Desmond se glissa entre le mur et l'épave, prit appui sur un des pneus et se hissa à la hauteur de la conductrice.

— Madame ? Vous m'entendez ?

Sa ceinture l'avait maintenue à son siège. Elle porta une main à son visage ensanglanté, là où s'étaient logés des éclats de verre.

— Qu'est-ce que j'ai fait…

— On va vous sortir de là.

— Qu'est-ce qui s'est passé…

— Votre voiture a fait une chute de six étages.

Elle était calme, trop calme.

— Madame ?

Elle ferma les yeux.

— Quelqu'un a appelé les secours ? hurla Desmond.

Un agent de sécurité muni d'un extincteur se précipita vers la voiture et visa le moteur d'où s'élevait une épaisse fumée noire. La voiture pouvait prendre feu d'un instant à l'autre. Desmond resta accroché au pneu, écorchant ses doigts contre la vitre avant brisée, réconfortant la femme prisonnière de la taule.

— Madame ? Vous m'entendez ?… Vous êtes seule dans le véhicule ?

— Oui…

— Essayez de serrer ma main. Essayez plus fort.

— Je crois que… je crois que j'ai perdu connaissance…

— Ne bougez pas, ne bougez pas votre tête. Les secours arrivent. Serrez ma main… Bon Dieu ! C'est un miracle que vous soyez en vie… Ça va aller. On va vous sortir de là. Serrez plus fort… Comment vous appelez-vous ?

Il lui parla jusqu'à l'arrivée des secours.

Il fallut trente minutes pour désincarcérer la conductrice.

Longtemps encore après le décollage de l'avion, Desmond sentit l'odeur de sang et d'huile de moteur entrelacés. Longtemps, il perçut la pression des doigts froids dans sa paume. Son autre main, entaillée par le verre, garderait plusieurs jours les stigmates d'un sauvetage, soit le temps nécessaire à Desmond G. Blur pour comprendre que sa seule raison de vivre résidait depuis toujours dans sa peur de mourir.

III

Take turns

Octobre 2010

Oak Road, Sedona

Le corps nu de Casey vibra au contact de la vitre glacée. En équilibre sur la pointe des pieds, elle écarta les bras, appuyant ses petits seins contre la baie vitrée. Les doigts de Desmond s'immiscèrent entre ses cuisses. Calice offert à son impatience, il la pénétra vite. D'un côté, la vitre se couvrait de buée comme on imprime dans la neige les ailes d'un angelot, de l'autre, une pluie s'abattait avec aigreur. Lutte acharnée, peau contre peau, d'où jaillit bientôt une flambée de gémissements.

Enfermée dans la cuisine, Bonnie gratta sous la porte jusqu'à l'accalmie.

Bras et jambes dépassaient du canapé. Ils s'étaient déshabillés à la hâte, à peine arrivés dans la maison. Casey Rosanky découvrait à présent ce que son compagnon lui avait décrit comme « un splendide chalet contemporain logé sous les arbres avec vue imprenable sur la falaise », soit une bicoque mal isolée à la déco vieillotte. Les hommes avaient une fâcheuse tendance à enjoliver les choses lorsqu'ils se sentaient bien quelque part. Desmond déposa un baiser sur son front.

— Tu aimes ?

— Oui…

Elle répondit sans enthousiasme, recroquevillée sous son manteau, la tête appuyée contre le torse de son partenaire. Il lui caressait les cheveux, paisible, contemplant la charpente de son futur royaume.

— J'espère que ça va s'éclaircir. J'ai hâte que tu voies le soleil se coucher sur le roc.

Une truffe humide chatouilla désagréablement les pieds nus de l'avocate tandis qu'une odeur de chien mouillé montait du tapis. Casey se leva, elle frissonnait.

— La salle de bains, c'est par là ?

Prendre une douche s'avéra irréalisable, la chaudière jouait la capricieuse. L'avocate se contenta de quelques lingettes intimes pour une toilette sommaire. Desmond hurla sous le jet glacé et ressortit de la salle de bains aussi joyeux qu'un gamin ayant passé sa journée à sauter dans des flaques d'eau.

— Vivifiant !… Bon. J'appelle un réparateur.

Ils déjeunèrent à Sedona d'une salade grecque et d'une *chicken salad croissant* dans un restaurant dont la terrasse devait être des plus agréable par beau temps. Casey but presque à elle seule une bouteille de chardonnay tout en dressant la liste des aménagements indispensables pour rendre la maison du père défunt habitable. Réfection des sanitaires avec douche à l'italienne, aménagement d'une vraie cuisine et son évier en granit, isolation des murs et pose de double vitrage, création d'une grande terrasse panoramique avec barbecue et jacuzzi, installation d'un écran plasma et d'une antenne parabolique, connexion Internet.

— Et bien sûr il faut tout repeindre en blanc. Tu as pensé à demander une expertise de la structure ?

Desmond plissa douloureusement les sourcils comme si on lui écrasait les pieds. Son téléphone portable sonna alors qu'ils rejoignaient le parking du restaurant. L'esquisse d'un sourire anima son visage.

— Bonjour Éleda. Qui vous a dit que j'étais à Sedona ?…

Casey lui tenait la main, les joues chauffées par le vin blanc, humant de son nez mutin le parfum de la pluie coloré des essences de pins parasols.

— En effet, je ne suis pas venu seul… En fin de journée ?

Éleda proposait qu'ils passent chez elle boire un verre. Elle ajouta que, le sachant dans la maison de Oak Creek, elle lui avait fait livrer un paquet. Un certain Ted Mc Kee s'était chargé de le déposer dans le bureau de son père tout à l'heure.

— Ted et Gene Mc Kee… Ils étaient présents aux obsèques ?… Oui, je me souviens du chemin… À ce soir, Éleda.

Devinant ce qui l'attendait sous son emballage cadeau, Desmond eut la tentation de rentrer tout de suite à Oak Road, mais Casey insista pour visiter *The Chapel of the Holy Cross*, une église à l'architecture contemporaine construite à même les formations rocheuses, point de mire favori des touristes de passage à Sedona. Vers 16 heures, Desmond fut enfin autorisé à regagner son logis. Les radiateurs tentaient vaillamment d'en chasser l'humidité sans pour autant parvenir à réchauffer le living. Avec le peu de bois sec qu'il trouva dans la remise et des prospectus entassés sur la table basse du salon, l'homme fit du feu dans la cheminée, repoussant le museau de la chienne attentive au moindre de ses gestes. La pluie avait cessé mais le ciel conservait son humeur maussade. Devant l'âtre, stoïque, Casey levait un bras vers le plafond en quête d'un réseau pour son BlackBerry. Desmond s'éclipsa, traversa la passerelle d'un pas vif et poussa la porte de la cabane hexagonale.

Le tableau l'attendait, ficelé sous une épaisse feuille de papier kraft. Il trancha la corde, déshabilla la toile et l'appuya délicatement contre le mur opposé au bureau.

Ermite affamé, psychopathe nomade, *Le tueur de la route 69* se tenait là, le visage décharné et la barbe terne, la tête recouverte d'une capuche, presque christique. Éleda lui avait trouvé une ressemblance avec son père aux derniers jours de la maladie, mais ce n'est pas cela qui avait frappé Desmond en découvrant la toile pour la première fois.

Quelque chose se dégageait clairement de ce personnage.

Quelque chose de familier et de dérangeant.

Impossible de connaître le dessin exact de la mâchoire sous la barbe, cependant la largeur du front dictait une forme carrée. La lèvre inférieure était proportionnelle au nez, ni trop courte, ni trop large, une moustache grossière cachait la lèvre supérieure.

Desmond se pencha sur le tableau et plaça une main à hauteur des yeux, escamotant toute une partie du visage.

Fils de bâtard !

Un grincement le fit sursauter.

— Fumée à profusion, flammes rikiki.

Casey se tenait dans l'encadrement de la porte, pieds et mains joints, pénitente en jupe et pull-over.

— La chienne pue horriblement et je déteste quand tu me laisses toute seule, pleurnicha-t-elle.

Elle jeta un coup d'œil circulaire.

— C'est quoi ici ? Un mausolée ?

— Le bureau de mon père.

— Ah. Pardon. Et cette croûte ?

Desmond glissa nerveusement une main dans sa tignasse.

— C'est rien.

— Laisse-moi voir… Pousse-toi. C'est peint d'après photo, ça. Hyper-réaliste, hyper-ringard.

L'avocate tordit sa bouche, concentrée.

— Il y a quelque chose dans l'expression du regard.

Elle compara les deux visages masculins qu'elle avait devant elle, allant rapidement de l'un à l'autre sans battre des cils.

— Il a tes yeux, non ?

— Casey…

— Si. Parfois tu me regardes de la même manière quand on fait l'amour.

— J'ai l'air aussi effrayant ?

— Aussi égaré.

Elle tourna sur elle-même comme une ballerine de boîte à musique.

— Chéri, rassure-moi, tu n'envisages pas sérieusement de quitter Gold Coast pour te terrer dans ce
cabanon ?

Desmond sourit avec cette défiance propre au patient
grimpant sur le siège du dentiste.

— Tu as froid, dit-il en frappant dans ses mains.
Viens !

Il fit pivoter Casey et la poussa sur la passerelle,
refermant la porte derrière lui.

— On fait quoi maintenant ? questionna-t-elle.

Se consumer.

Éperdument.

Il la tira par le poignet jusqu'au living, la poussa dans
l'escalier qui menait à la mezzanine et rejeta la couette
qui couvrait le lit.

— On baise.

Ils ne firent pas l'amour. Casey refusa de folâtrer sur une « antique literie saturée d'acariens ». L'avocate avait un sens pratique qui laissait peu de place à la romance. Desmond passa un coup de fil, une demi-heure plus tard, ils prenaient une chambre au Best Western Plus de Sedona. Casey trouva l'hôtel si confortable qu'elle se sentit soudain patraque.

— Je n'aurais pas dû boire tout ce vin… Tu ne m'en voudras pas si tu vas seul à ce rendez-vous ?

Desmond fut accueilli par Éleda au son du sitar de Ravi Shankar. Il excusa Casey dont l'absence n'affecta pas outre mesure son hôtesse. En revanche, il lui fut reproché de ne pas avoir songé à emmener Bonnie avec lui.

— Merci pour le tableau, Éleda.

— Vous avez mauvaise mine. Chicago ne sied pas à votre teint. Jus de fruits frais ou whisky ?

— Vous ne me laissez guère le choix.

— Installez-vous, j'arrive tout de suite.

Recouvert de plaids indiens, un incroyable canapé en forme de crucifix occupait le living-room. Dans une cheminée en pierre de lave, un feu crépitait et des bougies artisanales diffusaient une lumière relaxante. Assis du bout des fesses, le pantalon de son uniforme remonté sur les mollets, Gary Banning aspirait un jus de tomate avec une paille, les yeux mi-clos.

— Professeur Desmond G. Blur ! s'exclama-t-il.

— Lui-même. Salut shérif.

Sur la table basse en fer forgé, on avait garni des poteries de tranches de jambon italien, morceaux de poires, olives et petits fours à base de fromage de brebis sur lit de figues fraîches, délices auxquels l'officier de police prenait goût – si l'on en croyait l'amoncellement de piques dans le cendrier. Le gourmand plaida sa cause, tirant sur les pans de sa chemise amidonnée.

— Ça ne vaut pas un *haunted burger* mais ça se laisse désirer, comme les gars de Chicago. Alors ? Ça y est ? On emménage au Paradis ?

Desmond se contenta de sourire : cet homme déga-geait une telle sympathie, on ne pouvait qu'aimer ses manières. Il souleva le couvercle de la cave à cigares qui trônait sur une console pour en humer le contenu : gour-mandes odeurs de bois, de tabac et de foin.

— Romeo y Julieta wide Churchill[1], susurra Desmond.

Il se détourna de la boîte et s'assit dans le canapé.

— … Tu es en service ? enchaîna-t-il.

— Pour ne rien te cacher.

— Trafic d'œuvres d'art ?

— Je doute que le type que je cherche ait assez de talent pour ça.

1. Marque de cigares.

174

Un instant, le professeur avait craint que la présence de Gary ait un rapport avec le décès de son père. Mais le shérif de Jerome s'intéressait à un tout autre genre de disparu.

— Bobby Wyatt… Il n'est jamais revenu récupérer ses toiles. Elles sont restées en plein air une dizaine de jours jusqu'à ce que le ciel menace de les ripoliner. J'ai aidé la petite de la galerie à décrocher les tableaux fissa.

Personne n'avait vu l'artiste dans les parages depuis des semaines. Gary questionnait toute personne susceptible d'avoir été en contact avec lui récemment. Hélas, Mrs Deronse était sans nouvelle du peintre depuis le décès de Benjamin.

— Le numéro de portable qu'elle nous a fourni correspond à celui d'un téléphone à carte sans abonnement. Il n'est plus activé. Et l'artiste n'a pas communiqué d'adresse fixe.

— Vous avez lancé un avis de recherche ?

— C'est ça le hic. Rien qu'en Arizona, on a une douzaine de Robert Wyatt dans nos fichiers. Sans compter ceux qui roulent sans permis. En revanche, on connaît son dernier point de chute : le camping de Pine Flat, sur Oak Road.

— Oak Road ?

— Oui. Près de chez ton père.

Desmond posa un bras sur le dossier du canapé, l'autre sur l'accoudoir.

— Combien de campings dans le coin ?

— Quatre. Mais c'est le moins cher. Il est probable que ton père lui ait indiqué l'adresse, d'autant qu'il connaissait bien le propriétaire. C'est un de tes voisins, Ted Mc Kee.

Ted Mc Kee. Le livreur de tableau à domicile. Le monde rétrécissait à Sedona.

— Comment as-tu su qu'il avait planté sa tente à Pine Flat ?

— Le peintre n'avait pas payé son emplacement depuis trois semaines, alors le proprio est allé jeter un œil : elle était saccagée.

— Traces de lutte ?

— Négatif.

— Des vols ou des actes de vandalisme dans le secteur ?

— Faudrait poser la question aux écureuils. Sont un peu nerveux en ce moment.

— Pourquoi est-ce toi qui es en charge de l'enquête et pas la police de Sedona ?

Gary attrapa un petit four du bout des doigts, le fit disparaître dans sa bouche.

— … Il n'a pas très envie que ça se sache dans le coin, le vieux Mc Kee. Pas bon pour le tourisme. Il a préféré en parler à Mrs Deronse. C'est elle qui m'a prévenu.

Desmond hocha la tête. L'image d'un crâne nu percé d'un trou lui traversa l'esprit d'une désagréable manière.

— Cette disparition coïncide étrangement avec la mort de mon père.

— C'est ce que je me suis dit.

— Tiens-moi au courant si l'artiste refait surface.

— J'y manquerai pas.

Gary toussota. Éleda revenait avec un plateau. Deux verres tintaient contre une bouteille de Ballantine's trente ans d'âge.

— Ben le buvait sans glace, dit-elle, les yeux brillants. Moi aussi. Et vous Desmond ?

Le regard du fils exprimait une douce perplexité.

— Sans glace.

Les mains d'Éleda tremblèrent lorsqu'elle posa le plateau sur la table.

Il prit soin d'ouvrir la porte de la chambre sans faire de bruit. Réglé sur une chaîne d'informations, le poste de télévision ronronnait. Un carton de pizza à moitié vide, une canette de Coca Light et un pot de glace vidée de son contenu agrémentaient le bureau. Desmond soupira : il revenait avec une pizza.

Casey avait tenté de le joindre à trois reprises. Dans son dernier message, elle lui demandait de rapporter quelque chose à manger. Desmond n'avait songé à écouter sa boîte vocale qu'après avoir quitté la maison d'Éleda, vers 22 heures. Étendue au milieu des coussins, un ordinateur portable à côté d'elle, l'avocate dormait profondément sous l'effet d'un somnifère. Desmond retira doucement la paire de lunettes qui tenait encore sur son nez, se débarrassa de l'ordinateur, puis il ôta ses chaussures et s'allongea contre Casey, un bras derrière la nuque.

Après le départ de Gary, d'autres invités s'étaient présentés chez Mrs Deronse : un couple d'artistes habillés à la mode texane, Ken et Fay Grimm. Jeans à pinces et blouse fuchsia frangée, chemise bleu cobalt et cravate indienne en cuir avec boucle en bronze à figure de loup – création de l'artiste –, l'un comme l'autre concouraient pour le prix du mauvais goût vestimentaire, mais ils étaient aussi fort attachants. L'évocation du père de Desmond vint naturellement dans la conversation. Il fut moins pénible au fils d'entendre dire la messe que le jour de l'enterrement ; seul fut conté ce genre d'anecdote où le désastre d'une mésaventure attendrit l'auditoire. Ainsi, Benjamin Blur s'était-il régulièrement perdu lors de ses randonnées pédestres dans le parc national. Il avait aussi réparé la Jeep de Ken au cours d'un bivouac en pleine montagne par moins dix degrés, taillant une courroie de fortune dans le caoutchouc de la roue de secours. Parmi ses exploits, fut rapporté le sauvetage d'une chouette tachetée trouvée sur le bas-côté de la route ; elle grelottait sous la neige, une aile brisée. Le volatile était resté chez Ben jusqu'à sa guérison et avait élu domicile non loin de son bienfaiteur. Depuis, la chouette signalait sa présence matin et soir – à la grande joie du voisinage. Il fut aussi question d'une *barbecue party* mémorable au cours de laquelle l'antiquaire aurait confondu le sel avec de la lessive en poudre stockée dans une boîte en plastique sous l'évier de sa cuisine. On ajouta qu'une mauvaise pêche le mettait d'exécrable humeur. Enfin, d'après la légende, Benjamin Blur se serait un jour retrouvé nez à nez avec un ours dans le jardin de sa maison, mais ça, personne n'avait pu le confirmer.

Calé dans le canapé, Desmond s'était senti moins seul avec un bon cigare. Les deux whiskies avaient aussi réfréné l'amertume qui lui serrait le cœur, celle d'un fils réalisant que son père était capable d'émotions.

Casey souleva les paupières.

— T'es revenu ? bredouilla-t-elle.

Desmond la serra contre lui, repliant un bras sur sa poitrine.

— Désolé. Je n'ai pas vu le temps passer.

— Vous avez parlé de quoi ?

Il embrassa ses lèvres.

— De quelqu'un que je ne connaissais pas, chuchota-t-il.

Elle se dégagea de son étreinte en grommelant.

— Tu sens le cigare.

Dehors, le ciel de Sedona avait recouvré sa parure étoilée. La clarté de la nuit donnait à la chambre un petit air innocent. Desmond chercha en vain le sommeil, s'interrogeant sur le sens de sa décision, la finalité d'une rupture totale avec son mode de vie, le confort d'une ville à laquelle il devait sa carrière, et le combat prévisible qu'il aurait à mener contre les *a priori* de Casey pour la décider à s'installer ici. Qu'y avait-il donc de si précieux à découvrir au cœur de ces roches rouges qui nécessite une telle mise en péril ?

Le cigare avait laissé un goût herbacé légèrement amer sur le bout de sa langue.

Le réveil promettait d'être rude.

2011 – Lundi 11 juillet

The Gold King Mine Museum, Jerome, Arizona

Une casquette vert gazon emboîtée sur le crâne jusqu'aux sourcils, des chaussettes de sport blanches remontées sur des mollets imberbes plus ronds que des ballons de rugby, le type dégageait un fumet nauséabond, pire qu'un âne. Un mélange de vieux parmesan et de transpiration. Concentré dans l'effort, lèvres pincées, il donnait de brèves impulsions au présentoir-tourniquet des cartes postales à la recherche de la meilleure vue sur Jerome. Son ventre formidable menaçait d'en freiner la course à chaque instant. Impassible, Brenda Robertson retenait sa respiration. Lutter encore quelques minutes. Elle aérerait plus tard. Le client avait déjà posé sur le comptoir tout un régiment de gadgets pour gogos dont regorgeait la boutique de souvenirs : sachets de fausses pépites dorées, mugs en porcelaine déclinés avec différents prénoms, gilets en peau de vache synthétique *made in China*, stylos-billes, faux bijoux indiens artisanaux, ici tout se vendait à la condition que le climatiseur fonctionne. Dehors, la température avait grimpé à plus de 40° C et midi s'affichait seulement aux cadrans des bracelets-montres à l'effigie de la Route 66 vendus vingt-neuf dollars. Machinalement, Brenda jeta un œil au parking devant la boutique : un motard se tenait debout contre une voiture, jean trop large et tee-shirt sans manches, un casque à la main, les bras cuits par le soleil. Encore un que la vue plongeante sur la vallée hypnotisait.

— Je prends ça aussi.

Une grosse paluche s'abattit sur le comptoir. L'homme à la casquette avait un accent étranger. Brenda fit glisser vers elle les six cartes postales, les fourra dans une enveloppe en papier recyclé, ajouta six dollars au ticket de caisse : le total grimpait à cinquante-quatre dollars sans compter l'achat des billets pour la visite. L'affaire des Robertson tournait plutôt bien. Ce que les dépliants touristiques s'entêtaient à nommer musée était en réalité un ramassis de vieilles voitures collectées depuis des lustres par Don Robertson, baba-cool reconverti dans l'exploitation de pèlerins naïfs. Camions de pompiers et pompes à essence glanés sur la Route 66 s'exposaient au milieu d'un capharnaüm que rendaient attractif quelques animaux de ferme, un bourricot sans âge et une vieille machine à vapeur bricolée par le propriétaire ; le moteur de cette dernière actionnait la roue dentée d'une scierie contemporaine de Lincoln et débitait des planches aussi tordues que la route conduisant à la mine. Le touriste raffolait des hoquets sonores du vieux mécanisme et de ses flatulences. Celui qui se trouvait devant Brenda Robertson, avec ses auréoles de sueur sous des bras larges comme des assiettes, était du genre à passer un quart d'heure à compter religieusement les pets. Elle se fendit d'un sourire.

— Autre chose, monsieur ?

Tout alla très vite.

Le fracas étouffé d'une vitre qui explose sur le parking, la stupeur du client et de Brenda apercevant le motard en train de dévaliser un véhicule de touristes, puis, Brenda jaillissant de derrière le comptoir, buttant contre le présentoir des bâtons de pluie et manquant de finir tête la première dans l'étalage de vaisselle en terre cuite. Le voleur avait rapidement remis son casque, enfourché sa moto et pris la fuite en dérapage contrôlé, déclenchant une mini tornade de poussière.

Sur le pas de la porte, une main en pare-soleil contre son front, Brenda eut beau plisser les paupières, elle fut bien incapable de relever le numéro du deux-roues.

Aries (March 21 – April 20)
You still have your private struggles.

Sedona, Coconino National Forest

Ken Grimm avait vu juste. Le coin était fantastique. Ses sculptures animalières hyperréalistes étaient à chier mais question repérage, c'était le meilleur.

— Nous, artistes, on est bien plus obsédés par notre destinée que par le pognon, confia-t-il, tendant une bouteille d'eau à Desmond.

— Sans blague.

Perchés en haut d'un roc légèrement en contrebas de Thunder Moutain, essoufflés par une bonne heure de marche, les deux hommes contemplaient la vallée : Coffeepot Rock dressait son bec de cafetière à leur gauche, Sedona se pâmait sous les monuments de roche écarlate disposés en arc de cercle autour de Oak Creek River dont les sinuosités s'étiraient tel un fil d'argent. Des jappements heureux se rapprochèrent ; les chiens chahutaient quelques perdrix lesquelles, épouvantées, finiraient par se regrouper sous la Jeep de Ken garée plus loin. Une brise légère caressa les mollets secs du sculpteur, souleva les cheveux de Desmond. Quatre mois qu'il laissait pousser. Ils s'assirent sur un rocher de grès rouge orangé, songeant aux options qui se présentaient à eux : rejoindre Fay Canyon sur la droite ou poursuivre jusqu'à Chimney Rock. Ken rajusta son Stetson en toile kaki.

— T'en penses quoi ?

Sur les conseils d'Éleda, l'artiste avait ouvert une galerie à Tlaquepaque Village avec son épouse et se réjouissait de cette initiative. Vendre le talent des autres s'avérait bien plus lucratif que de vivre de son art. Il se sentait capable de toutes les audaces, le soleil était à son zénith.

— Et si on soufflait un peu ? grimaça-t-il.

Desmond claqua des mains sur ses cuisses.

— OK. Je vais chercher les sandwichs.

Bonnie passa en flèche devant Desmond avec son sourire de chienne, oreilles en bataille, éternelle ravie sur la terre des hommes. Pataud, un berger blanc la suivait – le chien de Ken était aussi inoffensif que son maître. Sur le siège conducteur brûlant de la Jeep, le téléphone portable de Desmond vibra. Son propriétaire répondit à l'appel.

— Salut Gary… Quoi de neuf ? On se la coule douce à Jerome ?

Le shérif avait lu l'horoscope de son ami. Que du bon.

— Envoie.

Desmond ricana.

— … Laisse-moi deviner la suite : *Vous avez toujours vos blessures intimes mais rappelez-vous que*

185

vous n'êtes pas tout seul pour les combattre. La libéra-
tion est à portée de main, mais vous devez y mettre du
vôtre pour coordonner vos agendas mutuels et parvenir
à organiser cette foutue barbecue party... Je me trompe
d'horoscope ?... Ah ! C'est celui de Melinda ?... Dis à
ta femme que je serai chez vous dimanche midi.

Gary passa à plus sérieux. Il avait quelque chose qui
pouvait intéresser le professeur en criminologie. Et ce
n'était pas une histoire de fantôme multirécidiviste.

— ... Où ça ?... Chez ce vieux fou de Robertson ?

Desmond jeta un œil derrière le siège : la glacière et
son contenu s'impatientaient.

— Écoute, ça ne peut pas attendre ton histoire de bris
de glace ? Je suis sur le point de nourrir Ken Grimm...

Non, ça ne pouvait pas attendre. Depuis son installation à Sedona, Gary consultait régulièrement le professeur dès qu'une affaire originale se présentait à lui et
celle-ci le mettait dans un état d'excitation évident.

— Je t'écoute... Et alors, qu'est-ce qui te tracasse
dans cette histoire ?... Elle ne veut pas porter
plainte ?... Comment ça « les gosses ont craché le
morceau » ?

Le shérif de Jerome avait servi des cookies et des
sodas aux enfants d'une touriste. Elle paraissait un peu
trop pressée de reprendre la route des vacances en dépit
d'un vol dont elle venait d'être victime. Les enfants
avaient vite avoué et redemandé du Coca.

— Mais c'est Guantanamo chez toi ! Alors, c'est
quoi le but de leur voyage ?... Jerome n'est pas sur la
Route 66... Tu parles !... Quel blog ?... Faut que je
devine le sujet ? *Comment gâcher une parfaite journée*
de son meilleur ami ?

Ce n'était pas la bonne réponse. Celle-ci désarçonna le professeur.

— Je dois rire maintenant ? dit-il, épongeant la sueur qui couvrait son front.

Gary Banning ne plaisantait pas. L'affaire était chaude. Desmond sentit les poils de ses bras se hérisser.

— Combien de meurtres ?... Où elle a eu ses informations ?... Journaliste ? Non ?... Divorcée ?... Comment est-elle ?

Un sourire passa sur sa figure.

— Gary, je ne te demande pas ses mensurations mais dans quel état elle est nerveusement... Vraiment ? C'est le gamin qui a vendu la mèche ?

Desmond leva les yeux vers l'horizon : assis sur le rocher, tournant le dos à la Jeep, Ken flattait le cou de son chien en le traitant de bon garçon. Le professeur observa la scène avec la désagréable sensation de ne plus avoir sa place dans le tableau.

— Et le vol a eu lieu en plein jour sur le parking du musée ?... Maile-moi l'adresse du blog.

Dans la pièce hexagonale lambrissée, rien n'avait été touché. Les agendas alignés sur l'étagère, la petite collection d'objets anciens sur le bureau, Desmond avait respecté l'ordonnancement, se contentant d'ajouter au mobilier une bibliothèque ainsi que son matériel informatique.

Une seule photo du blog avait suffi à piquer sa curiosité.

Prise le 6 juillet 2011 en Oklahoma.

On y voyait une maison en bois, au toit sombre et aux murs gris, singulièrement sage dans un ciel blanchi. Les barrières autour de la propriété avaient disparu, d'épais buissons la protégeaient des regards et des planches recouvraient les fenêtres, l'endroit semblait abandonné. Sous la photographie, un commentaire en français que Desmond traduisit sans trop de difficulté :

Narcissa, Oklahoma. Il se pourrait qu'il s'agisse de la maison d'une famille dont le tueur ne donne pas le nom : « *Je ne sais pas comment j'ai fait pour tomber pile dessus mais brusquement, la baraque était là, devant moi, sous un soleil de plomb. Insolente. Presque familière. On aurait dit qu'elle m'attendait.* » En juillet 1966, ici, deux personnes sont assassinées à l'arme blanche (une femme enceinte, une fillette) et deux autres gravement blessées. Il est aussi question d'un chien estropié. Un vrai massacre dont l'auteur n'a jamais été retrouvé. Le tueur aurait été attaqué par le jeune garçon (8 ans) qui tentait de sauver sa sœur : « *Il m'a balancé une hache à la gueule. Je l'ai reçue en haut de la cuisse. Une douleur atroce. J'ai cru que j'allais tourner de l'œil.* » La maison est très isolée, cernée de terrains agricoles. C'est en nous perdant sur une route impraticable à la recherche de l'embranchement de la 66 que nous sommes tombés dessus. Il est 17 heures, la température extérieure est encore de 32° C. Nous rêvons tous de nous jeter tête la première dans une piscine et d'oublier cette histoire atroce.

Des images remontaient brutalement à la surface comme les racines d'un arbre arraché à la terre. Desmond s'empressa de les refouler. Collé par la transpiration, son tee-shirt adhérait à la peau. Il délaissa l'ordinateur, fit pivoter le fauteuil de bureau et se tourna vers le tableau posé contre le mur derrière lui.

Le vieil homme barbu se tenait tranquille, le narguant de toute sa hauteur.

Avec toujours cette pointe d'aversion que l'œuvre lui inspirait, Desmond caressa la toile, en palpa le cadre, rencontra sous ses doigts le relief de l'étiquette collée en bas à gauche.

The Route 69 killer.

Peu de gens savaient que la Route changeait parfois de nom suivant les États qu'elle traversait, comme c'est le cas dans le secteur de Narcissa. Pourquoi Bobby Wyatt avait-il associé ce chiffre au tableau ? Pouvait-il savoir que des meurtres sanglants avaient été commis sur la Route 69 ? L'antiquaire avait-il fait un jour allusion au drame de sa famille ? Quelle était la vraie nature de leur relation ? Et quel rapport tout cela avait-il avec le personnage représenté sur le tableau ?

Desmond se détourna de la toile et reprit son exploration, rajustant une paire de lunettes sur son nez. Le blog de cette mère de famille dont on venait de vandaliser le véhicule fourmillait de détails improbables. Les photographies incarnaient une certaine idée de l'absence : embranchements de sorties d'autoroutes ou culs-de-sac, cabanes vermoulues figées dans un sous-bois, salles de restaurants aux banquettes vides, parkings au clair de lune, enseignes de motels branlantes dévorées par la rouille, chaque cliché était légendé, associé à un meurtre et localisé sur la route. La narration alternait chronique familiale et compte rendu sanglant. Desmond naviguait d'une page à l'autre, revenait souvent au passage qui le concernait, entre fascination et perplexité.

Il m'a balancé une hache à la gueule. Je l'ai reçue en haut de la cuisse.

Il était de ce récit, de cette longue liste de victimes.

Une sirène de police fit entendre sa plainte stridente. Gary avait fait vite. Le professeur avait demandé au shérif de conduire à lui la petite famille. Plus le temps de prendre une douche. Il se contenta d'enfiler une chemise propre, son vieux jean et ses tongs en bambou.

Quatre personnes descendirent du véhicule. Bonnie les accueillit avec son sens affectueux de l'hospitalité, langue pendante et queue en panache. La ronde frénétique de l'animal autour des visiteurs contrastait avec la passivité de l'homme en bas du chemin : adossé au portillon entrouvert, le professeur regardait la petite troupe venir à lui. Gary, jovial à souhait, la démarche rustique et le pantalon à peine froissé. Le fils, huit ou dix ans, cheveux noirs, moyennement dégourdi, étonné de découvrir une maison sur pilotis, collé à sa sœur jusqu'à lui marcher sur les pieds. La jeune fille, entre seize et dix-huit ans, cheveux châtain clair, longiligne, short en jean, mal à l'aise avec ses nu-pieds sur le chemin couvert d'épines, un visage ovale offert aux cimes des arbres. La mère, cheveux châtain foncé mi-longs, débardeur blanc, balancement des hanches sous une jupe légère, point de lumière dans un tableau en clair-obscur.

— Livraison spéciale ! annonça Gary avant de donner l'accolade à son ami.

Puis il déploya les bras comme s'il invitait d'invisibles musiciens à se lever pour saluer le public.

— Professeur Blur, Mme Lombard. Faudra penser à déménager plus près, mec, ajouta-t-il sur le ton de la confidence. Une heure de route, ça fait cher au contribuable.

— J'y songerai.

Desmond tendit la main à l'auteure du blog dont il découvrait le visage : iris émeraude, sourcils décidés et lèvres au dessin soyeux.

— Madame Lombard, enchanté.

— Bonjour, professeur.

En dépit de la canicule, la paume qu'il serra était glacée. Mme Lombard frissonnait et s'en excusa : la climatisation du véhicule de police était la cause de cette légère hypothermie.

— Le chef Banning n'est opérationnel qu'à 17° C, commenta distraitement Desmond, intrigué par le paradoxe qui s'offrait à son regard.

Sous le fond de teint, deux cicatrices, dont le cheminement aléatoire ne relevait pas de la chirurgie esthétique, jouaient les discrètes. La première soulignait un joli nez, l'autre mordait la pommette gauche. Toutes les deux exigeaient de la galanterie. Cette femme ne devait pas être du genre à s'apitoyer sur elle-même. Sa façon de se tenir, légèrement voûtée, traduisait une certaine habitude des emmerdements de la vie.

— Merci d'avoir accepté de venir jusqu'à moi, madame. C'est votre première visite en Arizona ?

— Oui. Les enfants aussi.

La voix douce.

Le petit accent français.

Les cicatrices.

Tout s'emboîtait.

Il aurait dû se raser.

Un sourire troublé creusa deux plis à la joue gauche du professeur.

— Soyez les bienvenus. Je vous précède. Attention, l'escalier est raide.

Comme presque chaque soir d'été, au soleil couchant, Oak Creek Canyon revêtit sa tenue de bal, plongeant le salon dans un halo fuchsia. Depuis le canapé, flanquée de ses enfants, Mme Lombard tenait un verre de thé glacé entre ses mains. Les deux consoles de jeux portables et l'ordinateur de madame avaient été raflés sur la banquette arrière du véhicule de location alors que la petite famille visitait le musée. Annette, la fille aînée, avait oublié de remettre le PC dans le coffre. Un tel laisser-aller relevait de l'inconscience – ou du flegme propre à une ado amoindrie par la température caniculaire.

— M. Banning était déjà sur place lorsque nous sommes sortis du musée, précisa Mme Lombard.

Gary confirma en grognant.

— Brenda m'a appelé dans la minute qui a suivi le vol. Le motard m'est quasiment passé sous le nez.

Jambes croisées, pieds nus dans ses tongs et mal rasé, Desmond affectait une décontraction formelle. Il hocha la tête.

— Madame Lombard, vos recherches concernant une série d'homicides commis sur la Route 66 sont-elles en rapport avec votre activité professionnelle ?

Le verre de thé tournait lentement entre les doigts de son interlocutrice.

— Non… C'est personnel.

— Vous vous intéressez donc aux faits divers ?

Elle acquiesça.

— Sur quelle base de documents travaillez-vous ?

Le verre fut reposé sur la table basse d'un geste mal assuré.

— Comment dites-vous *archives* en anglais ?

— C'est le même mot. Des témoignages directs ? Articles de presse ?

— Tout ce que je peux trouver sur le Net.

— Et pour les recherches concernant votre blog, vous utilisez quoi comme mots clés : *tueur – route 66* ?

— Oui.

— Vraiment ?

— J'utilise aussi d'autres mots.

— Vous devez avoir un fameux moteur de recherche.

La dame pinça machinalement le lobe de son oreille droite. Bien que futile, la remarque la dérangeait donc.

— Et qu'est-ce qui vous a poussée à vous intéresser plus particulièrement à cette histoire de tueur en série ? renchérit le professeur.

— Je ne sais plus. Un documentaire à la télévision, je crois…

Desmond tourna son regard vers Annette et son frère : tassés dans le canapé, ils fixaient résolument leur maman. Ces trois-là se serraient les coudes.

— Gary, dit-il, est-ce que tu veux bien descendre avec les enfants voir si Bonnie n'a pas envie de chasser les écureuils ?

Couchée sur le tapis au pied de son maître, la chienne dressa les oreilles.

— OK, soupira l'officier de police en soulevant ses quatre-vingt-dix kilos du canapé. On vous laisse tranquilles.

Bonnie les entraîna dans son sillage. Avant de quitter la pièce, le fils se tourna vers le professeur Blur et porta sur lui un regard équivoque, comme s'il redoutait ou souhaitait l'arrivée soudaine d'un orage. Installé dans un vieux fauteuil club au cuir fissuré, Desmond croisa les bras.

— Madame Lombard, j'ai cru comprendre que vous étiez séparée de votre mari. L'avez-vous consulté avant de faire ce voyage ?

— Pourquoi l'aurais-je fait ?

— À cause des enfants. Ce voyage pouvait être dangereux pour eux. Lui avez-vous dit que vous enquêtiez sur un criminel ?

Une mèche de cheveux tomba devant ses yeux, elle la repoussa sans ciller.

— Je collecte des informations. Il n'y a aucune certitude que tous ces crimes soient reliés entre eux. Cette histoire de tueur, c'est une légende urbaine. Une simple hypothèse. Je ne crois pas que cela puisse exposer ma famille à un risque quelconque. Quant à mon mari, il n'a montré aucun désir de revoir son fils depuis notre séparation.

— « Son fils » ?

— Gaston. Annette n'est pas la fille de Pierre.

Desmond souleva les sourcils. Il compatit.

— J'en suis désolé. Récente, la séparation ? demanda-t-il du bout des lèvres.

— Quelques mois.

Il quitta le fauteuil et se rapprocha de la baie vitrée, curieux de voir ce qui se passait dehors : Gaston lançait un bâton à Bonnie en direction de la rivière, Annette prenait des photos de la falaise. Le visage de leur mère se reflétait à la surface de la vitre, un visage qui tentait de dissimuler un malaise croissant depuis que ses enfants n'étaient plus dans son champ de vision.

— Vous êtes spécialiste en criminologie, c'est ça ? risqua-t-elle.

— Quelque chose dans ce goût-là.

— Et vous publiez des ouvrages sur le sujet ?

— Oui.

— Le chef de police Mr Banning m'a dit que vous avez été journaliste.

Gary avait certainement déroulé le curriculum vitae du professeur durant le trajet. Desmond lâcha le reflet et se tourna vers son interlocutrice.

— C'est exact.

— Vous avez travaillé pour quel…

— Le *Chicago Sun Times*.

Elle emprisonna ses genoux de ses doigts et cambra le dos d'une plaisante manière. Le pendentif qu'elle portait – un scarabée incrusté de strass multicolores – glissa sous son débardeur banc.

— Ah ! Chicago. Nous y sommes passés au début du voyage. Une ville fascinante.

Desmond se plut à imaginer où le pendentif se trouvait. Exactement entre les seins. Il fourra les mains dans les poches de son jean.

— Avez-vous emporté de la documentation pour vos recherches ?

— Non. Tout est dans le disque dur de l'ordinateur.

Mme Lombard tira sur l'ourlet de sa jupe.

— Professeur Blur, le chef de police m'a dit que mon blog pouvait vous intéresser, puis-je vous demander…

— Vous ne vous êtes pas interrogée sur ce fait ?

— Pardon ?

— Le blog est accessible à tout le monde. En suivant votre voyage jour après jour, n'importe qui pouvait deviner dans quel secteur de la 66 vous étiez précisément. Ça ne vous est pas venu à l'esprit que le vol de votre ordinateur puisse avoir un lien avec vos recherches ?

Léger affaissement du menton. Cheveux rabattus d'un côté de la nuque. Quelque chose de gracieux dans la posture. Elle haussa les épaules.

— Je ne vois pas pourquoi quelqu'un ferait une chose pareille…

— Vous suivez la 66 depuis Chicago, votre dernière étape était donc au Nouveau-Mexique… Gallup ?

— Oui. Mais nous avons quitté la route depuis Flagstaff.

— Flagstaff n'est qu'à une soixantaine de miles de Jerome. Quelqu'un a très bien pu vous suivre.

— Je l'aurais remarqué.

— Êtes-vous certaine d'avoir fait suffisamment attention ?

Il fit quelques pas et se rapprocha de Mme Lombard. Elle fuyait son regard, comme dépossédée de ses croyances. Un instant, il se perdit dans la contemplation de ses traits, suivant le lacet des cicatrices.

— Madame Lombard, depuis combien d'années vivez-vous seule avec vos enfants ?

— Mais je viens de vous dire…

Desmond donnait des signes d'agacement.

— On ne va pas y passer la journée…

En un instant, il fut assis à ses côtés. Son index droit glissa sur le petit renflement le long du nez.

— Aéroport Phoenix Skyharbor, septembre 2010, une chute de six étages.

Elle le repoussa.

— Qu'est-ce qui vous prend ?!

— Que faisiez-vous à Phoenix ?

Dans les yeux de Mme Lombard, l'incrédulité dominait encore.

— … Vous m'avez dit votre prénom. Vous m'avez dit comment s'appelait votre fils. Rappelez-vous. Rappelez-vous, *Lola* !

Desmond la fixait obstinément tel un journaliste attendant le scoop d'une affaire de corruption d'envergure. À moins que ce ne fût simplement le regard d'un homme espérant que l'on se souvienne de lui.

Debout sur la terrasse, accoudée à la rambarde, Lola respirait les arômes de pin qu'exhalait la forêt. D'un seul souffle, elle venait de résumer les événements ayant bouleversé les dernières années de sa vie, butant sur quelques mots d'anglais manquant à son vocabulaire. Son récit, concis et touchant, tenait de la relation d'un rescapé échoué sur une île déserte. Elle n'oublia rien des étapes qui l'avaient conduite sur le parking de l'aéroport, ni cet effroyable saut dans le vide, aboutissement logique après sa moisson d'échecs. L'accident était comme un lien resserré par le destin autour de fétus de paille trop maigres pour nourrir l'espoir de retrouver Pierre Lombard.

Le dos appuyé contre la baie vitrée, Desmond contemplait les hanches de son interlocutrice dont la jupe ondulait paresseusement. Si l'immeuble adjacent au parking de l'aéroport avait été construit trente centimètres plus loin, elle ne serait pas là devant lui, échouée dans la torpeur d'un été caniculaire, à narguer son petit confort d'homme des bois : explorer un autre cheminement de l'esprit, rechercher dans la solitude un enseignement nouveau, Desmond s'était résolument retiré de la ville, fuyant ses tentations et ses égarements. D'une troublante manière, cette femme réunissait les deux.

— Pourquoi avoir caché au shérif de Jerome la vérité concernant votre mari ? interrogea-t-il.

— La dernière fois que j'ai parlé à un officier de police, il n'a rien fait pour m'aider à retrouver Pierre. Et je n'avais pas envie qu'on me pose des tas de questions comme vous le faites à présent.

— L'enveloppe laissée sur le comptoir du bar, qu'est-elle devenue ?

— Je l'ai reçue deux mois plus tard. Elle n'était pas assez affranchie, j'ai dû payer le surcoût.

— Qu'est-ce qu'elle contenait ?

— Un cahier. C'était l'écriture de mon mari, précisa-t-elle.

— Et vous avez lu ce cahier.

— Oui.

Desmond croisa les bras.

— Vous y avez puisé vos informations.

— Oui.

Lola se retourna. Des mèches de cheveux chatouillaient ses narines, elle les chassa.

— C'est un récit à la première personne, une histoire pathétique, des tas de gens meurent… Rien de réjouissant.

— Plausible ?

— Un homme raconte l'histoire de sa vie, la façon dont il rencontre les victimes… Certains crimes sont décrits avec précision mais franchement, j'ai beaucoup de mal à y croire.

— Votre mari a très bien pu se documenter, recouper des faits divers qui n'avaient rien à voir entre eux et construire une fiction. Il ne serait pas le premier journaliste à s'appuyer sur des faits réels.

— J'y ai pensé. Mais le récit est très particulier. Le tueur livre ses pensées intimes. Pas du tout le style de ce que Pierre a pu écrire lorsqu'il était journaliste, ajouta-t-elle.

La cambrure de ses reins épousait la rambarde. Le professeur baissa les yeux sur ses tongs.

— Que vous a-t-il dit à propos de cet homme rencontré dans le bar ?

— Peu de chose. Qu'il était vieux, malade et dans l'incapacité de tenir un crayon.

— Si on admet que ce vieux bonhomme lui ait fait la dictée, il a très bien pu lui raconter une fiction sur la base de faits réels.

— C'est ce que j'ai voulu vérifier en allant sur Internet mais je n'ai rien trouvé, avoua-t-elle. Tous les crimes sont antérieurs à 1997. Les archives des journaux mises en ligne ne remontent pas si loin.

— C'est ce qui vous a décidé à entreprendre ce voyage ?

Elle écarta légèrement les pieds et joignit les mains comme si elle s'apprêtait à renvoyer un ballon de volley.

— J'étais hantée par ces pages depuis des mois. Je ne comprenais pas pourquoi Pierre m'avait adressé ce cahier. J'ai toujours pensé qu'au bout de la Route, je trouverais la réponse. J'ai déterminé notre itinéraire en fonction des scènes de crime.

Desmond réfléchit : un coup de vent et la jupe de Lola remonterait jusqu'à ses fesses, rejouant la fameuse scène de Marilyn dans *Sept ans de réflexion*. Mais rien de tel ne s'annonçait en cette fin de journée torride.

— … Annette et moi, nous avons consulté les archives de presse conservées dans les bibliothèques d'une dizaine de villes. Toutes les affaires qui apparaissent dans les registres sont apparentées à des accidents de la route ou à des suicides.

Il pencha la tête légèrement.

— La première : Illinois ?

— Oui. Braidwood. Une serveuse dans un drive-in en 1966.

— Une idée à vous, ce blog ?

— C'est Annette qui y a pensé. On s'est dit que ça nous permettrait d'entrer en contact avec d'autres personnes susceptibles de nous apporter leur aide dans nos recherches.

Desmond passa une main dans ses cheveux et se rapprocha de la rambarde, gardant une distance raisonnable avec la jupe de son interlocutrice. En contrebas, près de la rivière, Gaston éclaboussait sa sœur tandis que Bonnie réclamait qu'on lui lance encore le bâton. L'image de son vieux berger allemand, courant sur un sentier jalonné de cailloux, lui apparut avec la netteté d'un souvenir précieusement refoulé. Ils faisaient tous deux de sacrées balades autour de la maison en Oklahoma lorsqu'il avait l'âge de Gaston. L'un revenait la langue pendante et le poil suintant, l'autre, les mollets griffés par les ronces et des trouvailles plein les poches. Une ombre passa dans son regard.

— Ce double homicide en Oklahoma que vous évoquez dans le blog…

— La maison perdue au milieu des champs ?

— Oui. Vous parlez d'une femme enceinte et d'une petite fille assassinées. Où avez-vous eu ces informations ?

— Dans le cahier.

Desmond eut la sensation qu'un jet d'eau glacée venait de cingler sa colonne vertébrale. Le fait que sa tante

Matilda Jefferson attende un bébé n'avait jamais été communiqué à la presse. En dehors de la police et des proches de la famille Blur, personne ne pouvait être au courant.

— Ce cahier, vous l'avez apporté avec vous ?

— Il était dans le sac avec l'ordinateur.

— Vous n'en avez pas fait de copie ?

La réponse se lisait déjà dans le regard de Lola.

— J'ai scanné toutes les pages, murmura-t-elle. Elles sont dans le disque dur.

Un rictus s'attarda sur le visage du professeur.

— Évidemment.

La distance qui le séparait de Lola n'excédait pas un mètre, mais c'était suffisant pour qu'au plus profond de son être, enfle ce sentiment d'exil immuable. La femme saisit son pendentif et le contempla comme s'il éclairait le crépuscule.

— Vous pensez que ce récit pourrait être vrai ?

— … Tout à l'heure, reprit Desmond, se souvenant du début de leur conversation, vous avez dit avoir fait le tour des magasins d'antiquités de Flagstaff, pourquoi ?

— Pierre est antiquaire.

— Je le croyais journaliste.

— Il a démarré cette activité après avoir été licencié de son journal en 2007.

— Qu'est-ce qu'il vendait : des meubles ? des tableaux ?

— Des objets cultes des années soixante.

— La Route 66 est réputée pour ses *Antique Malls*, vous le savez ?

— Oui. C'était la raison de notre premier voyage aux États-Unis. Il voulait récolter de la marchandise à travers le pays et la revendre en France sur eBay. Il pensait pouvoir se remettre à flot financièrement.

— Des problèmes d'argent ?

Le petit scarabée doré retomba sur la peau tiède de Lola.

— Des prêts à rembourser, lâcha-t-elle. Une affaire de site Internet qui a mal tourné.

Le regard de Desmond se posa sur les poutrelles qui soutenaient la terrasse. Craquelé et fissuré, le bois luttait contre l'étranglement d'une vigne vierge. Déjà, le temps était ici à l'œuvre. Sous l'emprise végétale, l'ouvrage travaillait à son propre effacement. Le rapprochement entre deux hommes endettés, passionnés de vieilleries et fuyant leur propre famille se fit dans son esprit.

— Vous m'avez dit que votre mari prétendait avoir changé d'identité.

— Oui.

— Bobby Wyatt, ce nom vous dit quelque chose ?

Elle leva les yeux sur lui.

— Wyatt ?… Robert Wyatt est le chanteur du groupe de rock *Soft Machine*. Pierre possède tous ses albums.

Il lui fit signe de la suivre.

— Venez. J'ai quelque chose à vous montrer.

Ils empruntèrent la passerelle qui menait au bureau hexagonal. Les mobiles suspendus aux fenêtres tintèrent avec légèreté sur leur passage. Le professeur poussa la porte. Le tableau était adossé au mur du fond. Lola s'en approcha sans que Desmond ait le temps de faire les présentations. Elle effleura la toile, recula de trois pas puis s'adressa en français à Desmond, décontenancée :

— C'est Pierre… Pierre a peint ce tableau… Où l'avez-vous trouvé ?

Le ciel virait au mauve, la nuit abattait ses cartes.

Annette contrôlait dans son Nikon la série de photos de la falaise écarlate qu'elle venait de mitrailler en contre-plongée, une fossette ravie au coin des lèvres. Le tee-shirt couvert de poils caramel, Gaston sentait le chien. Desmond raccompagna Mme Lombard et ses enfants jusqu'à la barrière, serra la main à chacun.

— Salut Gaston… Annette… Madame Lombard, ravi de vous avoir revu, ajouta-t-il à mi-voix.

Avant de les rejoindre sur le chemin, Gary prit son ami à part.

— Alors ?

— J'achète.

Il bomba le torse.

— Je le savais ! Dis-moi le fin mot de l'histoire : ce blog, c'est du flanc ?

— Son mari est dans de beaux draps. À moins qu'il ne soit déjà mort.

Le sourire du chef de police tomba dans ses chaussettes.

— Son mari ?

— La prochaine fois, mon vieux, prend le temps de jeter un œil sur les avis de disparition.

— Mais de quoi tu parles ?

Desmond lui tapa amicalement sur l'épaule.

— Pierre Lombard, disparu à Williams il y a quatre ans. Son nom doit encore figurer dans le NAMPN[1].

— Je vais aller voir ça.

— Ce gars m'a tout l'air d'avoir planté là sa femme et son gamin pour fuir les services du fisc. Tu as mis quelqu'un sur le vol ?

— Le motard ? On s'en occupe. Brenda est venue faire sa déposition.

— Il faut absolument mettre la main sur lui. À propos, tu te souviens de ce type qui exposait en plein air devant chez toi et qui s'est évaporé ?

— Bobby Wyatt ?

— C'est ça. *Robert* Wyatt. Tu viens peut-être de trouver sa famille.

— Nom de Dieu ! Je suis largué.

Regardant la silhouette de Lola Lombard rapetisser sur le chemin, Desmond ajouta, péremptoire :

— Il faut que je la revoie. Sans les enfants.

— *Oh man !* répondit Gary avec un petit air entendu. Ça, ça me parle. OK ! Je m'en charge.

Puis il remonta vers sa voiture en imitant le roucoulement du pigeon.

---

1. nampn.org (North American Missing Persons Network) est un site référençant les personnes disparues en Amérique du Nord.

Sagittarius (Nov. 23 – Dec. 21)
Free your mind and the rest will follow.

Sur le chemin du retour, avachis épaule contre épaule sur la banquette arrière, Gaston et Annette reprirent leur activité favorite depuis le vol de leurs PSP : écouter leurs iPod respectifs, casques sur les oreilles. Sagement assise à l'avant de la voiture, Lola en profita pour échanger plus longuement avec Gary, curieuse du personnage qu'elle venait de quitter : la peau tannée par le soleil, les cheveux châtains presque aux épaules, la barbe de trois jours et les tongs en bambou contrastaient avec l'image d'un professeur émérite d'université. Gary ne se fit pas prier et baissa le son de l'autoradio réglé sur une station de country pop.

— Quand je l'ai connu y a pas un an, il était plutôt « classique ». Costume cravate, blanc comme un gobelet, la coupe de cheveux et la copine maigrichonne qui va avec. Et puis son père est décédé. Il lui a légué cette maison bric-à-brac, Bonnie, et le charme de Oak Creek Valley a opéré.

— Pourquoi avez-vous pensé que mon blog pouvait l'intéresser ?

— Le sujet.

Il fit les gros yeux et se pencha sur elle :

— … *The Route 66 killer*, articula-t-il d'une grosse voix.

Elle sourit et admit que le titre était ridicule, mais qu'il avait au moins le mérite d'être clair. Gary Banning changea de figure.

— Si vous avez des informations relatives à un individu ayant pu commettre une série de crimes sur cette route dans les années soixante, dit-il gravement, alors le professeur Blur fera tout pour vous aider à mettre la main dessus, croyez-moi.

— Il travaille sur ce sujet ?

— Disons plutôt que c'est un sujet qui le travaille.

Il repoussa vivement ses Ray-Ban sur son nez.

— Vous savez où dormir ce soir, madame Lombard ?

— Nous sommes descendus au Grand Hotel.

— Belle vue sur Valley Verde mais je vous conseillerais plutôt de vous dégoter quelque chose avec piscine pour les prochaines quarante-huit heures.

Lola se crispa.

— C'est que je ne comptais pas rester plus d'une journée…

— Désolée, madame, mais j'ai dans l'idée qu'on n'aura pas réglé notre affaire de vol avant et ça m'embêterait de vous laisser repartir sans savoir le fin mot de l'histoire.

Puis il ajouta, d'un air bourru :

— Apparemment, vous avez déjà perdu votre mari sur la route. J'aimerais pas que vous égariez encore quelque chose en chemin, si vous voyez ce que je veux dire.

Elle frotta son épaule gauche engourdie par la climatisation et hocha la tête.

— … Je vais vous indiquer un motel à Sedona. Les prix sont corrects. C'est là que j'ai envoyé le professeur quand il a débarqué de l'Illinois.

Puis, il se redressa, solennel :

— Le gérant, c'est mon beau-frère. Si les gaufres du breakfast sont molles, faites-le-moi savoir.

Vers 20 heures, Lola dînait au restaurant du Grand Hotel avec les enfants. La carte des vins valait le détour ; la cave devait courir jusqu'au fond de la mine. Certaines bouteilles coûtaient plus de quatre cents dollars. On servait du vin blanc d'Alsace, du lambrusco et du chianti de Toscane. Les cabernet, merlot et pinot noir provenaient de Californie. *A contrario*, le choix des plats proposés à la carte était pâlot. Les filles tentèrent une salade plus ou moins niçoise, Gaston préféra une viande. Sceptique devant le kitsch bourgeois de la décoration de la salle, Annette grignotait son pain brioché.

— Ici les flics sont trop forts, lâcha Gaston, et ils sont super cool.

Sa sœur acquiesça.

— C'est pas dans un commissariat français qu'on t'offrirait des Petit Lu et du Coca.

— Je suis sûr qu'ils vont retrouver ma PSP.

— Là tu rêves.

— Ouais. N'empêche, t'es une grosse nulle d'être sortie de la voiture en laissant l'ordi sur le siège.

— Oh, ta gueule !

Lola lança un regard sombre à sa fille.

— Vous deux ça suffit. On ne va pas remuer le couteau dans la plaie.

Elle déplia sa serviette d'un geste souverain.

— Au bout du compte, c'est peut-être un mal pour un bien, ajouta-t-elle.

— Ah bon ?

— Oui, pour une fois que la police se décide à prendre notre affaire au sérieux…

— Le professeur Machin-Truc, il va nous aider à retrouver papa, renchérit Gaston.

— Professeur Blur, corrigea sa mère.

Annette émit un gloussement.

— Un peu *space* avec ses tongs.

— On dirait Aragorn en plus vieux, plaisanta Gaston.

— Qui ça ?

— Bah ! l'héritier du trône de Gondor.

Lola se tourna vers sa fille en quête d'une explication.

— Le beau chevelu mal rasé dans *Le Seigneur des Anneaux*.

Lola opina, promenant un petit air songeur au-dessus de sa salade.

— Maman, c'est quoi cette tête ?

— Rien.

— Tu as souri.

— Pas du tout.

Gaston fit claquer ses couverts dans l'assiette.

— Qu'est-ce qu'il a, lui encore ? dit Annette agacée.

Le garçon leva un menton boudeur, accusant sa mère.

— C'est elle. Elle aime plus papa.

— Oh ! tu nous soûles !

Lola soupira.

— Bon. On passe à autre chose ?

Lorsqu'ils rejoignirent leur chambre une heure plus tard, plancher et literie firent l'aubade aux enfants, alternant mélodieux grincements et craquements éplorés, jusqu'au sommeil. Lola se glissa dans l'eau chaude d'un bain, bercée par le bruissement des pales d'un antique ventilateur suspendu au plafond.

Ces derniers mois, elle avait élaboré un plan avec la conviction que le contenu du cahier la mènerait vers Pierre, d'une manière ou d'une autre, comme une branche se tend vers le ciel. Ce voyage, cette expédition ultime, Annette et Gaston avaient décidé d'en être : l'aînée, excitée par le jeu de piste, voyait là une possibilité de reportage photo épatant et le fils s'imaginait en capitaine courageux venu sauver son père en une terre inconnue où l'on dégustait les meilleurs hamburgers du monde. Pierre ne s'étant guère exprimé clairement à ce sujet au téléphone, pas un instant elle n'avait envisagé que le récit de ce tueur puisse être vrai.

Le professeur Blur venait d'ébranler ses certitudes.

Lola appuya sa nuque contre le rebord émaillé de la baignoire et frissonna : par quelle fantaisie du destin ce quinqua bucolique avait-il pu se trouver sur le parking des voitures de location le jour de sa chute rocambolesque ? Par quelle gymnastique de l'esprit avait-il relié son mari au tableau dans son bureau ? L'idée que le père de Gaston se soit remis à peindre était tout aussi inattendue. À l'époque où son groupe de rock triomphait dans les salles de concert, Pierre concevait les pochettes des albums. Il travaillait d'après photo des images de style Pop'Art, créant des affiches de concerts à tirage limité devenues collector. Mais le peintre avait remisé son matériel au fond d'une malle depuis belle lurette, convaincu de mieux gagner sa vie par la plume que par le pinceau. L'une comme l'autre ne l'avaient guère servi.

Lola aspergea son visage, palpa le petit relief incrusté dans sa peau.

Le malaise au volant provoqué par l'excès de médicaments, la perte des derniers repères, le choc.

Trente minutes passées dans l'effroi, emprisonnée par la tôle, assaillie par une troupe de pompiers maniant scies et outils barbares.

Un matin, elle était tombée du ciel, aspirée par le néant. À demi consciente, elle avait entendu un homme l'appeler, senti ses doigts agripper ses doigts, avec cette sensation d'être maintenue la tête hors de l'eau. Il n'avait cessé de lui poser des questions, lui interdisant de sombrer.

Comment s'appellent vos enfants ? Où peut-on joindre votre mari ?

L'homme qui serrait sa main dans une obscure clarté dévoilait enfin sa figure.

Aries (March 21 – April 20)
The key is to remember that you
are not alone.

Groom, Texas. Nous parvenons à destination
tandis qu'un orage assombrit le ciel derrière nous.
Annette se débarrasse des deux guides et de la carte
routière qui chauffaient ses cuisses et pousse la porte
de la « boutique assassinée ». C'est ici, dans ce
magasin d'antiquités que les propriétaires Mr et
Mrs Burke ont été tués. Voici le récit qu'en fait notre
tueur : « *Très chaleureux. Ils voulaient absolument
me montrer leurs vieilleries ; ont ouvert boutique
exprès pour moi. Je les ai dégommés avec un vieux
fer à repasser pendant qu'ils étaient penchés sur un
carton rempli de couverts en corne et argent. Pas eu
à faire trop gaffe aux empreintes, y avait déjà toutes
celles de la clientèle.* » On remarque sur la façade la
reproduction du tracé de la Route 66. Le couple qui
tient maintenant la boutique n'a pas de lien de
parenté avec les victimes. Nous leur apprenons
qu'un double meurtre a été commis entre ces murs.

Ils en sont ravis : de quoi épater les prochains touristes leur rendant visite. Annette s'est amusée à photographier leur curieux bric-à-brac. Je leur achète une série de cartes postales anciennes, l'orage menace, nous prenons la fuite, Gaston compte les tornades en formation depuis la lunette arrière.

Installé dans le bureau de son père avec ordinateur, broc de café glacé, Cracker's et fromage, Desmond annotait chaque page du blog. À 20 heures, la température extérieure frôlait encore les 26° C. Il imprima en six parties un agrandissement d'une carte des États-Unis et punaisa les feuilles au mur. Il y reporta les différentes scènes de crime visitées par la famille Lombard depuis Chicago, chacune figurée d'une croix rouge. Celles-ci s'étalaient sur une distance de 1 700 miles et dans un rayon maximum de 10 miles autour de la Route 66. À 21 heures, le nombre de crimes atteignait un chiffre remarquable : quatre dans l'Illinois, quatre dans le Missouri, deux au Kansas, six en Oklahoma, cinq au Texas, huit au Nouveau-Mexique, un en Arizona. Soit un total provisoire de trente victimes. Manquait la suite du voyage. Probable que d'autres assassinats avaient été commis dans l'ouest de l'État et en Californie, de Needles à la baie de Santa Monica, là où la route se meurt, bitume dans le sable. Il lui fallait maintenant attribuer un fichier numérique à chaque scène de crime, les classer par ordre chronologique de 1966 à 1997 – ce qui placerait le massacre de sa famille en tête de liste –, les imprimer et les mettre sous chemises cartonnées.

Desmond recula son fauteuil, contemplant la carte.

Ici, la notion de destin le concernait au plus haut point.

Pour la première fois, à sa manière, il *faisait* la route.

Une chouette tachetée lui adressa un message d'encouragement, hululant sous la lune et déclenchant les aboiements ronchons de Bonnie. Desmond poursuivit son labeur.

À 23 heures, il prit cinq minutes pour nourrir la chienne affamée puis rédigea une note à l'attention de Gary. À minuit quinze, il s'immergea dans le jacuzzi fraîchement construit en annexe de la terrasse.

Demain, il y verrait plus clair.

Si un type avait effectivement commis tous ces meurtres sans jamais se faire pincer, il devait être redoutablement futé pour passer ainsi entre les mailles du filet. Desmond ignorait encore son mode opératoire – si tant est qu'il en ait un. Des corps étaient découverts sans vie au bord de la route, les membres brisés, d'autres retrouvés dans des motels, certains crimes maquillés en suicide. En revanche, le sexe et l'âge des victimes étaient souvent précisés, ce qui donnait une indication quant à la prédominance d'un profil : femme de race blanche, la trentaine, mère de famille, mariée ou divorcée.

Nora Blur avait trente ans lorsqu'on lui broya presque la nuque.

Cassie était la seule petite fille figurant sur la liste macabre.

Desmond aspergea ses cheveux, les yeux clos. Le bouillonnement de l'eau chassa le voile sombre du souvenir, détendit ses muscles et son dos. Exaltant le parfum boisé des genévriers, la moiteur de la nuit encourageait des pensées plus agréables.

Lola Lombard…

Un flot d'émotion s'était propagé en lui lorsqu'il avait touché son visage. Il s'était vu, en équilibre sur la roue d'une voiture réduite en bouillie, tenant une main glacée dans la sienne. Pas une larme, pas un sanglot n'avait éclos dans l'habitacle de tôle froissée. Cette femme dont il ne pensait jamais recroiser la route l'avait bouleversé aussi sûrement qu'un fermier du Texas découvrant une spirale de trente mètres de diamètre dans son champ. La disparition de son mari, plutôt que de l'anéantir, semblait avoir dressé autour d'elle une autre prison de métal et la tenait ainsi à l'écart des épreuves. En cela, elle était désarmante.

Un jappement bref le tira de ses considérations. Dressée sur les pattes arrière, en appui contre le rebord du bassin, la chienne approchait son museau de l'eau, intriguée par les remous. Un jacuzzi sur son domaine était nouveau pour elle. Son maître l'éclaboussa, elle jappa de plus belle.

— Qu'est-ce que tu as, Bonnie ?

Elle en redemandait. Le jeu dura jusqu'à ce que le pelage de la chienne adhère à sa peau. Desmond avait imaginé s'adonner ici à d'autres fantaisies en compagnie d'une partenaire moins velue. Pour Casey, il avait opéré à la hâte certains aménagements du territoire. Aux mois les plus rudes de la saison, des artisans s'étaient attelés à la tâche sans faiblir : consolidation de la toiture coiffée de tuiles en bois et d'un panneau solaire, pose de doubles vitrages, installation d'une nouvelle chaudière ultra-performante, isolation et remise en état des boiseries intérieures, création d'un bassin d'agrément avec plantes aquatiques et poissons rouges le long du ponton qui mène à la rivière… Ils avaient tenu les délais, miraculeusement. Un matin d'avril, les travaux presque achevés, Casey avait tourné son regard noisette vers le salon entièrement décoré selon son inspiration. Appuyée contre un magnifique buffet mexicain en pin, une cigarette à la main, elle avait murmuré :

— Je n'y arriverai pas, Desmond. Vivre ici est au-dessus de mes forces.

Il était parfaitement préjudiciable à l'avocate de quitter le prestigieux cabinet Baker & Mc Enzie de Chicago pour venir s'encroûter ici, dans ce patelin attrape-nigaud petit-bourgeois, où de gros naïfs croyaient régénérer leur aura en empilant des cailloux sur des chemins de terre à la recherche de courants telluriques. Contrairement à son partenaire, l'invitation à la spiritualité, la terre sacrée des Indiens et la vacuité du panorama la laissaient indifférente. Sedona n'avait ouvert aucune brèche dans son agenda, ses chakras restaient obstinément butés, méprisant les ondes bienfaitrices et l'air pur d'une forêt primitive. « Me pousser à venir ici ne relève pas de ton désir amoureux mais de ton égoïsme intrinsèque », lui avait-elle écrit plus tard dans un mail.

Migrer dans la maison de son père, se chauffer du même bois, contempler son paysage quotidien, partager le repas de ses amis, écouter sa chouette mouchetée et cajoler sa chienne... Tout cela n'était pas sans conséquence.

Il attrapa la boîte à cigares et le briquet posé sur le rebord du jacuzzi.

Fumer le réconfortait.

Desmond ignorait encore à quoi rimait sa mue, vers quoi les pas de son père le mèneraient demain, mais en cet instant, à barboter nu au clair de lune, il se sentait curieusement hors phase.

IV

Look both ways

Taurus (April 21 – May 21)
Think of a sleeping volcano : if
it doesn't let off some steam,
it's bound to blow.

Mardi 12 juillet

Siesta Street, Clarkdale, Arizona

Cri dépouillé d'un enfant.

La balle passa par la fenêtre béante sans en frôler le cadre, cogna contre la porte de la chambre, arracha l'affiche du film *The Ghost Rider* punaisée là, rebondit sur le bureau, explosa une pile de DVD, et termina son échappée sur la moquette, fauchant un tas de canettes vides. Allongé en travers d'un matelas posé à même le sol, un caleçon Nike pour tout vêtement, Sonny Strahans souleva une paupière, la bouche ouverte : la balle avait roulé jusqu'à son oreiller. Il grommela quelques mots d'insulte avant de se tourner contre le mur, un drap moite roulé sous son ventre. À l'intérieur

221

du bungalow en préfabriqué – construit à l'encontre de toute notion de design et du respect des normes –, la température descendait rarement en dessous de 27° C à la belle saison. Vivaient là, confinés dans cinquante-cinq mètres carrés, Mrs Strahans et ses deux fils.

— On n'a pas fait exprès Sonny, je te jure !

À la fenêtre, trois frimousses apparurent, coiffées de casquettes de base-ball. Des gloussements jaillirent, entre jubilation et crainte.

— On s'excuse !

Le jeune homme décolla vaguement le nez de son oreiller. Un tatouage tribal courait le long de sa jambe gauche.

— … Foutez-le camp, têtes de culs…

— Oh ! Ça va.

— Tête de cul toi-même, la grosse morve ! lança l'un des gosses.

— … Toi, le frangin, t'es mort ! grinça-t-il.

Un ramdam ne tarda pas à se faire dans le couloir. Sonny reconnut le pas martelé puis cette façon charmante de frapper à la porte, comme lorsqu'on veut déloger quelqu'un des toilettes.

— Sonny ! Ouvre-moi !… Sonny ! Si tu n'ouvres pas, je te vire de la maison, t'as saisi, petit con ?

Le jeune homme se redressa, froissant sa figure entre ses doigts. Il ramassa la balle et se leva pour tourner la clé dans la serrure, dégageant l'affiche de son chemin d'un coup de pied. La porte s'ouvrit avec la force d'une tempête soufflant en plein désert.

— Rends tout de suite sa balle à ton frère !

Sonny s'affala sur le siège à roulettes devant le bureau encombré de DVD et de paquets de chips éventrés.

— Putain, m'man, ils pouvaient pas aller jouer plus loin ? T'as vu le bordel qu'ils m'ont foutu les abrutis ? Ça va me prendre des semaines pour reclasser tout ça !

— T'étais passé où hier ? Où t'as encore été traîner ?

Mrs Strahans balaya du regard la chambre de son fils aîné et plissa le nez.

— … T'élèves un ours ici ou quoi ?

Débardeur rose moulant, jupe évasée en Tergal et nu-pieds à talons hauts, de longs cheveux mouillés tombaient en paquets sur ses épaules tels des cordons électriques. Elle rétrécit sa bouche.

— Réponds-moi Cro-Magnon, t'étais où ?

Il lança négligemment la balle contre le mur et la rattrapa en soupirant.

— Chez Jason.

— Encore ?

— Ben, on essayait un nouveau jeu en ligne.

Mrs Strahans enjamba l'affiche et entreprit de ramasser le linge sale qui traînait dans la pièce.

— Mike t'a attendu toute la soirée, figure-toi.

Sonny se gratta sous le bras. Des types posaient régulièrement leur paquetage dans la chambre de sa mère – depuis trois semaines, elle avait jeté son dévolu sur un plombier, Mike Brecker.

— Merde ! J'y ai plus pensé… Il l'a quand même installée la nouvelle baignoire ?

Des bracelets s'entrechoquaient aux poignets de sa mère dans un odieux tintement de métal. Prise en sandwich entre deux magazines de jeux vidéo, une paire de chaussettes noircies de crasse fut extirpée avec mépris.

— Si tu visitais la salle de bains au moins une fois par an, tu saurais que non, mon cochon ! Il a pas quatre

bras. J'ai encore dû rincer ma couleur dans le lavabo…
Bon Dieu ! Sonny, ce que tu pues des pieds !

Des rires moqueurs fusèrent depuis le couloir. Le petit frère et ses copains se délectaient du spectacle en douce. Le jeune homme bondit de son siège, leva le coude et jeta la balle avec force par la porte.

— Vous allez me foutre le camp, les merdeux !

— … C'est quoi ça ?

Mrs Strahans était penchée sur un sac de sport glissé entre l'armoire et le mur. Sonny se rapprocha d'elle.

— C'est rien.

Elle farfouillait à l'intérieur du sac, la jupe relevée jusqu'au haut des cuisses.

— … Mais qu'est-ce que tu trimballes là-dedans ?

Il lui arracha des mains.

— C'est rien je te dis ! C'est du matos que je garde pour Jason.

— Il collectionne les PC portables ?

— C'est celui de sa sœur ! Je dois lui rapporter cet après-midi.

— Il a pas de sœur, Jason.

— Mais si, je te jure, une demi-sœur, dans le Nevada.

— C'est ça. Prends-moi pour une courge.

Mrs Strahans fourra le linge dans un panier sous la fenêtre.

— … T'es bien comme ton père ! Faut que tu cherches les emmerdes. T'as un détecteur de conneries intégré dans le cerveau ! Ça t'a pas suffi de te retrouver devant le juge ?

— C'est bon ! Oh ! Je suis réglo maintenant.

Elle agrippa la poubelle pleine sous le bureau et se tourna brusquement vers son fils, l'index menaçant :

— Si tu n'es pas là ce soir à 6 heures pour aider Mike, je te dénonce aux flics, moi ! T'as bien compris ?

Le jeune homme lança le sac sur le matelas.

— Je trafique pas ! Et arrête avec le ménage, tu me fous la honte.

Cette fois, sa mère retirait de ses ongles vernis un objet de la poubelle.

— Et ça ? Qu'est-ce que ça fait là ?

Un cahier.

Une éternité qu'elle n'avait pas vu un truc pareil traîner dans la chambre de son fils. L'écriture serrée ressemblait vaguement à celle de Sonny. Il haussa les épaules.

— J'en sais rien, moi.

— T'en sais rien ? Y a un cahier dans ta poubelle et tu ne sais pas d'où il vient ? C'est la sœur de Jason qui l'a mis là, peut-être ?

Elle lut la première ligne :

— … « Ma mère était une pute et mon frère un bâtard. »

Mrs Strahans releva la tête, consternée. Le jeune homme affichait une mine déconfite.

— Sonny ! gronda-t-elle. Comment oses-tu ?

— Attends, maman, laisse-moi t'expliquer…

— Tu vas me brûler ce torchon tout de suite, tu m'entends ?!

— Mais c'est pas moi qui l'ai écrit…

— Tout de suite !

Le cahier fut projeté contre un mur avec rage, la poubelle renversée sur la moquette.

— T'es en sursis jusqu'à ce soir ! On parlera de tout ça avec Mike.

Claquement d'une porte refermée sans ménagement.

Le jeune homme demeura debout, bras ballants au milieu de la pièce. Lorsqu'il ramassa le cahier qui venait de déclencher une telle fureur, ce fut avec l'appréhension d'un randonneur craignant de trouver une vipère cachée sous une pierre. Il l'ouvrit à la première page et ne put s'empêcher de lire quelques lignes plus bas :

— « … Mon père, je n'ai jamais bien su si c'était un célèbre joueur de base-ball ou le rejeton d'un gros bonnet de l'automobile. Je penche plutôt pour un de ces types qu'elle aguichait dans les bars et qui oubliait un billet sur la table de la cuisine en repartant… J'avais trois ans quand j'ai commencé à mordre les types qui couchaient dans le lit de maman. Toujours des Blancs. Je me levais la nuit, les chopais au mollet. Ils se réveillaient en hurlant et se sauvaient sans payer. »

Il releva le menton et cligna des paupières.

Un type avait écrit là, à quelques nuances près, le début de sa propre vie.

Sagittarius (Nov. 23 – Dec. 21)
A part of you demands escape
into the world of your own
sexuality.

Grand Hotel, Jerome, Arizona

Lola et les enfants achevaient leur petit déjeuner lorsque Gary Banning débarqua dans la salle à manger de l'hôtel accompagné d'une femme en uniforme. L'un comme l'autre affichaient cet air confus du scout ayant égaré sa boussole. La petite famille retint son souffle.

— Bonjour madame Lombard, bonjour les enfants… Bien dormi ? dit l'officier en retirant ses Ray-Ban.

Il tâta ses cheveux pour les aplatir sur les tempes.

— Pardonnez-moi de perturber votre breakfast madame, mais le professeur Blur souhaiterait vous voir le plus tôt possible.

— Très bien. Je remonte faire les bagages et je suis à vous.

Le chef de police jeta un œil à sa montre.

— Dans une demi-heure. Vous serez prête ?

— On va essayer.

Il toussota.

— Désolé, mais les enfants ne viennent pas avec vous.

L'homme se tourna vers sa collègue. Brune aux cheveux courts, portant chemise à épaulettes, cravate noire jusqu'au nombril et pantalon amidonné, l'officier Cindy Burgess était l'incarnation de la parfaite symétrie.

— … Gaston, Annette, je vous présente votre baby-sitter pour la journée.

Des doigts s'agitèrent à une main, accompagnés d'un « Hi, kids » discret. Annette traduisit les propos du chef de police à Gaston, tous deux échangèrent un regard incrédule.

— Ne vous inquiétez pas, on ne va pas mettre votre maman en prison, plaisanta Gary.

Le trait d'humour eut un effet contraire à celui souhaité : les enfants étaient aussi pâles que la nappe.

— … Ah ! Si vous pouviez jeter un œil là-dessus, madame, juste pour confirmation…

Le shérif extirpa d'une poche de sa chemise une feuille soigneusement pliée qu'il tendit à Lola. Sous l'agrandissement plus ou moins net d'une photographie couleur, le mot « missing » était imprimé.

— Est-ce que cet homme est votre mari ?

Cheveux coiffés en arrière, lunettes jaunes, béret, barbichette de bonze poivre et sel en tire-bouchon, il ne pouvait s'agir que de Pierre Lombard déguisé en n'importe quoi – avec dix kilos en trop.

— C'est bien mon mari.

Elle présenta la feuille à son fils.

— Tu le reconnais ?

Gaston s'en empara.

— C'est papa ?

Dans son souvenir, son père avait les cheveux jaunis aux pointes, dressés en pétard sur la tête, trois poils au menton et une mini-moustache de mousquetaire. Après quelques secondes d'hésitation, l'enfant pouffa de rire. Annette se contenta de lever les sourcils en soupirant. Gary récupéra la petite feuille.

— Le professeur vous attend au camping de Pine Flat.

Quarante-cinq minutes plus tard, Lola réglait son GPS selon les indications du chef de police. Accoudé à la portière entrouverte, grimaçant sous un ciel bleu saphir, ce dernier s'excusa de ne pouvoir l'accompagner.

— C'est la haute saison, ici. Toute l'équipe est dans le jus !

Le staff de Gary Banning vaquait à ses occupations habituelles : patrouilles de surveillance dans les rues de la ville et contrôles de vitesse sur les routes avoisinantes.

— Il va falloir que vous fassiez réparer ça, dit-il, lorgnant le morceau de plastique scotché à la hâte en remplacement de la vitre brisée. Vous avez vu avec votre assurance ?

Lola confirma.

— Je vais le retrouver votre motard. Roulez avec prudence, madame.

L'homme claqua la portière et adressa un salut courtois.

Tout au long de la route, Lola supporta l'intempérie qui commandait à son moral. La découverte de l'avis de disparition avec la photo de son mari était comme un gros nid-de-poule creusé dans l'asphalte. Le choc de la métamorphose physique de Pierre n'était rien en comparaison de l'expression insupportable de son visage.

Sur la photo, il souriait.

Un sourire franc et comblé comme il n'en offrait plus à sa famille depuis longtemps, bien avant son effacement.

Sur la photo recadrée, on remarquait un bras amical passé autour de son cou. Homme ou femme, de façon certaine, dans cet élan de liberté suprême, Pierre Lombard avait tiré le gros lot, trouvé le bonheur d'exister loin de son fils, de sa famille, au plus près de l'insouciance ; de quoi lui redonner envie de peindre sans scrupule.

Le film plastique fixé à la portière arrière vibrait par intermittence, grondant d'une fâcheuse manière.

Lola atteignit bientôt les formations rocheuses de Sedona dont la teinte grenat virait caramel sous le soleil de 10 heures. Le Pine Flat Campground était situé à cinq minutes du domicile du professeur Desmond G. Blur sur Oak Creek Canyon. La Highway 89A serpentait à travers une dizaine de défilés panoramiques creusés à la verticale de la route. Lorsque la voiture de Lola franchit le portail du camping, deux personnes attendaient devant le chalet d'accueil, bras croisés. Un type bedonnant coiffé d'un chapeau de cow-boy dont le pantalon tenait avec des bretelles lui indiqua l'endroit où garer sa voiture. L'autre homme tenait sa tête légèrement inclinée sur le côté : rasé, jean et chemise à petits carreaux bleus et blancs, le professeur affichait une mine angélique sous ses lunettes de soleil. En sortant du véhicule climatisé, Lola fut frappée par la douceur de la température extérieure : à l'ombre des pins, des châtaigniers et des épicéas, les campeurs avaient donc une chance de survivre à la canicule. Le professeur discutait avec le type à bretelles lorsqu'elle parvint à sa hauteur.

— Bonjour madame Lombard. Vous avez fait bonne route ?

Il lui présenta le propriétaire des lieux, un certain Ted Mc Kee.

— Sans doute une des dernières personnes à avoir vu votre mari. Il campait un peu plus loin à l'écart du chemin sous les cyprès.

L'homme opina de la tête, rajustant son chapeau.

— C'était vers la fin septembre un peu avant la nuit. Commençait à faire frisquet. Bobby est passé devant moi sur sa moto sans s'arrêter. Il a pris par là, vers Flagstaff.

Son regard se perdit en direction de la nationale. Le professeur retira ses lunettes de soleil.

— Il s'en souvient parce que d'habitude, votre mari prenait toujours le temps de le saluer.

— Une personne comme il faut, oui, renchérit le propriétaire. Six mois qu'il est resté là. Jamais eu de problème.

— Ted a conservé ses affaires à la demande du chef de police. J'aimerais que vous y jetiez un coup d'œil.

Un frisson traversa Lola : le professeur venait de poser une main au creux de ses reins pour la diriger vers le chalet. Elle s'empressa de marcher jusqu'au bureau exigu avec cette sensation délicieusement inconvenante sous la peau. Sur le mur du fond, épinglé à un tableau de liège, l'avis de disparition lui sauta aux yeux, la narguant de plus belle.

— La photo a été prise par la compagne de mon père l'été dernier. Sur l'original, ils se tiennent par le cou. Touchante scène d'amitié virile.

Lola ne comprit pas tout de suite ce que le professeur lui disait. Il s'était exprimé d'une voix morne, sans articuler. Elle le pria de répéter.

— Pierre connaissait votre père ?

— Il lui donnait un coup de main dans son magasin d'antiquités.

— Votre père est antiquaire ?

— Golden Memories à Flagstaff. Vous avez certainement visité sa boutique en septembre quand vous cherchiez votre mari.

Elle fronça les sourcils, cherchant dans sa mémoire le dessin de l'enseigne.

— Golden Memories… Je crois bien être passée à cet endroit le dimanche, la veille de mon retour, mais c'était fermé.

— Ça doit coïncider avec le jour où j'enterrais mon père.

Lola se rappela les propos du chef de police dans la voiture au sujet du professeur. Elle s'en voulut d'avoir oublié pareil détail.

— Pardon. Je suis désolée.

L'homme farfouilla dans une poche de son jean sans le moindre commentaire. Il en sortit deux paires de gants en latex.

— On fait avec les moyens du bord. Je les utilise pour ramasser les crottes de la chienne autour de la maison. Cette paire est pour vous.

Il enfila ses gants et s'accroupit devant un grand carton.

— Tout est là-dedans. Dites-moi si vous reconnaissez des affaires appartenant à votre mari.

Lorsqu'il se penchait, des mèches de cheveux masquaient en partie son visage, jusqu'à frôler le coin des lèvres. De ce point de contact naissait la tentation irrépressible de repousser la mèche. À son tour, Lola enfila une paire de gants. Ils déroulèrent le sac de couchage sur le comptoir d'accueil pour y étaler le reste des affaires. Le duvet et les vêtements portaient des marques de lacérations.

— On a retrouvé la tente saccagée. On ignore si des objets ont été dérobés mais *a priori*, celui qui a fait ça avait surtout un message à faire passer.

— Ça pourrait être l'homme qui s'est confié à mon mari ?

— Si c'est le cas, on peut penser qu'il tentait de mettre la main sur ce fameux cahier… Découvrant qu'on lui avait rendu visite, votre mari aura déguerpi rapidement sans rien emporter. Ça coïnciderait avec le jour où Ted l'a vu passer sur sa moto comme une fusée.

— Et la police a tout entassé dans un carton ? Ils n'ont pas relevé les empreintes ?

— On n'est pas à Chicago. Un gars qui disparaît sans payer son emplacement de camping ne vaut pas qu'on mobilise une équipe scientifique.

Lola perçut une pointe de moquerie dans la voix du professeur. Ventilé par une climatisation antédiluvienne, le bureau dégageait une odeur écœurante de vernis à bois. Lola se concentra sur le tas de vêtements qui se trouvait devant elle. Rien ne lui était familier. Style vestimentaire, matériel de campement, produits de toilette, la nouvelle panoplie de Pierre Lombard appartenait à un parfait inconnu. Un tube de Mentos à la menthe entamé tomba de la poche d'un jean. Elle le ramassa.

— M. Lombard aime les bonbons ?

— Pierre avait arrêté de fumer avant notre voyage. Ces pastilles l'aidaient à se passer de la cigarette.

Le professeur désigna un paquet de Marlboro retiré d'une veste en cuir.

— On dirait que ça a été plus facile pour lui d'en finir avec sa famille que d'arrêter cette saloperie… Vérifions toutes les poches.

Il jeta son dévolu sur les pantalons. Lola passa une main à l'intérieur de chaque pull, réprimant un sourire. Ce professeur avait le sens de la formule : un peu abrupte, comme s'il se dessaisissait des choses. Une bosse sous le duvet accrocha son regard.

— Il y a quelque chose dans la capuche du sac de couchage…

Un objet rectangulaire apparut au bout de ses doigts. Un portefeuille en cuir dont les coutures avaient cédé. Les joues de Lola s'empourprèrent. La présence du portefeuille la surprenait comme une étreinte.

— C'est à Pierre. Je le lui avais offert.

— Il a dû se faufiler là quand Ted a fait le ménage. Permettez ?

L'homme examina le portefeuille. Réprima un sourire.

— Votre mari a eu raison de s'en payer un autre. Il l'aura gardé en mémoire de vous, je ne vois que ça.

Il glissa un doigt entre les interstices réservés aux cartes bancaires et aux billets de banque, délogea un minuscule morceau de papier triangulaire, plissa les paupières.

— On dirait le morceau d'une photo…

— Une photo de nous quatre, murmura-t-elle. Il l'avait toujours sur lui.

— Elle est certainement dans son nouveau portefeuille.

— … C'est bizarre.

— Quoi ?

— Pierre n'est pas particulièrement soigneux, mais je ne le vois pas traiter si mal le seul souvenir qui lui reste de nous.

Le professeur replaça le triangle de papier déchiré à l'intérieur du portefeuille, l'air contrarié.

— Je n'aime pas ça, grogna-t-il.

Stop pretending everything is fine.

— Avec ou sans bulles ?

— Sans.

La petite bouteille d'eau jaillit du distributeur de boissons avec un bruit sourd. Desmond l'offrit à sa voisine et remit une pièce dans l'appareil.

— Ce n'est pas mon jour, râla Desmond.

L'autre bouteille était coincée. Il fallut appeler Ted pour la déloger ; le distributeur ne valait guère mieux que la climatisation de son bureau. Ted donna plusieurs tours de clé avant que la serrure ne capitule. À l'écart sous les pins, Mme Lombard téléphonait à sa fille. Vêtue d'un jean et d'un débardeur beige clair, un vent tiède soulevant ses cheveux, elle était ravissante. Ted tira sur la façade vitrée d'un coup sec.

— Alors comme ça, Bobby est marié avec la petite dame ? Moi aussi à ta place, ça me donnerait soif !

Il lança à Desmond la bouteille récalcitrante, appuyant le sous-entendu d'un clin d'œil. Le professeur dévissa le bouchon.

— Ouais, chaude journée, murmura-t-il. Merci pour ton aide, Ted.

Ils se serrèrent la main.

— Je t'en prie. Et n'oublie pas de dire au shérif de me débarrasser de ce carton.

Ted rejoignait déjà son bureau en traînant les pieds.

— … Parce qu'il va pas revenir, le campeur ! lança-t-il sans se retourner.

Mme Lombard acheva sa conversation et retrouva Desmond près du distributeur. L'écho de la lumière sous le feuillage des arbres accentuait la douceur de son sourire. Apparemment, les enfants s'éclataient avec leur baby-sitter.

— Tant mieux. J'ai encore besoin de vous.

Elle fit couler un peu d'eau dans la paume d'une main qu'elle passa sur son cou, prenant soin de ne pas mouiller son pendentif. Le soleil lustrait sa peau.

— Où allons-nous ?

— Là où votre mari a laissé ce qu'on aurait dû trouver ici.

— Son matériel de peinture…

La dame cogitait vite.

— Il doit avoir un autre point de chute quelque part, compléta Desmond.

Leurs regards convergèrent.

— La boutique de votre père…

Après avoir abandonné la voiture de location de Mme Lombard devant le portail du 9607 Oak Road, ils grimpèrent dans le 4 × 4 Chevrolet de Desmond. La climatisation soufflait le blizzard. Les nombreux virages incrustés dans la roche contraignaient la passagère à tenir fermement la poignée au-dessus de la portière. Dans moins d'une demi-heure, ils rejoindraient Flagstaff.

— Désolé, la route est du genre hostile.

— J'ai l'habitude.

Le relief accidenté du canyon se dévoilait dans cette nudité sauvage où rapaces et cervidés avaient établi leur royaume. Lola en admirait les remparts. Desmond ne prêtait plus attention au paysage ; pour en avoir arpenté les sentiers des jours entiers, il portait en lui comme la marque secrète d'une appartenance à ce qui lui était maintenant familier.

— Madame Lombard… je peux vous appeler par votre prénom ?

Une condition fut aussitôt posée.

— Si vous me dites à quoi correspond le « g » de Desmond G. Blur.

— Je ne sais pas si nous sommes assez intimes pour ça, plaisanta-t-il. Mais ce sera plus simple de s'appeler par nos prénoms.

— Google.

— Pardon ?

— J'aurai ma réponse sur Google.

Sa détermination le fit sourire.

— C'est sans doute le secret le mieux gardé du monde, comme la recette de fabrication de votre délicieuse Chartreuse.

— Vous connaissez la France ?

— La France, n'est-ce pas ce pays où la passion est vertu ? s'amusa-t-il.

— On croirait entendre un dicton de ma région.

— Vous êtes parisienne ?

— Non, je suis lorraine.

— *Lorraine…*

Subrepticement, le regard de Desmond se posa sur sa voisine.

— Une jolie région, certainement.

Le véhicule traversait le col de Mogollon Rim sous un soleil à la verticale, blanchissant l'horizon. Le professeur redevint sérieux.

— Parlez-moi de votre mari.

— Que voulez-vous savoir ?

— Tout ce qui pourrait m'être utile pour comprendre comment il a pu en arriver à quitter sa femme et son fils.

Lola esquissa le portrait d'un homme touche-à-tout, sensible et fier, un artiste protéiforme aux amitiés sincères, désespérément optimiste, incapable d'anticiper les obstacles et dans un déficit constant d'estime de soi. Depuis la naissance de Gaston, il s'était progressivement échoué jusqu'à ce point de non-retour, accumulant les erreurs de parcours, comme si le fait d'être père avait grippé le moteur.

— Pierre a été licencié de son magazine en 2005. En deux ans, il est passé du statut de critique musical le plus en vue à celui de chômeur. Je le croyais bien parti pour rebondir avec cette nouvelle activité d'antiquaire…

— Hier, vous m'avez parlé d'un site web.

— Oui, *fantasticmachine.net*. Pierre avait décidé de fonder son propre magazine sur Internet et de créer une société de production dédiée à l'histoire du rock.

— Ça n'a pas marché ?

— Non. La société a été placée en liquidation judiciaire. Il a perdu tout ce qu'il possédait… Le monde s'est effondré pour lui bien avant notre voyage sur la Route 66.

Dans l'esprit de Desmond, des images se succédaient, faisant écho aux propos de Lola : la valise de Benjamin Blur ouverte sur le lit, vidée puis soigneusement remplie, des catalogues de chez Thomas' Crockery empilés à la hâte dans le coffre de la voiture, le baiser donné à la dérobade sur le front d'une épouse… Son père n'était jamais vraiment parti, mais à travers le filtre du souvenir, il avait tout d'un « revenant ». Combien de bons de commande avait-il remplis afin de se soustraire au chagrin de sa femme ?

— Il lui restait vous et les enfants, dit doucement Desmond.

Lola appuya son front contre la vitre.

— En France, il y a une expression pour ça : *compter pour du beurre*.

— *Count for nothing*.

— Je pense que Pierre ne supportait plus ce qu'il était devenu à nos yeux.

— Alors il a peut-être fait le bon choix, non ?

Le ton de la voix de Lola se durcit.

— Pour lui, pas pour nous. Gaston a beaucoup souffert, et il m'a fourrée dans une situation financière très difficile.

Elle frotta son avant-bras gauche.

— La clim est un peu forte.

Desmond modifia l'intensité de la ventilation.

— Comme ça, c'est mieux ?

— Oui.

— Retrouver votre mari réglerait vos problèmes financiers ?

— Forcément, dit-elle avec résignation. Je pourrais vendre la maison, en finir avec nos dettes et demander le divorce.

Sa réponse le désarçonna. Desmond ne s'attendait pas à cela.

— Divorcer ? Vous voulez divorcer de l'homme que vous partez chercher à des milliers de kilomètres de chez vous ?

Elle se tourna vers lui.

— Et vous, Desmond ? Qu'est-ce que vous êtes venu chercher ici, si loin de Chicago ?

Le professeur gara la voiture sur le parking de Papa John's Pizza, Milton Road. La boutique d'antiquités se trouvait à quelques mètres, adossée à un magasin d'articles de pêche et de sports nautiques. Il fit jouer la clé dans la serrure et poussa la porte de Golden Memories. Une clochette carillonna sottement.

— Le petit paradis de mon père… dans toute son absurdité, ajouta-t-il.

L'air était suffocant. Angelots de porcelaine, 33 tours des sixties, gravures, plaques émaillées publicitaires, poteries indiennes, trains électriques, une fine couche de poussière recouvrait meubles et bibelots. Les murs étaient tapissés de panneaux perforés sur lesquels photos et tableaux jaunissaient, suspendus à leurs clous. Posé contre une caisse enregistreuse National 1900 en bronze, un thermomètre vintage Coca-Cola indiquait une température déraisonnable. Desmond n'était pas revenu là depuis sa première visite, au début de l'hiver, accompagné du notaire. Peu pressé de vendre, il avait laissé en l'état, attendant une offre de reprise. Ce géant bric-à-brac intrigua Lola.

— De vieilles lampes de poche à friction en fer-blanc… Le vaisseau de Star Trek en modèle réduit… C'est plein de trésors ici. Votre père devait s'y plaire.

— Si vous le dites.

Sa main effleura la taille de Lola. Une étincelle lui chatouilla la paume comme lorsqu'on retire trop vite un vêtement en fibre synthétique. La même chose s'était produite tout à l'heure devant le bureau de Ken. Sans doute un effet secondaire de la canicule : les corps se transformaient irrémédiablement en combustible.

— Regardez ! dit Lola, poursuivant son inventaire. Cette photo a été prise à Jerome en 1936. Une procession funéraire sur Main Street.

Cinquante hommes en costumes sombres se tenaient debout, fixant l'objectif. La rue en terre battue ondulait telle une mèche de cheveux bouclée, ses égouts à ciel ouvert. Cette photo en disait plus sur l'âme de cette ville qu'une brochure touristique.

— Venez. Il y a une remise derrière.

Desmond se pressa de conduire Lola au fond du magasin, évitant tout contact physique. Une lourde porte coulissante séparait la boutique d'une sorte de garde-meuble d'une centaine de mètres carrés où tout un stock d'antiquités non étiquetées attendait l'expertise dans la pénombre. L'homme fit jouer le mécanisme, déclenchant un crissement intempestif des gonds. Une odeur de charogne lui sauta à la gorge. Lola couvrit d'une main son nez et sa bouche.

— Quelle horreur !

— Restez derrière moi.

Prudemment, Desmond se fraya un passage au milieu des piles de caisses en bois à l'équilibre précaire. Il connaissait bien le relent d'un cadavre pour en avoir souvent approché à l'époque où il collaborait avec le CPD[1]. Cette puanteur lui était tristement connue. Lorsqu'il heurta de l'épaule un empilement de babioles, il était trop tard pour retenir l'édifice. Desmond rentra la tête, attendit le choc, mais rien ne s'abattit sur son crâne. Il pivota et découvrit Lola, tenant dans ses bras un crotale naturalisé dressé sur son socle de bois, tous crocs dehors.

— Je viens de vous sauver la vie, chuchota-t-elle.

— Merci. Qui pourrait acheter un truc pareil…

Un bruit résonna à quelques mètres d'eux, celui d'un objet métallique renversé sur le sol.

Ils n'étaient pas seuls dans la remise.

Desmond se figea et fit signe à Lola de ne pas bouger.

— Il y a quelqu'un ? lança-t-il.

Pas de réponse.

Il jeta un regard circulaire, s'arrêta sur Lola et le crotale, empoigna brusquement le reptile, puis avança de quelques pas, tenant l'objet devant lui comme un gourdin. L'odeur pestilentielle empirait. Avec prudence, il contourna les cartons sur sa droite. Le bruit provenait de ce côté. La température était plus élevée ici que dans le magasin, mais ce n'était rien en comparaison du feu intérieur qui irradiait Desmond, couvrant son front de sueur. Soudain, quelque chose bougea à quelques centimètres de ses chaussures. La queue d'un rongeur s'effaça entre deux caisses. Son visage changea d'expression.

— Saleté !

Il était en nage lorsqu'il atteignit la partie de la remise située près des sanitaires. Sous la fenêtre occultée par un drap noir, à côté d'un lit de camp et d'un chevalet, gisait la dépouille d'un gros chat.

1. Police de Chicago.

Pierre Lombard s'était bien réfugié ici. Il devait posséder un double de la clé donnant accès directement à la remise depuis le parking de la pizzeria. Desmond s'empressa d'ouvrir la fenêtre et de balancer la charogne dehors. À la lumière du jour, il remarqua plusieurs mégots de cigarettes sur le sol, des boîtes de conserve et canettes de bière vides jetées dans un sac-poubelle éventré – sans doute visité par les rongeurs dont les déjections s'amassaient le long des murs.

— Je crois bien qu'on a interrompu leur festin, commenta-t-il.

Sous le lit de camp, Lola dénicha le matériel du peintre enroulé dans un chiffon sale ainsi que plusieurs toiles exécutées dans le même style que le tableau en possession de Desmond. En dépit du peu d'intérêt de leurs sujets, deux œuvres étaient assez réussies : l'une représentait la calandre cabossée d'une vieille américaine, l'autre un club sandwich surmonté d'une tomate cerise et d'un cornichon.

— Votre mari se terrait probablement ici quand vous le cherchiez à Flagstaff.

Lola mordilla ses lèvres. Cette possibilité ne lui avait pas échappé.

— Il va peut-être revenir.

— J'en doute. Il n'est plus dans le secteur depuis des mois. Regardez la poussière sur le sol…

Elle s'assit sur une caisse en soupirant.

— Ça va ? s'inquiéta Desmond.

— Ça va.

Dans sa tête, un bourdonnement sourd récusait le silence. L'effroyable sentiment d'aller au-devant du mal l'avait ramené dans le passé. Un instant, il avait craint de se retrouver face à celui qui l'avait cloué au sol d'un coup de couteau, comme un scarabée crucifié de la pointe d'un canif.

Minable et grotesque.

Car pour l'instant, en dehors d'une tente saccagée, rien ne corroborait la théorie d'un éventuel tueur à la poursuite du peintre évaporé. En revanche, l'odeur infecte aurait pu tout aussi bien provenir du cadavre putréfié de Pierre Lombard.

Lola demeurait immobile, concentrée.

— Pourquoi peindre un sandwich ? s'interrogea-t-elle.

La nonchalance de cette femme avait quelque chose de rassurant et de fortuit.

— Parce qu'il avait faim ? plaisanta Desmond. Ne restons pas là.

— Je voudrais emporter les tableaux.

Desmond l'aida à emballer les toiles dans la couverture du lit. Penché sur sa nuque, il devinait la moiteur de la peau perlée de minuscules gouttes d'eau salée, la douceur de ses courbes sous le débardeur. Il venait de vivre une expérience éprouvante, la présence de Lola mettait à présent ses nerfs à vif.

Il était temps de se sortir de là.

À l'heure du déjeuner, les rues de Flagstaff miton-
naient déjà à plus de 45° C. Chez Macy's, Beaver Street,
Desmond commanda une bière et un morceau de tarte
salée aux courgettes, Lola un thé glacé et une salade. Ni
l'un ni l'autre n'avait d'appétit. Un mauvais pressenti-
ment gâchait le partage de ce repas, comme s'ils venaient
de vivre la première étape d'une longue marche sur un
sentier caillouteux jalonné de ronces. Lola piquait alternativement de sa fourchette un morceau de laitue et un quart
de tranche de melon avant de les porter à sa bouche.
Occupé à lire ses mails sur son iPhone, Desmond gardait
sa tête légèrement penchée, un pli sous la lèvre soulignant
la fossette au menton.

Lola s'était toujours tenue à l'écart des hommes à
fossette. La faute à Ken, le fiancé de Barbie. Ses parents
refusaient de lui acheter un homme en plastique avec de
sublimes abdominaux. En revanche, la poupée aux
jambes démesurées et aux seins en obus ne leur posait pas

248

de problème. Lola jalousait ses amies détentrices de Ken à froufrous. Elle avait appris à détester le fiancé de Barbie, faute de pouvoir le déshabiller. Celui qui se tenait juste en face d'elle était en vrai, chair et peau, usagé mais bon état général.

— Vous êtes certaine que vous ne voulez pas autre chose ?

Elle repoussa son assiette.

— Ça ira.

— Je reviens, dit-il, chaussant ses lunettes de soleil.

Il s'éclipsa pour téléphoner. Derrière la vitre du restaurant, il allait et venait sur le trottoir avec l'impatience d'un félin étouffant dans sa cage, insensible à la canicule. Lola se massa la nuque. Consulta ses SMS, découvrit un message de sa fille : *On est à Slide Rock Park. Endroit génial. Baignade en rivière. Bisous.* Elle sourit puis lui répondit d'un pragmatique : *Crème solaire et casquette !* Desmond reprit sa place et avala une gorgée de bière.

— Je viens de parler à Gary. Il n'a pas encore mis la main sur le type qui a dévalisé votre voiture mais en revanche, Brenda Robertson a donné un élément intéressant dans sa déposition.

— Elle s'est souvenue de quelque chose ?

— Oui. Sur le casque du motard, une espèce de dessin ethnique. Pas commun… Autre chose : il y a du neuf concernant votre mari.

Lola redressa son buste avec l'appréhension de l'élève craignant qu'on l'interroge.

— La police relance les recherches. Gary a fait remplacer la photo que vous aviez fournie au shérif de Williams en 2007 par celle qui figure sur l'avis de disparition de Bobby Wyatt et on associe les deux identités.

On fait remonter l'info dans les bureaux de police, de la Californie jusqu'à l'État de New York.

Un soupir s'échappa des lèvres de Lola comme une douleur soudain prend congé.

— Merci, murmura-t-elle.

— Là, ça va moins vous plaire, poursuivit-il, scrutant la buée sur sa bière. Tôt ce matin, j'ai contacté les shérifs des comtés où ont eu lieu les meurtres rapportés sur votre blog. Je reçois leurs réponses au compte-gouttes mais déjà, un bon tiers des homicides mentionnés m'a été confirmé. À peu de chose près, comme vous me l'avez dit, tous correspondent à une affaire non élucidée, un suicide ou un accident de la route. Le plus long, c'est d'obtenir des informations concernant le profil des victimes et les scènes de crime.

Il soupesa son téléphone.

— Les premiers éléments me sont parvenus par mails. Ils se rejoignent sur un point, à une ou deux exceptions près : aucun indice n'est jamais relevé qui puisse permettre à la police d'envisager une piste criminelle.

Quelque chose le tracassait. Lola le questionna d'une voix douce.

— Et vous en déduisez ?

— Soit notre type est un sacré affabulateur et il a fabriqué son histoire à partir de faits divers glanés dans différents États tout en ayant accès aux dossiers de la police – ce qui me paraît peu crédible –, soit notre assassin est bougrement malin.

Lola s'entendit prononcer les mots de sa propre sentence.

— Alors le récit pris en note par mon mari serait vrai ?

— Oui. Il y a bien un tueur. Et on va avoir un mal fou à prouver quoi que ce soit sans ce fichu cahier.

Il porta la bouteille presque vide à ses lèvres, la reposa sur la table. Lola semblait soudain accablée par le poids des morts ; une enfilade de cimetières venait de s'ouvrir devant elle.

— Lola, est-ce que Gary vous a dit pourquoi votre histoire de serial killer pouvait m'intéresser ?

— Pas précisément.

Desmond glissa une main sous son aisselle gauche.

— Vous prenez un café ? grimaça-t-il.

Il s'éclipsa une seconde fois.

L'impression qu'elle n'était pas à sa place accompagnait Lola depuis le début du voyage. À présent, c'était une certitude. Elle n'avait qu'une hâte : rejoindre ses enfants et se carapater d'ici en vitesse. Retrouver l'été gris dans son jardin gorgé de pluie et les lettres d'huissiers dans sa boîte aux lettres. Pierre Lombard avait emporté dans son sillage un fléau – à moins qu'il ne soit lui-même l'incarnation du malheur.

Lorsque Desmond revint quelques minutes plus tard avec deux mugs fumants, elle lui fit aussitôt part de son intention de ne pas traîner trop longtemps en Arizona.

— J'ai mis ma famille en danger avec ce blog. Nous n'aurions jamais dû entreprendre ce voyage. Si un criminel menace mon mari, il nous a peut-être suivis comme vous l'avez dit…

Desmond la rassura :

— S'il a commencé à tuer dans les années soixante, alors notre homme doit avoir aujourd'hui plus de soixante-dix ans. Ça correspondrait au portrait que votre mari a fait de ce type rencontré en Californie, à peine capable de tenir un crayon. Je doute qu'il soit du genre à surfer sur Internet.

— Ma tante a plus de soixante-dix ans et elle converse régulièrement avec moi sur Skype depuis Tahiti.

— Je veux dire par là que pour venir sur votre blog, Lola, il faut une certaine expérience du Net : la Toile est farcie de sites consacrés à la Route 66, et le vôtre est en français.

— Mais le vol dans la voiture…

— Sérieusement, il est un peu tôt pour tirer des conclusions. Vous n'êtes pas la première touriste qu'on dévalise à Jerome. Si Brenda a été capable de décrire un motif sur un casque, elle aurait remarqué si son propriétaire avait dépassé l'âge de la retraite. Tranquillisez-vous : ce type n'est certainement pas dans les parages. Gaston et Annette ne risquent rien. Je suis beaucoup plus inquiet pour votre mari.

Il souffla sur le liquide brun foncé, formant des vaguelettes à la surface.

— … Depuis son coup de fil en octobre dernier, il n'a pas essayé de vous joindre ?

— Non.

Le café était brûlant. Desmond repoussa son mug.

— Il doit se cacher quelque part, balbutia Lola. Il ne veut prendre aucun risque.

— Pour ne pas mourir, certains hommes préfèrent passer pour morts.

Il incrusta son regard dans le sien. Le brouhaha du restaurant chahutait leur silence.

— Le bar d'où votre mari a téléphoné, comment s'appelle-t-il ?

— Le Museum Club.

— On y sert peut-être des cafés à une température raisonnable…

Le Jed Morrison Band installait son matériel sur la scène dans la grande salle lorsqu'ils pénétrèrent dans le bar. Une odeur de détergent flottait dans l'air mais la dizaine de clients venus se désaltérer et photographier l'un des lieux les plus typiques de la Route s'en accommodait. Franchissant les persiennes, des rais de lumière dénonçaient la tristesse du lambris aux murs et la présence de toiles d'araignées tissées entre les cornes des cerfs accrochés au-dessus des box. Après s'être entretenu avec le barman, Desmond demanda à Lola de lui répéter précisément les termes de l'échange qu'elle avait eu avec son mari tout en se positionnant là où il s'était probablement tenu, à côté de la caisse et du téléphone au bout du comptoir.

— Juste avant de raccrocher, il vous paraissait inquiet ?

— Plutôt tendu.

— Ce n'était pas le cas au début de votre conversation ?

— Non. Il a changé brusquement de ton quand je lui ai dit que je ne croyais pas un mot de son histoire.

Desmond leva les yeux. Face à lui, les miroirs derrière le comptoir reflétaient l'alignement des box au fond de la salle.

— Je ne crois pas que vos propos soient en cause.

L'excitation se lisait dans son regard.

— Quelque chose se passait à ce moment-là dans le bar… Quelque chose ou quelqu'un a surpris votre mari.

Lola se crispa. Ce qui lui avait échappé. Le détail auquel elle aurait dû penser.

— Le tueur était là… C'est pour ça que Pierre a laissé la lettre sur le comptoir.

— Elle avait plus de chances de vous parvenir que s'il l'emportait.

Le serveur déposa devant eux deux cafés. Desmond s'empara des tasses et proposa à Lola d'aller s'asseoir.

— Mais si Pierre était vraiment en danger, reprit-elle une fois installée dans un box, pourquoi n'a-t-il pas appelé la police ?

— Il risquait gros : dissimulation de preuves, non-dénonciation de crimes, il n'était pas prêt de revoir sa petite famille… Vous voulez du sucre ?

Lola secoua la tête. Desmond repoussa le présentoir de sucrettes et de dosettes de crème contre le mur. Tous deux buvaient leur café noir.

— J'ai demandé au barman s'il existait des bandes enregistrées des concerts, poursuivit-il. On peut les visionner sur leur site Internet.

— Le jeudi soir, c'est karaoké. Pierre m'a appelée un jeudi. Pas la peine de creuser de ce côté-là.

Desmond leva les sourcils, un petit sourire en coin.

— Bien, Lola.

— Si seulement j'avais pensé à ça, dit-elle dépitée, j'aurais questionné le serveur il y a dix mois. Un vieux bonhomme tout seul parmi la clientèle, ça ne passe pas inaperçu.

— Vous ne pouviez pas savoir que votre mari était menacé.

Puis il ajouta, comme pour la réconforter :

— Il est sans doute assez malin pour être encore en vie. Mais ce type ne le lâchera pas. En acceptant d'écrire ses mémoires, votre mari a signé un pacte avec le diable. La question est de savoir pourquoi il a pris le risque de subtiliser le cahier.

Lola enveloppa la tasse de ses mains, examinant la couleur étrangement claire du liquide à l'intérieur, comme si la réponse pouvait subitement apparaître à la surface.

— J'ai compris pourquoi il m'avait choisi.

— Pardon ?

— Pierre m'a dit : *J'ai compris pourquoi il m'avait choisi.*

Desmond passa une main dans ses cheveux. Un sourire désabusé creusait ses joues.

— Étranger en situation irrégulière… pas d'attache ni d'adresse… Le profil idéal. Personne n'aurait cherché après lui. Votre mari n'avait peut-être pas d'autre choix que celui de fuir, acheva-t-il, le regard tourné vers l'entrée du bar.

Les phrases qu'il prononça ensuite résonnèrent dans la tête de Lola comme des coups frappés sur un gong.

— Il faut remonter à l'origine des meurtres. Éplucher tous les dossiers. Chercher à établir un lien entre les différents homicides. Et surtout, dresser un profil du meurtrier pour essayer de le localiser.

Pour ça, il avait besoin de matière.

— Dans un premier temps, je vais me concentrer sur les éléments reportés sur votre blog. Il faudra aussi faire appel à votre mémoire.

Les épaules de Lola s'affaissèrent, signe ostensible d'un accablement.

— Est-ce qu'on ne devrait pas plutôt laisser faire la police ?

Une main se referma sur son poignet gauche.

— Lola, personne ne s'intéressera à votre histoire de tueur si vous n'apportez pas la preuve de son existence. S'il y a encore une chance de retrouver votre mari vivant, alors il faut me faire confiance. Et travailler vite.

Doucement, elle hocha la tête. Cet homme la menait en plein désert sans boussole ni kit médical de secours.

— … Soyons lucides, il y a peu de chances que Gary retrouve votre ordinateur. Si notre voleur à moto savait qu'il détenait un document aussi précieux, il le mettrait aux enchères illico sur Internet.

— Précieux ?

— Vous n'imaginez pas à quel prix se vendraient aujourd'hui les confessions d'un Ted Bundy ou d'un Jack l'Éventreur si quelqu'un les avait miraculeusement recueillies.

Lola replia ses doigts sur son pendentif comme si elle tentait de dissimuler une confusion extrême.

Pierre avait raison.

Ce cahier avait une grande valeur.

— Combien ? questionna-t-elle d'une voix craintive.

Aries (March 21 – April 20)

Outside distractions are
liable to become overwhelming.

Le 4 × 4 enchaînait les virages rigides du canyon, mordant sur le bas-côté avec vigueur. Desmond était impatient de recouper les premiers éléments transmis par mail, le trajet jusqu'à son domicile lui parut donc interminable.

— Votre blog s'arrête à Gallup, mais je suppose que d'autres meurtres ont été commis entre Flagstaff et Los Angeles.

— Oui. Deux dans le Nevada, un en Arizona, quatre en Californie. Je n'ai pas encore mis les pages en ligne. Je comptais d'abord les compléter avec les photos d'Annette et mes commentaires au jour le jour.

La nuque appuyée contre son siège, Lola répondait aux interrogations du professeur avec une pointe de lassitude dans la voix. Cette langueur toute féminine la rendait émouvante comme peut l'être l'imminence du soleil couchant. Le conducteur se concentra sur la route.

— Nevada, Las Vegas ?

— Deux femmes retrouvées dans leurs chambres d'hôtel.

— Des prostituées ?

— Non. Des femmes mariées… Vous devriez rouler moins vite.

Le véhicule déboucha sur un canyon vertigineux. Il ne semblait que ni devant, ni derrière, autre chose ait jamais existé sinon l'hostilité souveraine des formations rocheuses et ses héroïques conifères, poussés au bord du vide.

— Ces pages, il me les faudrait.

— Il y a sûrement un ordinateur à disposition de la clientèle à l'hôtel. Je vais demander à Annette de vous envoyer les codes d'accès aux archives du blog par mail. Vous lisez et parlez le français ? s'étonna-t-elle.

Derrière les lunettes, les pupilles de Desmond s'agitaient.

— *Comme ci comme ça.* Ma grand-mère maternelle est née Fouillette.

— Fouillette ? C'est un nom français.

— Un de mes lointains ancêtres aurait servi comme chirurgien-major sous Napoléon.

— Vraiment ? Et vous parliez français avec votre grand-mère ?

— Quand j'étais gamin, pour m'endormir le soir, elle me lisait des pages d'Alexandre Dumas ou de Jules Verne. *J'ai apprécié votre langue.* Ça se dit ?

— Dans certaines circonstances, oui, sourit Lola.

— Je parle aussi l'espagnol et le mandarin. Quelques notions d'italien et de suédois.

— Vous devez être bardé de diplômes.

Les arbres perpendiculaires à la route filtraient la lumière, zébrant la surface du pare-brise de leur importance. La route filait maintenant vers la vallée. Une main cramponnée au volant, Desmond haussa les épaules.

— J'ai passé vingt ans à côtoyer des flics et des populations immigrées en grande précarité. On apprend vite le langage de la rue à Chicago.

— Et il y a beaucoup d'immigrés suédois ?

L'allusion de Lola le fit rire.

— On peut croiser quelques étudiantes dans le quartier sud du Loop mais généralement elles sont inoffensives.

— Vous faisiez un métier dangereux à Chicago.

Il posa un regard équivoque sur sa passagère.

— Mais je ne sais rien faire d'autre sinon m'ennuyer, chère Lola.

Soudain, un pare-chocs bleu acier surgit de la route.

— Desmond !

Coup de volant à droite. Le 4 × 4 évita de justesse le camion arrivant en sens inverse, frôlant la paroi de la falaise. Lola était collée à son siège, statufiée.

— Désolé, lâcha-t-il. Vous n'avez rien ?

— Ça va, dit-elle en se frottant l'épaule.

Desmond rabattit d'un coup de poing le pare-soleil devant lui.

— On est presque arrivés.

Sagittarius (Nov. 23 – Dec. 21)
It feels like someone else is
always trying to dominate.

Hôtel Best Western Plus, Sedona

— C'est quoi ?

— Un tableau de ton père.

Assis sur son lit, cheveux ébouriffés, Gaston contem-plait la toile qu'il tenait entre les mains, soit la partie gauche de la calandre d'une américaine des années soixante avec ses deux phares ronds posés l'un au-dessus de l'autre.

— C'est lui qui l'a fait ?

— Oui. Il peignait quand il était jeune.

— Tu m'as dit qu'il était chanteur dans un groupe.

— À l'époque, ton père était doué pour pas mal de choses.

— Elle a eu quoi ma sœur ?

Gaston jeta un œil sur l'autre lit. Alanguie à même les draps, Annette se tartinait de crème hydratante, épaules et joues cramoisies. Le toboggan naturel en pierre lisse de Slide Rock et la réverbération du soleil avaient eu raison de sa peau laiteuse.

— Un club sandwich, annonça-t-elle sans enthousiasme.

— C'est de l'hyperréalisme ma chérie, précisa Lola. Toi qui veux faire de la photo ton métier, je suppose que tu sais comment on peint ce genre de tableau ?

Elle leva les yeux au plafond.

— Tu vas me donner un cours, là ?

Lola retint un commentaire lapidaire. Sa fille lui apparaissait plus insupportable que jamais. Le vol de l'ordinateur y était pour quelque chose : sa négligence engendrait des conséquences hors norme. Qui pouvait imaginer que ce cahier, rempli de l'écriture nerveuse de son mari, pouvait valoir un million de dollars, au bas mot ? Lola se contenta d'un soupir et plaqua les mains sur ses cuisses.

— Bien. Qui m'accompagne à la piscine ?

L'eau délicieusement fraîche soulagea les jambes de Lola. Elle nagea tant qu'elle put, se laissa flotter au gré de l'onde. L'hôtel recommandé par le chef de police Gary Banning était ce que la famille Lombard avait trouvé de mieux depuis le début de leur voyage. Piscine extérieure et jacuzzi, vue splendide, salle de bains en marbre rose, changement radical. Un certain nombre de motels bon marché qui jalonnaient la Route 66 sentait la poussière et le beurre rance. Gaston s'était parfois baigné dans des bassins remplis d'un liquide franche-ment douteux – ce garçon résistait à tout. Ce soir, ils dîneraient tous les trois au nord du centre-ville, dans un restaurant recommandé par l'hôtel ; on leur en avait fourni toute une liste, avec des bons de réduction pour aller s'acheter des fudges crémeux en guise de dessert. Allongée à l'ombre sous un parasol, Annette leva les yeux de son roman.

— Maman ? Est-ce qu'on sera encore là dimanche ?

— J'espère bien que non.

— Allez, supplia-t-elle.

— Je ne sais pas où nous serons dans cinq jours, mais on doit prendre l'avion mardi à Los Angeles et…

— Chouette ! s'exclama Gaston. Alors on a le temps jusqu'à mardi ! On va pouvoir aller assister à un rodéo ! Cindy a dit qu'elle pouvait nous emmener. C'est à Prescott.

— À Prescott ? Cindy ?

Annette rajusta ses lunettes de soleil.

— Bah oui quoi, Cindy, la baby-sitter.

— *Yes*, Cindy elle est cool, ajouta Gaston.

— Elle ne parle pas un mot de français par contre.

— Comment vous faites alors ?

— J'ai mon appli traduction, fait Annette, désignant le smartphone posé sur son ventre.

Ces deux-là étaient en vacances, sans l'ombre d'un doute. Et Annette ne se débrouillait pas trop mal avec son anglais. La mission première « Il faut retrouver le papa de Gaston » en Arizona partait en sucette. À peine si les enfants avaient questionné leur mère à son retour au sujet de sa journée passée avec le professeur. Ils étaient bien plus contrariés par l'absence de leurs consoles de jeux DS et PSP. Tant mieux. Lola aurait eu quelques difficultés à expliquer pourquoi Pierre Lombard roupillait dans une tente à même le sol et se prétendait artiste peintre dans une remise empestant le chat crevé. Cet homme n'avait même pas réussi à tenir la promesse faite à son fils avant leur départ pour les États-Unis : arrêter de fumer. Mais en emportant les confessions d'un tueur sans sa permission, il avait fait mille fois pire, détruisant sa nouvelle vie et menant Lola et les enfants sur une route en péril.

— Maman, on fait quoi, pour le blog ? demanda Annette. On continue à mettre des pages en ligne ?

Lola sortit du bassin.

— On attend. Tu as envoyé les codes d'accès au professeur ?

— *Yes.* Il m'a répondu un truc bizarre d'ailleurs…

— Quoi donc ?

— *Thank you, million dollar baby.* J'ai pas compris. C'est quoi le rapport avec le film ?

Que Desmond use de sarcasme aurait dû la faire sourire. Lola en fut presque blessée. En refusant sa confiance à Pierre, en sous-estimant la valeur du cahier, elle avait bien plus mal agi que sa fille. Elle enroula une serviette autour de sa taille, regrettant de ne pas avoir sous la main un caillou à jeter avec force par-dessus le grillage.

Aries (March 21 – April 20)
Your need to work in partnership.

Twin Arrows, Arizona. Vivianne Palmeri. Le tueur la décrit ainsi : « *Jolie nana, genre Olivia Newton-John, très belles dents, la trentaine.* » Elle travaillait au Trading Post dont on voit encore l'enseigne depuis la route, deux flèches géantes fichées dans le sol au milieu de plaines désertiques. Il semble qu'il n'ait pas eu beaucoup de difficulté à la séduire. Trois semaines après leur rencontre, elle aurait vidé la caisse de son patron et rejoint notre homme en pleine nuit à Padre Canyon Bridge, un tronçon particulièrement dangereux de la Mother Road. « *Elle m'a sauté au cou, pieds nus dans ses bottes en peau de serpent, short moulant, nombril à l'air, des yeux insolents comme les étoiles. J'ai placé les mains autour de sa gorge. Trente secondes pour se dire au revoir.* » Le pick-up de Mrs Palmeri aurait été retrouvé au fond du canyon, son cadavre à l'intérieur, carbonisé dans l'accident.

264

Desmond avait ajouté sur la carte épinglée au mur les petites croix rouges correspondant aux villes qui ne figuraient pas encore sur le blog dont celle de la précédente étape de la famille Lombard, à Twin Arrows. Neuf victimes grossissaient la liste dont un serveur à Holbrook en 89, une mère de famille à Pasadena en 81 et un couple de personnes âgées à Needles en 92. Le tueur de la Route 66 totalisait une quarantaine de morts. Modeste récolte au nez et à la barbe des autorités d'une dizaine d'États. Desmond s'était ensuite empressé de contacter par mail les shérifs des différents comtés. Les premières réponses lui parviendraient probablement demain matin. En seulement vingt-quatre heures, il avait déjà récolté de jolies graines, conversé avec une poignée d'officiers trop heureux de casser la routine en fournissant à un professeur de renom de la matière fiable pour un prochain ouvrage.

Desmond recula son siège et s'étira. Dehors sur la passerelle, museau pointé vers le ciel, Bonnie suivait le ballet des oiseaux gobant les imprudents moucherons qui se risquaient hors des bois au crépuscule. L'homme et le chien avaient grand besoin de se rafraîchir. Mais Desmond ne songeait même pas à se servir une bière dans le réfrigérateur de la cuisine. Curieusement, alors qu'il avait jusqu'à présent extrait du blog les informations relatives aux meurtres et aux victimes sans plus se soucier du récit initial, il se surprenait à relire certains passages, entrevoyant une autre facette du petit monde de Lola Lombard.

Ce qu'il savait de la route mythique se réduisait aux clichés redondants des images publicitaires, à certains films sacralisant un ruban d'asphalte à l'assaut de paysages désertiques, et aux cartes postales de son père.

La route de Lola était différente. Aussi désuète et tranquille qu'une *tea party* chez une vieille dame, balisée de pompes à essence pimpantes, de motels démodés et de petites villes se prêtant volontiers à la séance photo, toutes enseignes dehors. Dans ce décor rouge pompier, Annette dégustait des *caesar salads*, Gaston collectionnait les magnets à l'effigie du double six, et Lola, souveraine, ne manquait jamais de préciser que tel ou tel restaurant mentionné dans leur guide était fermé depuis des lustres. Plantés sur des parkings de restaurants déserts, des cosmonautes ou des bûcherons géants de plus de dix mètres, tenant dans leurs bras une fusée ou un hot-dog en carton-pâte, se penchaient allègrement sur leur chemin. Souvent, la petite équipe empruntait des tronçons de la route peu praticables et s'arrêtait en plein champ pour admirer des façades de motels en ruine dont plus personne ne connaissait le nom. Les enfants étaient de toutes les attractions locales, du musée attrape-touriste à la grosse baleine bleue érigée au bord de la route un peu avant Tulsa par un hurluberlu amoureux de sa femme. Dans les bibliothèques, on recevait Lola comme un émissaire de l'ONU, on courait aux archives sans renâcler : le crime fascinait tant les populations locales des villes où plus rien ne vibrait sinon les fenêtres disjointes. À Braidwood, la famille Lombard inaugurait sa première scène de meurtre avec une décontraction désarmante, dégustant des banana split au Polk-a-Dot Drive-in, là où le 15 juillet 1966 une serveuse était étranglée puis jetée sur la route avant de passer sous une voiture.

De quoi désarçonner quiconque se déciderait à prendre tout cela au sérieux.

Lola faisait la démonstration que l'on pouvait faire germer sur le terreau de l'ignominie et du crime des vacances en famille, insolites et cocasses.

> Bloomington, Illinois. Déconvenue à notre arrivée au motel : j'ai commis une erreur en réservant par Internet. Il existe plusieurs villes appelées Bloomington aux États-Unis. J'ai réservé une chambre au motel Super 8 de Bloomington... dans l'Indiana !

Cette femme avait su cacher à ses enfants le véritable enjeu de ce voyage : un misérable règlement de comptes financier. Mais sous les apparences, au fil des pages, Desmond devinait le trouble qui peu à peu s'emparait d'elle, confirmant à chaque étape l'existence d'une nouvelle victime en concordance avec le contenu du cahier. Et parfois, au comble de l'exaspération, sa mélancolie toute gracieuse s'imbibait de rancœur.

> Grove, Oklahoma. Il est presque 21 heures et nous devons encore dégoter un resto ouvert – ce qui n'est pas de la tarte. Après deux tentatives infructueuses, nous dénichons un établissement qui ferme à 22 heures (et non 21 heures comme les précédents). Nous sommes les derniers clients et dînons seuls. La viande est bonne, mais les chaises retournées sur les tables et le passage du balai à trente centimètres de nos assiettes nous dépriment. Nous sommes terrassés par la fatigue, mais histoire d'emmerder le monde, nous commanderons des sundaes au dessert. À ma place, le tueur aurait sorti son démonte-pneu et attendu le

serveur et son balai sur le parking pour lui apprendre « le respect de la clientèle ». Mais nous ne sommes pas encore à Holbrook en Californie et je ne suis pas certaine qu'il y ait un démonte-pneu dans la voiture de location.

Desmond replia l'écran de l'ordinateur.

Passa une main dans ses cheveux.

La chaleur et la fatigue gonflaient ses doigts.

Jamais il ne s'était trouvé aussi proche d'une route dont il avait pris soin de s'écarter comme s'il en redoutait les tourments. Et la perspective de picorer la mémoire de Lola le rendait tout aussi anxieux que celle de parcourir encore le territoire de ses yeux, pourvu que les enfants Lombard aient de quoi s'occuper durant les prochaines quarante-huit heures.

Heureusement, les attractions ne manquaient pas dans la région.

Il décrocha son téléphone.

Taurus (April 21 – May 21)
There is a money issue hanging
over your head.

Mockingbird Lane, Sedona

Derrière les grilles en fer forgé, une maison de style pueblo aux formes cubiques se cachait de la route. Faite de briques de terre rouge séchée, de poutres en bois apparentes et surmontée d'un toit plat, elle entretenait avec l'environnement un rapport des plus courtois. Jalonnant une allée de petits cailloux, d'étonnantes sculptures mobiles en acier remplaçaient les cyprès. Une brise fluette animait leur feuillage métallique, donnant l'aubade au visiteur. L'allée débouchait sur une porte en bois dont la peinture bleu cyan virait aubergine au soleil couchant. Sonny vérifia que l'adresse reçue par SMS sur son portable correspondait, il essuya ses mains sur son bermuda et souleva le heurtoir en bronze à tête d'aigle. Un homme chauve ayant dépassé la soixantaine ne tarda pas à venir lui ouvrir.

— C'est toi *Sonny* ?

Chaussé de vieux mocassins jadis brodés de perles, l'homme qui le dévisageait portait un gilet indien à franges sur une chemise en lin tachée.

— … Alors, tu as quelque chose pour moi ?

Le jeune homme rajusta la lanière de son sac de sport à l'épaule pour se donner contenance.

— Oui, m'sieur…

— Tu es bien l'ami de Jason Prado ?

Le trajet en moto depuis Clarkdale avait collé du sable à sa bouche et Sonny mourait de soif.

— On est potes, oui.

— Alors montre-moi ce que tu as dans ton sac.

Le jeune homme ne fut pas autorisé à dépasser le hall d'entrée et le contenu de sa besace fut examiné sur place. L'homme palpa le matériel, hocha la tête et tira quelques billets d'une de ses poches.

— OK. Vingt dollars pour la PSP et la DS, trente pour le PC.

Le visage de Sonny s'empourpra, il tendit une main vers les billets mais le type était plutôt méfiant.

— C'est pas du matériel que tu as volé au moins ?

— Non m'sieur, je vous jure.

— Parce que je ne veux pas avoir d'ennuis avec la police.

— Je vous dis que non : l'ordi il était à ma grande sœur et les consoles je les ai trouvées dans un container derrière un magasin d'électroménager à Cottonwood.

L'homme sourit, découvrant des dents jaunies par le tabac.

— T'as une grande sœur, toi ?

Sonny tapa ses semelles de baskets l'une contre l'autre pour en chasser la poussière.

— Oui, une demi-sœur… Elle habite dans le Nevada.

L'homme donna l'argent au jeune homme en ricanant, puis il posa les consoles portables et l'ordinateur sur la tablette en verre d'un guéridon.

— Si tu as encore d'autres choses à me montrer dans le même genre, des disques durs amovibles ou même de vieux téléphones mobiles, n'hésite pas à revenir me voir.

Sonny referma son sac et le jeta par-dessus l'épaule. L'homme lui tendit une main calleuse.

— Salut Sonny.

— Salut m'sieur.

Une question turlupinait le jeune homme. Il ne résista pas à la tentation de la poser.

— … Dites, le matos que je vous apporte, c'est pour quoi faire exactement ?

Le vieil homme sortit une pipe de son gilet et la porta à sa bouche.

— De l'art, mon p'tit.

Sonny rejoignit sa moto garée au bord de la route et enfila son casque en se demandant à quelle catégorie de barjo pouvait bien appartenir ce type-là. Pressé de rentrer chez lui avant la nuit, il donna un violent coup d'accélérateur et grava dans le sol un trait de gomme noire. Le cri poussé par une chauve-souris au crépuscule se confondit avec le crissement du pneu. Le jeune homme ne prêta pas attention au pick-up poussiéreux stationné un peu plus loin sur le bas-côté. Le véhicule démarra presque aussitôt.

V

Slippery when wet

Sagittarius (Nov. 23 – Dec. 21)
Each of these is equally important to your well-being.

Mercredi 13 juillet

Les pôles du petit monde de Lola s'inversaient. Déjà, Gaston la réveillait d'un baiser, caressant ses cheveux du bout des doigts.

— Bah alors maman, on fait la marmotte ?

Puis il la poussa vite fait dans la salle de bains. Lola protesta.

— Mais les enfants… il est à peine 8 heures…

Annette changeait la carte mémoire de son Nikon, les cheveux réunis en queue-de-cheval sous sa casquette.

— Faut pas qu'on rate la navette, justifia-t-elle.

Le professeur Blur avait inscrit les enfants à une excursion en Hummer : ils iraient pique-niquer à Red Rock Crossing, un des endroits les plus photographiés des États-Unis. Une navette viendrait les prendre vers 10 heures.

275

— On va voir des pumas, crâna Gaston, cherchant son iPod sous l'oreiller.

Il avait revêtu les mêmes vêtements que la veille mais en propre. Lola jeta un regard circulaire sur la chambre : habits froissés, paquets de gâteaux éventrés, valises en vrac sur la moquette, magazines et cordons d'alimentation électrique au milieu des draps, trousse à maquillage sur le téléviseur… Un condensé de foutoir d'adolescente nonchalante et de petit mec sportif.

— Pendant que je me prépare, vous me rangez tout ce bazar.

Contestations. Moins de trois minutes plus tard, on frappait à la porte de la salle de bains.

— C'est fait ! On va déjeuner !

Lola se doucha rapidement, s'habilla d'un short et d'un tee-shirt Levi's, enfila une paire de baskets puis rejoignit les enfants dans la salle des petits déjeuners.

Elle les trouva attablés devant une montagne de pancakes et de gaufres dégoulinant de sirop d'érable en bonne compagnie : Desmond s'adressait en français aux enfants avec ce petit zozotement typique des Américains s'essayant à l'exercice. Annette rebaptisée *Eunette* rougissait sous le regard bleuté de l'animal. Lui aussi avait opté pour une tenue légère – short et chemisette. Une mèche de cheveux retombait élégamment sur son œil gauche.

— Bonjour professeur Blur.

— Bonjour Lola. Bien dormi ? Thé ou café ?

Elle prit place à côté de lui, déconcertée par cette intrusion masculine dans sa tribu dès potron-minet. Le dernier breakfast partagé avec son mari et les enfants remontait à loin. El Rancho Hotel, à Gallup, au Nouveau-Mexique. Une des dernières étapes de leur voyage sur la Mother Road en 2007. Gaston s'était régalé de pancakes et d'œufs brouillés, Annette d'un chocolat chaud surmonté de crème fouettée, et Pierre avait longtemps hésité entre la formule avec bacon et celle avec les saucisses.

— Le professeur peut nous avoir des places pour un voyage en montgolfière ! lança le fiston.

Le lever du soleil sur Verde Valley et San Francisco Peaks. L'aînée se réjouissait à l'avance des sensations fortes d'une telle ascension verticale.

— Avec un breakfast en plein air *champagne and toast*, précisa Desmond. Mais il faut réserver le vol dès maintenant à la réception. De la crème avec votre café, Lola ?

— Maman ne prend plus de lait, répondit Gaston. Ça lui donne la migraine. Pareil pour le champagne.

Lola acquiesça. Le regard de Desmond pétillait.

— Je vous rapporte des fruits frais ? ajouta-t-il en se levant pour aller au buffet.

Les enfants étaient ravis de passer une nouvelle journée sans leur mère. Desmond et Lola les accompagnèrent jusqu'à la navette stationnée devant la réception de l'hôtel.

— Ça ira ma douce ?

Annette haussa les épaules.

— Bah oui maman, pourquoi ça irait pas ?

— On n'est plus des bébés, râla Gaston.

La grande sœur était investie d'une double mission : surveiller son frère, et continuer à alimenter le blog en photos. Le professeur y tenait particulièrement.

— Annette, la Route 66 est très touristique, il est possible que des personnes autres que celles de votre entourage réagissent au contenu du blog et laissent des commentaires qui pourraient nous être utiles. Je peux compter sur toi ?

Elle avait répondu de ce petit sourire qui faisait craquer les garçons de sa classe, puis la navette avait disparu en bas de la route avec son quota de touristes et de caméras numériques miniatures.

— Vous croyez que c'est prudent de les laisser seuls ?

— Ils ne sont pas seuls, Lola. Six personnes participent à l'excursion. Sans compter le guide et l'accompagnateur. Ne vous inquiétez pas.

— Tout de même.

— Lola, on est en Amérique. Ces sorties sont très encadrées.

— Je ne parle pas de ça…

Un bras rassurant entoura ses épaules.

— Croyez-moi, *il* n'est pas ici. On y va ?

— OK, dit-elle à contrecœur. Il faudrait peut-être que je change de chaussures…

Desmond regarda les seins de Lola.

— Pourquoi ? Vous êtes très sexy en baskets.

Cottonwood, comté de Yavapai, Arizona

Ardente sous le soleil matinal, filant en direction de Mingus Moutain, l'avenue traversait la ville, enfilade de succursales, boutiques et pavillons agrémentés de cyprès desséchés et de piscines bleu cyan. Gary Banning poussa la porte du magasin, retira sa casquette et bénit aussitôt le courant d'air froid tombant du plafond. De fortes odeurs d'huile de moteur et de cuir neuf lui picotaient les narines. Pas moins de vingt motos alignées en rang d'oignon exposaient leurs mécaniques, affichant de belles performances en perspective et des facilités de crédit. L'officier de police retira ses lunettes, rajusta un coin de sa chemise dans son pantalon et marcha vers le comptoir. Des bras pendouillant sous un tee-shirt XXL, un élastique passé dans ses dreadlocks, le vendeur releva les yeux de son magazine tel un enfant surpris avec une boîte d'allumettes. Vêtu ou non de son uniforme, Gary produisait toujours cet effet-là : on aurait dit que l'air se déplaçait différemment autour de lui en un panache invisible et policé. Il se mouvait avec une fausse indolence de flic en mission que sa physionomie débonnaire ne pouvait qu'accentuer. Le shérif posa une grosse patte sur le comptoir, une feuille sur laquelle figurait un dessin pivota sous ses doigts.

— Est-ce que ça vous dit quelque chose ?

Le jeune homme pencha une barbichette sur le croquis. Il tapota la feuille de ses ongles noircis de graisse.

— C'est la collection Exo 75 Air Tribal.

— Mais encore ?

— Bah ! c'est le modèle évolution de l'Exo 70 Air. Il a les mêmes caractéristiques mais avec en plus la technologie exclusive de la maison.

Gary leva un sourcil.

— Ah ?

— Oui, l'Airlift Concept.

— Hum.

— On l'appelle aussi « le casque gonflé ».

— Il n'est pas très courant ce modèle.

— C'est juste. On est les seuls à vendre cette marque dans le secteur.

— Alors, on m'a bien renseigné.

— Vous voulez que je vous en montre un ?

— S'il vous plaît.

Le vendeur passa derrière son comptoir et conduisit l'officier de police vers un présentoir mural garni de casques de moto rutilants, colorés de motifs agressifs. Le jeune homme en décrocha un.

— Exo 75 Air Tribal… On est montés en gamme avec ce casque intégral. La calotte est en fibre tri-composite.

Il frappa trois fois la coque.

— Ultralégère et résistante, excellente tenue aérodynamique, remarquable champ de vision et vous avez le maintien optimal du fait de ses mousses bien ajustées grâce à…

Gary lui prit le casque des mains. Le soupesa.

— … à son système Airlift Concept, acheva le vendeur.

Le chef de police examina le motif dessiné à l'arrière. Le croquis correspondait. Il hocha la tête.

— OK.

— Ce modèle existe en jaune fluo pour être plus visible sur la route.

Un sourire s'épanouit sous la moustache de Gary Banning.

— Merci mon petit. Je ne crois pas que le gars que je cherche aurait été intéressé par un modèle fluo. En revanche, je veux bien jeter un œil sur ton fichier clients.

Il ressortit du magasin quelques minutes plus tard avec en poche une liste de noms et le nouveau catalogue d'accessoires de la gamme Exo 75 Air. Une petite visite de voisinage au bureau de police 199, 6th Street s'imposait. Sûr qu'avec ses vingt-deux ans de service et ses diplômes raflés à l'académie de police de Tucson et celle du FBI à Quantico, le shérif John Devlin trouverait cette histoire de tueur de la Route 66 à son goût. Mais Gary avait fait une promesse au professeur : pour l'instant, motus et bouche cousue. Il se contenterait de montrer à John sa liste de clients. Avec un peu de chance, son homologue trouverait là-dedans quelques connaissances. Les éléments perturbateurs étaient plutôt rares dans le coin. En termes d'activité criminelle, la ville de Cottonwood faisait la fière : pas un meurtre en quatre ans et seulement dix-neuf vols de voitures depuis le début de l'année. Une clairière dans la forêt du péché.

Ils avaient passé la matinée à reprendre les scènes de meurtre une par une et à les regrouper par mode opératoire. Sur la table basse du salon, deux piles dominaient les autres : l'une baptisée *Murder by car*, l'autre *Suicide*. Installée dans le canapé, Lola avait retiré ses baskets et allongé ses jambes : le dos appuyé contre un gros coussin en peau de vache, elle caressait mécaniquement la tête de Bonnie qui s'était placée à côté d'elle, ravie d'avoir trouvé une copine pour la journée.

— Affaire suivante ? demanda-t-elle comme on commande un soda.

Depuis son fauteuil, Desmond contemplait ce tableau charmant que composaient l'invité et la chienne. Il se pencha sur la table pour saisir un nouveau dossier.

— Doolittle, Missouri. Août 75. Annie Bates, mère célibataire, un fils. Renversée devant chez John's Modern Cabins.

— Elle était serveuse chez Maid-Rite à Rolla. Le fast-food est en photo sur le blog.

— Des traces de pneus relevées par le shérif adjoint d'Arlington indiquent que le véhicule s'est arrêté à trente mètres de la victime après l'avoir fauchée. Il en conclut que le conducteur est revenu sur ses pas, a constaté le décès de la personne et pris la fuite… Et là ça devient intéressant : une semaine après le drame, Mrs Barlow, la sœur de Mrs Bates, se présente au shérif : selon elle, le jour de sa mort « Annie Bates aurait tenu des propos inquiétants, évoquant à mots couverts une éventuelle menace sur son fils Brian »…

— Oui, c'est comme ça qu'il les tenait. En menaçant les enfants. Et ils n'ont pas enquêté ?

— La police de Rolla l'a fait. Ils ont découvert que la victime avait contracté un prêt et retiré sur son compte bancaire l'équivalent d'un an de salaire. « Tous les retraits étaient effectués en liquide… »

— En général, il se faisait remettre l'argent dans des enveloppes que ses victimes devaient déposer dans des endroits isolés à l'écart de la ville.

— Le mobile de ses crimes : l'argent ?

— Presque toujours. Dans le cahier, il y a un passage sur les bikers : il déteste les motards. Il prétend en avoir poussé une dizaine dans le fossé mais sans donner plus de détail.

— Ce genre d'affirmation est invérifiable. Des milliers de motards meurent sur la route chaque année dans ce pays.

— Sans doute, mais je pense qu'il dit la vérité. Il hait vraiment ces gars-là. Au milieu de son récit, il raconte qu'il s'est fait passer à tabac par plusieurs types à moto dans une station-service. Il a bien failli en mourir… Comment dit-on *séquelle* en anglais ?

Desmond parcourait le mail communiqué la veille par la police de Rolla.

— … Apparemment ils ont arrêté un agent d'assurance marié qui fréquentait la victime quelques mois avant le meurtre, releva-t-il. Le type a été relâché faute de preuve.

Desmond referma le dossier, l'ajouta à la pile *Murder by car* située à sa gauche et en attrapa un autre.

— Texas, Adrian. Janvier 76, Ann la Chapelle, mère de deux enfants. Suicide au Fabulous 40 Motel. Elle s'est brisé la nuque en sautant par la fenêtre de sa chambre. Il l'a poussée ?

— Non. Elle a sauté toute seule.

— Le tueur donne des détails sur l'affaire ?

— Je ne m'en souviens pas.

Autre pile, autre dossier.

— Oklahoma, Sapulpa. Août 76, Mary Molloy. Accident de voiture en sortant d'un drive-in. « *Une fanatique de cinéma. Je l'ai abandonnée dans sa voiture devant* King Kong. *Elle a jeté sa voiture contre un arbre en rentrant chez elle. Mais elle a attendu la fin du film. Peut-être que si le singe était pas mort, elle se serait pas suicidée…* » Ce que vous avez reporté sur le blog est bien de lui ?

— À votre avis ?

Une feuille attira son attention : le scan d'un vieux rapport de police.

— … Le rapport d'expertise qui m'a été transmis indique qu'elle roulait sur une ligne droite…

— Et ça ne les a pas intrigués ?

— Il faut croire que dans les années soixante-dix les flics avaient déjà des *a priori* sur les femmes au volant.

— Aux États-Unis aussi les femmes sont mauvaises conductrices ?

La question de Lola oscillait entre malice et ironie.

— Vous n'êtes pas au courant ? C'est un fléau mondial.

Lola sourit depuis le canapé.

— Vous pouvez parler. J'ai l'épaule toute bleue depuis hier après-midi.

— C'est parce que vous m'avez distrait. En trente ans, je n'ai encore jamais eu le moindre accrochage.

Il referma le dossier, promenant un regard amusé sur Lola.

— Mais à l'occasion, je tenterais bien un saut dans le vide depuis un parking aérien avec vous.

En guise de réponse, Lola fit glisser un autre dossier sur la table dans sa direction.

— Méfiez-vous si vous ne voulez pas finir comme elle.

Desmond consultait déjà la première page.

— Mac Lean, Texas. Mars 78. Rachel Barag. Mariée, mère de famille, asthmatique…

— Étouffée dans son oreiller au Cactus Inn Motel.

Il hocha la tête, tenta de reprendre son sérieux, mais l'idée de se retrouver dans un motel avec Lola entièrement nue, appuyant sauvagement sur sa figure un oreiller, le troublait bien plus que cette succession de scènes de crimes.

Ils firent une courte pause pour déjeuner avant de poursuivre le travail, avalant des sandwichs confectionnés à la hâte sur un coin de table. Assise en tailleur près du canapé, Lola désigna un dossier parmi ceux qui n'étaient pas encore classés.

— On s'attaque à celui-là ?

Desmond baissa les yeux sur la pochette, passa nerveusement une main dans sa tignasse.

— OK, dit-il, l'ouvrant à la première page. La famille massacrée dans l'Oklahoma. Dites-moi tout.

Les paroles que prononça alors Lola avec douceur creusèrent comme un tunnel imprévu jusqu'à lui.

— Êtes-vous certain que c'est à moi de raconter votre histoire, Desmond ?

L'obsession de toute une vie.
L'homme qui terrassa la famille Blur.

Dès l'âge de neuf ans, Desmond allait résolument à
la bibliothèque du quartier pour y consulter la presse
régionale, cherchant le moindre fait divers pouvant
présenter une similitude avec l'agression : cambriolage
qui tourne mal, vagabondage dans une ferme isolée,
chien mettant en fuite un rôdeur, femmes retrouvées
égorgées, ses doigts agrippaient les reliures des classeurs aux archives avec opiniâtreté ; l'argent des
commissions passait du comptoir de l'épicier à ses
poches – détournement de la monnaie pour le paiement
des photocopies. Des dizaines de cahiers avaient ainsi
été agrémentés de coupures de presse. De véritables
catalogues du crime, du plus vil au plus anodin. Adolescent, lorsqu'il avait été en mesure d'écrire sans trop de
ratures, à la manière de ceux qu'il collait sur des pages
lignées, Desmond avait rédigé un premier compte rendu
chronologique du drame vécu par sa famille, puis un
second, étoffé de quelques effets de style non sans
rapport avec ses lectures – Hammett et Mc Bain

tenaient alors le haut du pavé. Ce texte, il l'avait adressé au département de police criminelle de Chicago ainsi qu'au directeur de rédaction du *Chicago Sun Times* en septembre 1976 avec l'espoir d'en obtenir la publication. Le chef du poste de police de Lincoln Park lui avait donné un rendez-vous quatre jours plus tard : entourant ses épaules d'un bras consolateur, il lui avait expliqué pourquoi il n'était pas possible d'accéder à sa demande sans qu'un élément nouveau justifie la réouverture du dossier puis l'avait gentiment raccompagné sur le pas de la porte. Quant au journal, l'article n'était jamais paru. Le rédacteur en chef le lui avait retourné dûment corrigé – assorti d'une proposition d'embauche au service des faits divers.

Le premier échelon.

Sa carrière dans la presse, son prix honorifique, Desmond G. Blur le devait à l'homme qui avait massacré sa famille.

De l'autre côté de la table basse, le museau de Bonnie au creux des cuisses, Lola fixait sur Desmond son regard émeraude. Il s'adossa au fauteuil.

— Comment avez-vous su ? questionna-t-il.

— L'ordinateur mis à disposition des clients de l'hôtel. Le drame de votre famille est le principal sujet abordé par vos fans dans les forums de discussion. Que vous ayez été confronté à une telle violence les fascine.

— Voilà bien un aspect de l'homme qui me déplaît : son mauvais goût, grimaça-t-il. Montrez une maman crocodile qui promène tendrement ses petits dans sa gueule, et les gens seront excités rien qu'à l'idée qu'elle se mette à les bouffer.

— C'est ce que vous dites à vos étudiants dans vos conférences, qu'ils ont le mauvais goût de s'intéresser aux histoires criminelles ?

— Je me borne à leur donner des repères ; on est vite désorienté dans un monde aussi absurde.

Lola chatouillait ses lèvres de son pendentif. Elle revint au sujet principal.

— L'enquête n'a jamais rien donné ?

— En dépit de la ténacité du shérif d'Afton – paix à son âme – non.

— … Certains de vos lecteurs se posent la même question : si la police avait relevé des empreintes du tueur dans votre maison et prélevé du sang dans la voiture du meurtrier, pourquoi ne pas avoir demandé que des tests ADN soient effectués sur ces échantillons ?

Desmond croisa les bras.

— C'est ce que j'ai fait. En 95. J'ai sollicité une nouvelle fois la police et miraculeusement, ils ont accepté de rouvrir le dossier.

— Alors ?

— En octobre 1986, un court-circuit s'est déclaré dans les sous-sols du commissariat d'Afton. Un incendie a ravagé la salle des archives. Les cinq boîtes consacrées au double meurtre s'y trouvaient.

L'homme s'attendit à cette réaction typique d'apitoiement qu'à cet endroit il déclenchait fatalement. Ce ne fut pas le cas. Lola se contenta de repousser doucement le museau de Bonnie. Penaude, la chienne alla chercher consolation sur le carrelage de la cuisine.

— Comment dit-on *impasse* ? demanda Lola.

— *Dead-end*.

— … Le mot français est plus poétique.

Deux plis se formèrent au coin des lèvres de Desmond.

— C'est effectivement plus poétique de penser qu'une route ne mène pas forcément à la mort. Quoique la définition convienne assez bien à la Route 66.

— Vous ne portez pas la Mother Road dans votre cœur, observa Lola en se relevant.

— Cette route a ruiné mon père, au sens propre comme au figuré.

— Votre père ?

— Une triste histoire.

Le regard de Desmond se perdit dans les aspérités du plancher. Il referma le dossier concernant le massacre de sa famille.

— … Tout chemin est une déviation qui mène à la même route.

Il se leva et d'une main lâche le laissa choir sur la pile la plus mince, celle des crimes sanglants.

— Vous voulez un café ? proposa-t-il.

Cancer (June 22 – July 22)
No emotional risk, no reward.

Clarkdale, Arizona

Gary Banning gara sa voiture devant le n° 572, Siesta Street. Un grillage cernait l'habitation dont la toiture en tôle troublait l'horizon de volutes brûlantes. De part et d'autre du bungalow, les buissons de créosotiers secs et fournis dardaient leurs fleurs jaunes sous l'embrasement du soleil, comme ensorcelés par les stridulations des sauterelles. Le signal sonore indiquant le verrouillage des portes passa presque inaperçu. Gary fit quelques mètres et s'appuya contre le cèdre ébouriffé qui abritait de ses branches l'auvent rudimentaire du bungalow. Le chef de police John Devlin avait souligné deux noms sur la liste des clients ayant acheté un casque de moto similaire à celui décrit par Mrs Robertson. L'un des deux habitait le secteur : le gamin avait trempé dans un trafic de copies pirates de DVD revendues sur

Internet. Mineur à l'époque des faits, il s'en était fallu de peu que le juge ne l'inculpe de recel.

Gary frappa contre le vantail de la moustiquaire. Une ombre passa à l'intérieur du bungalow.

— Mrs Strahans ?

La voix féminine qui s'éleva était aussi rauque et charnelle que celle d'une strip-teaseuse quittant son travail à l'aube.

— … C'est pour quoi ?

— Chef de police Banning, madame.

La porte s'ouvrit sur une combinaison à fleurs qui peinait à contenir les formes épanouies d'une femme de quarante ans en léger surpoids. La rougeur des joues et le parfum poivré de sa peau moite trahissaient l'activité à laquelle Mrs Strahans se livrait un instant plus tôt.

— Bonjour shérif.

— Madame.

Il afficha un sourire poli tout en ôtant sa casquette et s'excusa du dérangement avant de justifier sa présence à cette heure la plus torride de la journée.

— Il y a eu un vol avant-hier sur le parking du musée de la mine à Jerome. Un véhicule de touristes a été vandalisé.

— Qu'est-ce que j'ai à voir avec ça ?

— Oh ! rien, m'dame. Mais d'après les premiers éléments que nous avons recueillis mes collègues et moi-même, il semblerait que la personne que nous recherchons et qui pourrait être impliquée dans cette affaire possède un casque de moto similaire à celui de votre fils.

Mrs Strahans donna un petit coup de pouce contre le filtre de sa cigarette pour en faire tomber la cendre.

— Sonny ?

— Il s'agit d'une simple vérification. Je rends visite à toutes les personnes ayant fait récemment l'acquisition de ce modèle. Laissez-moi vous montrer…

Il extirpa d'une poche arrière de son pantalon le catalogue plié en deux et l'ouvrit à la page 7.

— … Est-ce que le casque de votre fils ressemble à celui-là ?

Mrs Strahans porta la cigarette à ses lèvres et recracha un nuage de fumée sur le catalogue.

— J'en sais rien.

— Votre fils serait-il présent à votre domicile, madame ?

— Il est dans sa chambre.

— Puis-je lui parler ?

Sans le quitter des yeux, Mrs Strahans rejeta nerveusement ses cheveux derrière les épaules.

— … Sonny ! Ramène tes fesses ! Y a un shérif qui te demande !

Le plafond était si bas que Gary eut le réflexe de rentrer la tête dans les épaules une fois passée la porte : la clarté semblait s'être désintéressée de cette maison depuis toujours et les meubles paraissaient bien trop volumineux pour une si maigre superficie. L'entrée donnait sur une cuisine américaine en bois massif d'une valeur deux fois supérieure à celle de la baraque et qu'on avait dû poser au chausse-pied. Au fond du living, pris en tenaille entre un canapé et un meuble hi-fi ployant sous un téléviseur, un ventilateur brassait l'air sans répit.

— Si ça vous dérange pas d'attendre dans la cuisine, shérif… Je vous sers quelque chose à boire ?

— Non merci.

— J'ai de la citronnade.

— C'est gentil mais non.

— Vous voulez pas vous asseoir ?

Le chef de police leva une main en signe de refus. La femme aspira une bouffée de cigarette, un bras replié sous sa poitrine.

— J'espère qu'il a pas fait de connerie parce que cette fois, le juge ne va pas le louper…

Gary tourna machinalement la tête vers la fenêtre, un juron lui échappa.

— Ne bougez pas de là, ordonna-t-il.

Il sortit d'un pas rapide, une main posée sur l'étui de son arme. Au milieu de la rue, un gamin torse nu poussait sa moto pour la démarrer discrètement quelques mètres plus loin.

— Sonny Strahans ! lança le shérif.

Le premier réflexe du jeune homme fut de grimper sur son engin. Gary retira l'arme de son étui.

— Fais pas l'idiot Sonny et descends de cette moto tout de suite !

Après quelques secondes d'hésitation, le jeune motard obtempéra, frappant d'un poing rageur le guidon.

— Mets les mains sur la tête, petit !

— Oh ! merde, Sonny !

La mère avait surgi de la maison ; elle découvrait la scène, pieds nus sur le goudron brûlant. Gary tendit un bras, paume tournée vers elle.

— Restez où vous êtes, madame !

— Sonny !

Des visages apparurent aux fenêtres des habitations voisines, puis un homme en caleçon sortit à son tour de chez les Strahans, ébloui par le soleil.

— Oh ! mon Dieu, Mike ! Je le savais, je le savais ! se mit à gémir Mrs Strahans en l'apercevant.

Son fils venait de jeter au panier ses dernières espérances.

Imperturbables, dissimulées sous les feuillages des buissons, les sauterelles vert olive, comme habillées de taches de nacre, poursuivaient leurs vocalises.

Les meurtres étaient à présent classés chronologiquement et par catégorie. Ce qui frappa Desmond, c'était l'espacement de temps et de lieu : s'il tenait le rythme d'une à deux victimes par an, opérait sur la Route 66 et plus généralement l'été, rien dans les déplacements du tueur ne relevait d'une quelconque logique.

— Il faut chercher ailleurs, dit-il. Revenir au mobile des crimes.

Contemplant un paysage d'ombres et de verdure, Lola se tenait devant la baie vitrée dont la surface tiédissait au fil des heures.

— *Plaie d'argent n'est pas mortelle*.

— Vous dites ?

— C'est un proverbe français.

— Et quelle en est la signification ?

— Vider son compte en banque ne conduit pas fatalement à la mort, en théorie.

Desmond arpentait le salon, les mains fourrées dans les poches de son short.

— OK. Mobile : l'argent. Mode opératoire : pas de mode opératoire mais une approche similaire de ses victimes qu'il influence psychologiquement pour obtenir d'elles de l'argent. Quand elles ne peuvent plus rien lui rapporter, il les élimine ou les pousse à se donner la mort. Et là, on ne note pas de méthodologie récurrente, notre homme va au plus pratique, à ce qui a marché précédemment... Dans le cahier, est-ce qu'il exprime un plaisir particulier dans l'acte de tuer ?

— Non. Il tue parce qu'il n'a pas d'autre choix. Un peu comme quand on a préparé le repas, après il faut faire la vaisselle.

La comparaison de Lola le fit sourire.

— Ce n'est pas le profil d'un tueur en série au sens strict du terme, alors, plutôt celui d'une femme au foyer.

— Comment dit-on *sexiste* en anglais ?

Un petit air narquois accentua la fossette à son menton.

— *Iron my shirt*[1]. Si on fait une liste des armes qu'il utilise parfois, ça donne quoi ?

Lola se rapprocha du climatiseur mural et roula les manches de son tee-shirt au-dessus des épaules.

— Couteau de cuisine, batte de base-ball, fer à repasser... Comment dit-on *cendrier* en anglais ?

— *Ashtray.*

Il y avait bien un hématome en haut du bras droit de Lola. Desmond en fut presque ému.

— *Tournevis* ?

— *Screwdriver.*

— Et *tondeuse à gazon* ?

Il demanda quel était le sens de ce mot.

_____

1. En 2008, lors de l'investiture démocrate, Hillary Clinton avait enduré des propos sexistes de la part de certains militants qui scandaient à l'adresse de la candidate : *Iron my shirt !* (« Repasse ma chemise. »)

— On se sert de cette machine pour « raser le gazon » en quelque sorte.

— *Lawn-mower*.

— *Lawn-mower*… Barbare.

— Il a vraiment tué avec ça ? grimaça Desmond. Je n'ai rien vu de tel dans le blog.

— Non ? Alors quelqu'un l'a échappé belle.

Dehors, la température était montée à plus de 41° C. Si la pièce n'avait pas été rafraîchie par la climatisation, l'un et l'autre n'auraient plus été en état de plaisanter ni de réfléchir, anéantis par la chaleur. Le professeur s'approcha de Lola : une fièvre étrange contrariait le métronome de sa pensée dès qu'il laissait son regard vagabonder sur elle.

— Ça vous fait mal ?

— Quoi ?

Il effleura sa peau comme on esquisse maladroitement une caresse.

— Votre épaule.

— Oh, ce n'est rien.

Le bourdonnement léger du climatiseur dénonça le silence qui suivit.

— … Je n'arrive pas à croire qu'il ait pu commettre tous ces meurtres sans jamais être arrêté, reprit Desmond, changeant prudemment de sujet. Surtout pour les crimes postérieurs à 1988. Il a bien perdu un cheveu, écrasé un mégot quelque part, bu dans un verre… Les flics ont certainement procédé à des relevés d'ADN…

— Ils font ça aussi dans le cas de mort accidentelle ou de suicide ?

De nouveau, il parcourait la pièce de long en large.

— Non, sauf si quelque chose leur paraît suspect…
Notre homme ne garde aucun objet appartenant aux
victimes ?

— Ça ne me dit rien.

— Pas d'autres motivations en dehors de l'argent ?

— N'oubliez pas les motards… Et ce serveur qui
passait l'aspirateur sous son nez pendant qu'il dînait à
Holbrook.

— Il n'aime pas qu'on lui manque de respect.

— Notre tueur a des principes.

— Pas de crime à caractère sexuel ?

Lola se détourna de la baie vitrée.

— Rien de ce côté-là. Il ne semble pas avoir grand-
chose à se prouver sexuellement. Et il séduit facilement
les femmes.

— Mais il tue comme on fait la vaisselle.

— Ou comme certains vont à la chasse et bricolent le
dimanche, compléta-t-elle, facétieuse. Seulement il ne
tire aucune gloire de ses actes. Il est veuf, ses papiers
sont en règle, et sa voiture bien entretenue comme tout
bon voyageur de commerce.

Desmond s'immobilisa.

— Qu'est-ce que vous avez dit ?

— Qu'il entretenait bien sa voiture.

— Voyageur de commerce… Sa marchandise,
qu'est-ce qu'il vendait ?

— Le genre de choses qui plaît aux « ménagères » :
jolies nappes, belle vaisselle… Comment dit-on
argenterie ?

Desmond reprit sa place dans le fauteuil avec une
lenteur singulière.

— Sur votre blog, l'identité des victimes est toujours
révélée, celles de ma famille exceptées…

— C'est vrai, leur nom n'apparaît pas dans le cahier.

— Pourquoi faire exception ?

— Dans le récit, ce souvenir l'épouvante. Il en parle d'une façon étrange, comme s'il ne se considérait pas responsable de ses actes ou qu'il n'était plus lui-même.

Desmond agrippait les accoudoirs du fauteuil sans même s'en rendre compte.

— Vous voulez dire, comme si quelqu'un d'autre avait agi à sa place ?

Lola jouait avec son pendentif, promenant le scarabée doré d'une extrémité à l'autre de la chaîne. Elle allait répondre lorsque le téléphone portable de Desmond vibra sur la table.

— … Excusez-moi.

Il prit l'appel dehors sur la terrasse. La chaleur le saisit à la gorge.

— Salut Gary. Je t'écoute… Eh bien, commence par la mauvaise…

Il baissa la tête, passa une main dans ses cheveux. Ceux-ci se replacèrent de façon symétrique de chaque côté du visage.

— Et la bonne ?… Formidable !… Où ça ?… C'est une blague ?… Gary, ce type a une œuvre exposée en plein centre de Sedona… Vraiment ?… Je vais le lui dire… Oui, elle est avec moi… On y travaille… Bon, ça va, oublie mon horoscope et donne-moi l'adresse… OK.

Il revint au salon en nage mais ses yeux brillaient d'un bleu glaçant lorsqu'il s'adressa à Lola.

— Gary croit savoir où se trouve votre PC.

— Et le cahier ? demanda-t-elle aussitôt.

Il inspira profondément avant de lui donner réponse.

— Le gamin qui a dévalisé votre voiture l'a brûlé.

Quartier ouest de Sedona

Gary patientait à l'intersection de Mockingbird Lane et de Wanderings End Lane. Desmond gara le 4 × 4 derrière le véhicule de police sur le bas-côté de la voie. Les deux hommes se donnèrent l'accolade.

— Le gamin n'a rien voulu lâcher, expliqua Gary. C'est la mère qui a vendu la mèche : figure-toi qu'elle a demandé à son amant plombier de suivre discrètement son fils avec le pick-up, histoire de voir ce qu'il trafiquait. Son pote Jason lui avait dit qu'un des clients de son père qui est jardinier rachetait à un bon prix du matériel informatique obsolète. Le petit s'est dit que ça irait plus vite de se débarrasser de la came comme ça plutôt que sur Internet. Alors hier soir, quand le plombier a vu le gamin sortir de chez le sculpteur avec son sac de sport vide, il a…

— Gary.

— … Oui ?

302

— Je ne comprends rien à ce que tu me racontes.

— Vraiment ? C'est pourtant clair. N'est-ce pas madame Lombard ?

Il se tourna vers Lola : elle nouait délicatement un élastique dans ses cheveux. Avec ses baskets blanches et son short, on aurait dit une athlète s'apprêtant à courir un marathon.

— Ce que je viens de dire, vous avez compris, non ?

— Parfaitement.

— Bah ! tu vois ?

Desmond sourit sans desserrer les lèvres, il n'était pas d'humeur. Gary désigna un portail en fer forgé.

— La maison pueblo avec les sculptures en métal qui tournicotent dans le jardin, c'est là.

Il frappa le bas de son pantalon beige pour en chasser la poussière et retira sa casquette.

— Bon, je vous attends au frais dans la voiture.

— Comment ça ?

— Je ne suis pas dans ma juridiction et même si c'était le cas, il me faudrait une autorisation de perquisition que je n'ai pas encore demandée. Mais pas de souci, j'ai prévenu l'artiste de votre visite.

— Tu lui as dit quoi exactement ?

Le shérif reluquait le short de Mme Lombard : dos tourné, les mains sur les hanches, la posture était avantageuse.

— Bah ! que vous faisiez votre liste de mariage…

Desmond se plaça dans son champ de vision, écrasant le gravier sous ses semelles.

— Gary, qu'est-ce que tu as négocié avec lui ?

Le shérif passa une main sur sa nuque humide.

— Je lui ai dit que si Mme Lombard récupérait son bien, elle laisserait tomber sa plainte.

Un bourdonnement de gâchette commandée électriquement précéda l'ouverture du portail. L'aubade du vent fleuretant avec les sculptures futuristes qui jalonnaient l'allée ne sembla pas émouvoir Lola. Certaines déployaient vers elle des cuillers à soupe dans un mouvement de torsion persistante.

— Vous auriez dû y aller sans moi, Desmond. Je ne suis pas très à l'aise.

— Vous seule pouvez identifier le matériel qui vous a été volé.

Elle relâcha l'air de ses poumons. Ses cheveux réunis en queue-de-cheval chatouillaient son cou.

— Je n'aurais jamais dû lire ce fichu cahier !… J'ai horreur de me rendre chez des gens que je ne connais pas en short et baskets. Et ce type a tout copié sur Calder et Duchamp !

— Vous vous y connaissez en art contemporain ?

— Le père d'Annette est professeur à l'école des Beaux-Arts de Nancy. J'ai été une de ses élèves.

Le silence de Desmond pondéra ce ravissement qui parfois lui montait du cœur. Cette femme n'avait de cesse de le surprendre.

Une blouse de peintre bleu nuit aux manches bouffantes, un pantalon treillis et des mocassins en daim noircis par la crasse, le propriétaire des lieux s'excusa de les recevoir dans sa tenue de travail.

— Professeur Blur, enchanté de faire votre connaissance. Madame Lombard, je vous en prie, entrez.

Desmond remarqua que sa lèvre inférieure était plus volumineuse que l'autre, comme souvent chez les fumeurs de pipe. Celle qu'il tenait dans sa main droite dégageait d'agréables parfums de vanille et cannelle.

— Le shérif Banning m'a dit que vous aviez d'importants travaux de recherche enregistrés sur votre disque dur, madame ?

— En effet.

— Je suis vraiment désolé que ce jeune garçon vous ait causé des soucis.

Michael Craig Whitaker travaillait à une nouvelle série de sculptures et selon ses dires, celle-ci était la cause de ces déboires :

— Le mal engendre le mal, n'est-ce pas professeur ?

— La délinquance n'a rien à voir avec la génétique, pondéra Desmond.

— Vous enseignez la criminologie à Chicago, c'est bien ça ?

— La sociologie du crime, pour être exact.

— Bougrement intéressant... Ce que notre société de consommation engendre ne s'arrête pas aux objets manufacturés : notre jeunesse, hélas, est devenue aussi prévisible que ces logiciels de jeux d'une extrême violence dont elle reproduit les schémas morbides... Venez, c'est par là.

Il les conduisit à son atelier par une allée qui menait de la maison vers un autre bâtiment, elle aussi bordée d'œuvres cinétiques formées de fils et de pièces métalliques rouillées. L'homme marchait à grands pas, balançant ses bras maigres, mettant en péril l'équilibre d'un curieux béret noir qui penchait sur son crâne.

— J'ai pour habitude de concevoir mes créations à partir de déchets non recyclables ou dont la dégradation opère une mutation particulièrement lente et intéressante, comme le caoutchouc des pneus et les canettes de bière…

— J'ai vu quelques-uns de vos assemblages à la galerie de Ken Grimm, commenta Desmond.

— La série *High Desert Pieces*, oui. 85 % de déchets minimum par composition.

— Un concept intéressant.

— J'imbrique à des matériaux fabriqués par l'homme de la matière organique décomposée. On n'imagine pas les outrages que notre civilisation moderne fait subir à la nature… C'est par ici, madame Lombard.

L'atelier du plasticien était aménagé dans d'anciennes écuries dont la toiture avait été remplacée par une verrière teintée pour minimiser les effets du soleil. Chaque box contenait un certain type de matériaux, le plus impressionnant étant celui rempli de jerricanes d'essence – pas loin d'une centaine de pièces. Des douze box d'origine, seulement six avaient été conservés et les murs abattus pour libérer de l'espace. Des caisses et des cartons ployaient sous un fatras d'objets hétéroclites en attente d'être triés.

— Tout ce qui se trouve ici, je l'ai ramassé sur le sable du désert.

Dans un vacarme assourdissant, un ouvrier latino en bleu de travail manœuvrait une presse hydraulique. L'artiste éleva la voix pour se faire entendre.

— Dès que le shérif m'a contacté, j'ai demandé à mon assistant de mettre vos affaires de côté !

Il se dirigea vers un établi en bois poussé contre le mur. Assemblage de coques d'ordinateurs pliées et fracturées, morceaux de bois secs rainurés par l'usure incrustés de verre brisé, une étonnante sculpture se dressait là, prise dans un étau. Le plasticien laissa retomber ses épaules et ouvrit les bras, christique.

— La première de ma nouvelle série : *Vanished Totem.*

Lola se fendit d'un sourire.

— Fascinant, dit-elle.

Desmond hocha le menton.

— Vous comptez en fabriquer beaucoup ?

— Sept.

— Les sept péchés capitaux ?

— Pour ne rien vous cacher, professeur.

Whitaker tapa sa pipe contre le bord de la table pour en vider le contenu.

— L'enjeu écologique nous dépasse : surpopulation, surconsommation, nous adulons des dieux aussi éphémères que les outils que nous produisons.

— Je comprends mieux à quoi vous destiniez le matériel informatique volé à Mme Lombard.

L'homme fourra un peu de tabac dans le fourneau de sa pipe.

— J'ignorais qu'il était volé, monsieur Blur. Ce jeune garçon Sonny m'a assuré le contraire.

— Vous auriez dû réclamer les factures.

— Certes.

Il alluma sa pipe à l'aide d'un vieux briquet.

— Ce ne serait pas les consoles portables de mes enfants là-bas ? questionna Lola, levant un index en direction d'une table de tapissier au fond de l'atelier.

Il acquiesça au milieu d'un nuage de fumée.

— Je vous les apporte.

L'artiste s'éloigna, sa chemise ondulant sur ses flancs tel un drapeau dérisoire.

— Ce gars doit vendre cette pièce pas loin de mille dollars, dit Desmond à voix basse.

Le nez de Lola se plissa.

— César faisait la même chose dans les années soixante. Sauf que ça, c'est beaucoup plus laid.

— César ?

— Les petites statuettes que les Français remettent chaque année au cinéma comme vous le faites avec les oscars… Ce sont des compressions.

La voix murmurée de Lola était comme une musique improvisée dont l'audition charmait l'oreille. Sous la verrière, la peau de son visage devenait satin et ses joues prenaient une teinte abricot.

— Voici !

Whitaker revint vers eux d'un pas véloce avec la PSP de Gaston, la DS d'Annette et un PC portable.

— Tenez. Encore toutes mes excuses, madame Lombard. Vraiment, si j'avais su…

Le visage de Lola se troubla.

— Ce n'est pas mon ordinateur, dit-elle.

— Pardon ?

— Il lui ressemble, c'est un Sony, mais ce n'est pas le mien.

— Vous en êtes certaine ? demanda Desmond.

— Oui. Le mien a un petit autocollant sur le capot.

L'homme alla aussitôt se renseigner auprès de son assistant. La discussion s'anima rapidement. Tous deux parlaient mexicain en agitant les bras.

— Vous comprenez ce qu'ils disent ? chuchota-t-elle.

Desmond retenait son souffle. Ce qu'il devinait de la scène n'était guère encourageant.

— L'autocollant dont vous venez de parler, que représente-t-il ?

— Un Lapin Crétin. C'est un personnage de jeu vidéo. Gaston en colle partout.

— *Crazy Rabbit*. Approprié.

À présent, l'artiste et son assistant promenaient leur regard alternativement sur Lola et la sculpture. Desmond croisa les bras en soupirant.

— À combien estimez-vous la valeur de votre PC, Lola ?

— Pourquoi ?

— Je crois que quelqu'un ne va pas tarder à vous faire une offre.

Sagittarius (Nov. 23 – Dec. 21)
Speak evil of self is not a viable option.

Il conduisit sans mot dire, fuyant l'embarras de sa contrariété, un peu gauche dans sa façon de regarder sa voisine à la dérobade. Sur son siège, Lola s'exerçait à la transparence, réduisant sa présence à une respiration, pestant contre ce sentiment coupable qui la tétanisait. Elle avait réveillé en cet homme un espoir, agité un mouchoir devant ses yeux pour mieux le voir s'écraser contre un mur. Elle en était désolée. Le disque dur broyé, un souffle glacé venait de balayer la dernière espérance comme s'efface une empreinte dans le sable.

De naufrage en naufrage, Lola s'était habituée à ce que les rires éclatent dans la bouche des autres, à ce que les autobus lui passent sous le nez et les espérances se fracassent dans l'air à la manière d'un feu d'artifice. Mais Desmond, lui, ne se faisait pas au destin : il l'endurait à son corps défendant. Sur la page que lui consacrait *Wikipédia*, l'image d'un blondinet de huit ans aux yeux clairs infiniment mélancoliques marquait bien plus les esprits que le cursus élogieux et flatteur déroulé dans la colonne voisine. Une paume chaleureuse enveloppa son genou gauche.

— Ça va ? La clim', pas trop froide ?

— … Ça va.

Ses muscles se relâchèrent, une tension d'un ordre tout autre, maintenant, ondoyait en elle.

Desmond enclencha le clignotant et gara le 4 × 4 sous le porche de l'hôtel. Lola descendit la première et respira l'air touffu gorgé du parfum des cyprès. Parmi les rires dont l'écho lui parvenait de la piscine, elle tenta de déceler ceux de ses enfants, revenus en milieu d'après-midi de leur excursion. Le texto d'Annette reçu vers midi l'avait fait sourire : *Le 4 × 4 roule au biocarburant. Passe par des coins incroyables. Un peu mal au cul à cause de la route.*

Claquement de portière.

Le conducteur vint près d'elle et s'appuya contre la voiture, mains dans les poches. Son regard bleu traduisait une lassitude presque suffocante.

— Je vous appelle dans la soirée ?

Lola avait retiré l'élastique de ses cheveux ; elle repoussa une mèche qui barrait son visage.

— D'accord.

— Je vais… je vais continuer à avancer avec les éléments que nous avons. Faire une synthèse. J'ai probablement reçu de nouveaux mails concernant notre affaire. Nous poursuivrons notre travail demain si vous êtes toujours d'accord.

Elle hocha la tête, esquissant un sourire, rien qu'un voile derrière lequel le doute la tenaillait : et si elle oubliait tout ? Et si les dates, les noms et les lieux se mélangeaient dans sa tête ? Comment pouvait-elle se souvenir de quatre-vingts pages d'un récit racontant la désastreuse ascension du tueur ?

Desmond glissa une main sous son bras gauche au niveau de l'aisselle. Un silence se fit, pareil à celui qu'observe un homme seul perdu sur un chemin désert.

— Alors à demain, Lola.

— À demain.

Il s'approcha d'elle et la serra amicalement dans ses bras. Les sucs de sa peau dégageaient des arômes de cèdre, de poivre et de vétiver.

Son 4 × 4 s'éloigna doucement avant de stopper net quelques mètres plus loin dans un crissement de pneus. Une main sortit alors de l'habitacle, agitant un objet rectangulaire : la PSP de Gaston.

— Je peux te voir ?… Dans une heure ?… Si tu veux… Évidemment, je ne viens pas seul… À tout à l'heure Éleda.

L'éloquence muette de ce qui était évident.
Un secret trop simple, trop insupportable.
Représentation barbare.
Braidwood. Santa Rosa. Doolittle. Adrian. Sapulpa. Twin Arrows. Tucumcari. Mac Lean. Mitchell. Laguna. Tulsa. Baxter Springs. Stanton. Vega. Holbrook. Petersburg. Galena. Springfield. Carthage. Groom. Devil's Elbow. Oklahoma City… Des cadavres éparpillés sur la route comme on sème des cailloux.
Il referma l'écran de son iBook.
Replia les montures de ses lunettes.
La douche froide lui fut presque douce. L'oppression au niveau du thorax diminua suffisamment pour qu'il renonce à un second whisky et repousse le verre du dos

313

de la main. Desmond se rhabilla. Un instant plus tard, il faisait grimper Bonnie dans le coffre du 4 × 4.

Trop d'indices l'avaient mené là, tel un funambule marchant les yeux bandés avec arrogance. Et Lola avait retiré le bandeau sans crier gare.

Après l'avoir déposée à son hôtel, Desmond s'était empressé de s'enfermer dans le bureau hexagonal pour y consulter les agendas de son père, cherchant à la lumière de chaque page la confirmation d'une hypothèse – la raison pour laquelle Benjamin Blur les aurait religieusement conservés durant plus de trente ans.

Cette lecture l'avait plongé dans le désarroi.

Dorénavant, le doute parasitait ses pensées.

Prononcée par Éleda le jour des obsèques à propos du tableau peint par Pierre Lombard, une phrase le mettait au supplice.

Ne trouvez-vous pas que votre père lui ressemble ?

Il franchit le portail de la maison aux murs couleur cactus et gara son véhicule dans la petite cour pavée qui mordait sur le jardin.

— Te voilà ! Entre, Desmond.

Éleda Deronse le prit dans ses bras, fraîche et sereine en robe longue couleur brique.

— Il faut que je te parle, lui souffla-t-il à l'oreille.

Il se laissa entraîner jusqu'au salon, suivant la dame aux pieds nus. De lourds bracelets de perles et de bronze teintaient à ses poignets.

— Tu devrais faire comme moi et te mettre à l'aise. Ce carrelage est une bénédiction.

Elle tapa dans ses mains.

— Allez, viens Bonnie ! j'ai quelque chose pour toi dans la cuisine…

Talonnée par la chienne, elle l'abandonna un instant.

Une lumière orange sanguine inondait la pièce que traversait une brise légère, agitant les mobiles de cristal suspendus aux poutrelles du patio. Desmond demeura debout, aveugle à la beauté du soleil couchant, comme englué dans de la cire. Son téléphone vibra. Un message de son éditeur : le professeur Desmond G. Blur n'avait pas confirmé la date de sa prochaine conférence prévue en août dans l'État de New York. Le portable retourna dans la poche.

— Tu boudes mon canapé ?

La maîtresse de maison revenait avec les boissons. Il fit trois pas vers la terrasse, incapable de savoir de quelle manière tourner la chose. Éleda se rapprocha de lui et glissa une main rassurante sous son bras droit.

— Dis-moi ce qui ne va pas, Desmond.

Parure de sagesse, des taches ocre saupoudraient la peau d'Éleda du cou jusqu'à la naissance des seins.

Commencer par le début.

— La femme de Bobby Wyatt est ici.

— Sa femme ?

Elle souleva les sourcils, incrédule.

— Éleda, tu dois me dire tout ce que tu sais sur cet homme et sur la relation qu'il entretenait avec mon père.

Bonnie somnolait sous la table qui avait été dressée sur le patio. Ponctuellement, son museau décollait du sol pour humer les parfums de fleurs qu'exhalait le jardin. Éleda avait préparé une salade de tomates, vinaigrette au cumin et pignons grillés, accompagnée de tortillas. Desmond mangea sans faim tandis qu'elle esquissait le portrait d'un artiste bohème apparu un an environ avant le décès de Benjamin. Débarqué à Flagstaff avec pour seul bagage une guitare, il se produisait certains soirs dans un bar, chantant des standards de rock des années soixante. Benjamin s'était joint à lui sur *Oh ! Pretty Woman*, ils ne s'étaient plus quittés. Éleda savait peu de choses sur « sa vie d'avant », sinon qu'il venait de San Francisco.

— Bobby est quelqu'un d'étonnament intelligent et cultivé comme on peut en voir arriver parfois de Californie sans un dollar en poche. Nous avons dîné tous les trois chez Benjamin quelques semaines après leur rencontre. Ton père et lui étaient déjà très amis. Bobby l'aidait à la boutique… Il faisait beaucoup rire ton père.

— De quoi avez-vous parlé ?

— D'art et de musique. C'est là que Bobby nous a avoué avoir été peintre dans sa jeunesse.

Éleda replia sa serviette, la posa délicatement sur la table.

— … Ton père le relançait sans cesse : *Il faut t'y remettre, Bobby ! Quand on est artiste, on l'est toute sa vie !* C'était touchant. Le lendemain, je suis passée à la boutique avec quelques toiles, des pinceaux et de la peinture acrylique. Bobby était là, il en pleurait presque.

— Il a installé son atelier dans la remise ?

— Ben le lui a proposé. Je crois qu'il lui a aussi donné un peu d'argent pour qu'il s'achète une moto d'occasion. C'est pour ça que Bobby m'a demandé si je pouvais exposer son travail dans l'une de mes galeries durant l'été. Il avait l'espoir de vendre ses toiles pour le rembourser.

Desmond se servit un deuxième verre de vin, retenant sa respiration par à-coup. Son père ne lui avait jamais prêté le moindre argent. Sa première voiture, il se l'était payée en économisant sur deux années de salaires. Un tacot qui avait rendu l'âme au bout de six mois.

— Sa peinture, qu'est-ce qui l'inspirait ?

Éleda recula sa chaise, étendit ses jambes.

— Tout ce qui se rapporte à la mythologie des années soixante. Calandres de voitures, *diner's*, juke-box… Puis il a fait ce portrait étrange.

— *Le tueur de la Route 69.*

— De loin son plus mauvais tableau.

La question de Desmond fut comme une flèche immobile.

— Tu trouves toujours que le personnage ressemble à mon père ?

La dame ferma les yeux, concentrant en elle le souvenir.

— Les dernières semaines avant sa mort, ton père pesait à peine cinquante kilos. Bobby a peint un homme au seuil de sa vie.

Telle une barque quittant la rive, l'image du corps décharné et jauni de son père entrevu sous un drap à la morgue traversa l'esprit de Desmond.

— De quoi parlaient-ils ? soupira-t-il.

— De tout. Mais ils avaient une passion commune pour les antiquités et la Route 66. Je suppose que cette toile est une sorte d'hommage à Benjamin. Pourquoi l'avoir intitulée *The Route 69 killer*, en revanche, ça, je l'ignore.

Éleda se servit un peu d'eau fraîche puis enchaîna :

— … Cette Française que tu as rencontrée serait donc sa femme ?

— Oui.

— Pourquoi aurait-il fait une chose pareille ? Abandonner son épouse et son fils… Un homme si spirituel, si gentil… C'est incompréhensible.

— Les pères font ça parfois, Éleda.

Elle leva les yeux sur lui, déconcertée par la réponse à double sens.

— C'est ce que tu penses : tu penses que Ben t'a abandonné ?

Desmond se contenta de soulever les sourcils.

— As-tu seulement songé à ce qu'il pouvait ressentir au fond de lui, Desmond ?

— Il était trop occupé à me reprocher de ne pas avoir su protéger ma mère et ma sœur.

— Tu te trompes. Ton père se considérait comme le seul responsable du drame qui est survenu à ta famille.

Elle quitta la table et fit quelques pas sur la terrasse.

— Quand j'ai fait sa connaissance au début des années soixante-dix, nous étions tous les deux encore mariés. On s'est aimés d'une manière déraisonnable. Mais Ben ne voulait pas divorcer. Il se refusait à quitter ta mère.

Éleda s'approcha d'un laurier en pot dont les feuilles jaunissaient à la base. Machinalement, elle les détacha une à une, les gardant au creux de sa paume.

— Il t'a laissé partir, car c'était pour toi la seule façon de te construire. Il avait en lui bien trop de regrets. Ton père ne riait jamais, Desmond. Jusqu'à ce que Bob arrive et lui raconte une de ses blagues idiotes… Cet homme l'aura accompagné dans les ultimes instants de sa vie. Il puisait en lui ses dernières forces, comme on s'accroche à une image pieuse avant d'aller livrer son dernier combat.

Un sourire amer barra le visage de Desmond.

— Tu parles d'une image pieuse… marmonna-t-il.

Il repoussa bruyamment sa chaise sur le carrelage et se rapprocha de la femme aux pieds nus.

— Je ne suis pas parti de chez « mon père », Éleda. Pour la simple raison qu'il ne vivait plus avec nous depuis des années. Il ne faisait que passer à l'appartement de Lincoln Park déposer son linge sale.

— Ne dis pas ça.

— Tu ne t'es jamais demandé ce que mon père fuyait ? Pourquoi il préférait la route aux bras de sa femme ?

Éleda déplia les doigts, libérant les feuilles du laurier qui retombèrent dans le pot.

— Ils ne s'aimaient plus Desmond, pour quelle autre raison ?

— Pour quelle autre raison ?

Le fils avait bien une hypothèse.

Il passa une main dans ses cheveux.

— … Je n'en sais rien Éleda, je n'en sais foutre rien.

Sedona savourait sa nuit de velours. Alanguie sur une chaise en fer forgé rembourrée de coussins, Lola s'étonnait de l'éclat des étoiles. Depuis la terrasse de la chambre, habillée d'une simple chemise, elle goûtait à la tiédeur du vent, suivant des cils le trajet courbe de la lune. Annette et Gaston s'étaient endormis vers 23 heures, épuisés par leur journée, leurs consoles miraculées sous l'oreiller. Demain, l'officier « baby-sitter » Cindy Burgess venait les chercher à l'hôtel vers 11 heures pour leur proposer un pique-nique près d'une rivière à Dead Horse Ranch State Park. Elle ignorait combien de temps durerait pour eux cette parenthèse où chaque instant se gonflait de légèreté. Ces bouffées de bonheur étaient bonnes à prendre, et pourquoi pas envisager une collection.

— Écrabouillé, ton Sony ?

En fin de journée, à la piscine de l'hôtel, lorsqu'elle avait annoncé en aparté à sa fille la compression fortuite de l'ordinateur, la destruction du cahier et la grande difficulté dans laquelle le professeur et elle seraient dorénavant pour remonter la piste du tueur, Annette avait affiché une mine boudeuse, comprenant qu'elle était au centre de tout ce gâchis.

— Vous allez faire quoi alors ?

— Le professeur va m'ouvrir le cerveau et picorer dedans avec une pince à épiler.

— Tu n'as pas gardé une copie à la maison ?

— Si j'avais su que ce cahier raturé et corné avait autant de valeur, je l'aurais fait, crois-moi.

Annette avait hoché la tête avec ce petit air circonspect qu'elle tenait de son père et remit à ses oreilles les écouteurs de son iPod. À cet instant, sa mère aurait aimé pouvoir agir de la même manière : replier sur elle une voûte mélodique voluptueuse et stérile.

Une vibration du téléphone posé sur la table en céramique la fit tressaillir. Un message de Desmond :

Je vous prends demain à l'hôtel à 9 h 30 ?

Le doux rappel à l'ordre des choses. Elle répondit d'un ton égal :

OK. Vous travaillez tard.

La suite fut moins factuelle.

Vous ne dormez pas ?

Comment dit-on « perspicace » en anglais ?

« Feeling lonely ». Pyjama ou chemise de nuit ?

Guerlain. Et vous ?

Bonnie.

☺.

☹.

Bonne nuit Desmond.

Bonne nuit Lola.

Elle s'accouda à la rambarde et resta encore un instant à tutoyer la lune, les yeux mi-clos. Remontant ses jambes, une caresse invisible lui rappela combien elle était vivante dans un monde où les cieux, fatalement, tiraient vers l'obscur.

Le bruissement des mobiles en bois creux suspendus à l'extérieur du bureau se confondait avec le frémissement du feuillage des arbres. Durant les quelques minutes qu'avait duré l'échange de SMS, Desmond s'était tenu à l'écart des ténèbres. De cette pièce faiblement éclairée au centre de laquelle il travaillait, une hostilité grondait. Frénétiques candidats au suicide, des moucherons tourbillonnaient autour de la lampe. Couchée devant la porte, Bonnie faisait acte de contrition : sentant son maître au plus mal, elle l'avait suivi jusqu'ici, oreilles basses. Il était revenu de chez Éleda plus ébranlé encore.

Envisager que Benjamin Blur puisse avoir commis le crime de l'abandon était déjà lourd. Ce que révélaient certains points de concordance entre le blog de Lola et les agendas les plus anciens allait bien au-delà du supportable.

Des noms de victimes étaient apparus au fil des pages.

Son père les connaissait.

Elles étaient de ses clientes.

Fidèles, peu méfiantes, faciles à séduire.

Les crimes s'étalaient de 1966 à 1997, soit l'ensemble de la période d'activité du voyageur de commerce. Il avait ensuite emménagé ici, à Sedona. Un point, cependant, se refusait à la logique : le fait que son père puisse s'attribuer le massacre de sa propre famille.

Ce souvenir l'épouvante… Il en parle d'une façon étrange, comme s'il ne se considérait pas responsable de ses actes ou qu'il n'était plus lui-même.

Dévoré par la culpabilité, il était possible que Benjamin Blur se soit attribué la responsabilité de ce drame et que le fondement même de ses futurs crimes réside là, par un phénomène de libération émotionnel.

Ce souvenir l'épouvante…

Lola avait ouvert une brèche.

Desmond s'accouda au bureau, saisit la bouteille de Jack Daniel's par le goulot. Des images du passé rejaillissaient sans vergogne : sa mère fourrant dans la machine les vêtements de son époux sans mot dire, la sacoche au cuir noir bien astiqué dans l'entrée, l'odeur forte du cigare provenant du salon, le froissement des pages du journal que Benjamin lisait, catatonique, tandis que les opéras de Wagner passaient et repassaient sur la chaîne stéréo, jusqu'à l'usure… Qui était cet homme aux abonnés absents ? Que faisait-il durant ces longues périodes où il désertait l'appartement, lorsqu'il ne négociait pas ses lots de vaisselle ? Quelle était la vraie nature de son rapport avec Bobby Wyatt alias Pierre Lombard ? Benjamin Blur était-il fou ?

Tout reprendre depuis le début, chronologiquement, creuser encore la mémoire de Lola en espérant mettre à nu des fruits moins noirs, ne pas perdre pied.

Son regard tomba sur les agendas qu'il avait jetés l'un après l'autre sur le sol : la tentation de tout brûler, mettre au bûcher l'origine du mal.

Desmond fit un pas vers le tableau ; le tueur le toisait depuis le mur du fond. Il l'empoigna, le retourna face contre le mur.

Casey Rosanky ne s'y était pas trompé.

Ils avaient ce même regard.

Les yeux d'un égaré.

VI

Caution : heavy drifting area ahead

Sticking its nose everywhere
turns out to be stressful.

Jeudi 14 juillet

Hôtel Best Western, Sedona

Le corps de Gaston flottait au milieu de la piscine déserte. Assise sur une chaise longue, une serviette autour de la taille, Annette ne prêtait pas attention aux ondulations soyeuses des cheveux affleurant la surface du bassin, mais observait plutôt le vol d'un rapace dans le ciel limpide. Une tête s'agita au milieu d'une multitude de bulles, Gaston se redressa d'un coup.

— Combien j'ai fait ?

Sa sœur jeta un œil à sa montre.

— Une minute quatorze.

Le garçon chassa dans ses mains l'eau de ses sinus.

— C'est tout ?

— Ben oui. Tu bouffes trop.

— Tu peux parler, miss Sundae !

Il l'éclaboussa en riant. Annette apprécia moyennement la plaisanterie : de l'eau avait giclé sur la petite table à côté de la chaise longue.

— T'es con ou quoi, et ma DS ? gronda-t-elle, retirant sa console de la table.

— Allez ! je recommence. Cette fois, je te bats.

— C'est bon, tu me fatigues avec tes apnées, là.

Elle retira sa serviette pour revêtir un tee-shirt et une jupe par-dessus son maillot.

— Où tu vas ?

— T'occupe.

— Maman a dit qu'on devait rester ensemble en attendant Cindy… J'ai trop envie de visiter Dead horse Ranch… Le ranch du cheval de la mort ! ajouta-t-il, tout réjoui.

Annette jeta un œil au couple de touristes qui barbotait dans le jacuzzi à quelques mètres d'eux.

— C'est pas un ranch mais un parc national avec une rivière, des pêcheurs et des aires de pique-nique. Je reviens. Mais toi, tu ne bouges pas de là.

— T'es chiante !

Elle retira sa montre qu'elle posa sur le bord de la piscine.

— Tiens. Ton chrono.

— C'est pas drôle tout seul.

Annette enfila ses tongs, prit la clé de la chambre et referma la grille derrière elle – la piscine n'était accessible qu'avec un passe. Elle rejoignit la réception et s'installa devant l'ordinateur réservé à la clientèle. Elle fut rapidement connectée à sa messagerie. Un ami, Valentin, lui avait répondu dans la nuit :

Salut beauté, t'as l'air de t'éclater aux States. Je bave de ne pas être avec toi. C'est dingue ton histoire de serial killer ! Je kiff trop ! J'ai fait ce que tu m'as demandé sauf que ça prend un temps de ouf. Je te passe déjà les premiers scans. C'est pas dans l'ordre, sorry, j'avais pas relié les feuilles et elles sont tombées en vrac sous le bureau quand j'ai cherché dans mon bordel. Faudra qu'on se capte un moment. Biz.

Elle cliqua aussitôt sur le fichier joint. Le texte apparut, pattes de mouches légèrement floues sur fond de papier ligné grisonnant. Elle déchiffra les premières lignes.

Elles en savent bien plus sur la mort que moi.

Parce qu'elles connaissent l'instant où suffoque ton âme.

Elles sont comme des frangines qui voudraient m'en apprendre toujours plus sur ce qui m'attend là-bas, derrière la ligne d'horizon, elles s'accrochent à mes doigts comme pour me dire : « Attends, j'ai pas fini de te raconter… »

Est-ce qu'elles la voient, la lumière ?

Captive consentante, plus fascinée qu'effrayée à l'idée de pénétrer un territoire interdit, la jeune fille se laissa avaler par sa lecture, jusqu'à ce que le souffle de la climatisation œuvrant pile au-dessus de ses cheveux mouillés ne la tétanise.

Aries (March 21 – April 20)
The rumblings in your body are
signs that you are somatizing
the pressure instead of revam-
ping the unworkable.

Un rai de lumière dorée fendait la pile de dossiers occu-
pant la moitié du bureau. Au plafond, un ventilateur brassait un air humide, agitant le mobile en nacre et coquil-
lage suspendu au chambranle de la porte. Lola se tenait
sur le seuil en jupe et débardeur blanc, fixant la ligne de
croix rouges qui traversait la carte des États-Unis punaisée
sur le lambris. Émanait de sa peau un parfum frais aux
tonalités d'agrumes et de jasmin. À sa gauche, assis
devant l'ordinateur, Desmond tapotait la fossette à son
menton. Tous deux avaient retiré leurs chaussures.

— Vous êtes certaine de ne rien avoir oublié ?

Lola réfléchissait, un mug de café entre les mains.

— Il y a cette secrétaire médicale au Nebraska. On
ne l'a pas mentionnée sur le blog parce que le meurtre
s'écarte trop de la route.

— Le Nebraska ? Quelle ville ?

— … Je ne sais plus… Le nom d'une région en Angleterre.

Desmond se rapprocha de la carte. L'esprit torturé par des images à la dérive, il avait peu dormi et deux sillons gris se dessinaient de chaque côté du nez.

— … Norfolk ?

— C'est ça.

— Quelle année ?

— 1966. Fin juillet. Peu après l'agression de votre famille.

Il marqua une croix au nord sur la carte.

— C'est à plus d'une journée de route… Des détails sur ce meurtre ?

— Le tueur s'est arrangé pour que la victime soit écrasée par sa propre voiture.

— Intéressant, racontez-moi.

Lola plaça une main à l'oblique de son mug.

— L'accès au garage était fortement incliné. Elle a sorti le véhicule, l'a garé en haut de la pente, et pendant qu'elle refermait la porte du garage, Warren Beatty a retiré le frein à main.

— Warren Beatty ?

— Elle a pris notre tueur pour un dévaliseur de banque, le genre beau gosse à la Clyde Barrow.

Il esquissa un sourire.

— Le nom de la victime ?

Elle resserra les doigts sur son pendentif, fouillant sa mémoire.

— Désolée.

— C'est assez pour contacter la police de Norfolk. La secrétaire, comment l'a-t-il rencontrée ?

— Au cabinet du médecin qui l'a soigné. Elle l'a hébergé chez elle quelque temps. Un jeune garçon l'avait sérieusement blessé à la cuisse, ajouta-t-elle du bout des lèvres.

Desmond reprit sa place dans le fauteuil de bureau.

— … Si j'avais été plus grand, je lui aurais ouvert le ventre. Manquaient dix centimètres.

Il désigna du menton la carte, caustique.

— Ça fait beaucoup de morts pour dix centimètres, non ?

— D'autres personnes ont croisé sa route avant vous. Et croyez-moi, ils étaient assez grands pour savoir que ça n'allait pas bien dans sa tête.

Une femme, dans cette pièce, persistait à le vouloir libre, détaché de son destin. Desmond se redressa. Fit craquer les articulations de ses doigts.

— On y retourne.

Chacun retrouva sa place devant le bureau, l'une face à la pile de dossiers, l'autre prêt à reporter leurs commentaires sur l'ordinateur.

— … Ce qu'il faut avant tout, c'est établir une liste des éléments qui pourraient nous permettre d'identifier le tueur. Bien souvent, ces types ont des papiers en règle et sont dans l'annuaire. Une manière bien à eux de narguer un peu plus la police. Est-ce que le cahier donne des indications précises concernant des lieux où notre homme aurait résidé de façon prolongée ? Le nom d'une ville ou bien un établissement scolaire qu'il aurait fréquenté ?

— Il y a deux établissements : une institution religieuse dans l'Oklahoma, et une maison de redressement qui devait certainement se trouver dans les environs de Saint-Louis.

— Généralement, les listes des élèves sont conservées dans les archives des écoles. Une idée de la période ?

— Difficile. Il faudrait calculer par rapport à sa naissance.

— Il la mentionne dans son récit ?

— Il raconte les circonstances de sa naissance, oui.

De l'index, Desmond chatouillait machinalement ses lèvres.

— Étonnant.

— Pourquoi ?

— En général, les assassins se focalisent sur leurs exploits meurtriers et sont peu loquaces au sujet de leur vie privée.

— Il faut croire que notre tueur est différent.

Lola inspectait le fond de son mug.

— … Il est né la même année que mon père, ajouta-t-elle, en 38.

— Quel mois ?

— Je l'ignore, mais il neige le jour où il pousse son premier cri.

— Une indication sur son lieu de naissance ?

— Detroit. Il habite un quartier pauvre. Un vrai cas social. Sa mère se prostituait plus ou moins et l'enfant était souvent gardé par une voisine que son mari alcoolique battait. Le petit ne supportait pas de voir sa mère avec des hommes. Comme il avait tendance à mordre au sang ceux qu'elle ramenait à la maison, elle a fini par le confier à ses parents dans l'Oklahoma. Mais le garçon ne s'est pas entendu avec eux ni avec son demi-frère qui vivait là. Il était très agressif, il a même blessé son grand-père en lui plantant un couteau dans le pied.

Desmond n'écoutait qu'à moitié, retranché derrière le mur transparent de ses pensées.

Detroit, Michigan.

Benjamin Blur était né à Detroit. Il avait ensuite été scolarisé à Afton, en Oklahoma. Était-ce dans une école catholique ? Il n'en savait rien. Sa gorge se serra.

— … Quelle mémoire, Lola.

— Je crois qu'il est placé en internat dans cette institution religieuse à l'âge de cinq ans.

— Donc en 43. Combien d'années ?

— Il sort quand il a dix ou onze ans, pour son anniversaire. Sa mère a refait sa vie avec un riche homme d'affaires à Saint-Louis. L'enfant rejoint la maison de famille et va porter le nom de son beau-père qu'il déteste.

— Un conflit d'identité… Pourquoi le déteste-t-il ?

— Je crois qu'ils ne s'apprécient ni l'un ni l'autre. Ils iront même jusqu'à se battre.

— Il arrive donc à Saint-Louis en 48 ou 49… OK. La maison de redressement, quelle période ?

Lola se débarrassa de la tasse et croisa les bras, retenant sa respiration avant de vider d'un coup ses poumons.

— … Je ne sais plus.

— On va déjà voir du côté de l'école.

En quelques clics, il lança la recherche. Siffla entre ses dents. Il existait une cinquantaine d'établissements religieux dans l'État d'Oklahoma.

— Bon sang, il nous faudrait le nom d'une ville.

Les petites plumes des *dreamcatchers* suspendus aux fenêtres se soulevaient par intermittence, plus légères que l'air. Lola secoua faiblement la tête.

— … Essayons une autre piste.

Desmond emprisonna son menton au creux de ses doigts, rétrécit son champ de vision. Benjamin Blur parlait peu de son enfance ; il évoquait rarement sa mère et disait ne pas avoir connu son père. Il se plaisait à dire qu'il s'était fait tout seul, à la force du poignet. Se pouvait-il qu'il ait occulté une enfance à ce point chaotique ?

— Vous pensez vraiment que si nous identifions cet homme, nous pourrons retrouver mon mari ?

Il ôta ses lunettes et pinça les lèvres. Son regard effleura Lola.

— Je souhaite sincèrement que non.

Elle hocha la tête, agrippant l'ourlet de sa jupe comme si elle craignait un mauvais vent. Le miroitement du soleil frappa la bague à sa main gauche : Lola portait encore son alliance. Autre bague, autre main, le souvenir d'avoir porté un jour l'alliance de sa mère chez le bijoutier revint en mémoire à Desmond : Nora Blur s'était amaigrie et l'anneau glissait à son doigt, il fallait l'ajuster. Tel leur chien mutilé s'imaginant toujours avoir l'usage de ses quatre pattes, elle croyait à son mariage, même lorsque le couple était définitivement consumé. Malgré sa volonté farouche de s'affranchir de son mari, Lola demeurait elle aussi attachée à son passé.

— Si nous parvenons à arrêter cet homme, reprit-il d'une voix douce, la vie du père de Gaston ne sera plus menacée. Il sera libre de rester ou de quitter le pays pour revenir en France… et retrouver sa famille.

Lola tourna la tête vers la carte : la route de petites croix rouges fendait le pays d'est en ouest. Mêlé au bruissement des sous-bois, le chant effronté des roitelets repeuplait leur silence.

— Comment j'ai pu oublier ça, lâcha-t-elle brusquement.

— Qu'y a-t-il ?

— Pamella Davy.

— La première victime à Braidwood en 66 ?

— La serveuse écrasée sous une voiture. Il la connaissait.

— Vraiment ? Ancienne relation amoureuse ?

— Oui et non, plutôt bonne à tout faire : elle était au service de sa mère à Saint-Louis. Ils ont fui ensemble en emportant l'argent du beau-père quand notre homme avait dix-huit ou dix-neuf ans. Il l'a abandonnée quelques mois plus tard sur une station-service avec un paquet de chips.

Desmond remit ses lunettes.

— Bien joué. Je contacte le shérif de Braidwood. Il a peut-être des éléments d'information concernant les précédents employeurs de la victime…

Il n'en eut pas le temps : l'ordinateur émit un cri animal bref et puéril. Le professeur afficha sa boîte mail.

— C'est un message de la police criminelle d'Oklahoma City.

Lola fit quelques pas dans la pièce, détendant les muscles de son dos. Le contact du bois devait être agréable sous ses pieds nus.

— Oklahoma City ? dit-elle. C'est l'affaire des deux dernières victimes, en 97. Une serveuse de chez Applebee's et sa fille… Annette et Gaston ont bien apprécié cette chaîne de restaurants. Les plats sont copieux, les desserts foudroyants et la déco années quatre-vingt. Typiquement américain. Mais je crois

336

qu'ils préfèrent déjeuner chez Chili's. À cause de la console de jeux qu'on trouve sur chaque table.

Desmond retira lentement ses lunettes. Il était livide.

— Qu'est-ce qu'il y a ?

Il quitta sa chaise.

— Je ne peux pas continuer.

Un pouce levé par-dessus l'épaule désigna l'ordinateur.

— Lisez.

Interloquée, Lola le vit s'éloigner sur la passerelle. Elle tourna l'écran vers elle et traduisit le message affiché :

Bonjour Professeur G. Blur,
Je serais ravi de pouvoir vous aider dans vos recherches pour votre ouvrage dont le sujet est des plus passionnant. Mais dans le cas présent, un membre de votre famille ayant été à l'époque des faits impliqué dans le cadre de l'enquête, il ne m'est pas possible pour l'instant de vous communiquer les éléments du rapport de police sans en avoir pris moi-même connaissance dans les détails, l'affaire Corazon et Danielle Gargullo (double homicide – 17/02/1997) étant antérieure à ma prise de fonction.
Je vous tiens informé au plus vite.
Avec mes salutations respectueuses.

Chef de Police Jacob MacCandels
Bureau des affaires criminelles
Oklahoma City

Lola trouva Desmond au salon, une bouteille de whisky à la main. Il se servait un verre, les sourcils plissés comme si le soleil le frappait en pleine figure. Couchée sur la plaque en granit incrustée dans le sol devant la cheminée, le ventre bien au frais, Bonnie secouait sporadiquement la queue.

— Vous ne devriez pas, dit Lola, fixant le verre d'alcool.

— Je vous appelle un taxi.

— De quoi avez-vous peur ?

— Peur ?

— Vos mains.

Desmond remarqua le léger tremblement à sa main droite. Agacé, il reposa le verre sur la table basse.

— Lola... j'ai contacté les polices d'une dizaine d'États sous le prétexte de réunir de la documentation pour la préparation d'un prochain ouvrage traitant d'affaires non résolues. Les officiers avec lesquels j'ai pu correspondre sont tous très motivés à l'idée de se retrouver à la page des remerciements dans mon prochain livre, mais tôt ou tard, le bureau fédéral mettra son nez là-dedans. Je ne peux plus prendre ce risque maintenant que ma famille est clairement impliquée.

— Vous savez de qui parle ce chef de police dans le mail ?

— Sans aucun doute.

L'espace semblait s'effacer autour d'eux et la pénombre gagner en densité. Lola se rapprocha de Desmond.

— Vous pensez que cette personne pourrait être liée aux meurtres de Mrs Gargullo et de sa fille ?

Il eut un petit rire nerveux.

— Ann la Chapelle, Jill Robinson, Nina Matusek, Helen Ebert, Mary Molloy… Il les connaissait toutes. Leurs noms figurent dans ses agendas.

— Mais de qui parlez-vous ?

Il saisit Lola par un poignet et l'attira près de lui sur le canapé.

— Savez-vous combien vaut un terrain comme celui-ci, Lola ?

La question la surprit ainsi que la brusquerie du geste.

— Pas mal d'argent ?

— Bien plus qu'un simple voyageur de commerce pourrait économiser pendant trente ans.

Desmond lui lança un regard abrupt.

— C'est avec leur sang qu'il a construit cette maison, Lola, avec leur sang !

— Vous parlez de votre père ? Il était voyageur de commerce ? Je le croyais antiquaire…

— Le meilleur ami de votre mari était ce vendeur de vaisselle, veuf, baratineur… et assassin !

Lola écarquilla les yeux.

— Mais non Desmond, vous n'y êtes pas du tout…

— La Route 66, son métier, la période durant laquelle les crimes sont commis, la ville où il est né, tout correspond.

— Mais enfin, le massacre de votre famille…

— Il se l'est attribué par culpabilité. C'est peut-être même le moteur de sa folie meurtrière. Nous l'avons tous les deux remarqué : beaucoup de crimes ont lieu l'été, ce qui correspond à la période anniversaire de la mort de ma sœur.

La stupéfaction se répandait en Lola comme une eau glacée.

— Mais où êtes-vous allé chercher tout ça ?

Desmond rapprocha d'elle son visage, serrant le poignet plus fort.

— Quel est mon nom ?

— Desmond G. Blur, répondit-elle, perplexe.

— À quoi correspond la lettre « G » ?

— Je ne sais pas. Je n'ai rien trouvé sur Internet.

— C'est l'initiale de mon second prénom : Golden.

— Golden ? C'est un prénom ?

— Où ont été tuées les victimes de Las Vegas ?

Lola blanchit, comprenant où il voulait en venir.

— Mais vous vous trompez, ça ne peut pas…

— Dans quel hôtel ?

— … Le Golden Nugget.

Desmond relâcha le poignet de Lola puis faucha le verre sur la table.

— Là où mes parents ont passé leur lune de miel.

Il en avala le contenu d'une traite en grimaçant.

— Là où j'ai été conçu. Ce qui me vaut ce deuxième prénom crétin.

Leurs genoux se touchaient. Si proches. Desmond s'empara de la bouteille et se servit une autre rasade.

— Ces cartes postales qu'il s'est obstiné à nous envoyer pendant des années… Ma mère les gardait dans une boîte qu'elle ouvrait dès qu'elle avait un passage à vide. *Get your kicks on Route 66…* Des cartes typiques de la Mother Road, écrites à la hâte… Je me demande s'il les postait avant ou après avoir tué ses victimes. Tout ça pour du fric !

— Desmond…

— Il reprochait à ma mère de trop dépenser. Avec ce qu'il lui donnait, on avait juste de quoi vivre. On se privait de tout. Même de soins médicaux. Regardez cette baraque… et la boutique à Flagstaff… Quelle ironie !

Desmond s'ouvrait à elle, pour la première fois. Gamin traumatisé d'un coup de couteau, les crocs de la mort s'étaient frottés trop tôt contre sa peau. Adolescent dépossédé de perspective, cet homme flatté par la gloire n'aspirait qu'à une chose : sa propre libération. Rien d'autre ne s'était construit pour lui quelque part.

— Les confessions recueillies par votre mari dans ce cahier sont celles d'un vieil homme tellement usé par la maladie qu'il n'était plus capable de tenir un crayon : celles de Benjamin Blur, martela-t-il.

Lola eut l'étrange conviction de ne pas avoir ouvert la bonne porte en entrant dans cette pièce, de n'être que de passage.

Le présent de cet homme partait en lambeaux, le sien se statufiait dans l'expectative.

Retrouver Pierre, en finir avec ses dettes, soutenir les enfants, elle n'avait pas songé à édifier un radeau pour s'évader, naviguer vers quelque chose qui ressemblerait à une île. Tous deux erraient, confrontés au mutisme du destin, dans l'incapacité de gouverner leur vie.

— Laissez-moi vous appeler ce taxi, grogna Desmond en se relevant.

— Que vous en vouliez à votre père est une chose, mais que vous puissiez le croire capable d'avoir tué toutes ces femmes en est une autre.

— Ce que je pense n'a pas d'importance. Ce message du chef de police d'Oklahoma City est sans appel.

— J'ignore pourquoi votre nom de famille est mêlé à cette affaire mais pour le reste, croyez-moi, j'ai lu des dizaines de fois ce maudit cahier. Votre père n'est pas notre tueur.

— Qu'est-ce qui vous rend si sûre de vous ?

— Vous n'êtes pas son fils.

Desmond passa une main dans ses cheveux.

— Soyez plus claire.

Elle attrapa le verre de whisky laissé sur la table et but une gorgée.

— Vous vous êtes surtout concentré sur les scènes de crimes. Depuis deux jours, vous n'avez cessé de me questionner sur les victimes et la façon dont le tueur s'y prenait pour les éliminer, mais vous ne savez rien de sa vie. Et s'il y a bien une chose dont je suis certaine, c'est qu'il n'a jamais eu d'enfant.

Desmond vint s'appuyer contre le manteau de la cheminée. La chienne agita la queue lorsqu'il frôla son dos de ses pieds nus.

— Le récit ne mentionne pas ce détail mais cela ne veut pas dire…

— Quand vos parents se sont-ils mariés ? le coupa-t-elle.

— En 1957.

— Il a rencontré sa première femme à Detroit au début des années soixante. Une jeune fille dont le frère aîné travaillait comme lui dans une usine de fabrication de pièces automobiles. C'est une histoire un peu sordide, on ne comprend pas bien s'il l'a violée ou si elle était consentante, mais le résultat, c'est qu'elle s'est retrouvée enceinte. Notre homme l'épouse, trop heureux de fonder une famille, mais le bébé meurt pendant l'accouchement. Et là, tout s'écroule : il se met à boire, à frapper sa femme, il perd la tête, manque de la jeter par la fenêtre. Pour se calmer, il marche dans les rues de Detroit, achète un pack de bières, s'assied sur un banc, et soudain, il voit une superbe voiture se garer dans la rue : le conducteur sort sans verrouiller la portière pour aller acheter des cigarettes… Quand il revient elle a disparu.

Desmond pinça le haut de son nez juste sous les arcades sourcilières.

— La Ford Mustang jaune volée à Detroit, dit-il d'une voix lasse.

— Le réservoir est plein, il file en direction du sud. Il roule six heures sans s'arrêter, dépasse Chicago. Mais la voiture n'est pas climatisée, il est en nage. À Braidwood, il cherche un endroit discret où s'arrêter pour boire un verre avant de reprendre le volant. La nuit tombe, il aperçoit un bus scolaire bariolé de toutes les couleurs sur un parking : le Polk-a-Dot Drive-in. Dans sa poche, il a juste de quoi se payer un hot-dog et un soda. Et qui est là pour lui servir un banana-split ?

— Pamella Davy.

Les iris de Lola se paraient de reflets dorés.

— … Vous pensez toujours que votre père est ce tueur ?

Desmond marcha dans la pièce, en proie à une confusion extrême, comme dépouillé de tout sentiment de conquête.

— Cet homme… cet homme qu'il décrit est probablement un double qu'il s'est créé… Je pense que mon père a construit une sorte de fantasmagorie autour de ses propres crimes pour mieux les raccorder au massacre de notre famille.

— Mais enfin, pourquoi faire une chose pareille ?

— Pour rendre la réalité plus supportable.

Petit affaissement des épaules. Lola se laissait gagner par le doute.

— Si je suis bien votre raisonnement, le personnage du cahier serait la face cachée de votre père, une sorte de Mister Hyde littéraire ?

— Votre première impression sur ce cahier était certainement la bonne : j'ai bien peur que toute cette histoire ne soit que pure fiction.

Elle avala une autre gorgée d'alcool avec un frisson, redressa son dos.

— Ce récit n'est pas une fable. Depuis deux jours, nous accumulons des preuves. Si les crimes sont réels, alors le tueur l'est aussi, non ?

Desmond se rapprocha. Le corps de Lola s'obstinait à épouser les formes du canapé, marquant la cambrure du dos. Seules les pointes de ses pieds étaient en contact avec le sol. Dans l'exaspération, Lola devenait plus attirante encore. Il enveloppa de ses doigts la main qui tenait le verre.

— Vous ne devriez pas, dit-il.

Face à face, dans cette même immobilité, chacun butait contre un obstacle, à la limite de ses convictions.

L'alcool donnait à leurs lèvres de légers arômes de tabac et de miel.

— Le tueur n'est pas votre père, murmura-t-elle.

Le parfum de Lola qui montait vers lui était une caresse douloureuse.

Sa mâchoire se crispa, il ferma les yeux pour garder le contrôle.

66.

Un numéro qui sonnait bien, facile à retenir.

C'est ce que s'était dit Cyrus Avery en 1926. Cet entrepreneur zélé venait de soumettre au gouvernement fédéral de son pays l'idée d'un réseau routier reliant Chicago à Los Angeles, mordant sur différents tronçons déjà existants pour créer ce qui allait devenir *The Main Street of America*. C'était aussi ce que se disait Félix Lachute, poussant modérément sa grosse cylindrée sur la route. Avec sa fourche à ressort d'avant-guerre, son énorme pneu à l'arrière et son guidon haut placé, la conduite était proportionnellement confortable à la vitesse : au-delà de 60 miles au compteur, les tracas physiques prenaient le dessus. Vivre un authentique *road trip*, il s'y était préparé pendant des mois, reportant sur un carnet les itinéraires complexes qui permettaient de suivre l'ancien tracé sans trop se fourvoyer, élargissant son champ d'action aux curiosités

346

périphériques. Il avait photographié les incontour-
nables panneaux depuis le kilomètre zéro à Chicago à
l'intersection des rues Adams et Michigan et possédait
maintenant une belle collection d'enseignes lumineuses tout aussi obsolètes. Félix Lachute avait aussi
assisté à un *pow-wow*, traversé des steppes sauvages,
réveillé des paquets de villes fantômes en plein jour,
défoncé son dos sur des voies mal entretenues, roulé
sans casque au Texas, goûté un *ugly crust pie* au Mid
Point Café à Adrian, pris la pose devant une dépanneuse rouillée à Galena, fait le plein dans des *truck stops*
aux parkings incommensurables, dormi sous un faux
tipi au Wigwam Motel à Holbrook, assisté au festin
d'un condor sur le bord d'un chemin, visité le musée du
fil de fer barbelé à Mc Lean, essuyé ses pieds sur le pail-
lasson de la maison d'Abraham Lincoln à Springfield,
enduré les foudres du ciel, une route transformée en
piscine, les rafales de vent comme des coups de cornes
dans le châssis…

Mais rien ne vous prépare à la chaleur du désert.

Les jambes surchauffées par le moteur et la réverbération du soleil sur le goudron, les montures métalliques
de ses lunettes lui grillaient la peau. La gorge dessé-
chée par le vent, il devenait urgent de trouver un coin
d'ombre. Lorsque enfin à l'horizon, pareille à un
mirador, l'enseigne d'un café surgit à la verticale du
ciel, Félix Lachute remercia le Seigneur. Même dans le
plus minable des hameaux traversés par la route, il
s'était toujours trouvé une âme charitable capable de lui
dénicher une bière bien fraîche derrière un vieux comptoir en aluminium. La Mother Road rassemblait sur près
de 2 300 miles de sacrés fanatiques, terrés dans des
stations-service transformées en mausolée ou en clapier

à lapins et qui ne délivraient plus d'essence depuis 1985. L'homme mit les gaz, la Harley écrasa sous ses pneus le sigle de la route frappé dans l'asphalte sous l'œil effarouché de petites cailles blotties sous les buissons.

Résolument, Félix Lachute allait à la rencontre du diable.

Leo (July 23 – Aug. 23)
Go back to school.

Dead Horse Ranch State Park, Arizona

L'araignée progressait bêtement le long de son fil, descendant d'une branche vers la table. Agenouillé sur le banc, contrôlant la trajectoire, Gaston tenait une assiette garnie de sandwichs juste au-dessous. Un coup de coude de sa sœur manqua de faire chavirer la piste d'atterrissage.

— Mais il est ouf, lui ! Avec mon assiette en plus !

Le garçon gloussa avant de se rasseoir et d'aspirer bruyamment son soda avec une paille.

À l'ombre d'un acacia, non loin de la rivière, Cindy Burgess avait déposé sur une table à pique-nique de quoi remplir l'estomac de dix scouts : poulet froid, bâtons de crudités, chips et fruits frais, rien ne manquait, pas même les canettes de Dr Pepper et de Mountain Dew, boisson préférée d'Annette. La jeune fille écoutait la baby-sitter aux pommettes

349

rouge tomate lui conter une de ces histoires typiques de la région, défendant le contenu de son assiette contre les assauts de Gaston.

— … Ça se passait au début des années cinquante, la famille Irey cherchait un ranch dans le coin où s'installer. Une des propriétés qu'ils avaient visitées appartenait à un certain Ronaldo Perez dont le vieux cheval, Jake, venait de mourir. L'animal gisait encore dans le fossé près de la route… Quand les parents demandèrent à leurs enfants quel ranch ils avaient préféré, ils s'écrièrent : « Celui avec le cheval mort ! »

L'officier avala un morceau de concombre avant de poursuivre.

— Dans les années soixante-dix, la famille a fait donation de sa propriété à l'État, mais ils ont mis une condition : que le ranch conserve son nom.

— *The Dead Horse Ranch*, ponctua la jeune fille.

— C'est tout ? C'est nul son histoire, râla Gaston en descendant du banc. Y a même pas de cow-boys qui se tirent dessus.

Cindy lui adressa un sourire en guise d'excuse, devinant ce qu'il avait glissé en français à l'oreille de sa sœur.

— Tu as raison, la plupart du temps, les gens imaginent tout autre chose qu'une banale histoire de cheval mort. Dans certaines versions, l'animal est pendu à un arbre, c'est plus effrayant.

— Pour pendre un cheval à un arbre, remarqua Annette, il faudrait au moins huit à dix hommes.

Ajustant sa casquette, Gaston s'éloignait déjà en direction de la rivière.

— Où tu vas ? demanda-t-elle.

— Nulle part !

Il brancha son iPod, fourra les écouteurs dans ses oreilles, réduisant le monde à des images muettes. Les premières mesures de la musique de son film préféré remplirent tout l'espace.

Verde River serpentait sous les saules et les peupliers, charriant truites et canoës. Gaston se rapprocha du petit chemin qui longeait la rivière, sourd aux cris d'enfants maniant les pagaies sous les regards attendris de leurs parents. Son destin à lui était d'aller seul, sans ancrage, chaperonné par une sœur casse-pieds tout en faisant croire à sa mère qu'il était dupe de son apparente félicité.

Un couple de hérons qui s'ébattaient au bord de l'eau attira son attention : tous deux se disputaient le petit poisson qu'un pêcheur venait de leur lancer. L'homme qui se tenait à une vingtaine de mètres de Gaston lui tournait le dos ; un poing sur la hanche, une bière à la main, il surveillait paisiblement sa ligne. La posture de cet homme avait quelque chose de familier, il l'aurait juré. De taille moyenne, un peu fort, les cheveux réunis en catogan sous une casquette, le pêcheur portait un gilet de cuir noir assorti à ses bottes. Gaston marcha vers lui, traversé par des fragments de souvenirs dont la fulgurance ravivait le ressentiment et le manque : il revoyait son père l'aidant à relever l'épuisette prise entre deux rochers couverts de vase, se remémora le stand de jeu des petits canards à la fête foraine de Nancy où il était certain d'avoir tenu une canne à pêche à quatre mains avec lui...

La musique du film *Pirates des Caraïbes* tonnait dans sa tête, son pas s'accéléra.

Il pouvait maintenant distinguer les branches de lunettes dépassant derrière les oreilles du pêcheur.

Sur la photo de l'avis de recherche que sa mère lui avait montré à Jerome deux jours plus tôt, son père arborait des lunettes rondes, ses cheveux étaient longs, sa barbe taillée en pointe et il portait un gilet de cuir noir. Le cœur de Gaston cognait à rebours. Il s'immobilisa derrière l'homme avec cette appréhension de l'instant dont on ignore encore s'il sera sombre ou réjouissant. Lorsque le pêcheur se retourna, le garçon recula d'un pas.

Il ne reconnut pas le visage qui s'animait d'une singulière grimace.

Aucun son ne sortait de la bouche enfouie sous une barbe touffue.

Le type lui fit un drôle de signe de l'index. Dans un sursaut, Gaston comprit qu'il désignait ses écouteurs et les retira de ses oreilles.

— *Wanna catch a big fish, boy*[1] *?*

Il perçut alors les voix inquiètes de Cindy et de sa sœur parmi les cris des martinets virevoltant en rase-mottes au-dessus de l'eau.

1. Tu veux attraper un gros poisson, mon gars ?

Sagittarius (Nov. 23 – Dec. 21)
If you've been searching
for meaning or the big idea,
ding dong !

Des lanières de cuir tressées de perles et plumes d'oiseaux pendaient au rétroviseur. Sièges et appuie-tête étaient recouverts de tissu indien. Le lecteur CD du taxi diffusait une musique d'inspiration ethnique telle une invitation à rencontrer les esprits sacrés : flûte amérindienne envoûtante, percussions traditionnelles et programmation de synthétiseur avec cri sporadique d'un aigle dans le lointain.

Lola tenait son sac à main sur les genoux, telle une patiente en attente de ses résultats.

L'éclat de la lumière au dehors était inversement proportionnel à l'opacité de ses pensées. Pour la deuxième fois, un homme prenait congé d'elle aussi promptement que la mémoire efface un mauvais rêve. Tout à l'heure, lorsque les lèvres de Desmond avaient effleuré son visage, ce n'était que pour lui susurrer une sorte d'adieu à l'oreille.

— Pardonnez-moi, Lola. La route s'arrête là pour moi.

Il avait serré ses mains dans les siennes à les broyer, puis l'avait suivie d'un regard froid jusqu'à ce qu'elle disparaisse à l'intérieur du taxi.

Flanquée dehors. La forêt, inopinément, se refermait sur d'elle. L'espoir de retrouver Pierre se dispersait dans l'air, Lola ne parvenait plus à ordonner le chaos. La nature l'avait pourtant fait, au fil du temps, sur Oak Creek River, dressant les pins majestueux contre le ventre de la falaise comme on érige un bouquet.

— La musique ne vous dérange pas ?

La voix râpeuse du chauffeur la fit tressaillir. L'homme trapu conduisait à faible allure, sa peau noire luisait sur le sommet de son crâne.

— Non, ça va.

— Cinq fois que j'entends le même morceau, ça tourne en boucle depuis ce matin ! Le CD se met en route tout seul quand je mets le contact… Parce que je ne sais pas régler ce bazar, s'excusa-t-il. C'est pas ma voiture habituelle mais celle d'un collègue.

— Vraiment ?

— Je me suis fait voler mon taxi sur le parking d'un supermarché, râla-t-il. Faut être un putain d'abruti pour voler un taxi, franchement ! Y a rien de plus repérable sur la route. Sauf peut-être une voiture de police.

— En effet… Excusez-moi.

Une vibration entre ses cuisses lui rappela qu'elle était encore de ce monde. Elle fouilla le sac, en sortit son téléphone : un message d'Annette.

Maman appelle-moi stp.

Elle composa le numéro avec l'angoisse d'une mère s'attendant au pire.

— Annette ? Qu'est-ce qui se passe ?

Rien. Il ne se passait rien. Tout allait bien. Ils s'apprêtaient à faire du canoë kayak avec Cindy. Gaston avait simplement donné un coup de chaud à ses deux gardes du corps en leur faussant compagnie.

— Il a cru voir son père ? Mais Pierre n'a jamais pêché de sa vie… Vraiment, il lui ressemblait ?… Bon… Le type était sympa ?… Gaston a sorti une truite ? Génial !… Dis-lui qu'on mettra la photo sur le blog… Non, je rentre plus tôt à l'hôtel… Mais si, ça va… Je t'expliquerai… Moi aussi.

Elle mit fin à la conversation avec le sentiment qu'un pinceau invisible venait d'esquisser un sourire à son visage, réconfortée par l'amour sans limites que portait Annette à son demi-frère.

— Tout va bien madame ?

Le chauffeur la guettait dans le rétroviseur.

— Oui, tout va bien, merci.

Fixée au pare-soleil, la photographie d'une mère et de ses deux enfants posant en costume traditionnel apache yavapai ne collait pas vraiment avec le style du chauffeur temporaire…

Un soupir singulier souleva sa poitrine.

L'entrée de Sedona s'annonçait par quelques panneaux publicitaires, mais Lola ne regardait plus le paysage.

Ce qu'elle savait du tueur et qui lui avait jusqu'alors échappé.

Ce qui était écrit noir sur blanc dans le cahier.

Elle tenait la preuve que dans cette enquête, le professeur avait perdu toute objectivité.

Le dossier était ouvert sur ses genoux, peu épais. Seul y figurait le passage rapporté sur le blog de Lola :

Oklahoma City. Corazon Gargullo, quarante-six ans, serveuse chez Applebee's et sa fille Danielle, vingt-deux ans, sont assassinées le 17 août 1997, jour de canicule. Nous sommes descendus au même motel que le tueur : c'est un Best Western réparti sur deux corps de bâtiments (tel que le décrit notre homme) dont un donne sur la piscine et l'autre sur le parking. La chambre du tueur était située dans cette partie de l'hôtel accessible sans passer par la réception. C'est avec ces deux meurtres que s'achève son récit. Ce jour-là, rien n'aurait tourné rond : la serveuse ne serait pas venue seule au rendez-vous comme convenu mais accompagnée de sa fille. Notre homme aurait alors improvisé et conduit les deux femmes au motel. Puis il les aurait tuées, l'une après l'autre. *« J'ai demandé à la fille d'attendre sa mère sur le parking parce que ça me gênait qu'on puisse me voir monter avec deux femmes dans ma chambre. Ça a marché. J'ai glissé ma carte dans la serrure*

*électronique et j'ai attendu que madame daigne
entrer. Corazon a vite compris ce qui allait se
passer. Tant mieux parce que j'avais pas trop le
temps de lui expliquer. Elle a murmuré "Madre de
Dios", j'ai frappé son larynx pour ne pas qu'elle
crie et je l'ai étranglée sur le lit. Ensuite, je suis
descendu voir la future mariée dans la voiture,
l'air emmerdé. "Votre mère a fait un malaise,
elle vous réclame !" que j'ai dit. La fille m'a suivi
sans broncher. À cette heure de l'après-midi, dans
les motels, on ne croise personne. J'ai réglé son
compte à la fiancée. »* Pour se débarrasser des
cadavres, il serait allé acheter deux grosses valises
chez Walmart – cette chaîne de supermarchés
ouverts la nuit où on trouve de tout, même des
anti-inflammatoires. « *J'ai chargé les valises
dans le coffre de leur voiture et je l'ai remise sur
West Reno Avenue. Le bitume fondait sous les
pneus brûlants. J'étais totalement déshydraté. De
loin, je voyais des tas de débiles en maillot de bain
descendre les toboggans de White Water Bay,
hurlant de joie. Je me suis dit que ce serait bon de
mettre mon cul bien au frais et j'ai foncé me
baigner au parc aquatique.* » White Water Bay
existe toujours. On y a passé des heures déli-
cieuses avec les enfants. Il est vrai que le bitume
ramollit par 46° C. Encore une fois, le tueur aurait
pris soin d'effacer toutes ses empreintes dans la
chambre. Mais si le ménage était aussi mal fait à
l'époque que lors de notre venue (je n'ose décrire
ce que j'ai trouvé derrière la table de nuit et qui
empestait le fromage avarié), les experts de la
police ont dû trouver un magma de cheveux
agglomérés sous la bonde de la baignoire, soit un
beau paquet de suspects.

Desmond massa son épaule, fit jouer ses articulations pour calmer les effets du stress. Il s'empara du dernier agenda de son père, année 1997, en tourna les pages une à une. Le nom de Corazon Gargullo ne figurait nulle part. Aucune feuille cornée ou pliée, couverture encore brillante et répertoire en annexe presque vide, l'agenda était en trop bon état pour prétendre avoir beaucoup servi.

Viens me voir, fils, il faut qu'on parle.

Le dernier courrier reçu de son père datait de cette période : il lui annonçait son installation définitive à Sedona et l'invitait à visiter sa boutique. L'agenda ne devait contenir que des rendez-vous personnels. Desmond l'ouvrit à la date du 17 août, Benjamin Blur y avait noté quelque chose :

14 : 00
Meeting Sherry Shively and Al Fortunato
Chalk Hilk Construction – 928.646.9166.

Un croquis figurait dans la marge, une forme hexagonale aux cotes approximatives : le futur bureau de son père.

Quelque chose clochait.

Le double crime d'Oklahoma City avait été commis le 17 août en milieu d'après-midi. Comment Benjamin Blur pouvait-il être à deux endroits à la fois ? Desmond replaça l'agenda sur l'étagère en serrant les dents.

Il eut la tentation d'appeler le chef de police MacCandels mais se ravisa : toute forme de précipitation pouvait paraître suspecte. Si le nom de son père figurait bien dans le dossier, il se devait d'être discret, éviter de livrer à la police le passé criminel de Benjamin

Blur sur un plateau. Il se contenta donc de répondre à son courriel d'un message laconique.

> Auriez-vous l'amabilité de me préciser le degré d'implication qu'un éventuel membre de ma famille aurait dans cette affaire ? Y a-t-il eu inculpation ?
> Bien respectueusement.
> Professeur Desmond G. Blur

Restait à explorer la piste de Pamella Davy. Un coup de fil au shérif de Braidwood lui confirma ce que Lola lui avait dit : la serveuse était recherchée dans le Missouri pour vol. Plainte déposée par son dernier employeur à Saint-Louis, M. Harry Owens, en octobre 1957. Desmond nota l'adresse de plaignant que lui communiqua le shérif – une propriété dans le quartier huppé de Compton Heights – puis entra les coordonnées sur *switchboard.com*[1]. Un certain John Cantrill occupait désormais la maison.

Cantrill. Ce nom ne lui était pas inconnu. Une connaissance de la famille qui remontait aux premières années à Chicago. Amis ? Voisins ? Clients de Benjamin Blur ?

La chienne débarqua dans la pièce, la queue haute, avec son sourire de félicité. D'autorité, elle posa sa gueule sur les cuisses de son maître.

— Qu'est-ce que tu as, Bonnie ? interrogea-t-il, froissant les poils duveteux sous ses oreilles.

Elle répondit d'un jappement allègre et repartit aussitôt, à peine rassasiée de caresses. Desmond

1. Annuaire des pages blanches aux États-Unis.

décrocha son téléphone. La seule personne capable de l'aider devait certainement somnoler à son bureau en mode digestion.

— Bonjour oncle Thomas. Toujours dans la vaisselle ?

Un silence précéda la réponse émue du vieux bonhomme. Thomas Miller, le frère de Nora Miller Blur, était venu au secours de Benjamin lors de la faillite de la station-service de Narcissa, proposant à son beau-frère un job dans l'entreprise familiale. C'est chez lui que Desmond venait frapper lorsque sa mère était au plus mal – l'oncle Thomas habitait trois étages au-dessous de leur logement de Lincoln Park, appartement qu'il louait à sa sœur pour une bouchée de pain. Au téléphone, il persistait à donner du « petit » à son neveu.

— Oui, je vais bien, ne t'inquiète pas ! Quelles nouvelles de la famille ?… Oui, à Sedona… Est-ce que le nom de John Cantrill te dit quelque chose ?

L'oncle répondit par l'affirmative : M. Cantrill était restaurateur à Kirkwood, près de Saint-Louis. C'était un des plus anciens clients de Benjamin. L'oncle précisa que son père margeait peu sur les commandes de M. Cantrill.

— Un tarif spécial ? En quel honneur ?

Élémentaire : Tom Cantrill était marié à Shirley Cantrill, la sœur de son père. Desmond avait une tante à Saint-Louis, comment avait-il pu oublier ça !

Il remercia le vieil homme puis raccrocha.

Une douleur le frappa sous le cœur, enrobant jusqu'à l'omoplate gauche.

Tout s'imbriquait plus brutalement encore : sa tante habitait la maison qu'occupaient cinquante ans plus tôt les employeurs de Pamella Davy. La vérité crevait les yeux : M. Harry Owens était le père de Shirley Cantrill, et le beau-père de Benjamin. Le jeune homme avec lequel avait fugué la bonne ne pouvait être que Benjamin Blur.

— Vous avez raison, il est possible que ce soit bien votre père que la police ait interrogé à Oklahoma City.

Elle se tenait sur le seuil, sa jupe ondulant paresseusement sur ses genoux, Bonnie à ses côtés.

— Lola ?

La réapparition de cette femme le plongea dans l'embarras. Desmond n'y vit d'abord que le signe d'un désordre supplémentaire et croisa les bras.

— Vous êtes revenue pour me dire ça ?

— Non.

Elle s'empara de son visage.

La fulgurance de son baiser fut comme un éblouissement.

Desmond s'éclaircit la gorge : profiter d'un sursis et laisser Lola improviser à sa guise lui apparut être la seule option.

— OK, si vous savez ce que vous faites.

Elle prit place sur la chaise près du bureau et repoussa une mèche de cheveux que le ventilateur rabattait avec obstination sur sa figure.

— Votre père a-t-il été victime du vol de son véhicule au milieu des années soixante-dix ? demanda-t-elle.

— Oui. En 74.

— Sur un parking à Santa Rosa au Nouveau-Mexique ? On lui a volé sa voiture, ses papiers et toute la marchandise qui s'y trouvait ?

Il était impossible que Lola ait connaissance de cela.

— C'est dans le cahier ?

— Oui. Après le passage sur le meurtre de Suzann Jordan. Je n'avais pas fait le lien tout de suite. Comment dites-vous *usurpation d'identité* ?

Desmond scruta les iris émeraude.

— Le tueur se serait fait passer pour mon père ? fit-il, incrédule.

— Pendant vingt ans. Il présentait toujours la carte d'identité de son frère lorsqu'il descendait à l'hôtel. Comme il l'a fait à Oklahoma City.

— Son frère ?

— Son demi-frère.

L'imagination de Lola semblait sans limites.

— Qu'est-ce que vous racontez, souffla Desmond, mon père n'a pas de frère.

— Quelle est sa date de naissance ?

— 2 juin 1936.

— Le tueur est né en 38.

— Encore une fois, on ne peut porter aucun crédit à ce que vous avez lu dans ce cahier.

Elle s'accrocha clairement à son regard.

— *Ma mère était une pute et mon frère un bâtard.* Ce sont les premiers mots du récit. Le tueur a un demi-frère à peine plus âgé, je vous l'ai dit tout à l'heure. Un demi-frère qui est élevé et choyé par ses grands-parents. Un demi-frère qui possède une maison en Oklahoma, qui est marié et père de deux enfants. Un demi-frère qu'il envie depuis toujours et hait plus que tout au monde. Un demi-frère dont il va détruire la vie en massacrant sa famille.

Desmond perdait le fil, des paroles contraires tentaient d'assiéger son esprit. Lola posa les mains sur les siennes.

362

— Votre oncle possédait son fichier clients et tout un tas de vaisselle en démonstration. Il revenait voir ses clientes et prétendait leur obtenir de meilleurs prix à la condition qu'elles n'en disent rien à votre père. C'est pour ça que certaines victimes figurent dans ses agendas : il marchait dans ses pas, chassait sur ses terres. Et lorsqu'il démarchait de nouvelles clientes, il présentait les cartes de visites volées... La double personnalité, c'est lui qui se l'était fabriquée : votre oncle se prenait pour votre père !

Desmond se tourna vers le tableau posé contre le mur dans la pénombre.

L'inconcevable vérité.

Le visage de l'homme que lui déroba le soleil le jour du massacre, cette voix usée imprégnée de douleur et de haine qui l'avait gratifié d'un *fils de bâtard* avant qu'un couteau ne lui déchire la peau, la face du démon portait presque un nom.

— ... Bon Dieu Lola, si ce que vous dites est vrai, alors ce récit n'est pas une affabulation, c'est l'histoire vraie d'un grand malade.

Patti voulait en refaire une autre. Pour être certaine. Un foulard violet papillonnait autour de son cou.

— Allez, mon chou ! Fais pas ta starlette !

Le vieux protesta, se tassa contre le touriste quinquagénaire parfumé Fabergé, rajustant la capuche de son sweat-shirt. Un vent chargé de sable soulevait deux mèches de cheveux cendrés, balayant les rides à son front et les cailloux sur la dalle en ciment. Patti riait de bon cœur depuis cinq minutes, indifférente au soleil qui cramait ses mollets sous sa jupe en coton lie-de-vin. Le touriste demeurait muet, plutôt bêta avec son bandana Harley Davidson à tête de mort. Marquée au fer rouge, sa peau brûlée partait en pelures sur sa figure. Il suintait la route avalée par temps caniculaire sur son engin cuirassé.

— Ça y est ?

— Attends… Crotte ! Il s'est éteint ce crétin d'appareil photo… Bon… Ah ! Ça y est… Ça remarche. Vous y êtes tous les deux ?

— Mais oui ! Vas-y ! Dégaine un peu ton flash.

Patti grimaça.

— *Darling*, tu ne veux vraiment pas l'ôter ta capuche, parce que franchement…

— Je t'ai dit que non. Je veux pas mourir d'insolation.

— Bah ! tu vas crever quand même, mon trésor.

— Je pourrais en faire une de vous deux juste sous l'enseigne ? osa timidement le touriste.

— Et puis quoi encore, je ne suis pas mannequin !

Le vieux lui chatouilla l'oreille de son haleine.

— Je te jure les bonnes femmes, c'est rien que des emmerdes. Elles sont comme ça aussi dans ton pays au Canada ?

Plutôt que de répondre, Félix Lachute se contenta de glousser et de remettre à sa bouche une bière fraîche pour en téter le goulot. Il sentit le corps du vieux se raidir contre l'assaut du vent.

— Et après, ajouta-t-il avec un clin d'œil, je te raconte comment je les attirais dans mon piège, toutes les bonnes femmes que j'ai estourbies !

Derrière eux, divisant le hameau, un train de marchandises s'invitait sur la photo souvenir.

Elle serait du tonnerre sur son blog.

Il avait dégotté de sacrés hurluberlus dans ce snack-bar.

Pas tous les jours qu'on tombait sur un authentique serial killer.

— *Say whisky !*

— Et à ce moment-là, que s'est-il passé ? questionna Desmond, repoussant son assiette.

Lola piqua une dernière rondelle de tomate dans le plat.

— Il déjeunait tranquillement quand il a vu son frère, assis un peu plus loin devant une assiette de chili. Il a attendu qu'il se rende aux toilettes pour sortir et lui voler sa voiture sur le parking du restaurant.

Ils avaient improvisé un déjeuner tardif dans la cuisine : Desmond s'était chargé de faire frire les œufs et de griller des toasts, Lola avait coupé des tomates, concombres et oignons rouges. Elle s'était attelée à la tâche avec un naturel désarmant, comme si cette cuisine était pour elle terrain conquis, dénichant du premier coup le couteau économe.

— Comment a-t-il su qu'il volait la bonne voiture ? reprit Desmond.

— C'était la seule immatriculée dans l'Illinois. Quand il a découvert à l'intérieur les échantillons de vaisselle, l'agenda avec la liste des clientes et les catalogues, il s'est dit qu'il avait devant lui l'outil idéal : une bonne entrée en matière pour extorquer de l'argent à de gentilles mères de famille.

— Il a quitté le Nouveau-Mexique et a commencé à prospecter les clientes du fichier.

— Parfois, il se présentait sous le nom de votre père, parfois sous son propre nom.

— La voiture, il a changé les plaques ?

— Oui, il les a remplacées par celles de son véhicule.

Le museau au ras de la table, Bonnie surveillait le moindre geste de Lola, au supplice. Desmond repoussa la chienne et vint se placer sur le canapé. Jet d'une olive dans sa bouche.

— À propos : il s'appelle Owens.

— Owens ?

— J'ai appelé le shérif de Braidwood pendant que vous faisiez une petite balade en taxi. Une plainte avait bien été déposée contre Pamella Davy par un certain Harry Owens de Saint-Louis. C'est pour cette raison qu'elle avait quitté le Missouri.

— Owens serait le nom d'épouse de votre grand-mère ?

— Et le patronyme de mon oncle.

— Reste à trouver son prénom. J'ai fait du thé, vous en voulez ?

— … Du thé ? Vous avez trouvé du thé dans ma cuisine ? s'étonna-t-il en se relevant.

— Je comptais mettre des glaçons au dernier moment.

— Ne bougez pas Lola, j'y vais.

Fracas de la glace tombant du distributeur automatique inclus dans la porte du réfrigérateur. Desmond réapparut, tenant une cruche en porcelaine blanche à motifs fleuris.

— Collection *Pretty blue*, de chez Thomas' Crockery, modèle 69... l'arme du crime, lâcha-t-il, pince-sans-rire.

Il remplit deux verres, en offrit un à Lola et s'assit à côté d'elle.

— ... Revenons à notre homme : au début du récit, vous évoquez son enfance difficile et un cruel manque de soin.

— Oui. Un détail m'a frappée : il dit qu'il mange la peinture qui s'écaille sur les murs.

— Parce qu'elle a un petit goût sucré. De la peinture au plomb. Elles ont été interdites aux États-Unis dans les années cinquante, en théorie... Un retard scolaire ?

— Quand il sort de cette école religieuse à dix ans, il sait à peine lire et écrire.

— J'ai vu des gamins dans les quartiers pauvres de Chicago, des gosses atteints de saturnisme. Ils souffraient de troubles psychomoteurs et de retard de langage. À terme, cette maladie peut engendrer des problèmes de fertilité.

— Si c'est le cas de votre oncle, les maltraitances qu'il a subies à l'institution religieuse et en maison de correction n'ont rien dû arranger.

Desmond passa un bras autour des épaules de Lola.

— Vous me dites qu'il a poignardé son grand-père à cinq ans ?

— Un coup de canif dans le pied. Et il a manqué étouffer sa petite sœur dans un sac de sport.

— Il est sadique et violent, il n'a pas conscience des limites entre le bien et le mal, il ressent la souffrance mais refoule tout sentiment de culpabilité. Il se donne le droit de châtier autrui parce qu'il considère qu'on ne lui est pas venu en aide lorsqu'il était en détresse.

Il se rapprocha de Lola, caressa sa nuque tiède, perçut le frémissement de sa peau.

— Il a sa propre moralité, soupira-t-elle.

— Son motif est psychologique. Il en veut à la communauté, jalouse les familles idéales comme celle de son frère et les figures des mères et des grands-parents car les siens l'ont rejeté. L'argent n'est qu'un prétexte à son besoin de rendre sa propre justice.

Subrepticement, il déposa plusieurs baisers dans son cou.

— … Vous ne voulez pas recommencer ? murmura-t-il.

— Quoi ?

— Ce que vous avez fait tout à l'heure dans mon bureau…

Deux fossettes se creusèrent aux joues de Lola, déviant la petite cicatrice près du nez.

— Et si vous m'appeliez plutôt un taxi ?

— Donnez-moi la permission de commettre des erreurs.

Elle l'embrassa, et par un mécanisme inconnu, répandit aussitôt en Desmond un sentiment d'abdication.

Se remettre vite au travail devenait impératif.

Seul sur la terrasse, Desmond contemplait la falaise qui levait à l'horizon sa paroi de roche creusée d'ombres bleutées.

— Pourriez-vous lui dire de me contacter au plus vite ?... Merci.

Le téléphone portable retourna dans la poche ; un domestique se chargeait de transmettre son message à sa tante Shirley Cantrill dès son retour. Il rejoignit Lola dans le bureau.

— Les pages des trois premiers mois de l'année 1974 sont blanches... Votre père a dû racheter celui-ci après le vol.

Elle consultait les agendas du représentant de commerce. Son polo collait à son dos, accentuant la cambrure des reins. Il fit pivoter son siège et s'assit devant l'ordinateur pour consulter ses derniers mails, mais son regard était irrémédiablement captivé par sa voisine.

— Lola, vous connaissez le nom de jeune fille de vos tantes ?

— Oui.

Il l'attira à lui, enserra tendrement sa taille.

— Et celui de vos grands-mères ?

— Oui. Je connais aussi le nom de jeune fille de mes arrière-grands-mères. Avec Annette, sur le mur de la cuisine, on a dessiné un arbre... Comment dit-on *généalogique* ?

— *Lawn-mower.*

Elle sourit. Sa peau était moite et ambrée. En dépit du ventilateur, l'un et l'autre étaient en sueur.

— Vous allez donc rendre visite à votre tante ?

— Dès demain, dit-il en l'asseyant sur ses genoux.

Il avait maintenant une vue privilégiée sur un décolleté.

— ... Et je vais reprendre l'enquête depuis le début, si je parviens à me concentrer... Vous ne le quittez jamais ?

Il soupesait le pendentif de Lola.

— Jamais, dit-elle. C'est un cadeau de Gaston. Il y a placé tous ses souvenirs.

— « Placé » ?

Elle manipula le petit scarabée incrusté de strass : une clé USB sortit de son abdomen. Desmond leva un sourcil.

— Ce sont des fichiers photos, précisa-t-elle.

— Judicieux.

Il devina quel pouvait être le sujet principal des images choisies par le garçon pour le pendentif de sa mère : portrait d'un disparu, pendu à son cou. D'abord un sentiment coupable l'envahit, puis le regret de ne pas être lui aussi miniaturisé dans ce bijou de pacotille si intiment lié à Lola.

— Je crois qu'il y a quelque chose par terre...

Elle descendit de ses genoux et s'accroupit pour ramasser la photo coincée dans un amas de fils électriques sous le bureau.

— Qui est-ce ? demanda-t-elle.

— Donnez.

Desmond fit glisser ses lunettes au bout de son nez, reconnut le garçon au regard effronté.

— Le fils d'une cliente à mon père. Il a trimbalé ce cliché avec lui pendant des années. Je me suis long-temps imaginé que mon père avait une double vie et que ce gosse était…

Il se tut, soudain austère.

— Votre demi-frère ? devina Lola.

Elle reposa la photo sur le bureau. Au fil des heures, son parfum développait des arômes d'iris.

— Décidément, vous le soupçonniez de beaucoup de choses… Je vous laisse travailler. Je vais en profiter pour aller promener Bonnie. Il faut que j'appelle les enfants…

Desmond lui indiqua un petit chemin qui longeait la rivière à l'ombre de la falaise. Déjà, elle s'échappait, la chienne dans son sillage, le laissant seul à seul avec la photo.

Il recula sa chaise, joignit les doigts devant ses lèvres. Rajusta ses lunettes.

— Et si mon père avait menti…

Desmond scruta attentivement les contours du visage du jeune garçon coiffé en brosse, s'interrogeant sur l'âge qu'il pouvait bien avoir, soit dix ou douze ans. Quelque chose apparaissait en arrière-plan. Le tiroir du bureau coulissa, il palpa son contenu, en extirpa une loupe qu'il approcha du cliché jauni. C'était une sorte de rotonde, style Art nouveau, typique d'une ville américaine ayant connu différents mouvements d'immigration – comme Saint-Louis.

Desmond entra le nom de la ville dans le moteur de recherche : Saint-Louis avait accueilli l'exposition universelle de 1904. Il sélectionna « image », afficha les résultats. Une arche géante s'étalait sous différents angles : The Gateway Arch dominait largement tout autre fleuron architectural de la ville. Il affina la recherche en ajoutant « public park », cliqua sur la barre supérieure de l'écran : une myriade de photographies des différents espaces verts apparut. Défilé des images, arrêt sur l'une d'entre elles : *Saint-Louis Missouri, Tower Grove Park, Old Playground Pavilion*. Le kiosque était surmonté d'une sorte de clocher orné d'une girouette en forme de cheval. Desmond reprit la loupe, l'approcha de la photo jaunie : le même clocher dépassait au-dessus de la tête du garçon.

De deux points de vue, il avait toujours choisi le plus sombre.

Pourtant, autre chose était là, bien en évidence sur le bureau, glissée dans l'agenda de l'année 66.

Pendant plus de trente ans, Benjamin Blur avait recherché son frère, et pour prendre doublement soin de son fils, lui avait caché son existence, protégeant Desmond sous un linceul de mensonges.

Il se leva, et par quelques mouvements d'épaule tenta de dissiper la douleur fantôme logée sous le bras gauche, puis il approcha la photo du tableau : un cousinage dans le regard, une même défiance, et cette tristesse rentrée que traduisait la courbe de la bouche…

Moment irrémédiablement inespéré.

La vérité prenait forme.

Il posa la photo sur le scanner relié à l'ordinateur. Transmettre cette image à Gary pour qu'il jette un œil dans le fichier des personnes disparues lui semblait prioritaire.

Vois aussi ce que tu peux trouver dans tes rayons avec le nom d'OWENS. Un homme qui serait né à Detroit en 1938. Je doute que tu puisses dénicher une plainte pour vol déposée en octobre 1957 à Saint-Louis par un certain John Cantrill, mais si tu y arrives, tu tomberas sur notre gars. Il pourrait s'agir d'un membre de ma famille. Alors, discrétion.

PS : C'était quoi mon horoscope pour aujourd'hui ?

Il s'empara de son iPhone, le régla sur la fonction « prise de vue » et figea l'image du tableau. S'il avait été peint par Pierre Lombard d'après épreuve, alors on pouvait sérieusement penser que le tueur avait cette tête-là. La diffusion de son portrait sur Internet donnerait peut-être un résultat. Il chercha une adresse mail dans sa messagerie et transmit la meilleure des photos à une certaine jeune fille dont l'égarement d'un jour – oublier l'ordinateur de maman sur une banquette arrière de voiture – lui permettait de reconquérir sa vie : à présent, les perspectives en étaient illimitées.

Sagittarius (Nov. 23 – Dec. 21)
You like to see yourself as a
rational, sensible and practical person.

Bonnie fouillait le sol, suivant la piste d'un animal dont l'odeur déclenchait en elle des grognements d'excitation. Lola marchait derrière la chienne dans la fraîcheur toute relative du sous-bois. Elles avaient longé la rivière depuis la maison, laissant derrière elles les habitations. Certaines n'étaient constituées que de planches et relevaient plutôt de cabanes de campeurs ; d'autres propriétaires avaient encerclé leurs résidences de hautes palissades. Lola regretta de ne pas avoir emporté une bouteille d'eau. Plus la nature se resserrait autour d'elle, plus l'air devenait étouffant. Bientôt, le chemin de terre se réduisit à un sentier chaotique parsemé de caillasses serpentant au milieu d'une forêt majestueuse. Bonnie allait et venait, balayant de sa queue les fougères. La rumeur de la route, dernier écho de civilisation, s'évanouit progressivement, couvée par

375

les feuillages touffus des hêtres et des grands châtaigniers. Des épines de mélèzes jaunissaient le sol en un épais tapis aux reflets d'or. Sur sa gauche, Lola pouvait suivre la courbe de la falaise dont la roche frémissait sous l'exaltation du soleil, dominant l'espace de toute sa hauteur. Elle devina que le camping de Pine Flat où son mari avait planté sa tente devait se situer quelque part sur sa droite, dans le parc forestier de Coconino. Pierre s'était évanoui depuis quatre ans dans le néant ; étrangement, elle ne s'était jamais sentie aussi proche de lui qu'à cet instant. Peut-être y avait-il un accès direct au camping par ce sentier ? Si elle en croyait le panneau dressé sur le bord du chemin, celui-ci la conduisait au col de West Fork. Mais elle serait incapable de grimper si haut avec des sandales. Parvenue à l'abord d'une clairière, elle s'assit sur un rocher paré de lichen et consulta une nouvelle fois la messagerie de son téléphone portable. Toujours pas de service. Si la réception était convenable chez Desmond, ici s'arrêtait toute concession à la modernité. Le portable lui glissa malencontreusement des doigts. En le ramassant, elle remarqua l'abondance de baies et de coquilles vides éparpillées parmi les épines de pin, probables vestiges d'un festin d'écureuil. Elle se redressa, ferma les paupières, respirant des parfums de fougère.

Lola était comme revenue d'un lieu sans retour.

La situation lui échappait et docilement, elle se laissait faire, ses mains sur le corps de l'autre, avec la crainte que cette attirance pour Desmond ne la fragilise. Déployée autour d'elle, la forêt la plaçait au centre d'une ronde. Décrivant de larges cercles, la chienne poursuivait sa traque, alternait sans relâche jappements et gémissements, la truffe en alerte. Lola l'appela doucement, mais le bruissement des feuillages et l'aubade des oiseaux avalèrent l'écho de sa voix. Bonnie dressa brusquement les oreilles, se contracta.

Craquement sinistre d'une branche.

Il se passait quelque chose non loin dans le sous-bois, en direction du camping.

La chienne aboya et se tourna vers Lola, gueule grande ouverte, langue pendante. Toutes deux scrutèrent les alentours.

Un autre craquement, plus proche.

La queue de la chienne descendit entre ses pattes.

Le souvenir de la tente saccagée de son mari acheva de convaincre Lola qu'il était temps de rebrousser chemin. Bonnie lui emboîta le pas et rapidement, la dépassa. Lola marcha plus vite, mais la surface accidentée du chemin imposait un rythme de prudence. Invariablement, la chienne s'arrêtait pour flairer l'air et ponctuait ses impressions de jappements censés mettre en garde un éventuel agresseur.

Puis, Lola finit par la perdre de vue.

— Bonnie !

Les bois se refermaient sur elle.

À 16 heures, le bureau des affaires criminelles d'Oklahoma City ne s'était toujours pas manifesté. Le chef de police MacCandels devait avoir d'autres chats à fouetter : faire remonter des archives les pièces d'un dossier classé n'était certainement pas sa priorité.

Desmond étendit les jambes, posa ses pieds nus sur un coin du bureau, chevilles croisées. Pas question d'attendre son bon vouloir. Il décrocha son téléphone. La voix d'Éleda lui colla bientôt à l'oreille. Peu rancunière, la compagne de son père ne lui tenait pas rigueur de son attitude belliqueuse la veille au soir. Elle comprenait les doutes légitimes qu'il pouvait nourrir à l'égard de son père, l'un et l'autre ayant trop longtemps fait le choix du silence et du repli sur soi. Curieux d'éclaircir un point, Desmond s'était risqué à la questionner.

— Est-ce que mon père t'avait parlé de ses ennuis avec la police d'Oklahoma City en 97 ?

Non seulement Éleda était au courant de l'affaire, mais elle était présente lorsqu'on était venu l'arrêter ici, dans sa maison sous les arbres où il emménageait à peine. Les officiers avaient été d'une grande brutalité :

menotté, balancé dans une voiture puis escorté dans un avion tel un vulgaire criminel, Benjamin Blur n'avait été informé du motif de son interpellation qu'une fois parvenu au bureau des affaires criminelles d'Oklahoma City. Là, des heures durant, de bons flics s'étaient évertués à lui extorquer des aveux. Au petit jour, l'un d'entre eux s'était finalement décidé à faire un rapprochement avec le vol de sa Pontiac et de ses papiers d'identité en 1974. Une comparaison des empreintes avec celles relevées dans la chambre d'hôtel, une confrontation avec un témoin et la confirmation de l'alibi de Benjamin Blur avaient définitivement mis hors de cause l'homme aux cheveux grisonnants, victime d'une usurpation d'identité. Il fut relâché. Cependant, quelques mois plus tard, deux inspecteurs du bureau de la police criminelle étaient revenus le voir pour une raison qu'Éleda ignorait. Après cela, l'homme dont elle partageait la vie depuis vingt ans ne fut jamais plus le même. Desmond sentit un poing invisible s'enfoncer sous le cœur.

— Pourquoi ne m'en a-t-il jamais parlé ?

Il avait tenté de le faire : Benjamin Blur avait pris l'avion pour Chicago en avril 98, désireux de voir son fils. Desmond n'avait aucun souvenir de cette visite : il recevait le Pulitzer, enchaînait les apparitions sur les chaînes de télévision, interviews et séances photos. Il se contenta d'une dernière question.

— Il n'a jamais mentionné l'existence d'un demi-frère ?… S'il te revenait en mémoire quelque chose à ce sujet…

Desmond promit de la tenir au courant dès qu'il aurait des nouvelles du mari de Mme Lombard et mit fin à la conversation.

Joindre sa tante à Saint-Louis devenait prioritaire. Elle seule pourrait confirmer l'existence de cet oncle. Si la police était revenue voir son père, il devait y avoir une bonne raison.

Il balaya du regard les agendas sur l'étagère : pas loin d'un millier de contacts y figurait. Et si son père avait décidé d'entamer sa propre enquête, appelé les plus anciennes clientes et découvert que certaines étaient décédées dans des circonstances similaires ?

Viens me voir, fils, nous devons parler de certaines choses.

Assuré d'être victime d'abandon, Desmond avait condamné son père à une solitude au moins égale en pénitence.

Une cavalcade dans l'escalier suivie du galop de Bonnie sur la passerelle interrompit ses réflexions. La chienne était agitée, son haleine brûlante ; conséquences d'une longue course. Lorsqu'il réalisa que Lola n'était pas avec elle, son cœur marqua un temps d'arrêt avant de repartir à la vitesse supérieure.

Il agrippa la première paire de chaussures qui lui tomba sous la main et marcha d'un pas rapide jusqu'au chemin longeant la rivière. Bonnie filait déjà vers les bois.

Il appela.

Ne reçut pas de réponse.

Il accéléra la cadence. De ridicules moucherons télescopaient sa peau. Si quelque chose arrivait à Lola, il serait le seul fautif. Plutôt que de laisser la police faire son boulot, il avait ouvert sa panoplie de détective, usant de sa réputation pour se faire adresser des rapports confidentiels. L'épater. Il n'avait cherché qu'à éblouir cette femme, comme il s'amusait gamin avec d'autres filles, leur montrant ses classeurs remplis d'articles de presse morbides, les impressionnant d'abord pour les déshabiller plus vite par la suite. Lui, fils de bâtard et probable neveu d'un psychopathe, avait-il seulement une idée de l'endroit où se terrait l'homme qu'il cherchait ? de ce qu'il était advenu de Pierre Lombard ?

Il appela encore.

Se mit à courir.

Desmond avait assuré à Lola que le tueur n'était pas dans le secteur, mais il ne s'agissait que d'une supposition basée sur des études comportementales. Son oncle n'appartenait pas à un profil criminel déterminé, sa logique variait au fil des années et sa manière de procéder tournait à l'anarchie. Il pouvait parfaitement se trouver dans le coin, habiter une cabane au plus profond de la forêt, être à l'affût de sa prochaine victime…

Un jappement bref, comme un signal.

Lola était là, débouchant du sentier à l'orée du bois, une chienne haletante à ses côtés. Il fut près d'elle en trois enjambées.

— … Que s'est-il passé ?

— On a fait la course, Bonnie a gagné.

Lola tentait de dissimuler l'inquiétude qui se lisait dans ses yeux.

— … Je crois qu'elle a reniflé la piste d'un animal tout à l'heure dans la forêt, dit-elle, replaçant une mèche de cheveux derrière l'oreille.

— Écureuil ?

— Celui-là devait être très gros alors, parce qu'elle a détalé.

— Bonnie est très peureuse. Elle aboie après les papillons.

Desmond entoura les épaules de Lola d'un bras réconfortant.

— … La prochaine fois, restez près de la rivière et ne vous éloignez pas trop de la maison. Mieux vaut être prudent.

— Je croyais qu'en Amérique, je ne risquais rien.

Il resserra son bras sous son cou et lui vola un baiser.

— La nature peut parfois se révéler redoutable.

— Dans la forêt, ce n'était pas un papillon, chuchota-t-elle.

L'un et l'autre étaient en nage. Une lueur de malice brilla dans le regard de Desmond.

— Comment dit-on *jacuzzi* en français ?

— *Sex, drug and rock'n roll.*

— Ah… Et vous vous baignez souvent ?

— Desmond, je n'ai pas de maillot de bain.

— Moi non plus.

Théâtral, il retira la toile protectrice du bassin et déclencha la mise en route du jacuzzi. L'eau bouillonnait déjà. Sans plus attendre, il ôta tous ses vêtements et s'immergea dans l'eau. Lola semblait pétrifiée.

— Il vous faut une bouée ?

— Desmond, vous savez depuis combien de temps je n'ai pas été en compagnie d'un homme nu ?

— Trop longtemps.

Elle soupira. Retira son pendentif.

La jupe glissa sur les cuisses moites. Elle dégrafa son soutien-gorge, et par un singulier tour de passe-passe, le laissa tomber par l'une des emmanchures du débardeur sans retirer ce dernier. Elle pénétra dans l'eau, pointe de pied tendue. Le tissu alourdi par l'eau adhérait à son corps, les seins de Lola affleuraient à la surface des bouillons. Desmond ne souriait plus. La façon qu'avait Lola de mouiller ses cheveux en penchant la tête en arrière relevait de la provocation. Il s'accouda aux rebords du bassin, portant une main sous l'aisselle gauche et grimaça.

— C'est là votre blessure ?

Il leva le bras, ralentit à hauteur d'épaule, freina net le mouvement.

— Je ne peux pas monter le coude plus haut que ça.

À son tour, Lola lui fit une démonstration, emprisonnant son cou avec déplaisir.

— Depuis l'accident, je suis interdite de manèges à sensation.

— On fait une sacrée équipe. Vous avez mal à votre nuque ?

— … J'ai dû faire un faux mouvement tout à l'heure en courant.

Il lui fit signe de s'approcher.

— Venez.

Elle offrit son dos. Desmond procéda par des mouvements circulaires et de légères pressions des pouces, en délicatesse. Elle ferma les yeux.

— Où avez-vous appris à faire ça ?

— Après son agression, ma mère souffrait terriblement des cervicales. Je la soulageais comme je pouvais.

Lola inclina doucement la tête sur le côté. Les doigts suivirent la courbe de la nuque.

— Après la disparition de son père, Gaston ne pouvait s'endormir que contre moi. Il relevait un bras autour de mon visage et avec ses petits doigts, il caressait mes cheveux jusqu'au sommeil. C'était très doux, comme votre massage.

Desmond imaginait quel apaisement cela devait être pour un enfant de pouvoir se blottir ainsi contre sa mère sans être submergé par des larmes et des sanglots.

— Gaston a beaucoup de chance.

— J'aimerais pouvoir le croire.

Le ronronnement de la pompe à eau couvrit leur silence.

Lentement, Lola se détacha, glissa jusqu'au rebord opposé du bassin.

— Les enfants vont bientôt rentrer à l'hôtel, soupira-t-elle.

— Il faut que je trouve où se terre ce salopard.

Desmond baissa la tête, la releva aussitôt.

— Lola... Je crois qu'il vaudrait mieux que vous sortiez la première.

Libra (Sept. 24 – Oct. 23)

Who's the boss ?

La Pontiac rouspéta, hoqueta puis se tut, rangée sagement sur le bas-côté de la route. Le vieux coupa l'autoradio sans égard pour Johnny Cash. Il descendit le premier, sa veste de jogging poisseuse ouverte sur son torse nu et sec, la capuche enfoncée sur sa caboche. Plus vif que son carrosse, il tira vers lui la portière côté passager.

— Viens par là, le touriste. Je vais te faire voir ce que je ne montre à personne.

Félix Lachute suivit la silhouette opaque vrillée par le soleil en déclin. L'idée de faire une escapade dans le désert avec un guide aussi aguerri l'avait tout de suite séduit. Ce vieux bonhomme connaissait le coin par cœur, imitait à la perfection le cri d'un coyote et terrassait un crotale sous le talon d'une botte – d'après ce que racontait Patti, la serveuse. Le touriste ajusta la lanière de son appareil photo et avala une bonne gorgée d'eau à sa gourde.

— Alors, y vient le Canadien ? Ce satané soleil n'a pas l'air décidé à se coucher !

Papy trottait, muscles bandés, traînant légèrement la patte droite. Depuis plus d'une heure, il contait ses exploits au biker, prétendant avoir jadis fait passer un paquet de ménagères de vie à trépas, ajoutant sa propre légende au folklore local. Il lui manquait plus d'une case mais avait une façon irrésistible de raconter ses histoires. Et il remettait ça en chemin.

— Ça s'est passé de la même façon avec Mardge Steuber, une serveuse chez Denny's à Tucumcari… L'emmerdant avec cette chaîne de restauration, tu vois, c'est qu'ils n'ont pas d'alcool. Et les serveuses prennent leur temps pour t'apporter ton plat – ça ferme jamais. Je me souviens, cette année-là, ils venaient d'ajouter le Grand Slam Breakfast à la carte. C'était en 77. Avalanche de pancakes, bacon, œufs brouillés, pommes de terre frites et crème fraîche. Avec ça, tu tenais quarante-huit heures. Mardge a été fauchée sur le bord de la route après la sortie de l'I-40 de Newkirk. Elle venait de glisser sa petite enveloppe gentiment sous la porte de chez Wilkerson's, une station-service désaffectée à l'entrée de la ville…

— Un chauffard qui sortait trop vite de l'autoroute ?

Il eut un rire sardonique.

— À tous les coups ! J'ai dégonflé un de ses pneus avant de prendre le large, reprit-il sérieusement. Elle se serait jamais arrêtée à un endroit aussi dangereux si elle n'avait pas crevé, non ?

Félix Lachute retirait son bracelet montre : il n'aurait pas dû boire autant de bière. Dans le désert, l'alcool faisaient gonfler chevilles et poignets.

— Oh c'est certain, dit-il.

— Je venais une première fois à leur domicile faire les repérages. Si elles n'étaient pas trop moches et pleines de sentiments, je leur mettais une petite croix et les réservais pour y revenir plus tard. Je ne touchais jamais à celles qui se tenaient impeccables, fidèles à leurs époux. J'ai de la morale, faut pas croire. Ça se voyait dans leurs yeux. Mais si y avait l'étincelle, elles y avaient droit à leur petite croix… Les célibataires, j'en voulais pas. Elles mettaient cent fois ton nom dans leur carnet intime avant même que tu les baises. Tout le patelin était au courant. Faut jamais toucher à une célibataire, je te le dis.

— Ah bon ?

— Trop dangereux. Fais gaffe, c'est bourré de scorpions là-dessous, ça te tue un gosse en moins de deux, ces saloperies. Évite de bouger les grosses pierres.

— OK, merci.

— Pas de quoi.

D'un coup de botte, il envoya valdinguer un caillou dans la poussière crayeuse du désert. Un minuscule scorpion couleur miel détala à toute allure.

— Où j'en étais ?… Ah, oui. Les veuves et les divorcées qui vivaient seules avec leurs gosses, pas d'entourloupe, discrètes, prêtes à se faire croquer comme des poulets qui sortent du four, je ne crachais pas dessus. Avec celles-là, c'était du rapide. Ça me tombait dans les bras en livraison express. On faisait ça dans des motels, jamais chez elles. Fallait pas qu'un voisin me voie sonner plus de deux fois – ma règle d'or. Je leur sortais mon baratin, j'offrais un porte-clés aux gosses, racontais que j'étais veuf et malheureux, que j'aspirais à retrouver la douce quiétude d'un foyer, monter ma petite entreprise dans le secteur et que pour ça, fallait que j'investisse dans l'achat du stock, d'où un certain besoin de liquidités.

Il s'immobilisa, et posa une main tremblotante sur l'épaule du touriste, solennel.

— Tu n'imagines pas combien ces petites femmes-là étaient économes et prêtes à contribuer au financement d'entreprises locales.

— Franchement ?

— Je te le dis, mon gars : le pays serait pas en récession si c'étaient des bonnes femmes qui tenaient les cordons de la bourse. Les Chinois auraient plus qu'à remballer les gaules.

Le vieil homme reprit sa marche d'un pas inégal, le cou tendu.

— … Une fois que je leur avais piqué tout leur fric, je leur donnais rendez-vous dans un bar pour célébrer leur généreuse donation. Et je ne me pointais pas, histoire de laisser mariner. J'attendais trois jours pour rappeler. Je racontais que j'avais eu un empêchement et on reprenait rendez-vous dans un autre bar ou un coin tranquille. Et là, le grand numéro : je leur annonçais qu'y avait pas à chiquer, que je ne me voyais pas avec une femme dans leur genre. Que c'était pas bien de filer son oseille à n'importe qui plutôt que de le garder pour ses mômes, que c'étaient de mauvaises mères, des salopes qui ne pensaient qu'à s'envoyer en l'air et que le bon Dieu les regardait avec de gros yeux, qu'elles étaient indignes de leurs gosses, qu'aucun homme ne voudrait plus jamais d'elles, bref, qu'elles méritaient pas de rester en vie et que la meilleure chose qui leur restait à faire, c'était de s'ouvrir les veines. Et de le faire vite. Si elles rechignaient et réclamaient leur pognon, je menaçais de m'en prendre à leurs gamins… Oh ! putain ce qu'il fait chaud !

Il rajusta la capuche de sweat-shirt sur son crâne. Félix Lachute fit de même avec son bandana.

— Vous les saigniez à blanc, souffla-t-il.

— Exact. En général, les plus fragiles ne passaient pas la nuit. Elles trouvaient toutes seules le bon chemin. Boîte de médocs, foulard accroché au lustre…

— Sans blague ?

— J'en ai perdu une dizaine comme ça. Des petites femmes pourtant bien élevées.

— La faute au bon Dieu, railla le touriste.

— Tu parles ! Elles n'avaient plus le profil pour monter au paradis depuis belle lurette.

Ils marchèrent bien vingt minutes en direction de l'ouest avant d'atteindre une colline escarpée derrière laquelle un paysage identique se répétait à l'infini. Durant le trajet, le vieux avait encore ajouté quelques forfaits à sa liste de crimes. Félix Lachute se régalait par avance des commentaires qu'il allait récolter sur son blog après qu'il aurait posté sur le Net le récit cocasse de son aventure.

— … Paraît que sur Internet, se désola le vieux, on peut voir des vidéos de types qui désossent d'autres types. Et aussi qui les bouffent après. Franchement, ceux-là, c'est des barjos. Moi, dès que ça pisse le sang, je me sauve en courant, à cause de l'odeur. Je ne supporte pas. Ça me rend fou.

— Des tueurs gentlemen dans votre genre, ça ne court pas les rues, souffla le touriste, ruisselant de sueur.

— Moi ? Je ne suis violent qu'en cas d'absolue nécessité. Quand je vois un abruti, par exemple. Et des abrutis, j'en ai croisé un paquet sur la 66… Le serveur du Butterfield Steakhouse en 89, sur West Hopi Drive à Holbrook, lui, il valait le détour. J'aurais dû me méfier en entrant – hormis un couple de touristes, y avait pas un chat dans le resto. La bière était chère et la viande juste correcte. Le gars m'apporte mon plat, et cinq minutes plus tard, voilà qu'il se met à balayer sur mes pieds. Je dis trop rien, je coupe ma viande. Y repart, et revient avec un aspirateur préhistorique. Je me dis qu'il ne va pas oser mettre en route sa machine infernale.

Un coup de coude offusqué laboura les côtes du touriste.

— Il ose ! s'offusqua le vieux. À moins d'un mètre de mon assiette, il passe l'aspirateur ! Je lui ai conseillé d'arrêter tout de suite ça parce que sinon c'est lui qui allait finir sous la table et aspirer la moquette avec ses naseaux. Il n'a pas insisté, s'est à peine excusé. Avec comme du mépris dans le regard, tu vois ?… Il a recommencé dès que j'ai eu payé l'addition, la vermine ! Une allumette, le gars, mince comme un fil dentaire ! Il tenait grâce à son chapeau. Je l'ai chopé sur le parking une demi-heure plus tard avec le démonte-pneu. Ce que ça peut être désert la nuit, ces villes… Ça, il s'est pris un sacré pourboire !

Son rire grimpa vers le ciel, réveilla la crasse de ses poumons.

— J'ai regagné mon tipi au Wigwam Motel en lorgnant les étoiles filantes par-dessus les fils électriques, marmonna-t-il, épongeant son visage avec une manche de sa veste. J'aime pas qu'on maltraite la clientèle. Un peu de respect, nom de Dieu.

Enfin, il s'immobilisa, hors d'haleine.

— Voilà. On y est.

— On est où exactement ?

— Bah, j'en sais rien, nulle part il me semble.

Sa main droite s'enfonça dans une poche de son jean troué. Le tressaillement remontait jusqu'à la clavicule telle une mauvaise onde se heurtant contre un rocher. Félix Lachute déboucha sa gourde et la vida entièrement sur sa tête.

— Vous vouliez me montrer un endroit spécial je crois… C'est ici ?

— Oui. Ici. Là où j'ai laissé crever mes dernières victimes.

Le touriste partit d'un éclat de rire. Le vieil homme se renfrogna.

— Bah quoi ? T'as oublié que je suis un tueur ?

— Oh ! désolé, s'amusa-t-il.

— Je veux que tu saches où tu seras exactement quand les flics se mettront à ta recherche.

— Pardon ?

Le vieux se racla la gorge, cracha à trente centimètres des chaussures de son voisin.

— Je parle de ta tombe, le Canadien.

Félix Lachute gratta son front sous le bandana mouillé, perplexe.

— C'est comme un jeu de rôle, c'est ça ?

— J'suis sérieux, mon gars. Y a que toi qui crois qu'on s'amuse par ici ! À ton avis, pourquoi est-ce que je me fatigue à me faire des ampoules aux pieds ? Tu crois que je m'occupe que des gonzesses ?

— … On ferait mieux de retourner à votre voiture, monsieur.

— Bon Dieu, le Canadien, t'es vraiment trop con.

Le vieux frotta le sol caillouteux du talon sur quelques mètres. Dissimulé sous un buisson desséché, un panneau de bois fit bientôt entendre un son creux.

— Ce que je te raconte depuis tout à l'heure, ce que tu prends pour de l'imagination, c'est rien d'autre que la vérité pure.

Il s'accroupit, plus raide qu'un soldat, palpa la surface de la trappe à la recherche d'un cadenas et fit jaillir d'une de ses poches une clé rouillée.

— … Juré sur la tête de Patti.

Il tendit la clé au touriste de sa main vacillante.

— Va-y. Ouvre.

Le touriste hésitait, interloqué.

— Mais qu'est-ce que…

Le vieux grimaça d'impatience.

— Ouvre je te dis !

Félix Lachute s'exécuta. Mit un genou à terre. Fit jouer la clé dans le cadenas. Le panneau se souleva, révélant l'entrée d'une galerie. Une forte odeur minérale flottait dans l'air. Le vieux n'en eut cure : il prit une longue inspiration et planta son regard dans celui du touriste.

— Je veux que tu saches que c'est là-dedans que je mettrai ta carcasse si jamais tu causes de moi aux flics. T'as bien compris ?

Félix Lachute frappa les paumes de ses mains pour les débarrasser du sable, essuya ses joues moites de trouille. Ce type était totalement cinglé.

— OK, dit-il. J'ai saisi.

— À la bonne heure.

Le vieux se redressa.

— Y a peut-être un an, un rigolo dans ton genre a dit la même chose. Un de ces adeptes de la 66 qui s'était tatoué toutes les villes fantômes de la Mother Road sur la couenne. Authentique ! Il s'est dit que ce que je lui racontais pourrait bien intéresser la police. Tu veux lui causer ?

Du menton, il désigna l'entrée de la galerie.

— Il t'attend au fond.

Félix Lachute ressentit comme un fourmillement dans tout le corps, la sensation de perdre contenance, de ne pas avoir loué le bon film au magasin de vidéos.

— Explorer des grottes, c'est pas mon hobby, bredouilla-t-il, aussi pâle que le ventre d'un lézard.

Le vieux dévoila son râtelier. On aurait pu coincer un cure-dent entre chaque incisive. Il rajusta la capuche à son front.

— Tant mieux !

D'un coup de pied net et puissant, il fit retomber la planche de bois.

— Ah ! j'oubliais : pas un mot à Patti.

VII

Soft shoulder[1]

---

1. Accotement non stabilisé.

Cancer (June 22 – July 22)
Try tai chi and meditation.

Vendredi 15 juillet

Pine Flat Campground, Arizona

Le distributeur de boissons gazeuses et de snacks gisait sur le sol, pattes en l'air, vitrine brisée, comme éviscéré. Seuls rescapés, des paquets de bonbons à la menthe et de chewing-gums s'accrochaient au présentoir. On avait broyé plusieurs canettes de Mountain Dew, souillé la marchandise, et des paquets de chips éventrés s'étalaient sur une trentaine de mètres en direction des sanitaires. Ted Mc Kee essuya la buée de ses binocles avec un mouchoir et repoussa du pied une bouteille d'eau minérale aplatie.

— Perd rien pour attendre celui-là, bougonna-t-il.

— Il devait avoir sacrément les crocs, ton campeur.

Ted tourna la tête, identifia aussitôt l'homme qui se tenait derrière lui : la cinquantaine, uniforme gris foncé,

399

chemisette aux manches rehaussées d'écussons et paire de rangers noirs, l'officier Wil Andersen lui tendit une paluche amicale. Ted la saisit sans entrain.

— Salut Wil. Qui t'a prévenu ?

— Ta femme m'a dit qu'on t'avait appelé dans la nuit… Y a eu un petit problème à ce que je vois.

L'officier Andersen s'approcha de l'appareil supplicié, fit craquer quelques Baked Cheese Curls sous ses semelles et plia les genoux, l'air navré.

— Je crois bien qu'il va falloir t'en payer un autre, Ted.

— Bah ! cet engin marchait une fois sur deux. Mais c'était pas une raison pour s'acharner dessus. Quel gâchis !

L'officier ramassa une branche cassée dans l'herbe et souleva le loquet en métal du monnayeur : un quart de dollar se trouvait encore dans le logement.

— On dirait que quelqu'un a oublié sa monnaie.

Ted retira sa casquette et se gratta la nuque. Du menton, il désigna un camping-car sous les pins *ponderosa*.

— Le Cheapa Wanderer là-bas, c'est des touristes français : à quatre heures du matin, ils ont entendu Dallas aboyer tout son soûl et puis après, comme un grand fracas.

— Est-ce qu'ils ont vu quelque chose ?

— Rien du tout à part le corniaud qui détalait.

L'officier se releva, bien décidé à suivre la piste des paquets de chips. Ted lui emboîta le pas.

— Je me demande quelle sorte de yaourt il peut y avoir dans la caboche d'un type qui se livre à un tel carnage, maugréa-t-il, rajustant une bretelle à son pantalon.

— Le monde tourne plus rond, mon vieux. Tiens, y a pas trois jours, un gars s'en est pris à une pompe à essence. Ça s'est passé pas loin, chez Giant, la station-service sur Milton Road à Flagstaff…

— Je connais.

Wil baissa d'un cran le haut-parleur du récepteur de sa CB accroché à l'épaule.

— Il y avait des ratés dans la distribution, le client était pressé alors il a fait une mauvaise manip' et s'est douché les arpions. Ni une ni deux, il a ouvert son coffre, farfouillé dans son bazar et il a sorti une batte de baseball.

Il mima la scène des deux mains, ponctuant le geste fatal d'un « boum ! » Ted siffla entre ses incisives.

— Rien que des malades.

— Y avait ses gosses sur la banquette arrière, aux premières loges.

Au-delà des sanitaires, le chemin se partageait en deux tronçons. Des morceaux d'emballages papillonnaient plus loin sur le sentier conduisant à la rivière ; ils s'y engagèrent, respirant des parfums humides de pins et de cèdres.

— Dis-moi, y a combien de temps que t'as pas sorti une truite, Willy ?

L'officier ricana. Sa dernière partie de pêche avec Ted s'était transformée en concours de roupillon sur pliant, ils avaient fini *ex aequo*.

— Ça doit remonter à ta dernière visite chez le dentiste, plaisanta-t-il.

Le paisible ruissellement de l'eau sur son lit de roches s'harmonisait à la beauté de l'aurore : un voile jaune d'or se déployait sur Oak Creek, et les oiseaux se chamaillaient, chaque espèce prétendant au chant le plus mélodieux avec vigueur. Ils stoppèrent net à l'orée du sous-bois : au pied d'un arbre, sur un coussin d'épines, s'étalaient des restes de barres chocolatées. Wil en retourna une d'un coup de semelle crantée.

— On dirait bien que notre gars a une préférence pour les Snickers aux amandes.

Ted frotta sa mâchoire râpeuse.

— Y a un truc qui me gêne, Wil.

— On est d'accord.

Ils s'approchèrent de l'arbre et en reniflèrent l'écorce. Plissements réciproques de narines.

— Tu penses à ce que je pense ?

— Affirmatif.

L'expression de leurs regards en disait long sur la gravité de la situation.

— Monsieur Mac Kee ! Venez vite !

L'écho d'une voix leur parvint depuis le camping, quelqu'un appelait à la rescousse. Ils remontèrent le chemin en quatrième vitesse, leurs trousseaux de clés battant contre leurs cuisses. Un petit groupe les attendait devant le bâtiment des douches : la famille du camping-car au complet. Le père tenait deux enfants contre lui, la mère serrait le plus jeune dans ses bras ; cinq visages paralysés d'effroi. Ils indiquèrent la même direction d'un mouvement de tête collégial.

— C'est le petit qui l'a trouvé là, dans la buanderie…

L'officier Andersen fit reculer tout le monde, posa une main sur l'étui de son arme de service et prudemment, poussa la porte entrouverte.

Le cadavre gisait contre le mur dans une mare de sang. Wil s'en approcha, sourcils froncés : le crâne avait été fracassé, la langue pendait entre les crocs, flasque. Il posa un genou sur le carrelage et appela son ami. Ted se figea devant la dépouille de l'animal, bras ballants.

— ... C'est Dallas.

— Désolé vieux, mais je crois bien que ton chien ne courra plus après les grosses bêtes.

Aries (March 21 – April 20)
Reaching a conclusion is never
the end, just the next door.

Saint-Louis, Missouri

Dénicher le loueur de voitures au niveau inférieur du terminal 1 de l'aéroport fut le plus ardu – comptoir déplacé pour travaux –, rejoindre le quartier de Compton Heights ne prit qu'une trentaine de minutes à Desmond.

La propriété des Cantrill transpirait l'opulence : construite dans un quartier de riches hommes d'affaires, style fin XIXᵉ, elle s'élevait, fière de son architecture néoromantique, exaltant les préceptes de l'Académie des beaux-arts jusque dans l'alignement des massifs en fleurs.

Une domestique portoricaine vint accueillir le visiteur sur le perron.

— Madame vous attend, monsieur Blur.

Vitraux, fresques murales, escalier massif en acajou, Desmond imagina quel contraste provocant cela avait pu être, pour l'enfant élevé dans une pauvreté sans bornes, que d'habiter soudain ce royaume du stuc et des lustres en cristal. Le temps avait cependant défraîchi les peintures, terni rideaux et tentures ; quelques meubles au design contemporain prétendaient se fondre dans le décor, offrir à la bâtisse une seconde jeunesse.

— Bonjour professeur.

— Desmond, s'il vous plaît, fit-il avec douceur. Bonjour ma tante.

Shirley Cantrill était honorée de trouver un prix Pulitzer dans son salon, bien que l'allure générale de son neveu la déconcertât : la peau hâlée, les cheveux touchant presque les épaules, une chemise portée simplement sur un jean, il avait fait l'impasse sur le rasage avant de filer prendre son avion au petit matin.

— Je n'imaginais pas mon neveu ainsi.

— Je n'imaginais pas ma tante aussi ravissante.

La soixantaine entretenue, Shirley Cantrill portait une robe ajustée en lin vert amande et des espadrilles très chics dont les lacets grimpaient à mi-mollets. De la main, elle repoussa le compliment comme on chasse une mouche.

— Nous avons tous suivi ton parcours admirable. Benjamin était un père comblé. Je regrette sincèrement de ne pas avoir été là pour l'accompagner dans sa dernière demeure. Hélas, nous avons appris son décès bien trop tard, crut-elle utile de justifier. Que puis-je t'offrir à boire ?

Le souvenir de l'Indien à coiffe de plumes libérant les cendres de son père à la surface d'un ruisseau traversa l'esprit de Desmond tel un fantôme circonspect. Il douta que sa tante eût été à l'aise en pareille circonstance.

La Portoricaine à jupette leur servit un thé glacé. Desmond arborait un sourire poli, distrait par ce climat raffiné caricatural. Sa tante avait hérité de la maison à la mort de ses parents et entretenait le souvenir d'une opulence bourgeoise en déguisant ses employés de maison de chemisiers noirs et petits tabliers de dentelle immaculés.

— Merci Julia, vous pouvez disposer.

La domestique s'éclipsa.

D'après les photos qu'elle ne tarda guère à exhiber, Shirley Cantrill était tout le portrait de son père : sourcils forts, yeux noisette, nez affirmé et lèvres boudeuses. Sa chevelure assortie au bois précieux des meubles blondissait sous les rayons du soleil qui pénétraient par une porte-fenêtre donnant sur le jardin. Le minois de Shirley, Shirley à la plage, le cheval de Shirley… chaque page de l'album semblait lui être dédiée. Desmond commençait à s'interroger sur le sens de sa présence en cette demeure lorsqu'une photo attira son attention : elle montrait deux garçons figés dans une posture faussement sereine sur le perron, habillés coquets. Mince, visage carré, cheveux blonds gominés sur le front, raie sur le côté mais buste droit, Benjamin affichait onze ou douze ans. À côté, son demi-frère faisait l'effet d'une brindille, les cheveux en brosse, un rien bancal dans la façon de se tenir, et ce regard insolite, entre flétrissure et bravade. Desmond jeta un œil au verso : une date y était encore visible, écrite à l'encre bleue.

— 1948…

Shirley Cantrill trempa le bout de ses lèvres dans un verre en cristal.

— C'est lui. Avec ton père. J'ai cru comprendre que tu ne venais pas ici pour t'attendrir devant les photos de famille mais pour que je te parle de ton oncle.

Il confirma d'un hochement de tête.

— David… Dieu seul sait ce qu'il est devenu, fit-elle avec mollesse. Il a quitté la maison lorsque j'étais encore enfant. La dernière fois que je l'ai vu, je dois dire qu'il ne m'a pas fait très bonne impression.

— Quand était-ce ?

— Eh bien, il y a peut-être un peu moins de cinquante ans, sourit-elle, coquette. Puis-je savoir ce qui a réveillé en toi cet intérêt soudain pour *la famille* ?

Ce que Desmond lui révéla tenait en peu de phrases : il avait récemment découvert l'existence d'un cahier contenant les confessions d'un tueur ayant sévi plusieurs années sur la Route 66 et semé une quarantaine de victimes dans son sillage. La probabilité que ce dernier puisse être l'homme qui agressa ses proches à Narcissa en 1966 et les nombreuses similitudes relevées entre le parcours de ce tueur et celui de son oncle l'avaient conduit là, dans son salon.

Shirley manqua de renverser du thé sur sa robe.

— Effroyable.

Elle se leva du canapé, déconcertée.

— Ce que je sais de David m'a surtout été rapporté par ta grand-mère… Excuse-moi.

Elle alla directement vers le meuble-bar à l'opposé de la pièce.

— Brandy-cherry ? proposa-t-elle.

— Merci, non.

Elle remplit un verre à porto dont elle avala le contenu cul sec. Un sourire affable reprit sa place sous les pommettes.

— La dernière fois que je l'ai vu, ton oncle devait avoir vingt ans. Il avait renoué avec ma mère sans que mon père ne le sache.

— Pour quelle raison ?

Tintement d'un bouchon de carafe, antique grincement, Shirley Cantrill remisait l'alcool de cerise dans le meuble Louis XV en marqueterie.

— Il avait besoin d'argent. Ta grand-mère était très croyante, Desmond. Toute sa vie, elle a porté la culpabilité de ne pas avoir « sauvé » David… On étouffe dans cette pièce.

Elle ouvrit la porte-fenêtre, un air chaud embaumé du parfum des roses du jardin pénétra le salon.

— … Elle a bien mal agi en l'abandonnant enfant à une institution religieuse. Il en a certainement beaucoup souffert, mais parfois la vie ne vous laisse pas le choix. Dès qu'elle a eu la possibilité de reprendre David avec elle, elle l'a fait, et mon père l'a aussitôt considéré comme son fils. Mais David n'était pas un enfant comme les autres.

Desmond fit tinter les glaçons dans son verre.

— Qu'avait-il de différent ?

— Il était… bizarre. Ton père fut le premier à remarquer son comportement anormal.

— Mon père ?

Elle se laissa glisser dans le canapé et passa un bras derrière le dossier, appuyant sa tête contre la paume de sa main.

— Après son mariage, maman décida de reprendre ses fils avec elle : ton père vivait encore chez tes arrière-grands-parents à Narcissa et je crois qu'il y était heureux. Son passage à Saint-Louis ne dura pas bien longtemps ; au bout d'un an, il supplia notre mère de le laisser repartir.

— Pour quelle raison ?

— Il avait peur.

— Peur de son frère ?

— Oui. David avait fait quelque chose de terrible. Ton père était revenu d'Oklahoma avec un petit chien que lui avaient offert les grands-parents. Tout jeune, peut-être un an. David l'a empoisonné avec de la mort-aux-rats. À l'époque, personne n'a voulu croire qu'il ait pu commettre un acte aussi monstrueux et il n'a pas été puni, mais il l'a fait. Il s'en était même vanté auprès de son frère.

Desmond fit glisser vers lui, sur la table basse, la photo des jeunes garçons.

— Son comportement dénote un fort niveau d'agressivité, typique d'une psychopathologie, commenta-t-il, scrutant le visage de David.

Shirley Cantrill éclaircit sa voix.

— Moins d'un an plus tard, je venais au monde à la grande joie de mes parents… et à son grand désespoir.

— Avoir une petite sœur était certainement la dernière chose qu'il souhaitait.

— C'est le moins que l'on puisse dire.

Elle croisa les jambes.

— Un après-midi en rentrant du collège, il m'a fourrée dans son sac de sport. Heureusement, une voisine qui l'a croisé dans la rue a entendu des cris étouffés provenant de la sacoche qu'il tenait à la main. Il ne voulait pas me faire de mal, seulement me déposer à un arrêt d'autobus pour que quelqu'un d'autre que ma mère s'occupe de moi ! Du moins, c'est ce qu'il a raconté à mes parents. Ils ne l'ont pas cru, évidemment. Ensuite, il y a eu des problèmes avec la bonne… Je crois qu'il la forçait à voler dans les affaires de mon père… David ne se comportait pas de façon très catholique avec elle.

Desmond repoussa la photo au centre de la table.

— Attouchements sexuels ?

— D'après ma mère, la bonne était plutôt consentante, mais tout cela n'a pas plu à papa. Il y a eu une violente dispute : ils se sont battus, David s'est enfui. La police l'a retrouvé le lendemain matin, prostré derrière des poubelles à moins d'une centaine de mètres de la maison.

Dans ses propos, Shirley Cantrill n'exprimait ni dédain ni marque d'affection envers son demi-frère. Mais les intonations forcées de sa voix traduisaient un malaise diffus, comme si elle repoussait un drap sale du bout des doigts que le vent sans cesse rabattait contre sa figure.

— Ensuite ?

— Ensuite, soupira-t-elle, mon père l'a fait placer en maison de correction. David a tenté un nombre incalculable de fois de s'évader, jusqu'au jour où ils n'ont pas couru assez vite pour le rattraper. Pendant deux ans, mes parents n'ont plus reçu aucune nouvelle. Et puis un matin, je devais avoir dix ans à l'époque, ma mère a fait entrer un clochard dans la maison.

— Votre frère.

Shirley Cantrill jouait machinalement avec une bague en or sertie d'un magnifique rubis passée à son annulaire droit.

— Rien que la peau sur les os. Et il sentait horriblement mauvais ! Maman a eu pitié de lui… Ça n'a cessé d'empirer par la suite.

— Votre père a déposé une plainte pour vol en octobre 1957, il me semble.

— Oui. David a disparu en emportant beaucoup d'argent et notre nouvelle bonne a fui avec lui.

— Pamella Davy.

— Je crois qu'elle était amoureuse. Ça ne lui a pas réussi.

— Abandonner cette pauvre fille à son sort dans une station-service était sans doute le geste le plus généreux qu'il ait eu à son égard, commenta Desmond d'un ton neutre.

Il se garda bien de préciser de quelle façon David s'était finalement débarrassé d'elle bien des années plus tard.

— Vous n'avez plus jamais revu David ? reprit-il, frottant un pouce contre son menton.

— Si, un soir… Mais tout cela est très loin, maintenant.

Happée par les souvenirs, elle se tut quelques instants.

— Tu ressembles à ton père, fit-elle comme si la menace d'un orage s'estompait. Avec quelque chose de plus sibyllin.

Les yeux de Desmond vacillèrent avant de reprendre leur expression de douce prudence.

— … il ne t'avait jamais parlé de tout cela ?

— Jamais.

Elle se redressa dans le canapé, arrangea les plis de sa robe.

— Il est vrai que je n'ai pas souvenir de toi enfant, admit-elle. Benjamin a coupé les ponts très tôt. Je crois qu'il considérait ses grands-parents comme son père et sa mère légitimes. Il a toujours refusé l'aide financière de ta grand-mère, même après la faillite de son garage. Si je n'avais pas épousé un restaurateur, ajouta-t-elle avec sarcasme, je pense que nous n'aurions jamais eu l'occasion de nous revoir.

411

Elle se leva. La conversation prenait fin. Puis, d'une façon parfaitement anodine, elle plaça les mains sur les épaules de son neveu et ajouta :

— C'est tout de même curieux.

— Quoi donc ?

— … Eh bien, la dernière fois que j'ai vu Benjamin, il m'a posé les mêmes questions.

Conspiration de la lumière et de l'ombre, le soleil frappait les rideaux de la porte-fenêtre que déformait une brise soudaine.

— Mon père ? Mon père est venu vous voir ? Quand cela ?

Lola remonta la fermeture de sa veste de jogging
jusqu'au cou, frileuse. À une telle hauteur, la température
battait des records de fraîcheur. Le pilote de la nacelle
accablait les passagers de bavardages – navigateur hors
pair, incorrigible pipelette. Passé l'appréhension du décollage de la montgolfière, le spectacle tenait du prodige :
Valley Verde glissait sous elle dans un impérieux silence
que le ronflement du brûleur à gaz troublait par intermittence. Parfaite démonstration de la théorie d'Archimède.
Annette ne lâchait pas son appareil, fraternisant en fran-
glais avec le pilote lourdingue, et Gaston souriait, de ce
visage épanoui propre à l'enfance, lorsque l'objet longtemps convoité suffit au bonheur.

À cent soixante-quinze dollars par tête de pipe, jamais
Lola n'aurait pu offrir pareil cadeau à ses enfants. Non

seulement Desmond leur avait obtenu des billets à moitié prix, mais il les avait réglés d'avance à la réception de l'hôtel – quoi qu'il en soit, elle comptait bien le rembourser. Une main se referma sur son bras.

— Maman, on voit la piscine de l'hôtel… Et là Coffee Pot Rock !

Abritée dans les plis du vent, Lola se délectait de cet instant, de cette improbable jouissance, serrant contre elle Gaston.

La descente serait rude.

Elle avait joint l'agence de voyages en début de matinée pour tâter le terrain, envisager de repousser le vol retour de quelques jours. Le surcoût de trois mille deux cents euros engendré par l'annulation des billets dépassait largement ses possibilités. Pour financer le voyage, Lola avait revendu le juke-box de Pierre sur eBay et mis à mort ce superbe mastodonte bardé de néons pastel au grand dam de Gaston. Elle n'avait pas encore osé l'annoncer aux enfants qui se réjouissaient d'assister à un rodéo dimanche après-midi avec leur baby-sitter, mais la famille Lombard décollerait le lendemain de l'hôtel pour prendre la route. Quoi qu'il arrive.

La vie se retournait parfois comme un gant.

Bouddhas en pagaille, fleurs de lis et gongs tibétains, ils déjeunèrent au Thaï Palace, un restaurant de l'uptown. Annette et Gaston se régalèrent de panang curry, chicken satay et teriyaki, Lola se contenta d'un thaï iced tea au lait de soja, désertée par la faim. Les perspectives heureuses prenaient la fuite, abandonnant trois grains de sable dans sa paume et une chemise d'homme dont Desmond l'avait vêtue la veille après qu'elle eut mouillé son débardeur dans le jacuzzi – chemise que Lola s'était empressée de cacher au fond de sa valise.

Profitant que son frère se rendait aux toilettes, Annette se confia à sa mère.

— À propos, j'ai mis la photo du tableau en ligne sur le blog, ça rend bien. Il a une tronche à faire peur le type sous la capuche… Tu crois qu'il a cette tête-là en vrai notre tucur ? s'enquit-elle.

— La photo ? Quelle photo ?

— Ton prof te l'a pas dit ? Il m'a demandé de la mettre en première page du blog. On a déjà une trentaine de *like*.

Les jolies flexions dans la voix d'Annette traduisaient une incontestable satisfaction : entretenir une relation avec Desmond la grandissait. Lola replia sa serviette.

— Non, il aura oublié de m'en parler.

— Ce serait lui qui aurait tué tous ces gens sur la Route 66 ?

— C'est bien possible.

— Alors, tout ce qui est dans le cahier est vrai ? Et Pierre le connaît ?

— Malheureusement, oui.

Elles échangèrent un regard.

— Faut pas montrer sa tête à Gaston, maman. Il va faire des cauchemars.

Annette titillait la bretelle de son soutien-gorge avec un soupçon de nonchalance.

— Est-ce que ça changerait quelque chose si on ne t'avait pas volé ce cahier ?

— Je ne sais pas. Je pense qu'on aurait avancé plus vite dans nos recherches pour identifier cet homme, mais on ne serait pas allé beaucoup plus loin.

— Ah bon ?

La réponse de sa mère désappointait la jeune fille.

— Le récit s'arrête en 97 et il n'y a aucune indication concernant l'endroit où le tueur se cacherait aujourd'hui. Où alors je suis passée à côté, ce qui est possible aussi.

— Mais tu m'as bien dit que ce cahier avait de la valeur ?

— Oui, il aurait pu nous rapporter gros.

— De quoi rembourser les dettes ?

— Très largement.

De la pointe de ses baguettes, la jeune fille traça deux lignes parallèles sur la nappe, songeuse. Gaston revenait dans leur direction.

— On reparlera de tout ça plus tard, chuchota Lola.

Le garçon déposa une branche de fleurs d'orchidée à côté du verre de sa maman.

— Cadeau.

Elle souleva les sourcils.

— Merci, c'est gentil, d'où ça vient ?

— Ben des W-C. C'est des oufs, ici ! dit-il avec une moue placide. Le lavabo est rempli de pétales de roses et y a des bougies partout.

Annette pouffa.

— Pourquoi tu rigoles ? interrogea son frère.

— S'ils se lavent les mains avec des fleurs, je me demande avec quoi ils peuvent bien se…

La suite de la phrase de sa fille fut d'une telle trivialité que Lola préféra croire qu'elle n'avait rien entendu et s'abandonner à la relecture du dernier texto reçu de Desmond :

Confirmation : 1) je suis bien le neveu d'un psychopathe. 2) j'ai très envie de mieux connaître la France.

Route 66, Missouri

Il avait quitté l'autoroute pour venir s'échouer ici, étape hors du temps, fouler *LA route* ; l'I-44 en longeait l'ancien tracé, la surplombant au gré du relief. *The Main Street of America* n'était plus qu'un tronçon de bitume grisâtre et craquelé, le ventre transpercé d'herbes folles. Desmond s'accroupit pour en caresser le grain chauffé par le soleil.

Impudique tête-à-tête.

Évocation d'une immense pierre tombale à l'abandon, la route désaffectée ravivait sa mémoire : il était revenu dans la région de son enfance à l'occasion d'un déplacement à Oklahoma City en 2005. Narcissa n'était déjà plus qu'une ville fantôme : deux bâtiments en ruine se faisaient face de chaque côté de la rue principale. L'un d'eux dressait une charpente à vif, les murs noirs de suie ; l'autre fut tristement familier au visiteur. Le vestige d'une enseigne ronde en tôle rouillait parmi les broussailles, on pouvait y discerner le contour de lettres peintes par Benjamin Blur en 1960 : « Ben's Auto Repair ». Devant le garage en ruine, le vestige d'une dalle en béton fissurée signalait encore l'emplacement où jadis se trouvaient les pompes à essence. Celles-ci avaient sans doute été arrachées et récupérées par un collectionneur d'antiquités. Cette station-service aux fenêtres aussi vides et noires que les orbites d'un crâne était le décor d'une bien mauvaise pièce dans laquelle Benjamin Blur avait écopé du premier rôle.

Son fils connaissait maintenant l'origine de sa fortune. Le représentant de commerce n'avait eu nul besoin d'étrangler ses clientes : il avait bâti la maison sous les arbres grâce à l'héritage de sa mère dont il refusa le soutien financier toute une vie. Foutu orgueil ! Et quel destin pathétique que celui de son père. Il réunit trois cailloux dans sa paume, les soupesa, et un à un, du plus petit au plus grand, les aligna sur le bitume.

Cassie, Nora, Benjamin.

Il reprit le volant.

Desmond quitta l'I-44 à la sortie 169 et bifurqua en direction de State Highway Z. Il y avait pléthore de scènes de crime, mais une seule lui semblait digne d'intérêt : le motard renversé à Devil's Elbow. La lecture du blog de Lola avait été déterminante dans ce choix et il savait exactement où et quoi chercher, au plus profond de la forêt des Ozarks.

> Route 66, Elbow Inn, Missouri. Première étape matinale, dégoter le fameux Coude du diable, ou Devil's Elbow, pont légendaire de la Route 66. Après plusieurs demi-tours (encore une fois, le trajet est très mal indiqué, sans aucun repère de distance, et les États-Unis sont fâchés avec les

418

panneaux indicateurs), nous parvenons au lieu-
dit. Quelques mètres avant le pont, en pleine forêt,
un bar, le Elbow Inn, recommandé par le guide du
Petit Futé (et des dizaines d'autres), a tout du
repaire de truands. « *Un endroit qui ne ressemble
à aucun autre. Le plafond est constellé d'une
bonne centaine de soutifs offerts par les clientes
du samedi soir. Que du gros bonnet.* » Intrigués
par cette histoire de soutiens-gorge dont parle le
tueur, Gaston et moi allons visiter le bar. Annette
préfère rester dans la voiture, rassurée par ses
écouteurs – pas le genre à laisser sa petite culotte
traîner quelque part. Nous poussons la double
porte à moustiquaire. Clair-obscur à l'intérieur :
Gaston s'installe sur un tabouret du bar à côté de
moi, on guette la serveuse. « *Patricia Schmale,
quarante-huit ans. Une cascade de boucles qui
descend dans le cou, une poitrine moulée dans la
chemise sans pudeur, des bracelets en cuir pour
montrer que la dame a du cran, et un regard qui
ne fait pas de crédit. Un battement de cils te suffit
pour comprendre que t'es pas le premier à tomber
sous le charme et que t'as pas intérêt à laisser
passer ton tour.* » Celle qui nous accueille a moins
de trente ans, elle est très gentille avec Gaston.
Finalement Annette se décide à nous rejoindre et
mitraille sans vergogne avec son appareil photo.
Non loin d'ici, notre homme aurait réglé son
compte à un motard qui importunait sa serveuse
préférée (il aurait fréquenté Patricia Schmale
presque un an) : « *À un croisement, il s'est arrêté,
j'ai appuyé sur l'accélérateur, et puis je suis
revenu finir mes œufs. Quand Patricia m'a servi
mon café je lui ai dit : "T'embêtera plus celui-
là."* Elle a compris le lendemain quand le shérif
adjoint est venu faire son enquête, que le motard

ne s'était pas flanqué tout seul dans le fossé. Elle n'a rien dit au flic, mais elle m'a demandé de dégager tout de suite. J'ai repris la route. J'aurais pas dû. » Disciplinés, nous laissons un dollar avec nos trois signatures sur le comptoir : il va rejoindre les autres billets punaisés au plafond à côté des sous-vêtements féminins, comme le veut la coutume de la 66.

Si Desmond ne commettait pas d'erreurs, si son oncle avait bien menti dans cette partie du récit comme il le supposait, alors les retrouvailles étaient proches.

Il gara sa voiture sur le bas-côté d'une route forestière à l'entrée d'un pont rouillé qui enjambait Big Piney River. Sur un fil tendu en travers de la route, un drapeau prévenait qu'ici commençaient et finissaient les États-Unis. À une cinquantaine de mètres du pont, un drôle de baraquement, cuirassé de plaques émaillées publicitaires vantant les qualités d'une bière, de sodas ou d'huiles de vidange, montait la garde depuis plus d'un demi-siècle. Le bar le plus mythique de la Route 66 consistait en une bâtisse proche du délabrement. C'était pourtant là que le tueur s'était échoué un jour, comme chaque année une bonne centaine de touristes curieux de tirer à eux la moustiquaire et d'aller voir à l'intérieur si ça remuait encore.

Desmond ôta ses lunettes de soleil et poussa la porte. D'autres drapeaux américains pendouillaient au milieu d'une constellation de soutiens-gorge poussiéreux. Un billard cacochyme, six tables recouvertes de toiles cirées luisant sous un néon publicitaire Budweiser, un téléviseur fiché à l'angle d'un mur lambrissé, des guirlandes persistant à vouloir fêter Noël, le Elbow Inn ne prétendait rien d'autre que désaltérer le péquenot. Une fenêtre scandaleusement rikiki diffusait un arc de lumière sur le bar. Desmond s'y accouda. Alignés sous son nez, une armée de flacons souples de moutarde, ketchup et mayonnaise dégageaient d'aigres relents.

Une jeune femme blonde aux épaules nues ne tarda guère à lui servir une bière. D'une amabilité rustique, elle délaissa ensuite le client, occupée à ranger des verres propres sous le comptoir. Puis, miraculeusement, elle poussa vers lui un bol de cacahouètes.

— Touriste ?

Desmond pencha la tête sur le côté avec un faible sourire.

— Pèlerinage.

Elle le dévisagea.

— Vous êtes déjà venu ? Je vous ai jamais vu...

— Pas moi. Mon oncle, fit-il avec douceur.

Elle reprit son rangement sans le quitter des yeux, agrippant un torchon pour astiquer les verres.

— Et il ressemble à quoi votre oncle ?

Desmond porta la bière fraîche à ses lèvres, bu une gorgée, posa la bouteille sur le comptoir.

— Il paraît qu'on a les mêmes.

D'un coup de tête, elle fit passer sa chevelure derrière ses épaules.

— Les mêmes quoi ?

Desmond plaça deux doigts en « v » à hauteur de ses yeux. Elle eut un rire un peu mou, comme lorsqu'on somnole dans le canapé devant un film comique. Mais le charme agissait : déjà, elle se tenait plus droite, jetant des œillades derrière son torchon. L'homme en profita pour engager la conversation et fournir quelques détails sur l'oncle en question – emporté par la maladie, paix à son âme ! – jamais il n'avait oublié une certaine serveuse rencontrée à l'Elbow Inn à la fin des années quatre-vingt-dix.

— Elle s'appelle Patricia, Patricia Schmale.

La fille leva les yeux en pinçant les lèvres, minaudant.

— Patricia Schmale ? Ça ne me dit rien du tout.

— À l'époque, elle devait avoir la cinquantaine, les cheveux bouclés.

— Si c'est celle à laquelle je pense, elle est partie il y a belle lurette.

Un silence tomba brusquement sur eux, comme une pomme tombe de l'arbre.

— Partie ?

— Partie, oui. Elle a quitté la région.

— Dommage, je me faisais une joie de la rencontrer, fit-il, contrarié. Je crois qu'ils ont vécu quelque chose de très passionnel et la plus grande tristesse de mon oncle était de ne jamais l'avoir revue. Moi qui lui avais fait la promesse de la retrouver…

— Faudrait que vous demandiez au patron, il a peut-être gardé ses coordonnées.

— Et le patron, il est où ?

Elle entrouvrit la petite porte derrière le bar : une odeur d'oignon frit s'échappa de la pièce voisine.

— *Daddy !* Tu peux venir une minute ? Y a quelqu'un pour toi !

La porte se referma sur un odieux grincement.

— Il arrive… Vous voulez une autre bière ?

Desmond déclina la proposition mais offrit un café à la jeune femme. Elle reprit son activité manuelle, s'attelant au dégraissage des flacons de sauces en fredonnant.

Son unique client leva les yeux au-dessus du bar : des centaines de billets de banque américains et étrangers, tous personnalisés au feutre noir, étaient punaisés au plafond. Cette nécessité qu'avaient les gens de laisser une trace pour marquer leur passage conférait à l'endroit un aspect sépulcral. Desmond plissa les yeux, scrutant ce papier peint de fortune, cherchant un certain billet de un dollar fraîchement épinglé par une jolie dame et ses enfants. Mais d'autres billets exposés au-dessus du bar attirèrent son attention : des coupures de dix et vingt dollars aux couleurs passées.

— On peut vous aider ?

Un homme d'une soixantaine d'années à la peau rougie, aussi haut que large, se tenait derrière le comptoir, vaguement dédaigneux.

On ne badinait pas avec un colosse.

Surtout quand on envisageait de lui rectifier la décoration.

Bonjour monsieur Banning, pourriez-vous me dire si ma présence est encore requise pour les besoins de l'enquête ? Nous avons hélas des impératifs de vol.

Gary Banning avait eu connaissance du SMS de Lola dans la matinée. Il se présenta directement à la réception de l'hôtel vers 17 heures, soucieux de ne pas laisser partir la petite famille sans un adieu. Lola le retrouva avec les enfants.

— Notre affaire de vol étant résolue, vous êtes parfaitement libre de partir quand bon vous semble, madame Lombard.

Une déception réciproque se lisait sur leur visage.

— Merci, monsieur Banning.

— Mais… et votre enquête avec le professeur ?

— Nous restons en contact, bien sûr.

— À ce propos, les choses avancent bien, je crois ?

Lola entoura les épaules de Gaston.

— Oui, tout à fait, monsieur Banning.

L'officier se tourna vers Annette.

— Enfin, comme je le disais à votre fille, c'est bien dommage qu'on n'ait pas pu récupérer le cahier.

— Vous avez parlé avec Annette ?

— Oui, madame, hier après-midi, je suis passé les voir au Dead Horse Ranch. Je voulais m'assurer que tout allait bien… Votre fiston a tiré un sacré poisson hors de l'eau ! De quoi faire un fameux barbecue, ajouta-t-il, frictionnant les cheveux de Gaston. À ce propos, si vous êtes encore avec nous dimanche, on organise une petite fête dans le jardin avec ma femme…

— C'est très gentil mais nous serons déjà sur la route.

Mines renfrognées des enfants.

— Alors faites bon voyage, madame Lombard. On va vous suivre sur votre blog.

Le chef de police tira une carte de visite d'une poche de sa chemise et la lui tendit après y avoir griffonné quelque chose. Un sourire inquiet s'étalait sur sa figure.

— Et surtout, appelez-moi à ce numéro en cas de besoin. C'est celui de la maison.

Les enseignes défilaient de chaque côté de la rue principale, pâles lueurs de commerces sous un ciel étoilé. Lola conduisait, vitres baissées, une main sur le volant. Depuis le départ de l'hôtel, Gaston n'avait cessé de râler. Ses protestations ajoutaient à ce sentiment de dépouillement, comme si la nuit était entrée en Lola aussi sûrement que dans la ville.

— J'ai toujours rêvé de voir un vrai rodéo, pourquoi on ne reste pas un jour de plus ?

— C'est ça ou on oublie la journée au parc Universal, répliqua-t-elle.

— On ne peut pas faire les deux ?

— Non. Il faut choisir : Hollywood ou les cow-boys.

Le folklore local ne pouvait rivaliser avec les attractions du parc Universal Studios de Los Angeles. Son iPod collé aux oreilles, Annette se gardait de tout commentaire.

— Mais… et papa ? Ton prof, il a promis de le retrouver, non ?

— Il y travaille, Gaston, il y travaille.

— Et toi tu ne l'aides plus, dit-il comme une évidence.

Elle eut un sourire crispé.

— Il avancera bien mieux sans moi.

La voiture ralentit à la hauteur d'une soucoupe volante stationnée sur un parking. Le Red Planet Diner était un point lumineux dans la galaxie commerciale de la ville du Vortex : petits hommes verts, créatures intergalactiques en caoutchouc et héros de séries télévisées SF fabriqués chez Mattel convergeaient là dans une ambiance bon enfant. Le mythe de l'Amérique, revisité par le truchement de ses envahisseurs multiples venus de l'univers.

— Y a E.T. devant les W-C, lâcha Annette.

Gaston leva les yeux au plafond transformé en voie lactée, avec maquettes d'engins spatiaux suspendus à des fils de pêche.

— Trop le délire !

Des spots rouges réchauffaient le carrelage blanc et la peinture métallisée. Ils prirent place dans un box, sous un masque en plâtre du visage de Spock ; les enfants plongeaient déjà le nez dans le menu.

Vers 20 heures, Desmond avait appelé Lola depuis le hall de l'aéroport. Sa voix traduisait un état d'excitation et d'anxiété. « *J'ai hâte de vous raconter, Lola.* »

Ses yeux devaient briller d'un éclat triomphal. Le brusque départ de la famille Lombard contrariait ses plans : il ne lui était pas possible de rejoindre Sedona avant minuit. « *Fuck !* » Lorsqu'il raccrocha, il sembla à Lola qu'elle regardait cet homme au travers d'un miroir seulement capable de refléter ce qui, en réalité, n'existait pas.

— C'est trop nul de partir demain, ronchonna Gaston.

Annette donna un coup de coude dans l'épaule de son frère.

— Tu vas pas nous prendre la tête avec ça toute la soirée !

— Bon, vous deux, vous avez choisi ?

Annette hésitait entre un chocolate heaven cake et un milk shake à la banane.

— Annette, c'est le dessert ça. Choisis déjà ton plat s'il te plaît.

Le serveur dont l'apparence ne trahissait aucune origine extraterrestre nota la commande des boissons. Les enfants carburaient au Pepsi, Lola aurait volontiers bu un alcool fort mais dut se contenter d'un cranberry juice – pas d'alcool chez les aliens. Un énorme hamburger atterrit bientôt devant Gaston, accompagné d'une assiette de frites.

— Roswell Burger !

Recouvert d'un magma de chili et piment mexicain. Pareil hamburger n'était pas humain, le fiston se consolait comme il pouvait.

La petite famille attendit la fermeture de la soucoupe volante pour rejoindre l'hôtel. Gaston tombait de sommeil.

— J'ai plus de slip propre pour demain, bâilla-t-il avant de sombrer tout habillé sur le lit.

Annette ne tarda pas à l'imiter.

Il était plus d'une heure lorsque Lola, déjà sous les draps, reçut un message de Desmond sur son portable : il l'attendait sur le parking de l'hôtel.

Elle enfila une jupe et un débardeur, lissa ses sourcils du bout des doigts, referma doucement la porte, traversa le parking. La silhouette du professeur se détachait devant les baies vitrées du hall d'accueil. Elle franchit les derniers mètres, le cœur fragmenté.

— Désolé d'arriver si tard, s'excusa-t-il.

Desmond prit ses mains dans les siennes et la contempla longuement, comme si Lola était devenue pour lui une source de joie et de réconfort, un rayon de lumière qui se serait frayé un chemin dans l'opacité de sa vie.

Le distributeur de l'hôtel abandonna bruyamment un paquet de Cheetos Crunchy et deux Dr Pepper dans son réceptacle. Desmond récupéra le tout et retrouva Lola sur la terrasse. Accoudée à la rambarde, sous le miroitement de la lune, sa peau semblait de satin et dégageait un parfum inoffensif de crème hydratante.

— Bonne pêche ?

— On s'en contentera. Tenez.

Il lui tendit un soda, s'accouda de la même façon, contemplant la vallée engourdie dans une obscurité apaisante. Le sandwich avalé durant le vol était loin. Desmond déchira l'emballage du paquet de chips d'un coup de dents. Il était aussi impatient d'informer Lola des progrès de son enquête que de mettre quelque chose dans son estomac.

— … Mon père a contacté sa sœur quelques mois après le double assassinat d'Oklahoma City. Il pensait que leur frère avait un rapport avec ces meurtres.

— Pour quelle raison ?

— Les prélèvements ADN. Mon oncle avait fait le ménage dans la chambre d'hôtel à Oklahoma City avant de filer, mais les flics on retrouvé des empreintes partielles et aussi des cheveux dans le siphon de la baignoire. Un comparatif a révélé une parenté entre l'ADN de mon père et l'un des cheveux. Suite à une erreur de manipulation, l'échantillon n'a pas été conservé dans le dossier. Vous voulez des chips ?

— Non merci. Comment votre père était-il au courant de ces détails ?

— La police criminelle d'Oklahoma City. Il leur a confié tout ce qu'il savait à propos de son frère – c'est-à-dire peu de choses : l'homme avait un comportement instable et violent, habitait à Detroit dans les années soixante et il était sans nouvelles de lui depuis plus de trente ans. Ah ! j'oubliais : mon oncle s'appelle David Owens.

Lola devint songeuse, comme perdue dans des conjectures macabres.

— … David Owens…

— La police d'Oklahoma City a fait des recherches, poursuivit Desmond. Ils ont retrouvé sa trace au Nouveau-Mexique à Santa Rosa, là où il s'est marié, mais il a quitté la ville en 75. Quant aux empreintes, elles correspondent à celles d'une autre affaire.

— Laquelle ?

— Le couple d'antiquaires assassinés à Groom au Texas, en 96. Le chef de police MacCandels me l'a confirmé dans un deuxième mail.

— Il s'est finalement décidé à vous répondre ?

Desmond eut un sourire facétieux. Avala plusieurs chips d'un coup.

— Je lui ai légèrement forcé la main mais on y est arrivé : notre homme avait laissé une belle empreinte de doigts sur le capot d'un vieux pick-up stationné devant la boutique.

— Et alors ?

— Alors ? Rien. Il n'est pas fiché. L'affaire a été classée en 2005.

— Mais, l'assassinat de votre sœur et de votre tante…

Desmond froissa le paquet de chips, visa une poubelle derrière lui à trois mètres. Lancé, objectif atteint.

— Toutes les preuves ont été détruites dans l'incendie du commissariat d'Afton, Lola.

— C'est vrai. Pardon.

Une brise légère souleva sa jupe. Elle frissonna.

— Vous avez froid ?

— Ça va.

Il passa un bras autour de ses épaules.

— J'ai contacté Gary pour qu'il jette un œil de son côté. Il existe plusieurs David Owens dans les fichiers de la police mais ce sont tous des homonymes, et le plus âgé est né dans le Minnesota en 1981.

— Votre oncle, c'est l'homme invisible, soupira Lola.

— Pas d'adresse fixe depuis plus de trente ans, pas de téléphone… Il doit régler toutes ses factures en liquide.

— Je n'arrive pas à croire que cela puisse être possible aujourd'hui de ne figurer dans aucun fichier administratif.

Des passages du cahier défilaient dans la tête de Lola à une vitesse vertigineuse. Des mots s'éparpillaient dans l'air, insaisissables papillons.

— … Cet homme est âgé et malade. Pierre disait qu'il ne pouvait même pas tenir un crayon. S'il souffre d'une maladie chronique, il bénéficie sûrement d'une prise en charge médicale.

— Notre pays a encore pas mal de progrès à faire de ce côté-là, se moqua gentiment Desmond en terminant son soda.

— Ça va vous agacer.

— Quoi ?

— Je vous ai prévenu dès le premier jour : il n'y a rien dans son récit qui nous permette de le retrouver.

Desmond rapprocha son visage de celui de Lola, fourra son nez dans ses cheveux.

— J'aime que vous m'agaciez.

— On ne le retrouvera jamais… souffla-t-elle.

Il dégagea la nuque du bout des doigts, respira le parfum de sa peau.

— Il habite une maison sur l'eau.

— Oh ! fit-elle, admirative. Et comment dit-on *jolie métaphore* en anglais ?

— Ce n'est pas une métaphore, Lola, David Owens vit sur un *houseboat*.

Lola scruta son visage, interloquée.

— … Patricia Schmale, la serveuse de l'Elbow Inn. Il a menti dans son récit. Il a filé avec elle en Californie. Ils ont même donné une petite fête le jour où la dame a rendu son tablier.

Elle pivota, ne sachant quel sentiment choisir entre incrédulité et espérance.

— Comment avez-vous deviné qu'ils étaient ensemble ?

— Toutes les autres femmes citées dans son récit sont mortes, non ? S'il l'a laissée en vie, c'est qu'il avait une bonne raison.

Les yeux de Lola brillaient.

— Un tueur amoureux… Où est-il ?

Desmond la prit par la taille.

— San Francisco, j'ai transmis l'adresse à Gary. Dorénavant, notre affaire est entre les mains de la police criminelle, murmura-t-il avant de poser ses lèvres sur celles de Lola.

Sa bouche avait un goût de sucre et de sel mêlés.

Le bruit d'une chaise que l'on bouscule, Lola tourna la tête.

L'un et l'autre eurent aussitôt l'impression désagréable qu'on leur passait les menottes.

À quelques mètres, près du distributeur de boissons, Annette et Gaston se tenaient immobiles, fixant leur mère avec perplexité.

Desmond coupa l'autoradio sur les dernières mesures de *The Sound of Silence* que diffusait une station de radio locale. Il sortit de la voiture accablé de fatigue, tenant sa veste par-dessus l'épaule, la sacoche sous le bras. Bonnie ne l'accueillit pas au portail – Ken Grimm était passé la nourrir à la tombée de la nuit et l'avait certainement enfermée à l'intérieur de la maison pour éviter aux voisins le désagrément de ses aboiements.

La forêt était d'un calme remarquable. Aucun frémissement de feuillage, pas le moindre ululement lancé depuis la branche d'un pin. Simplement le lointain charivari des mobiles suspendus le long de la passerelle. La lune déployait son voile blanc sur la nuit, détachant les ombres des branchages, se distrayant de son lustre à la surface des galets bordant le chemin de terre. L'homme franchit la distance qui le séparait de sa maison, monta l'escalier d'un pas lourd. Il s'était heurté avec maladresse au jugement des enfants sortis chercher leur mère dans l'hôtel avec l'angoisse qu'un malheur lui soit arrivé. La trouver dans les bras d'un homme les avaient à la fois rassurés et bouleversés ; ils étaient repartis vers leur chambre sans un mot, et Desmond d'éprouver un malaise égal au leur.

Enfant, qu'aurait-il ressenti s'il avait surpris sa mère en compagnie d'un étranger ? Sans doute un peu de cette honte qui montait en lui, teintée de jalousie. Et la crainte que Nora Blur ne souffre encore à cause d'un homme.

Dans cette passion soudaine pour Lola, il puisait une force qui, en cet instant, le désertait aussi sûrement que le doigt glisse sur la vitre.

— J'arrive, Bonnie.

La chienne s'égosillait derrière la porte. Il extirpa une clé de la poche de son jean et libéra l'animal. Bonnie jaillit tel un lévrier sur un champ de course. Mais plutôt que de se précipiter en bas des escaliers pour aller satisfaire un besoin pressant, elle fonça vers le bureau au bout de la passerelle et stoppa à mi-chemin, aboyant furieusement.

— Bonnie ?

La chienne ne se comportait jamais ainsi.

Desmond brancha l'éclairage extérieur, se délesta de sa veste, de la sacoche, et rejoignit la passerelle. Bonnie hésitait à avancer, les quinquets braqués sur la porte du bureau. Celle-ci battait faiblement dans l'obscurité, bercée par la brise. Desmond caressa Bonnie pour la calmer, releva les yeux et se tétanisa. Il y avait quelque chose au bout de la passerelle. Le poil de l'animal se hérissa sous ses doigts au moment où une masse sombre surgit de l'obscurité.

Ce que Desmond entrevit n'avait rien d'humain et lui fonçait droit dessus.

Il recula au moment où, dans un mouvement de panique, la chienne se jetait contre ses jambes.

Déséquilibré, il tomba contre la rambarde et bascula de tout son poids par-dessus. Happé par le vide, il n'eut que le temps de protéger son visage.

Une onde de douleur le submergea comme une chaleur extrême.

Un sifflement aigu précéda de quelques secondes la perte de conscience.

Taurus (April 21 – May 21)
Be clear.
Be real.
Be honest about the truth.
Details about how to heal or
expand come with communication.

La vibration monotone de la climatisation se confondait avec le timbre singulier d'une trompe en bois aborigène. Ajouté au grésillement des écouteurs de Gaston qui s'était rendormi sans les ôter, la chambre s'emplissait d'un chant impur, peu propice au sommeil. Annette repoussa le drap du pied. Farfouilla l'oreiller de sa joue. Peine perdue. De ce mélange insolite de sons en disgrâce, elle ne tirait aucun apaisement, grinçait plutôt des dents.

Sa mère avait embrassé le professeur sur la terrasse.

Desmond G. Blur, une espèce de Tarzan mal rasé avec un cerveau – le genre qu'elle aurait bien fait tomber d'un arbre s'il avait trente ans de moins.

Ce qui la choquait n'était pas que sa mère puisse s'amouracher d'un homme mais bien qu'elle n'assumait pas la situation : combien de temps comptait-elle masquer sa mélancolie à ses chers petits, faire semblant d'être encore l'épouse d'un déserteur pour rassurer son fils, prétendre que le père de Gaston allait apparaître au milieu de la route comme par miracle avec une valise remplie de billets de banque et qu'elle pourrait alors de nouveau effectuer un retrait avec carte bleue sans crainte que le distributeur ne la gobe ?

Annette se pencha sur son frère allongé à ses côtés : le visage poupon dans le sommeil reflétait la fragilité et cette prodigieuse naïveté de l'enfance. Exposé à la lumière crue du destin, Gaston s'obstinait dans l'espérance d'un retour du père prodigue, privant sa mère de toute perspective sentimentale – ne venait-elle pas de s'enticher d'un homme à des milliers de kilomètres de chez elle pour mieux le fuir et l'oublier ensuite ?

Avec précaution, Annette retira les écouteurs de son frère, embrassa son front.

Il était temps que tout cela cesse.

Contact de la moquette froide sous ses pieds.

Elle se rapprocha du lit où sa mère, elle aussi, le regard tourné vers le balcon, tutoyait le spleen.

— Maman ?

— Tu ne dors pas ?

— Non.

Leurs voix n'étaient qu'un murmure innocent flottant dans l'air.

— Il faut que je te parle…

— Maintenant ?

— Oui. Maintenant.

— C'est à propos de tout à l'heure ?

— Non.

Annette se rapprocha pour chuchoter à l'oreille de sa mère son secret.

Traversant la chambre de part en part, un rayon de lune bleuissait ses cheveux.

VIII

Turn right

Leo (July 23 - Aug. 23)
If you want a new career, now is
the time to re-educate yourself.

Samedi 16 juillet

Sausalito, San Francisco, Californie

L'inspecteur Dan Brent frotta ses gencives de l'index, grimaçant dans le rétroviseur. Il venait de passer une nuit blanche et détestait cette sensation de bouche pâteuse causée par la fatigue. Relevant le col de son blouson, il échangea un regard avec son coéquipier et tous deux quittèrent la voiture.

Des bambous envahissaient la rive, dissimulant à leur vue l'arrière du house-boat. Signe du destin, imperceptible clapotis, une pluie fine tombait d'abondance sur l'océan. L'habitation flottait à une vingtaine de mètres de la berge sous un ciel d'ébène, en retrait des autres résidences aux formes et aux couleurs pittoresques. Les portes de deux véhicules de police claquèrent dans le crachin, l'inspecteur leva une main en signe de ralliement. Cinq officiers armés suivaient maintenant sa silhouette trapue. Ils traversèrent le parking privé des résidents de Yellow Ferry Harbor en silence. Une brise frileuse leur hérissait le poil, emportant le rire d'une mouette, juchée sur un poteau immergé non loin de la berge. L'un après l'autre, les hommes s'engagèrent sur le ponton privé perpendiculaire à la baie. Une guirlande lumineuse encerclant la maison faisait mentir la grisaille matinale et révélait la teinte lilas des panneaux de bois. S'il n'y avait eu ces deux corbeaux venus les narguer depuis le pont avant de leur œil noir, ce logement flottant aurait plutôt inspiré la sympathie.

L'inspecteur Dan Brent respirait par à-coups. Il était parfaitement conscient du dérangement profond qu'il enfouissait en lui depuis qu'un obscur chef de police, planqué dans une ville fantôme de l'Arizona, était tombé sur lui par erreur au téléphone, cherchant à joindre une vieille connaissance au département du Vice. Il l'avait alors informé du pédigree supposé d'un type logé à Sausalito. Dan Brent avait pris l'affaire au sérieux.

— Pour l'instant, il s'agit seulement d'interroger le suspect, avait-il annoncé à son équipe. Alors on y va mollo.

Cette opération commando, c'était son *D-day*. L'occasion de lire enfin son nom dans les colonnes du *Chronicle* et de mettre du croustillant sur la table à l'heure du repas, glaner quelques lauriers tressés par ses trois filles et ses deux ex-épouses, retrouver un semblant de lustre. Serrer un tueur de cette envergure le changerait des ados fugueurs, femmes battues et autres fumeurs de crack qu'il ramassait depuis sept ans sur Polk Street comme on s'acquitte de tâches ménagères peu valorisantes. Le revers de la médaille : il n'avait aucune marge d'erreur. En choisissant de cacher à sa hiérarchie sa petite expédition, il risquait gros, et son estomac encaissait mal la mise. Deux pastilles anti-acide parfum framboise tombèrent dans la paume de sa main gauche. Il les jeta dans sa bouche, les croqua sans plaisir, jusqu'à dissolution complète.

— On y va, soupira-t-il, rajustant un bonnet à son crâne.

Le ponton de bois blanchi par le soleil et les embruns grinça au contact de douze semelles humides. Deux officiers se postèrent aussitôt à l'arrière de la maison. Les rideaux de la baie vitrée n'étaient pas tirés : à l'intérieur de l'habitation, on pouvait distinguer le mobilier dépareillé d'un living-room. La chambre devait se situer à l'étage. Dan Brent vérifia que son équipe était en place, alluma sa lampe torche, et fit signe de la tête.

Tout alla très vite.

La serrure de la porte céda sans difficulté. Quatre hommes traversèrent la pièce et s'engouffrèrent dans l'escalier étroit, bousculant les meubles sur leur passage. Le suspect était assis au milieu du lit. Arraché brutalement au sommeil, il tâtonnait d'une main sur la table de nuit, probablement à la recherche d'une arme. Dan Brent n'hésita pas une seconde, il tira. La balle faucha la lampe de chevet qui bascula dans un éclair bleu. Le suspect poussa un juron.

— Police ! hurla l'officier. Ne bouge pas, salopard !

Les faisceaux de trois torches frappèrent l'homme barbu qui protégeait son visage de ses bras. Les cheveux en bataille, le torse velu, il n'avait rien d'une princesse au bois dormant. Aussi l'inspecteur Dan Brent ne prit-il pas la peine de l'embrasser ni même de lui lire ses droits avant de le menotter.

Sagittarius (Nov. 23 – Dec. 21)
Any critical vibe with – or
from – a lover comes to a healing
place.

L'enfant nageait au milieu du bassin éclaboussé de soleil : recouverte d'une fine pellicule d'eau, sa peau était d'une incroyable clarté. Lola observait son fils depuis le rebord de la piscine, les doigts crispés sur son téléphone portable. Les valises dans le coffre de la voiture, la famille Lombard s'apprêtait à prendre la route. Le claquement du portail donnant accès au bassin la fit sursauter. Short-salopette en jean et débardeur couleur mandarine, Annette venait vers elle d'un pas nonchalant, ravissante. Ce matin, elle avait peint ses ongles de vernis violine avant de plier ses petites affaires.

— Alors ?

Annette rendit à sa mère son pendentif.

— C'est fait, confirma-t-elle d'un mouvement de tête. Des nouvelles ?

Le scarabée reprit sa place entre les seins de Lola.

— Toujours le répondeur, dit-elle, glissant le téléphone dans son sac à main. Il doit dormir.

— Il a lu ton SMS ?

Lola chaussa ses lunettes de soleil et indiqua à Gaston d'un geste de la main qu'il était temps de sortir de l'eau.

— Je ne sais pas.

À 11 heures, elle réglait la note à la réception de l'hôtel. L'ensemble des frais fut imputé sur sa carte Visa à débit différé. Sedona s'éloigna bientôt dans le rétroviseur de la Mercury. Ce soir, ils dormiraient à Seligman : Historic Route 66 Motel, dessus-de-lit à fleurs et napperons de dentelle sur les tables de chevet, quarante-sept dollars la nuit, là où Mae Rope avait été retrouvée morte en 1979, la nuque brisée.

La route filait droit vers Flagstaff sur Oak Road. Parvenue à hauteur du n° 9607, Lola ralentit et gara la voiture sur le bas-côté. Elle n'était pas encore partie que déjà, l'endroit racontait le manque et l'absence, exprimait une sorte d'indifférence à son égard : la maison dissimulée sous les arbres lui tournait le dos, le 4 × 4 Chevrolet de Desmond, garé derrière la barrière, ignorait sa présence, et les aboiements saccadés de Bonnie retentissaient depuis le jardin comme une parole joyeuse qui ne lui serait pas adressée. La gorge serrée, Lola se retint de sortir du véhicule et d'aller soulever le loquet du portail. Le baiser maladroit de la veille, la débandade de Desmond devant les enfants, son curieux silence, tout cela dénonçait probablement la limite de leur histoire. Si tel était le cas, elle allait au devant d'un très pénible moment, quoi qu'elle fasse.

— Il est peut-être sorti ?

Annette avait dit cela pour réconforter sa mère sans croire une seconde à cette éventualité. À l'arrière, vautré sur la banquette, Gaston s'impatientait.

— Bon, on y va ?

Les lèvres de Lola se crispèrent comme si elle venait de mordre dans un fruit acide.

Aller, plus seule que seule.

Elle remonta la vitre et quitta Oak Creek Canyon avec le sentiment de ne jamais suivre le bon chemin.

Desmond.

L'endroit était sombre, traversé d'un rai de lumière d'où émergeait une forme humaine secouée de sanglots.

Desmond.

Nora Blur le frôla de ses cheveux couleur d'encre.

Ne me quitte pas Desmond.

Son visage renversé, puits de larmes, submergé.

Je n'ai plus que toi.

Le désastre commençait là, à ce moment précis, sous l'emprise d'une absence.

Visions successives de corps féminins dénudés sur un lit, d'autres cadavres gisant sur le bas-côté d'une route.

J'ai envie de boire ton sang.

Une forme se substituait à une autre, ouvrant les portes de la nuit.

Elle finira décomposée au milieu du désert.

Odeur animale souillée de terre, quelque chose de visqueux collait à sa bouche.

Parce qu'on n'est rien d'autre que de la poussière.

Le visage de sa mère, un voile blanc recouvrant ses yeux.

Desmond... FILS DE BÂTARD !!!

L'homme émergea brutalement d'un monde obscur.

Son sommeil n'avait été qu'un long gémissement.

Allongé sur le ventre, l'oreille gauche obstruée de terre et de sang, Desmond porta une main à son crâne : une plaie ouverte à l'arcade gauche affleurait sous ses doigts. Bonnie lui chatouillait le front de son museau, léchait sa blessure en geignant. Il la repoussa doucement, engourdi jusqu'à l'extrémité de ses membres. La souffrance était comme une créature qui débordait de son corps, étreignait son torse. Il roula sur une épaule, reçut le soleil en pleine figure. Se mettre assis fut une épreuve, des vagues douloureuses se soulevaient dans sa poitrine à chaque inspiration. Il considéra la passerelle au-dessus de lui : souvenir flou d'un vol plané sous la clameur des étoiles. Desmond palpa ses poches à la recherche de son téléphone, fouilla l'herbe épaisse autour lui, le portable était là, fracturé contre une pierre, l'écran brisé.

— Bonnie... Viens.

S'aidant de la chienne, Desmond se redressa. Autour de lui, la végétation chancelait, déséquilibrée. La nausée l'envahit tandis qu'il grimpait l'escalier ; un poids effrayant pesait sur ses épaules. Enfin, il s'engagea sur la passerelle et marcha péniblement jusqu'au bureau.

La pièce avait été saccagée : les étagères pendaient de biais, vidées de leur contenu, un carton d'emballage où se trouvait encore la veille une part de pizza avait été acculé dans un coin de la pièce pour y être déchiqueté. L'ordinateur portable traînait sur le sol, apparemment indemne. Bonnie fourrait sa truffe partout, grognant, couinant. L'homme s'écroula sur le fauteuil de bureau dont l'assise portait la trace de lacérations profondes.

Lola avait raison.

Dans la forêt, ce n'était pas un papillon qui avait effrayé la chienne.

Pour ne pas l'avoir crue, il subissait une invraisemblable punition.

Desmond fouilla sous un amas de dossiers en vrac, dénicha le téléphone fixe. Il dut s'y reprendre à deux fois pour composer le numéro.

— Ken… Faut que tu me conduises à l'hôpital… J'ai…

Respirer lui était excessivement pénible, parler n'arrangeait rien à l'affaire.

— … J'ai été attaqué… par un ours.

L'enseigne en forme de guitare acoustique chatoyait sous un soleil ardent : dressée sur un écusson de la Route 66, elle annonçait en lettres noires une insolite *beach party*. Le parking déserté donnait de l'établissement une impression de résignation mystique. Annette fit plusieurs clichés, modifiant les angles de prise de vue. Les yeux plissés sous sa casquette, Gaston lâcha son commentaire.

— On dirait un chalet comme à La Bresse.

Lola précisa que l'hiver, on skiait à Flagstaff.

— C'est là que papa était la dernière fois que vous vous êtes parlé ?

— Oui.

— Il t'a appelée de ce bar ?

Lola hocha la tête.

La petite famille s'était arrêtée devant la boutique d'antiquités avant le déjeuner. Gaston voulait visiter chacun des lieux fréquentés par son père, communier à sa façon, respirer le même air que cet homme dont il réinventait le perpétuel souvenir. Cette manière de convoquer à lui un monde irréel où le père et le fils auraient pêché, grimpé à dos de chameau ou trouvé un renard dans les bois derrière chez papi et mamie engendrait chez Lola une gêne croissante. Pierre et Gaston avaient partagé des moments simples et beaux, faits de complicité et de tendresse comme d'autres pères avec leurs fils. Mais de cela, Gaston n'avait cure, choisissant plutôt de transformer Pierre en mythe.

— Emmène-nous là où il a disparu, fit-il.

— Gaston, je ne sais pas si c'est une bonne idée.

— Pourquoi ? T'as peur que je m'en aille aussi ?

Lola voulut prendre son fils par les épaules mais il se dégagea et retourna à la voiture. Gaston était comme un enfant jouant dans un musée dont il ne regarderait même pas les tableaux.

Ils roulèrent d'une traite jusqu'à Williams.

Adossé à flanc de colline sous un ciel voilé, le motel Econolodge de Williams rappela à Lola une des pires migraines de sa vie. De l'autre côté de la route, des cow-boys automates et une grosse vache en carton-pâte accrochaient le pèlerin, l'invitant à visiter des commerces aux noms évocateurs de Wild West Junction et Rod's steakhouse. Plus loin sur la gauche, au milieu d'un parking, se trouvait le bâtiment carré aux murs ternes dont Lola rêvait encore certaines nuits de sommeil mauvais : le *laundromat* où Pierre avait disparu. Annette ne dit mot, se contentant de photographier le décor, réfugiée derrière son objectif. Gaston voulut visiter la laverie, Lola l'accompagna. Il en ressortit un instant plus tard, le visage rougi par l'émotion et la chaleur accablante qui régnait à l'intérieur. Confrontée à leur silence, la rumeur d'un train trahissait l'omniprésence de la ligne de chemin de fer autour de laquelle la ville avait poussé.

Une main se glissa dans une autre.

— Je voyais ça plus grand, bougonna le garçon.

— La ville ?

— Non. La laverie.

Lola essuya les gouttelettes de sueur qui perlaient à son front et tira une bouteille d'eau de son sac qu'elle tendit à son fils.

— Tu as soif ?

Il but lentement, la mine chiffon et les yeux mi-clos, contemplant un ciel saturé de nuages laiteux.

— Merci maman... On va chez Mac Do ? proposa-t-il, redonnant la bouteille à sa mère.

Gaston faisait la paix, indiquait une manière de poursuivre le chemin par-delà les blessures.

Le moment était venu de quitter Williams.

Ils atteignirent Seligman vers 18 heures, *the last stop before the Supai Falls' trailhead*[1]. L'Historic Route 66 Motel les attendait, cerné de collines délavées et pelées. À l'horizon, le soleil corrigeait les nuages de teintes abricot et violet. L'Arizona prenait feu, comme si une folie singulière commandait à ses couleurs, offrant aux touristes en nage un spectacle grisant. Mais à cet instant, la seule chose qui importait aux enfants était de savoir s'ils pourraient piquer une tête dans la piscine avant le repas.

Lola avait oublié de les prévenir.

Le motel proposait le téléphone direct et la chaîne de télévision HBO dans chaque chambre, mais il n'était pas doté d'une piscine.

— Tu plaisantes.

1. Dernier arrêt avant les chutes de Supai, site touristique localisé dans la réserve indienne d'Havasupai à 170 km de Seligman.

454

— Oui, maman tu plaisantes, là.

— T'aurais pas fait ça.

Rien ne pouvait changer son humeur, l'arracher à la transparence, pas même un lavabo bouché ni une crotte de nez collée au papier peint à côté de la tête de lit. Lola demeurait dans cette part obscure que porte la femme en elle lorsque l'espoir d'un amour flétrit.

Crissement d'anneaux sur une tringle. Derrière le rideau se tenait un médecin urgentiste aux allures de bûcheron et à lunettes d'écaille, le stéthoscope en sautoir.

— Il est là l'homme qui a vu l'ours ? lança-t-il, ironique.

Depuis son arrivée dans le service des urgences, Desmond avait acquis une notoriété qui dépasserait bientôt l'enceinte de l'hôpital. Et pour une fois, celle-ci était sans rapport avec son ancienne activité de journaliste.

— Je n'ai pas eu le loisir d'identifier clairement mon agresseur, pondéra Desmond sur un même ton.

— Il paraît que vous l'avez surpris en plein festin.

Le médecin palpa le thorax du patient ; l'air qu'il expulsait de ses poumons générait une vibration de ses parois nasales que traduisait un petit sifflement. Épinglé à sa blouse, un badge au nom de docteur Lowell penchait ostensiblement.

— Sac-poubelle ?

— Non. Carton à pizza.

Le médecin soupira, puis examina les pupilles de Desmond à l'aide d'une petite lampe.

— Il en vient parfois dans le secteur quand l'activité touristique les perturbe trop. Généralement, ils ne s'attaquent pas à l'homme. Ils cherchent surtout de la nourriture et raffolent de nos déchets. Toussez…

Desmond s'exécuta, une douleur irradia aussitôt ses poumons. Une marque rouge était visible sous le téton gauche. L'infirmière l'aida à remettre sa chemise tandis que le docteur Lowell jetait un œil aux radios.

— Vous avez trois côtes fêlées.

Le médecin écrivait déjà quelque chose sur un calepin d'ordonnance.

— Vous avez mal quand vous bâillez ? quand vous éternuez ?

— J'ai mal quand je respire.

— Évitez de reprendre le footing tout de suite monsieur Blur, sinon vous allez souffrir.

Il arracha une feuille et la fourra sous le nez du patient.

— Repos et antalgiques. On vous garde en observation vingt-quatre heures. Ensuite vous pourrez rentrer chez vous.

Il oublia de tirer le rideau derrière lui mais emporta l'infirmière.

Desmond mordit l'intérieur de sa joue.

Il détestait l'hôpital depuis ce jour où on l'avait conduit, enfant, dans une chambre au parfum d'éther. Il gardait souvenir de la couverture bleu ciel si légère sur ses jambes, d'un froid intense dans tout le corps. Il revoyait encore la blessure dissimulée sous un pansement qu'il entrebâillait discrètement lorsque l'infirmière s'absentait, si petite et si grande, si loin et si près du cœur. Et cette première image éclose à son réveil, le visage gris de son père assis à ses côtés, tenant sur les genoux un chapeau dont il martyrisait le rebord, il en gardait l'empreinte comme la peau marque le pli d'une entrave. Benjamin Blur avait roulé plus de mille miles pratiquement sans dormir pour retrouver sa famille suppliciée.

— Bon Dieu, prof, tu nous as foutu une de ces trouilles !

Le chef de police de Jerome se matérialisa devant son lit, ému dans son uniforme, hésitant entre soulagement et compassion.

— Salut Gary.

L'officier donna une tape affectueuse à l'épaule droite de Desmond.

— Si tu ne voulais pas venir déjeuner à la maison, t'étais pas obligé de te mettre dans un état pareil. Melinda a bien des défauts mais c'est une épouse très compréhensive.

Un sourire blême s'étala sur le visage du patient.

— Tu sais qu'ils lui ont mis la main dessus à ton ours ? Tôt ce matin au camping de Pine Flat. Il revenait pour le distributeur de chips. Paraît qu'il avait déjà fait de sacrés dégâts la veille. Il a reçu sa petite dose de tranquillisant dans la couenne. Les gardes vont le relâcher dans le massif, après le col de West Fork.

Desmond tâta son arcade sourcilière : un pansement couvrait l'entaille.

— … T'as mal ? s'inquiéta Gary.

— Pas là. Ici, fit-il, désignant son thorax. Et seulement quand je parle.

— Ah. Bon. Ne dis rien, alors. C'est moi qui vais causer.

L'officier tira un tabouret à lui et s'assit près de son ami. Ses traits se contractèrent.

— Ce que j'ai à te dire va moins te distraire, anticipa-t-il. L'adresse à San Francisco, c'était pas la bonne.

Desmond se redressa en s'aidant de la poignée suspendue au-dessus du lit.

— ... L'inspecteur venu interroger notre gus a voulu faire le mariole et il s'est emballé trop vite. Il s'est pointé chez le suspect sans les précautions d'usage. Résultat : il a réveillé un ancien collègue à mon paternel en lui tirant une balle au ras de l'oreille. Bill Rainbow[1], inspecteur à la retraite.

— Emménagement récent ?

— Tu parles ! Il habite son house-boat depuis 85.

Le regard du convalescent s'assombrit. L'oncle savait qu'un petit malin allait venir fouiner un jour du côté de Patricia Schmale. Il avait laissé de faux indices à bon escient.

— L'adresse que tu m'as fournie était bidon, reprit Gary. Il s'est foutu de nous. Je me suis fait sérieusement remonter les bretelles par les collègues du Vice.

— Je suis désolé, Gary. Je m'en veux de t'avoir fourré dans cette histoire.

Gary eut l'air de se vexer.

— Eh ! n'inverse pas les rôles, c'est moi qui suis venu te chercher, je te rappelle. On est tombés sur un abruti de flic, c'est pas de bol. T'as rien à te reprocher.

— Tu es passé chez moi prendre ce que je t'avais dit dans la sacoche ?

1. Voir le précédent roman *Dans l'œil noir du corbeau* ; Pocket n° 15970.

Le chef de police changea d'expression.

— Ouais. C'était pas de la tarte mais j'ai eu l'accord du procureur. Le billet de vingt dollars est parti au labo. *Dave & Patricia*… Avec un petit cœur ! J'arrive pas à croire que tu aies pu gamberger ça tout seul. Dire qu'il était là depuis tout ce temps épinglé au plafond… C'est comme si t'avais découvert une peinture rupestre !

— Si on identifie une empreinte de mon oncle et qu'elle correspond à celle de l'affaire du double assassinat de Groom, on aura enfin de quoi le coincer.

— Ouaip. À condition de savoir où il se cache avec sa dulcinée.

Le patient retira l'appareil fixé à son index visant à contrôler sa tension et descendit du lit.

— Qu'est-ce que tu fabriques ?

— Je suis passé à côté… Faut que je relise ce fichu blog et que j'appelle Lola. Tu me déposes ?

— Mais ce serait pas plus raisonnable que…

Desmond s'éloignait déjà d'un pas incertain.

Réentendre la voix de Desmond au téléphone était en soi une victoire. Sous l'emprise du manque, Lola s'était laissée aller à lui exprimer sa crainte de ne jamais le revoir, trouvant aussitôt un écho rassurant.

— Lola, à moins que je ne croise un jour un ours dans une laverie, ne comptez pas sur moi pour disparaître de votre vie.

Jamais elle n'avait étreint de ses mains un téléphone portable aussi sottement. En rejoignant ses enfants à l'intérieur du bar, elle titubait presque. Le récit qu'elle fit de la mésaventure de Desmond impressionna beaucoup Gaston.

— Carrément ?

Annette arborait un air dubitatif.

— Le prof s'est battu contre un ours ?

— Et il est encore vivant ?

La fatigue de la route, le manque de sommeil et la bière qu'elle ingurgitait donnaient à Lola des manières de jeune fille.

— Je n'embrasse que les chasseurs d'ours, c'est comme ça, se justifia-t-elle.

— Papa un jour, il s'est battu contre un loup.

461

— N'importe quoi, lui ! souffla Annette.

— Si, dans les Vosges, y a longtemps.

— Ça fait un bail qu'y a plus de loups chez nous, t'es con.

— Ouais ? Ben à l'époque de papa, ça existait encore, insista-t-il.

Accoudés au bar du Roadkill Café, la petite famille s'apprêtait à goûter aux spécialités de burger, *steak & ribs* – invariablement identiques depuis Chicago. Seule la décoration variait. Ici, carrioles et trophées de chasse figuraient un authentique repère de pionniers du *wild west*. Assises sur des tabourets en similicuir blanc, les filles se faisaient reluquer gentiment le postérieur par la clientèle locale, de vieux messieurs portant chapeaux de cow-boy et bottes élimées. La peau descendait sur leurs joues comme l'écume agglutinée au creux d'un rocher sans que personne ne paraisse le remarquer. Gaston, lui, convoitait le billard qui trônait au centre de la salle.

— On se fait une partie, tous les trois ? proposa Lola.

Les enfants quittèrent aussitôt leurs tabourets. Chacun choisit sa queue de billard, astiqua l'extrémité de craie bleue, Gaston cassa le jeu, Lola perdit sans se forcer.

Après dîner, Annette et sa mère s'installèrent dans ce que l'hôtel nommait pompeusement *Free High Speed Wireless Internet Access Room*, un minable espace aménagé non loin de la réception au fond d'un corridor. Se partageant un fauteuil défoncé et un tabouret en plastique, elles remplirent consciencieusement une nouvelle page du blog sur un antique PC vissé sur une tablette et s'amusèrent des messages laissés en français et en anglais par des internautes du monde entier. Les péripéties de la famille Lombard étaient suivies de près par une poignée de fanatiques de la Mother Road, friands d'anecdotes, trop heureux de fraterniser par-delà la Toile. Le portrait supposé du tueur affiché en haut de la page déclenchait les réactions les plus opposées ; fascination ou répulsion donnaient le ton, révélant une forme de propension morbide chez les uns, un rejet farouche de tout sensationnalisme chez les autres. Un certain *Road boy 66* demeurant à Ottawa avait écrit avec humour : « *Doué, l'artiste ! En réalité votre tueur est bien plus effrayant, sûrement. Un conseil : passez votre chemin et ne tentez pas le diable dans le désert de Californie sinon il vous en cuira, parole de biker.* »

— Et celui-là, maman, tu l'as lu ?

— Lequel ?

— « *C'est pas drôle votre blague de serial killer. Vous ne devriez pas jouer avec le destin tragique de tous ces gens qui sont morts sur la Mother Road. Vous ternissez l'image d'une route qui représente beaucoup pour des centaines de milliers de motards dans le monde. C'est nul. Dora Eksel.* »

Lola leva les sourcils, consternée.

— Elle nous condamne sans même chercher à comprendre.

Annette maniait la souris reliée à l'ordinateur par un fil avec habileté ; contraste du vernis violine sur la coque crasseuse de l'accessoire.

— Un jour, ils inventeront la peine de mort en un clic sur Internet, fit-elle.

Un sourire éclaira soudain son regard.

— … Maman, avec tout l'argent que tu vas bientôt gagner, tu pourras m'acheter le nouvel iPad ?

À 22 heures, la chambre familiale baignait dans la pénombre. L'odeur âcre de vieille moquette et d'antimite se dilapidait enfin par la fenêtre entrouverte.

Annette bouquinait sur son lit, un casque sur les oreilles. Allongé contre sa mère, Gaston fixait le plafond, caressant négligemment le visage de Lola, un bras remonté autour de son cou.

— Je sais ce qui s'est passé dans la tête de papa, murmura-t-il.

— Tu veux dire à Williams ?

— Dans la laverie. Tu te souviens quand on a entendu le train ?

Lola rajusta une bretelle de sa nuisette qui glissait de l'épaule. Ils n'avaient plus évoqué Pierre depuis que le portail emblématique de la ville s'était éloigné dans le rétroviseur de la Mercury.

— Oui.

— Papa l'a entendu aussi. Sauf que lui, il n'est pas retourné à la voiture comme nous.

— Non ? Qu'est-ce qu'il a fait ?

— Il est monté dans le train.

Lola ferma les yeux.

— Pourquoi dis-tu cela ? questionna-t-elle après un silence.

— Parce que c'est ce que j'aurais fait à sa place. Partir à l'aventure, parcourir le monde.

Elle sourit.

— On peut faire tout ça sans forcément abandonner sa famille.

— Mais il ne nous a pas abandonnés, maman, il a juste pris un train.

Logique de garçon. Ses mots créaient un monde d'espérance. Elle soupira et tendrement, ébouriffa les cheveux de son fils.

— C'est ça. Allez. Va dormir maintenant.

Gaston naviga jusqu'à son lit, coiffé comme Stan Laurel.

Lola se tourna contre le mur, empoigna son téléphone sur la table de nuit. La relecture des SMS de Desmond consistait en un réconfortant rituel. Le dernier associait à cette allégresse mesurée dont il usait pour exprimer ses sentiments la promesse d'un lendemain.

Bien reçu tous les fichiers. Merveilleuse Annette ! Le bonheur est dans la désobéissance, Lola. Ça nous concerne aussi, je crois. À moi de trouver la tanière où se terre mon oncle. Soyez prudente. Je ne suis plus sûr de rien. Vous rejoins à Los Angeles dans 2 jours.

Je n'avais pas la gueule d'ange du blondinet.
Seulement les beaux yeux de ma mère.

Les vieux n'ont pas été dupes en me voyant débarquer sous leur porche. Pas un mot de bienvenue. À peine un regard qui veut dire « sale morveux ». Un accueil pareil, forcément, ça met de mauvaise humeur. Alors, je me suis défoulé sur Gueule d'ange. Ce gosse-là, il avait un peu trop de jouets. J'en ai fait des papillotes. J'ai aussi chié sur son oreiller. Les croulants ont tôt fait de m'enfermer dans la cave chaque soir pour avoir la paix, ouïr tranquille le programme musical à la radio. L'autre abruti me faisait passer des sucres d'orge en douce sous la porte. Ce qu'il était con, ce frangin ! J'en ai profité pour lui soutirer son canif. C'est là que ça a dégénéré. Un matin, le vioc a ouvert la porte, je lui ai planté mon surin dans le pied jusqu'à la garde. Papi pissait le sang.

466

Y a eu palabre dans la cuisine, la « mater dolo-
rosa » au téléphone. De la bondieuserie à jupon
est venue, le genre qui ne plaisante guère avec la
raie pas droite et les chaussures cirées, croix de
bois, croix de fer, quoi que tu dises, tu vas en
baver. On m'a fourré dans une voiture, j'ai donné
des coups de pied mais trop tard.
    Direction l'ouest, l'enfer de Jésus-Christ.

Les ratures de Pierre Lombard, les mots barrés
réécrits dans la marge, les ajouts en bas de page, rien ne
manquait au cahier sinon sa peau, chair de papier à
jamais détruite.

Les mots jaillissaient avec violence. L'oncle usait
d'effets de style, dénotant un caractère brut. La lecture
de certains passages dont celui concernant le massacre
de sa famille était extrêmement pénible à Desmond,
l'obligeant parfois à porter ailleurs son regard comme
sous l'effet d'une gifle. La haine de David Owens
envers son frère transpirait de ses souvenirs telle de la
saumure. Sa colère dominait le récit d'une enfance
désertée de toute innocence ; il semblait que l'oncle
avait grandi dans une tranchée hérissée de fils barbelés,
seulement éclairée d'une lanterne. Il se livrait, à vif,
comme on s'ouvre les veines, et de son histoire coulait
une encre sanglante.

Des endroits comme ça, on devrait les brûler.
    Pas très envie d'en causer, ça remue des
choses.
    J'ai jamais été très copain avec Dieu à cause
de ses coups tordus ; seulement à l'époque, j'y
croyais encore moi au miracle. D'ailleurs, pour
l'anniversaire de mes dix ans, quand j'ai vu ma

mère arriver au bras d'un monsieur bien habillé, dans son manteau de fourrure, coiffée comme une actrice de cinéma, je me suis dit que le Petit Jésus avait fini par causer de moi à son patron et que plus aucun bon chrétien ne m'enfermerait dans un cachot ou m'obligerait à laver le sol de la cour avec des pains de glace. Le directeur a tendu mon dossier tout honteux. Je savais à peine lire et écrire. Rien à faire, ça ne voulait pas rentrer dans ma caboche. C'était comme essayer de faire pousser des chaussures sur un arbre. Elle m'a sorti du pensionnat avec des pincettes. J'étais couvert de poux. Généreux en corrections, radin en eau et savon.

… C'est plus tard que j'ai maudit son nom, à Dieu.

Quand j'ai compris que ma mère n'était pas revenue me chercher par amour mais pour se donner bonne conscience, racheter ses fautes, investir au paradis.

Les scanners des pages du cahier étaient à présent classés dans l'ordre et répartis sur différents fichiers en fonction des époques : le camarade d'Annette auquel la jeune fille avait donné une copie papier du cahier en cachette de Lola avait négligé d'en relier les pages. Le récit était en vrac sous son bureau depuis trois semaines. À la demande expresse d'Annette, il en avait adressé des scans grossiers sans souci de la pagination ou du cadrage. Des passages trop flous ne pouvaient être décryptés, certaines phrases manquaient, mais l'essentiel était là : noms, dates, circonstances, des aveux spontanés livrés sur papier ligné.

4 juillet 1987, journée de commémoration nationale. Thelma Clark, la quarantaine débordante, trois morpions. Elle m'avait donné rendez-vous sur l'immense parking de Meramec Caverns. Une obèse, avec un petit cœur fragile. Sortir de sa voiture la mettait en nage. Je lui ai acheté une glace et proposé une visite de la grotte, prétendant vouloir me familiariser avec les curiosités de la région. Cinquante minutes de marche à pied. Elle soufflait, gémissait, transpirait toute son eau. Je l'ai traitée de grosse truie puante et dépravée, de baleine truffée de mauvaise graisse et indigne d'élever ses rejetons, et je l'ai laissée digérer toute seule dans la grotte. Crise cardiaque. Trop de marches d'escaliers, trop d'émotions.

Printemps 1991. Mary Ann Farris, au Lincoln's New Salem, Illinois. C'est un village de pionniers que des hurluberlus ont eu l'idée de reconstituer dans la forêt sous prétexte qu'Abraham Lincoln aurait vécu là y a cent soixante-dix ans. Un vrai piège à gogos qui grouille de moucherons. Une mystique un peu barjo, Mary Ann. Elle croyait en la réincarnation. S'est jetée sous les sabots d'un taureau juste devant moi. L'enclos n'était pas gardé, elle a soulevé le loquet en bois. Avec sa robe rouge à pois, elle n'a pas fait long feu ma petite bigote.

M'a défié du regard jusqu'au bout.

J'ai pas aimé.

À 23 heures, Desmond rapatriait l'ordinateur portable dans son lit, perclus de douleurs. Il avala deux autres cachets de paracétamol avec une dose de café et entreprit de décortiquer les confessions de son oncle : si cet homme s'était risqué à quitter son repère pour traquer Pierre Lombard jusqu'à Flagstaff, c'est que le cahier contenait des éléments suffisamment sérieux pour menacer sa tranquillité. En établissant un premier profil psychologique avec Lola, Desmond avait gagné un temps précieux, remonté plus de quarante pistes froides, regroupant des éléments qu'une enquête approfondie sur le terrain aurait dû fournir en son temps. Mais certaines de ses conclusions s'avéraient erronées : si l'on écartait les meurtres antérieurs à 1973 ainsi que le double homicide d'Oklahoma City, David Owens s'affirmait en réalité comme un tueur redoutablement organisé. Il préparait ses crimes avec soin durant de longs mois, repérait ses victimes bien en amont de la route. Il ne laissait pas d'indice, n'employait jamais d'arme à feu, alternait ses modes opératoires, et prenait grand soin de ne laisser aucune trace de son passage. Dans le même ordre d'idée, il ne se livrait à aucun acte de mutilation, ne violait pas ses victimes et ne marquait jamais leur corps de trace de morsure, de coup ou de griffure. Il tuait « à distance », sans pratiquement les toucher, et c'est là, dans cette absence de contact physique que David Owens puisait sa jouissance : le supplice d'un corps lui procurait bien moins de satisfaction que la souffrance d'une âme.

Desmond avait étudié chaque crime, examiné les quelques rapports préliminaires de police et comptes rendus d'autopsie, interrogé le passé des victimes et effectué un premier recoupement avec le récit. S'il n'avait plus de doute sur les motivations du meurtrier (le gain, la satisfaction d'un sentiment de domination sur la figure maternelle) ni sur l'habileté des stratagèmes utilisés pour amener la victime à agir selon sa volonté, il restait persuadé que l'existence du cahier avait un rôle spécifique relevant de la manipulation, tel un grimoire dont chaque page relaterait les méfaits d'un démon sous la chaste apparence d'une fable. David Owens se jouait de la folie et de la raison, écrivant sa propre vérité. Mais qu'en était-il de la réalité ? Une phrase inscrite dans un repli obscur du récit en disait peut-être plus que cette énumération morbide.

Vers minuit, peu habitué à de fortes doses d'antalgique, Desmond s'effondra, l'ordinateur sous le coude, groggy de fatigue. Il dormit jusqu'à ce que des coups frappés contre la porte le tirent du sommeil. Ken prenait de ses nouvelles, apportait des muffins encore chauds préparés par sa femme.

— Sont au pavot, précisa-t-il, ne sachant que faire du sachet.

Le caleçon de Desmond bâillait sur ses cuisses et son torse bleuissait sous les côtes. L'homme faisait peine à voir.

— … Alors, comment tu vas ?

Desmond gratta sa tignasse.

— Moins bien qu'avant-hier, mieux qu'hier. Tu veux récupérer ton téléphone portable ?

— Garde-le. J'ai celui du boulot.

— Tu mettras ça sur la note.

Bonnie passait de l'un à l'autre, agitant gracieusement sa queue et reniflant l'odeur des gâteaux. Desmond porta une main sous son aisselle gauche. Figea une grimace sur sa figure.

— Ça ira ?

— Hé ! mon vieux, je ne suis pas mourant, grogna-t-il.

— Avec Fay, on avait prévu de s'absenter quelques jours pour se faire des expos à New York, et…

— Allez-y. Pas besoin de garde-malade.

— Vraiment ? Parce que si tu veux on peut reporter.

— Ça ira, je te dis ! On va se débrouiller avec Bonnie, le rassura-t-il, se saisissant du sachet.

Ken soupira, flattant le cou de la chienne qui le couvait d'un regard tendre.

— Repose-toi. Tu as fait une sacrée chute.

Desmond enfila un pantalon de jogging et un tee-shirt, mit du café à chauffer, donna sa pâtée à la chienne et avala de quoi calmer la douleur. Puis, il rejoignit son bureau, ordinateur portable sous le bras, repoussa du pied tout ce qui se trouvait encore sur le plancher et reprit son travail, les paupières défaites. Le long de la passerelle, les mobiles tintaient, chatouillés par un vent docile. Le ciel se couvrait d'une nappe de nuages, l'orage ne tarderait pas à mettre le couvert.

Sagittarius (Nov. 23 – Dec. 21)
You are being forced to budge
and choose a new road.

Needles, Californie

La ville la plus chaude des États-Unis justifiait sa
réputation d'un 45° C affiché au thermomètre de la
voiture. La petite famille venait de s'octroyer une halte
au Juicy's River Café pour déjeuner. Rejoindre la
Mercury sur le parking en plein soleil était une épreuve
digne de ces stupides émissions de télé-réalité. Lola
avait noté combien ce pays manquait d'ombre dès que
l'on traversait des régions arides. Pas même un palmier
planté quelque part pour abriter la carrosserie brûlante
d'une voiture. Elle activa la climatisation, déposa un
demi-litre de thé glacé dans le porte-gobelet aménagé
sous le lecteur CD et se tourna vers son copilote : une
carte routière et un guide touristique sur les genoux,
Annette réglait déjà le GPS.

Ils cherchèrent sans succès la maison de Mr et Mrs Spudich à la sortie de la ville, un peu avant Colorado River. L'ancien tronçon de la Route 66 en usage de 1947 à 1966, reconnaissable à ses vieux poteaux électriques, était ici rebaptisé National Trails Highway. Le couple de retraités assassinés par David Owens l'hiver 1992 habitait alors au numéro 5300 : la police avait découvert les corps dix jours après le passage du tueur, en sale état. Le vieil homme avait eu le crâne fracassé d'un coup de cendrier et sa femme était morte étouffée après que le représentant en vaisselle lui eut cassé un bras. Montant du butin : dix-neuf mille dollars en argent liquide – les économies de toute une vie ; une partie de la somme était cachée dans des bocaux à la cave et sous le panier de leur chien. Dans son récit, le tueur décrivait une baraque sans âge avec des lapins en terre cuite dans le jardin. Au même numéro s'étendait maintenant un camping, le Desert View RV Resort au cœur d'une oasis de palmiers, d'arbustes à épines et de cactus. Annette actionna le lève-vitre électrique de la portière et photographia le secteur depuis son siège, autorisant malgré elle un air tropical à s'engouffrer dans l'habitacle.

— C'est là qu'était la maison des vieux qui se sont fait bouffer par leur chien ? questionna Gaston.

Lola jeta un œil au rétroviseur. Avachi sur la banquette arrière, son fils manipulait sa console, concentré.

— Tu sais ça, toi ? dit-elle étonnée. On en a parlé avec ta sœur ?

— Faut croire que oui.

Elle se tourna vers sa fille.

— Va falloir être plus discrètes, murmura-t-elle. Je ne voudrais pas que Gaston fasse des cauchemars.

— Y a pire dans ses jeux vidéo débiles, observa Annette. Et maintenant, on va où ?

Entre ses mains, le GPS attendait que l'on rentre les coordonnées de la prochaine destination.

— Barstow, dit Lola.

— T'as pas encore choisi un vieux motel tout pourri j'espère ? s'inquiéta Gaston.

— Y a une piscine ? renchérit Annette.

— Mais oui. C'est un Quality Inn.

— Cool !

— Sauvés.

Depuis le lever du soleil, Lola ressentait une solitude presque métaphysique. Ces quatre dernières années, le repli sur soi avait été un mal nécessaire dont elle avait su tirer sa force. Mais la source s'était tarie au petit jour : qu'il existe pour elle un possible compagnon de route – même pour une étape – était comme la perspective d'aller puiser directement l'eau claire d'un torrent. Son fantasme consistait en un total abandon du corps et de l'esprit ; bien d'autres ardeurs se déclenchaient en elle… Le temps se recroquevillait sur lui-même, la fin de la Route 66 paraissait encore lointaine, la bande rugueuse s'obstinait à s'offrir en lacets interminables. Il existait un autre lieu pour elle en quelque autre endroit, du côté de Los Angeles, et il lui tardait d'y parvenir.

La voiture rejoignit l'I-40 avant de bifurquer en direction de Goffs, retrouvant l'asphalte déglingué de la Mother Road. D'ouest en est, une voie de chemin de fer charriait un de ces trains de marchandises dont la longueur se comptait en miles. Semblant surgir du néant, un panneau indiquait *Historic Route 66* sur la droite à la prochaine intersection. Annette figea dans son appareil cette composition insolite avant de poursuivre la lecture du guide, relevant les passages intéressants.

— Goffs… « *La ville vécut grâce aux mines et au chemin de fer… Elle a prospéré jusque dans les années trente quand la 66 a évité la commune. Elle devint une ville fantôme. Des troupes américaines y furent stationnées pendant la Seconde Guerre mondiale… Plusieurs films ont été tournés là :* Lawrence d'Arabie *et* Star Wars… »

— Ah ouais ? s'étonna Gaston, suçant la paille d'un gobelet rempli de soda. Je croyais qu'ils avaient tourné *Star Wars* en Tunisie…

— Pas tout le film, bouffon.

Il se redressa pour jeter un œil au désert infini qui défilait à l'arrière de la voiture : nulle trace de Luke Skywalker à bord de son landspeeder. En revanche, un ciel de suie était à leur poursuite.

— Y a de l'orage dans l'air…

Bientôt, les vestiges du General Store de Goffs se levèrent à l'horizon. Les façades de cet ensemble de bâtisses en bois décharnées tenaient contre le vent, tel un décor de cinéma que l'on aurait oublié de démonter. Lola fit une halte et Annette photographia une brochette de boîtes aux lettres piquées dans le sable en bordure de route, se demandant qui pouvait bien venir relever son courrier en un pareil endroit ceinturé de collines stériles. Bouclant la boucle, la voiture retraversa bientôt l'I-40 en direction d'Essex, laissant sur sa gauche les vestiges méconnaissables d'une station-service datant des années trente.

— Ça sent la mort, observa Gaston.

— On a bien fait de remplir le réservoir à Needles…
Annette, si tu veux conduire un peu, c'est le moment.

— Vrai ?

Lola ralentit la voiture et la stationna sur le bord de la
route à proximité d'un magnifique écusson d'un mètre
sur un mètre, peint sur l'asphalte.

— Une dizaine de miles, pas plus.

Disparaître illico.

Échapper aux flics avant de franchir la frontière.

Tu abandonnes ta bagnole sur la route avec toute ta vie dedans et tu y mets le feu. Tu as fourré le maximum de billets dans tes poches, de quoi t'acheter ta dernière Pontiac. Celle qui va te conduire à destination, droit sur l'autoroute, pour t'échouer devant l'enseigne d'un motel au beau milieu de nulle part, quand le moteur va caler parce qu'il y aura plus d'essence et que tu as laissé la seule pompe du comté à une centaine de miles derrière toi.

Et là, par l'opération du Saint-Esprit, tu te retrouves comme à l'école avec le bras qui part en couille, plus capable de tenir un crayon.

Ma seule satisfaction dans tout ça, c'est que la police soit venue l'arrêter, lui, le VRP. Parce que depuis vingt ans, je descendais à l'hôtel en présentant son permis de conduire

– celui qui était glissé derrière le pare-soleil de la Pontiac.

Ils ont bien dû le garder deux ou trois jours à Oklahoma City, le temps de vérifier son alibi.

Rester immobile, plus bouger.

Dix ans que j'attends qu'il m'arrive quelque chose, qu'on vienne me passer les menottes, mais y a que des trains sans fin qui traversent ma vie.

J'ai tout dit.

C'est pas une histoire très gaie, mais c'est la mienne.

S'infliger pareille relecture, c'était comme remonter sur une échelle aux barreaux brisés, souffrir les échardes sous les doigts. Desmond connaissait maintenant chaque paragraphe, jusqu'à l'écœurement. Il recula son siège, se tourna vers la carte punaisée au mur. Maudit serpent roupillant sous les broussailles, la quarantaine de scènes de crime s'étalait le long de la route sur une distance de deux mille trois cents miles – manquait la douzaine de motards censés avoir croisé le chemin du tueur. De cela, Desmond n'était toujours pas certain. Il soupçonnait l'oncle d'en avoir rajouté un peu dans son récit pour le folklore. Quoi qu'on en dise, l'homme, toute sa vie, avait tué.

La question était de savoir où il s'était fixé.

Il existait forcément un refuge quelque part, un endroit où il soufflait, en sécurité, une grotte d'ogre repu, là où aucun flic ne viendrait jamais l'emmerder. Desmond fouilla dans le tiroir du bureau, dénicha une pelote de fil dont on se sert pour emballer des colis.

L'idée était de relier chronologiquement les meurtres perpétrés par le faux représentant en vaisselle sur la carte puis de déterminer un point de jonction possible. Il afficha sur l'écran la liste établie, resserra la recherche sur la période 1975-1997.

— Missouri, Doolittle. Juillet 75, Annie Bates
— Texas, Adrian. Janvier 76, Ann la Chapelle
— Oklahoma, Sapulpa. Juillet 76, Mary Molloy
— Arizona, Twin Arrows. 77 (date non précisée), Vivianne Palmeri
— Nouveau-Mexique, Tucumcari. 77 (date non précisée), Mardge Steuber
— Texas, Mac Lean. Mars 78, Rachel Barag
— Illinois, Mitchell. Octobre 78, Christine Kinsella
— Arizona, Seligman. Été 79, Mae Roope
— Nevada, Las Vegas. Été 80, Janet Davis
— Californie, Barstow. Été 81, Jill Robinson
— Nouveau-Mexique, Budville. Juillet 82, Andree Clark
— Oklahoma, Tulsa. Mai 83, Helen Ebert
— Californie, Santa Monica. 84 (date non précisée), Rose X
— Kansas, Baxter Springs. Avril 85, Peggy Wells
— Nevada, Las Vegas. Été 86, Kelly Belle Pitts
— Nouveau-Mexique, Gallup. Mai 87, Lorraine Howle
— Missouri, Meramec Caverns. 4 juillet 87, Thelma Clark
— Texas, Vega. Juin 88, Manuella Sanchez

— Arizona, Holbrook. 89 (date non précisée), serveur au Butterfield Steakhouse
— Illinois, Lincoln's New Salem (Petersburg). Printemps 91, Mary Ann Farris
— Californie, Needles. Hiver 92, Mr & Mrs Spudich
— Kansas, Galena. Été 93, homme (identité non précisée)
— Illinois, Springfield. Juin 94, Kathleen Tovrea
— Missouri, Carthage. Mai 95, Precious Moments Park & Chapel. Nina Matusek
— Texas, Groom. Août 96, Mr & Mrs Burkes
— Missouri, Devil's Elbow. Printemps 97, un client dans le bar Elbow Inn
— Oklahoma, Oklahoma City. Août 1997, Corazon Gargullo et sa fille

Le fil s'étirait d'un point à un autre, tissant une toile au maillage étroit, alternant longues et plus courtes distances. Desmond prit du recul, croisa les bras et regretta aussitôt son geste : la douleur le cingla tel un coup de fouet. Il s'assit pour reprendre son souffle, l'œil rivé à la carte.

Rien ne germait de ce canevas.

Desmond passa nerveusement une main dans ses cheveux. Comme une marionnette dont on aurait sectionné les fils, il eut le sentiment d'agiter inlassablement des vides autour de lui. Les lieux, les périodes durant lesquelles les meurtres étaient commis, rien ne convergeait en un point particulier de la carte.

L'homme habitait la route et ses motels au gré des saisons, elle était son adresse à perpétuité.

La vie est un chaos.

Hors de contrôle.

J'ai fait ce que je pouvais pour sortir de cet enfer.

Mais quand tu donnes la main, on te prend tout le reste, c'est pas bon signe pour l'humanité.

L'air, curieusement, se chargea d'électricité. Un éclair dans le ciel fendit les nuages, son écho ébranlant la falaise.

Desmond ne cherchait pas au bon endroit.

Il se tourna vers le tableau peint par le mari de Lola. Sous sa capuche crasseuse, le tueur montrait son œil misérable. Desmond déplaça la toile afin de l'exposer en pleine lumière.

Cette toile est atrocement peinte.

Quelque chose ne fonctionnait pas. Selon Éleda, Pierre Lombard travaillait sur photo. Alors pourquoi le panneau indicateur en arrière-plan semblait-il à la fois si proche et si loin ? Il y avait là une erreur de perspective.

À moins que le panneau eût été rajouté…

Ce fut comme une bougie qui s'allume dans un immense grenier. Un deuxième éclair zébra le ciel, devançant le grondement agressif du tonnerre. Desmond relut ses annotations avec avidité : il avait relevé plusieurs passages du cahier rédigés différemment des autres – plus contemplatifs, presque oniriques. Quelques phrases, rajoutées en marge du récit, l'intriguaient aussi. C'était sans doute là, entre ces lignes lâchées au seuil d'une inavouable culpabilité, en ces lieux intimes créés par le narrateur, que Pierre Lombard livrait la corde pour pendre la bête. Dans une posture presque hiératique, Desmond alla rapidement de l'un à l'autre jusqu'à ce que la lecture d'un paragraphe retienne son attention :

> *Quand il y a trop de voix dans ma tête, que la nappe cirée se transforme en mélasse, que le godet m'aspire comme un trou noir, je lui gueule un peu dessus, je me lève, et je lui dis en scrutant les fissures du plafond : « Viens t'asseoir ! Viens t'asseoir, bon Dieu ! J'ai envie de boire ton sang ! »*

Les mots frappèrent son esprit avec la vigueur des trombes d'eau qui tombaient maintenant sur la falaise.

L'image d'une nappe cirée couleur miel et d'un verre sale.

Desmond tenait peut-être la clé.

Il recopia tous les passages similaires y compris les dernières lignes portées sur le cahier, dressa une sorte de liste, puis, décrocha son téléphone.

Annette s'était emparée du volant, grisée à l'idée d'expérimenter la conduite accompagnée au pays de l'oncle Sam. Elle avait traversé Essex et laissé sur sa droite les vestiges d'un café abandonné dont les lettres bleu vif peintes sur la façade prétendaient le contraire. Le ciel s'assombrissait sans vergogne, soulageant le désert des outrages du soleil. Lola modifia le réglage de la climatisation. Autour d'elle, une nature dépouillée bravait les distances, ordonnant des collines pour mieux se répandre comme la mer se pâme au-delà des dunes. Gaston fit remarquer qu'ils n'avaient croisé aucun véhicule sur la route depuis Needles.

— Et on roule depuis presque une heure, précisa-t-il.

— Je sais chéri, c'est normal, on est en plein désert et il est…

— Maman, c'est quoi ça ? coupa Annette.

En haut d'une côte malingre, sur un terrain rocailleux, se tenaient les restes d'une station-service recouverts de graffitis aux couleurs criardes. Lola jeta un œil au guide.

— Tu viens de trouver *The Public Art Corridor*.

— C'est *swag* ! Faut que je fasse une photo, lança Annette, freinant brutalement la voiture.

Gaston refusa de sortir dans la fournaise. Lola n'alla pas loin et mit en garde sa fille : le sol regorgeait de tessons de bouteilles, de morceaux de bois brûlés, de pièces métalliques rouillées indéfinissables et, vraisemblablement, de serpents.

— Mais maman, c'est de l'art en plein désert ! rétorqua la photographe.

Une ruine barbouillée prétendait être la preuve du passage sur cette route de nombreux spécimens de la race humaine. Elle en donnait une image dantesque, évoquant ces pans de murs arrachés au ventre de Berlin, soulageant la ville de leur disgrâce. Cette œuvre d'art modeste était absconse, hermétique à la clarté du jour comme ces carcasses de voitures semi-enterrées et mille fois taguées de Cadillac Ranch[1]. Les filles reprirent place dans la Mercury tandis que le grondement du tonnerre devançait la pluie.

— Il faut qu'on roule, décréta Lola. On a déjà trop traîné.

Les premières gouttes frappèrent le pare-brise au moment où son téléphone sonna. Le signal d'émission était mince mais suffisant pour permettre une communication. Lola ne désactiva pas tout de suite le système main-libre de la voiture : la voix de Desmond dans ce décor de fin du monde était une aumône pour toute la famille.

— Comment se passe le voyage ?

— Bien. Annette se régale avec son appareil.

1. Sculpture monumentale conçue par un groupe d'architectes et financée par un millionnaire américain, constituée de dix Cadillac à demi enterrées et suivant le même angle d'inclinaison, exposée sur la Route 66 à la sortie de la ville d'Amarillo, Texas.

— Vous êtes où ?

— En plein désert de Mojave, on vient de passer plusieurs villes fantômes.

— On n'a croisé aucune voiture depuis quarante-cinq miles et ça fout les jetons ! cria en français Gaston depuis la banquette arrière.

— … Qu'est-ce que ça veut dire *ça fout les jetons* ? demanda Desmond qui n'avait saisi que le début de la phrase.

Lola sourit.

— Ça veut dire qu'on se languit déjà de la civilisation. Heureusement qu'on a fait le plein à Needles.

— Reprenez l'autoroute dès que possible, Lola. Je ne suis pas rassuré de vous savoir seule sur cette route désertique.

— Ça marche.

— C'est quoi la prochaine étape ?

— Barstow. Nous y serons avant la nuit si tout va bien. Et vous ? Vous avez avancé dans vos recherches ?

— Oui, c'est la raison de mon appel… en dehors du fait que je me sens très seul depuis que vous vous êtes sauvée comme Cendrillon.

— Je ne me suis pas sauvée, sourit Lola. Sinon, je vous aurai laissé une de mes sandales.

— J'ai votre tee-shirt, ça marche aussi, non ?

— Quel tee-shirt ?

— Celui que vous avez oublié dans mon jacuzzi.

Annette étouffa un rire.

— Desmond, les enfants entendent ce que vous dites, fit Lola gênée, je n'ai pas désactivé la fonction main-libre du téléphone.

— Désactivez-la… Ça y est ?

Lola retira le portable du boîtier.

— Oui.

Il redevint sérieux. Évoqua l'exposition des tableaux de Pierre à Jerome l'été dernier. En plus du portrait, le mari de Lola avait peint une dizaine de toiles d'après photo. Desmond semblait croire que certaines d'entre elles faisaient référence à des passages du cahier.

— Qu'est-ce qu'elles représentent ?

— De la vaisselle empilée sur une nappe cirée, une serviette oubliée au fond d'une banquette, un verre vide posé sur un comptoir…

— Ça évoque le décor d'un *diner*.

— Effectivement. Je pense que les photos qui ont inspiré les toiles ont été prises dans un seul et même endroit. L'exposition de votre mari n'avait qu'un but : faire le lien entre le récit du tueur et ce lieu.

— … Ces tableaux seraient des indices pour nous mener à votre oncle ?

— C'est ce que je crois. Logiquement, si je parviens à les déchiffrer, je devrais localiser notre homme. Mais je sais déjà plus ou moins dans quel secteur chercher.

— Où ça ?

Un silence précéda la réponse.

— Il ne s'est jamais arrêté de tuer. C'est même sa seule raison de vivre. Il est toujours sur la route.

La poitrine de Lola se souleva, dérangeant le petit scarabée au bout de sa chaîne. David Owens aurait donc choisi de vivre dans le sillage de ses crimes, en persistance.

— Vous êtes sûr de cela ?

— La galerie vient de m'adresser les photos de l'exposition par mail. L'une d'elles fait apparaître l'écusson reconnaissable de la 66 en arrière-plan derrière une vitre.

— Mais on trouve des milliers de *diners* sur cette route…

La qualité de la liaison se dégradait.

— Je n'ai pas fini… Lola ?…

— Oui, je vous écoute.

— Il y a autre chose, c'est dans…

Fin de la communication. Lola tenta de rappeler Desmond, mais à cet endroit, rien d'autre ne passait sinon un signal GPS. L'air se fit subitement plus lourd autour d'elle.

— Qu'est-ce qu'il a dit ? questionna Annette.

— Il pense savoir où notre tueur se cache.

— Où ?

— Quelque part sur la Route 66… Dans le Missouri, mentit-elle.

Annette frémit.

— Brrrr ! Ça veut dire qu'on est peut-être passés tout près de lui, alors.

La jeune fille changea brusquement d'expression.

— … Maman, y a un truc bizarre avec le volant.

— Ah ?

— Qu'est-ce qui se passe ? s'inquiéta Gaston.

— Je ne sais pas, la voiture tire sur la droite.

— Arrête-toi, Annette.

La Mercury s'immobilisa sur le bas-côté. À l'est, des éclairs fracturaient un ciel couleur de plomb. Lola inspecta le pneu avant droit du véhicule et remarqua un morceau de métal rouillé de plusieurs centimètres fiché dans la gomme. La pluie gagnait en intensité, rafraîchissant ses épaules et son dos. Elle jeta un œil à sa montre : 16 h 05. La nuit ne tomberait pas avant une bonne heure, elle avait le temps de réparer. Dans la voiture, Annette avait réintégré son siège côté passager, la mine coupable.

— On a crevé, annonça simplement Lola. Qui m'aide à changer la roue ?

Le soleil se montra derrière la ligne de nuages que bordait la falaise abrupte. Le jardin était gorgé de pluie. Une lueur rose orangé enveloppa aussitôt le salon où se tenait Desmond, pieds nus sur le plancher, courbaturé par la fatigue. Il tenait d'une main une tasse de café chaud, de l'autre palpait ses côtes douloureuses. Une tension durcissait les traits de son visage.

La sensation désagréable d'être dépassé, de brandir un parapluie bien après l'orage le persuadait qu'il allait trébucher une fois de plus dans sa quête. L'arrêt brutal de la communication téléphonique avec Lola renforçait ce sentiment d'empêchement permanent.

Coups timides frappés contre la porte ; il alla ouvrir.

— Je ne te dérange pas ?

— Tu ne me déranges jamais, Éleda.

Elle serra Desmond doucement dans ses bras de peur d'accentuer sa peine. Un sourire tendre s'accordait à la gamme chromatique de sa tenue, chemisier au motif de fleurs pastel et jupe longue en jean.

— Comment tu vas ? As-tu besoin de quelque chose ?

Desmond avait tout ce qu'il lui fallait. Il lui proposa un café qu'elle s'empressa de se servir elle-même. La chienne n'avait de cesse de lui tourner autour, réclamant des bouquets de caresses.

— On ne parle que de toi par ici : l'homme qui a vu l'ours surgir dans la nuit.

— Ça n'a rien de glorieux, rectifia-t-il. Bonnie s'est fichue dans mes jambes, j'ai bêtement perdu l'équilibre et fait un vol plané.

— Tu aurais pu être gravement blessé.

— J'ai la tête dure.

— C'est ce que j'ai cru comprendre.

Éleda marchait dans la pièce donnant cette impression de sérénité fragile.

— Alors, tes recherches sur cet oncle ?

Desmond lui résuma les derniers rebondissements : la rencontre avec sa tante à Saint-Louis, sa visite à l'Elbow Inn, la fausse piste de San Francisco, la corrélation des tableaux et du récit. Le regard de la dame se perdit dans la contemplation de la falaise.

— On ne sait rien du chemin qui nous mène, fit-elle, on est incapable d'en connaître l'issue. Mais parfois, on découvre que ce chemin, quelqu'un d'autre l'a déjà pris avant nous.

Assis dans le fauteuil, les coudes posés sur ses cuisses, Desmond pinça le lobe de son oreille gauche.

— Joliment dit.

— Sais-tu que ton père a trouvé un ours, un jour, dans son jardin ?

Une discussion amicale chez Éleda un soir d'octobre lui revint en mémoire. Il avait oublié ce détail.

— À l'époque, personne n'y avait cru tout à fait, poursuivit-elle. Les ours descendent rarement dans la vallée et Ben avait été profondément vexé qu'on puisse le considérer comme un affabulateur.

Desmond voyait où elle voulait en venir.

— Je viens de réhabiliter *papa*, c'est ça ? plaisanta-t-il.

Elle enveloppa ses mains dans les siennes.

— Bien plus que tu ne le crois, *petit garçon*. Mais le travail n'est pas terminé, il me semble.

Éleda redressa les épaules, faisant saillir les tendons de son cou.

— Tu vas retrouver cet homme monstrueux, Desmond. Tu vas le trouver et libérer ta famille.

Sur le pas de la porte, en quittant le fils de Benjamin, ses yeux verts brillaient de certitude. Desmond ne put s'empêcher de penser que son père avait aimé cette femme d'une passion infinie et jalousait presque cette capacité à créer un lien aussi vigoureux, redoutant de ne pas avoir reçu ce don en héritage. L'admiration et la reconnaissance n'étaient qu'une clameur éphémère au regard d'une femme dont on touchait le cœur jusqu'après la mort.

La course légère d'un écureuil à travers les branches des arbres penchées sur la terrasse répandit cent gouttes d'eau couleur d'émeraude.

Desmond lâcha un soupir qui lui agaça les côtes et retourna au salon.

Les photographies des tableaux expédiées par la galerie d'art s'affichaient en mosaïque sur l'écran d'ordinateur posé sur la table. Desmond avait visionné des centaines d'images de *diners* sur Internet. Sols en damier, gros plans d'assiettes dégoulinantes de sauces, gugusses posant aux côtés de figurines géantes représentant Marilyn et James Dean, enseignes branlantes, décorations hors du temps, la toile était un immense foutoir, gavée de souvenirs de la Route 66. Pour l'instant, aucune correspondance avec les tableaux. Idem pour les images du blog de Lola.

Il devait réduire le champ de ses recherches.

Les toiles de Pierre Lombard ne livraient guère d'indices quant à la localisation de ce foutu *diner* – ou alors Desmond était royalement passé à côté.

Il s'usait inutilement à tenter de résoudre l'infiniment complexe.

Le tueur traversa son esprit tel un spectre, portant en lui toute la violence qu'il avait abattue sur sa famille. Desmond ne pouvait réprimer l'idée que Lola et les enfants roulaient peut-être directement vers ce fou. Il porta à ses lèvres le mug de café avant de se raviser. Ce n'était pas de caféine qu'il avait besoin. Un carburant plus fort. Whisky et cacahouètes grillées. Il dénicha une bouteille dans le bar aménagé sous l'escalier de la mezzanine et s'apprêtait à verser une dose d'alcool dans un verre lorsqu'il suspendit son geste.

Une petite phrase de Lola prononcée pendant leur conversation lui revint avec la puissance d'une toupie rebondissant contre un mur.

Une phrase qui coïncidait curieusement avec la dernière page du cahier.

À la satisfaction de tenir peut-être une piste sérieuse s'associa une certitude effrayante : la femme pour laquelle il ressentait un désir inaliénable se trouvait probablement au pire endroit de la route.

Un incroyable déluge. Des trombes d'eau s'abattaient maintenant sur la carrosserie de la voiture. Sommairement protégée par Annette chargée de tenir le parapluie au-dessus de la tête de sa mère, Lola sentait l'eau dégouliner le long de sa colonne vertébrale et s'infiltrer dans son jean. Le plus dur était fait : sortir les bagages du coffre et les mettre à l'abri dans la voiture, déloger la roue de secours et le cric cachés sous la moquette, glisser le levier sous le bas de caisse, retirer l'enjoliveur crasseux, et surtout dévisser ces maudits écrous avant d'actionner le cric. Elle avait dû y aller avec le talon de ses tennis pour les dégripper. Les mains meurtries par l'effort, elle délogea enfin la roue crevée et la fit passer à son fils. Sous l'imperméable poncho, Gaston se tenait aussi raide qu'une planche. La pluie ruisselait sur sa figure et ses Nike, déclenchant des jérémiades.

— Fallait pas lui passer le volant ! Elle sait pas rouler !

— Allez, Gaston, dépêche-toi, passe-moi la roue de secours.

— … Elle sait même pas changer les piles d'une télécommande !

— Il va se taire, lui ? grogna Annette.

494

— Gaston ! LA ROUE !

— C'est bon, t'énerve pas, maman.

Ils firent l'échange. Lola souleva la roue, l'inclina, et la fixa sur le moyeu. Elle tendit la main, attendant les écrous. Annette ouvrit sa paume. Un des quatre écrous glissa de ses doigts et roula sous la voiture.

— Merde ! Annette !

— Mais j'ai pas fait exprès !

Lola pencha son visage au ras du sol. Impossible de voir quoi que ce soit avec la pluie en ricochet. La famille Lombard venait définitivement de basculer du mauvais côté.

— Non mais tu réalises que sans cet écrou, on ne peut pas repartir ?!

Lola éructait malgré elle, accablant sa fille aînée.

— Tu es vraiment NULLE !

— Fallait les garder toi-même, les écrous !

Lola frappa du poing contre le pneu. Sa main cogna la jante. La douleur lui permit de reprendre ses esprits.

Ventiler ses poumons, garder le contrôle. Elle inspira profondément.

— Bon. On va essayer de ne pas perdre ceux-là. Et tiens-moi correctement ce parapluie !

Lola remit les trois autres écrous en place sans difficulté.

— On pousse la voiture et on cherche l'écrou qui manque, lâcha-t-elle, tournant la manivelle du cric.

La petite équipe replaça la roue crevée puis les bagages dans le coffre et réintégra l'habitacle. Lola mit le contact, avança la voiture de trois mètres. L'eau submergeait la route et transformait le bas-côté en boue pâteuse.

En dépit de leurs recherches, ils furent incapables de retrouver l'écrou manquant.

— On fait quoi ? osa doucement Annette.

Lola nettoyait ses mains à l'aide d'une lingette. Elle était trempée. Elle saisit son téléphone portable, constata une nouvelle fois l'absence de signal et le jeta dans le vide-poche.

— On va rouler sur trois pattes. Annette, on est loin de l'autoroute ?

La jeune fille consulta la carte. Hocha tristement la tête.

— Trente-cinq miles.

— Après Essex, le prochain patelin, c'est quoi ?

— Amboy.

— Règle le GPS sur Amboy, s'il te plaît.

La destination du parcours fut modifiée. Amboy se situait à moins de sept miles. Lola enclencha la climatisation afin de chasser la buée du véhicule. À l'arrière, la vitre de fortune scotchée sur la portière arrière vandalisée menaçait de se décoller.

— OK. On avance doucement jusque-là. Y a quoi à Amboy ?

— Pas bézef, à part un café ouvert sept jours sur sept en saison. Ils font boutique de souvenirs.

— On pourra toujours téléphoner pour appeler une dépanneuse.

Lola entraperçut dans le rétroviseur le visage renfrogné de Gaston, tassé sur la banquette. Elle tenta un sourire.

— … C'est pas mon fiston qui voulait partir à l'aventure et parcourir le monde ?

— Si. Mais pas avec toi.

La remarque de Gaston lui fut aussi désagréable que le frottement des coutures du jean mouillé contre sa peau.

— Toi, à Noël, fit-elle, tu pars en colo.

— Chouette.

La Mercury quitta doucement le bord de la route et s'éloigna sous l'averse, clopin-clopant. La jante de la roue de secours cognait contre le moyeu une ou deux fois par seconde.

Tu as fourré le maximum de billets dans tes poches, de quoi t'acheter ta dernière Pontiac. Celle qui va te conduire à destination, droit sur l'autoroute, pour t'échouer devant l'enseigne d'un motel au beau milieu de nulle part, quand le moteur va caler parce qu'il y aura plus d'essence et que tu as laissé la seule pompe du comté à une centaine de miles derrière toi.

Lola avait fait le plein de carburant à Needles. C'est ce qu'elle avait glissé dans la conversation. Et la petite famille roulait au beau milieu du désert. Où exactement ? Il n'en savait rien. Pas moyen de le savoir tant que ses appels n'aboutiraient pas. La Californie n'était certes pas la seule région traversée par la Route 66, mais c'était l'État le plus éloigné de la dernière scène de crime et le seul à offrir un parcours aussi désertique. En toute logique, c'est là que le tueur avait fui. Là qu'il fallait chercher en priorité, dans ce secteur de deux cents miles environ. Desmond se remit au travail, un sachet de cacahouètes renversé sur la table à côté de l'ordinateur. Il tapa *diner route 66 California* dans le moteur de recherche. Toujours les mêmes images d'enseignes lumineuses, de façades extérieures mais aucun point commun avec les sujets des tableaux du peintre. Resserrer encore. Il passa sur Google Map, tapa *Needles*, affiche la fonction « itinéraire » et entra *Barstow* comme destination. Par l'autoroute, la distance annoncée entre les deux villes était de cent quarante-cinq miles. Il zooma sur la carte. L'image satellite fit apparaître une autre route : la National Trails Highway. L'ancien tracé de la Route 66. Il fit glisser la ligne du trajet symbolisé en bleu sur la carte vers cette route. Une nouvelle distance s'afficha : cent cinquante-cinq miles séparaient maintenant Needles de Barstow. Lola était quelque part sur ce mince lacet de bitume, probablement à mi-chemin puisqu'elle espérait arriver à destination avant la nuit. L'impossibilité de la joindre signifiait qu'elle était à bonne distance des antennes relais placées sur l'autoroute. Elle se trouvait donc encore dans le secteur situé au sud de l'I-40, entre Essex et Siberia. C'est là qu'il concentra ses recherches. Cela réduisait le nombre de villes à quatre : Siberia, Bagdad, Amboy et Essex. Il cliqua une nouvelle fois sur la loupe. S'étalait maintenant un nouveau tracé longeant la route : une ligne de chemin de fer. Le regard de Desmond s'illumina. Il fit passer au premier plan sur l'écran le fichier du cahier afin de relire l'ultime paragraphe :

> *Rester immobile, plus bouger.*
> *Dix ans que j'attends qu'il m'arrive quelque chose, qu'on vienne me passer les*

menottes, mais y a que des trains sans fin qui
traversent ma vie.

Singulièrement, dans son récit, l'oncle évoquait ces trains de marchandises convoyant à l'infini. Il n'avait commis aucun crime sur cette portion de route. Terrain vierge, propice à la chasse.

Desmond tenait peut-être le bon bout.

Il fit craquer ses doigts. Si son intuition était la bonne, le *diner* fractionné en petits tableaux était dans les parages. La bien nommée ville de Siberia – preuve que l'hiver, le désert pouvait atteindre des températures polaires – il en fit rapidement le tour : pas de *diner* à Siberia. Pas l'ombre d'un habitant. Les rares clichés montraient des murs en phase d'éboulement avancé ; une ville fantôme de plus au compteur. Bagdad, pas mieux : le village avait périclité après la restructuration du réseau routier et la construction de l'I-40, cette grande prédatrice de la Route 66. Mais le succès du film *Bagdad Café* entretenait le souvenir de ce hameau : à Newberry Springs à quelques miles de là, les propriétaires du bar où s'était déroulé le tournage au milieu des années quatre-vingt jouaient la carte touristique. Ils avaient débaptisé leur Sidewinter Café et garé sur le parking une de ces caravanes en alu similaire à celle de Jack Palance dans le film. Desmond afficha les photos correspondant au Bagdad Café : un nom aussi dépaysant ne pouvait que séduire l'oncle en cavale. Au milieu des nombreuses affiches du film proposées en différents formats, il dénicha un plan de l'intérieur du fameux café. La serveuse se tenait debout derrière le comptoir en Formica dans un tee-shirt tomate, souriante. Siège en moleskine bleu ou rouge, distributeurs de chewing-gums, juke-box, passe-plat, ventilateur au plafond, pendule publicitaire Coca-Cola, vieux poste de télévision trônant sur le réfrigérateur à sodas, rien ne manquait au décor, pas même l'éternel portrait de John Wayne suspendu au-dessus de la porte donnant sur les cuisines. Quelque chose dans cette ambiance *fifties* conviviale et désuète mit Desmond mal à l'aise. Bardée de décorations publicitaires, la station-service de son père dégageait ce même sentiment de confort suranné, jusqu'au distributeur de boules de chewing-gum multicolores installé dans l'entrée. Hélas, aucun cinéaste n'était venu à Narcissa planter sa caméra pour préserver la station-service du naufrage, comme s'il existait une zone marginale de l'abîme…

Desmond avala le contenu de son verre. Cliqua sur la photo pour l'agrandir. Débarqua sur le blog d'un certain Richard Sharp : en 2005, l'homme avait roulé pas moins de six mille six cents miles de Santa Monica à Province-town sur son Harley. Selon lui, le café servi par Mrs Pruett, la propriétaire du Bagdad Café, était serré. Desmond n'irait pas loin avec ça. Il jeta dans sa bouche une pleine poignée de cacahouètes, atterrit rapidement sur un autre blog : un couple d'Américains, irrésistible-ment épris l'un de l'autre, se photographiait à chaque étape. On les trouvait enlacés devant le comptoir du café, puis, côté salle. Le mobilier ne correspondait pas aux tableaux peints par Pierre Lombard, mais le blog datait de 2007. Le bar avait peut-être été rénové entre-temps ? Desmond inclina la tête alternativement vers ses épaules afin de chasser la raideur de la nuque, cliqua sur une vue plus récente du café et arriva sur le blog d'un Canadien. Il s'agissait d'un voyage effectué aux États-Unis sur une trajectoire est-ouest en temps réel.

Depuis des années, le type collectionnait les villes fantômes et les glanait principalement sur la Route 66. Les images venaient d'être mises en ligne, Desmond déroula verticalement les photos prises à Newberry Springs et ses environs. Tout en bas de la page, le désert en arrière-plan, le Canadien s'était fait photographier aux côtés d'un vieil homme barbu aux joues creuses. Tous deux souriaient.

Il pleuvait sans ardeur sur le pare-brise, l'averse s'accordant à la vitesse médiocre de la Mercury. Personne ne disait mot. Annette bouquinait le guide, Gaston jouait avec sa console, Lola s'abandonnait à la morosité. Un de ces moments de détestation dont elle avait le chic et qu'elle combattait farouchement la prenait de court. Elle s'accrocha à la seule pensée capable de lui redonner un peu d'estime de soi – Desmond – et enclencha l'autoradio. Percy Faith et son orchestre accompagnèrent les derniers miles d'une reprise guillerette de *A Summer Place*. La voix sucrée et monocorde d'Annette acheva de la bercer.

— « *Amboy a été fondée au XIXe siècle pour soutenir la ligne de chemin de fer Atlantic & Pacific Railroad. Grâce à cette activité mais aussi à la Route 66 et à l'exploitation de mines de chlorure dans les environs, la ville dépassera les 700 habitants au lendemain de la Seconde Guerre mondiale[1]* »… Tu te rends compte ? Il y avait même un aéroport !… Le motel date de 1938.

---

1. Extrait du guide du *Petit Futé Route 66*.

Soudain, sur le bas-côté de la route, surgit un étrange buisson.

— Qu'est-ce que c'est que ça ? murmura Lola.

À leur tour, les enfants découvrirent ce qui ressemblait à un enchevêtrement de branches mortes constellé de chaussures. La conductrice ralentit le véhicule à hauteur du buisson : c'était bien des bottes et des baskets. Par dizaines. Blanchies par le sable du désert et cuites au soleil. Le visage d'Annette se figea.

— On est où là, maman ? glissa-t-elle.

— À Amboy.

— C'est les chaussures de gens qui sont morts ? questionna Gaston peu rassuré.

— Mais non. C'est certainement une coutume locale, je n'en sais rien.

Lola cachait son appréhension. Poussé à l'entrée du hameau, cet arbre à chaussures était particulièrement lugubre. Les premières bâtisses apparurent sous un ciel indigo, inspirant ce sentiment d'éternel oubli propre à leur décrépitude. Découvrant le paysage d'une ville moribonde au milieu du désert, les enfants oubliaient presque de respirer.

— J'ai pas très envie qu'on s'arrête là, souffla Annette.

— Moi non plus, mais on n'a pas le choix. Si je pousse encore la voiture, on va bousiller la direction.

Après avoir laissé sur la droite ce qui avait été jadis une école dont un portique rouillé signalait encore la présence, la voiture ralentit au niveau de l'enseigne d'un motel. Annette avança sur son siège, colla presque son nez au pare-brise pour mieux la voir.

— Roy's Motel Café. Normalement, ça doit être ouvert.

La voiture s'engagea sur le terre-plein, Lola coupa le moteur. Bordé de baies vitrées, l'établissement était coiffé d'une toiture triangulaire futuriste que soutenaient de larges poteaux. On l'avait fraîchement repeint, de même que les six bungalows alignés sur la droite. Dix mètres plus loin, la devanture de la station-service se parait avec orgueil de ses trois lettres, repeinte elle aussi d'un large bandeau rouge et décorée de fanions. De l'autre côté de la route, agrémenté d'un palmier famélique, un bâtiment malingre assumait les fonctions de mairie, office du tourisme et bureau de poste.

— 700 habitants tu disais ? releva Lola.

— C'était après la guerre, précisa Annette en grattouillant sa nuque.

— Après la guerre de Sécession, alors… Allez, on y va.

Les portières claquèrent sans conviction. Ils marchèrent en direction de la station-service dont ils pouvaient à présent distinguer les fenêtres décorées de néons bleus. La porte s'ouvrit, faisant chanter le cadre en bois. L'intérieur était des plus charmant, une sorte de mini *diner* avec sa petite boutique de gadgets cultes de la Route 66 comme la famille Lombard en avaient tant vu depuis le début du voyage. Ici, l'habituelle odeur de poussière et de vieux plastiques cédait la place à un agréable parfum de café. Un comptoir en Formica fendait la salle, bordé de tabourets en similicuir vieux rose. Derrière le bar, une femme d'une soixantaine d'années aux cheveux d'un roux flamboyant venait de suspendre la lecture de son magazine et les observait avec un sourire amusé par-dessus ses lunettes de vue.

— *Welcome to Amboy !*

Les enfants répondirent d'un « *thank you* » timoré avant d'aller au fond de la salle. Lola se rapprocha de la dame au magazine et lui expliqua leur mésaventure.

— Les pauvres chéris ! Changer un pneu sous un déluge pareil… Installez-vous ma belle, je vais vous trouver quelqu'un pour dépanner votre roue.

Elle indiqua à Lola une porte au fond à gauche.

— … Si vous voulez mettre des vêtements secs, vous pouvez utiliser les toilettes. En attendant qu'est-ce qui ferait plaisir aux enfants ?

Lola tourna la tête. Gaston et Annette étaient en admiration devant un vieux juke-box bardé de néons.

— Maman ! Viens voir ! cria Gaston. C'est le même que papa !

Un authentique Wurlitzer. La rencontre relevait de l'insolite ou du symbole : la vente de celui de Pierre avait justement financé le voyage. Lola sourit faiblement et fit asseoir les enfants dans un box. La table était recouverte d'une jolie toile cirée. Tandis que les enfants choisissaient une glace, Lola fouilla son sac.

— Annette, tu as vu mon portable ?

Oublié dans la voiture. Elle irait le chercher dans cinq minutes. D'abord, avaler quelque chose de chaud.

— Hé, maman, tu lui demanderas pour l'arbre à chaussures ? chuchota Gaston.

— Oui.

L'arbre à chaussures.

Lola eut l'impression de sombrer dans une eau lisse et tiède, entre vertige et torpeur.

C'était dans les premières pages du récit de David Owens.

Il employait une étrange métaphore : il parlait de faire pousser des chaussures sur un arbre…

— Hé ! regardez, dit Annette, on dirait le club sandwich de mon tableau.

— Ah ! ouais, commenta Gaston, c'est le même, avec la tomate cerise et le cornichon dessus.

Lola s'empara de la carte. Même angle de vue, nombre exact de tranches de pain de mie, lumière identique. Comme si Pierre avait peint le tableau d'après cette photo. Une nausée lui souleva le cœur.

De la vaisselle empilée sur une nappe cirée, une serviette oubliée au fond d'une banquette, un verre posé sur un comptoir.

Un écrou manquant pouvait-il sérieusement conduire sa famille vers l'antre d'un monstre comme dans un conte effrayant ?

La brusque apparition de la serveuse la fit sursauter.

— Je viens d'appeler : mon homme arrive pour dépanner votre voiture, confia-t-elle à Lola.

Puis elle se tourna vers les enfants, mains sur les hanches, avec un sourire attendri.

— Alors, je vous sers quoi mes mignons ?

IX

Danger high risk road

Aries (March 21 – April 20)
If you're about to give birth to
a project or business, get
legal help, professor.

Desmond sortit de la douche, entouré d'un voile de vapeur. Il agrippa une serviette, frotta vigoureusement sa nuque et son dos, tamponna son torse. Dans le miroir embué, sa cage thoracique se bardait d'hématomes.

Il couvrit d'une chemise sa peau encore humide, enfila péniblement un jean. Nouer les lacets de ses baskets lui fut aussi malaisé – toute compression du thorax rappelait la pointe d'un couteau. La trousse de toilette tomba au fond d'un sac de voyage. Dans le tiroir du vieux bureau de son père, Desmond trouva le revolver Iver Johnson restitué par la police de Flagstaff : il en contrôla le contenu du barillet – cinq balles – et fourra l'arme dans le vide-poche du 4 × 4.

— Allez, Bonnie, saute !

La chienne grimpa à l'arrière du véhicule avec ce ravissement naïf propre à sa race : la promesse d'une balade suffisait à la combler. Marche arrière sur le terre-plein, convulsion du gravier sous les pneus, clignotants, le 4×4 s'attaqua bientôt à l'asphalte, aux confins du crépuscule.

Partir là-bas, à la conjonction de toutes les vérités.

Si le jeu n'était pas franc, il éviterait à Gary un second fiasco après San Francisco. Apparaître, disparaître, tel semblait être la partition ténébreuse de David Owens. Desmond avait lu fébrilement le commentaire sous la photo du blogueur canadien. Celle-ci n'avait pas été prise à Newberry Springs mais dans une autre ville agonisante de la Route 66.

> En arrivant au Roy's Motel Café, j'ai tripé : devant le snack-bar, y avait la réplique exacte du bonhomme que j'avais vu sur un tableau exposé en plein soleil dans une ville fantôme de l'Arizona, l'été dernier. Une tête pareille, ça te reste collé au cerveau. Je lui ai demandé si c'était lui le tueur de la Route 69. Le gars en pissait dans sa culotte ! Dave est un retraité un peu fêlé, cassé comme un clou mais pas niaiseux ni avare d'anecdotes sur son patelin. Il te raconte des fables à frémir. C'est dans le désert qu'on déniche les meilleurs scénarii – ou les pires ! À propos, ils ont tourné des scènes du film *The Hitcher* dans ce motel en 86. Ça parle au diable !

Il était allé nu-pieds et le souffle court, de coupables apocryphes en fausses pistes, lançant des galets sur l'eau au petit bonheur. Futiles ricochets. Desmond se retrouvait dans le sillage de Lola, inévitablement.

Il appela son numéro, entendit sa voix l'invitant à laisser encore un message. Plus d'une heure s'était écoulée depuis leur conversation suspendue, Amboy se trouvait derrière elle, en toute logique. Lola avait repris l'autoroute et atteindrait Barstow avant 19 heures. Alors pourquoi ne pouvait-il la joindre ? À moins qu'elle ne fût à court de batterie, elle s'était forcément arrêtée quelque part sur la route.

À l'horizon, le ciel perdait de ses pigments, se désagrégeait dans l'obscur. Une lassitude s'emparait de Desmond, il frotta ses yeux.

Toute une existence agencée, pensée et vécue dans la persistance d'un acte qu'il n'avait pu empêcher.

Continuellement, il s'était laissé aller à écarter de lui des êtres aimés, se refusant à en retenir d'autres, les poussant presque de la main. Il avait sacrifié à sa carrière ce qu'il se plaisait à considérer de nature toxique : fonder une famille, se reproduire. Desmond G. Blur n'avait eu de cesse d'expier un mal effroyable qui le poursuivait sans relâche. À moins que cette fois, il se décide à contrarier le destin.

L'odeur de Bonnie envahissait l'habitacle. La chienne respirait gueule ouverte, tournant sur elle-même, indécise quant à la position la plus favorable à prendre durant le voyage. Cet effluve animal convoqua le souvenir du vieux Clyde aux derniers jours de sa vie, toujours collé derrière lui, à fourrer son museau partout, à mendier des restes de goûter dans le cartable ou les poches de caban de son jeune maître, traversant l'appartement de Lincoln Park en claudiquant sur trois pattes, queue basse, les flancs décharnés. Déjà, l'homme par lequel étaient venus le désordre et la déliquescence de la famille Blur obsédait l'adolescent. Mais s'il chercha trop tôt après le meurtrier comme l'on fait ses devoirs, ce n'était que l'acte désespéré d'un enfant fouillant les broussailles en quête d'une source noire et visqueuse. La raison n'avait jamais eu son rôle à jouer dans la partie, ni avant, ni après. En cela, Desmond ressemblait à son oncle.

Il passa une main dans ses cheveux.

Desmond chéri, tu veux bien attacher Clyde ? Tante Matilda a peur de tomber à cause du chien.

C'était un malheureux concours de circonstances.

Juste un malheureux concours de circonstances.

La falaise s'ouvrait comme une plaie béante de chaque côté de la route, ombrée d'un rouge glaçant.

Sagittarius (Nov. 23 – Dec. 21)
What was hidden from view is now
revealed, and you're relieved.

Deux milk-shakes au chocolat surmontés de crème fouettée dissimulaient presque les visages de leurs jeunes consommateurs. Entre chaque cuillerée, Annette contrôlait distraitement les photos dans son appareil pendu autour du cou. Gaston avait insisté pour glisser un quart de dollar dans le juke-box et son choix s'était porté sur la chanson *Route 66* interprétée par Chuck Berry dont il connaissait la version pour l'avoir entendue un paquet de fois dans le film d'animation *Cars*. Lola reposa son mug de café, jeta un regard discret à la serveuse puis se rapprocha de sa fille.

— Il ne faut pas qu'on traîne ici, fit-elle à voix basse.
— Pourquoi ?

Elle posa un doigt contre ses lèvres avant de poursuivre.

— Tu as le guide avec toi ?
— Oui.

— Dis-moi si la prochaine ville est loin d'ici.

Annette souleva un sourcil circonspect.

— Mais… et la voiture ?

— Fais ce que je te demande.

La jeune fille s'exécuta. Extirpa le guide de son sac à main, l'ouvrit à la page trois cent : les deux hameaux à suivre sur la route n'étaient que ruines.

— Combien de miles avant de rejoindre l'autoroute ?

— Plus d'une trentaine.

Lola blêmit. Elle ne pouvait prendre le risque de rouler sur une telle distance et n'avait pas d'autre choix que de remettre la roue dans son axe.

— Bon. On fait réparer et on file en vitesse. Est-ce que tu as du réseau ?

La jeune fille jeta un œil à l'écran de son portable ; confirmation d'un mouvement de tête.

— OK. Je vais chercher mon téléphone dans la voiture.

Mieux valait que les enfants n'écoutent pas ce que Lola avait à dire à Desmond. Elle se leva de la banquette, blanche d'inquiétude.

— Surtout, vous ne sortez pas d'ici, d'accord ?

Elle adressa un sourire forcé à la femme rousse en passant devant le comptoir.

— Ça vient de s'arrêter, commenta la serveuse, désignant la fenêtre du menton.

Lola approcha une main de la clenche mais elle n'eut pas le temps d'ouvrir la porte. Quelqu'un venait de le faire à sa place. Un homme de l'âge de son père.

— *Bonjour la France*, fit-il en savonnant les « r ».

Lola eut l'impression qu'une trappe s'ouvrait devant elle : imberbe, David Owens braquait sur elle des yeux

brillants. Il se déploya, fantomatique, gagna cinq
centimètres.

— C'est vous qui avez perdu un écrou, m'dame ?

Elle hocha la tête et acquiesça d'une voix minuscule.
De ce même mouvement que Lola connaissait à
Desmond, il glissa trois doigts dans sa tignasse désor-
donnée. Mis à part son aspect négligé, se dégageait de
ce corps amaigri une grâce charnelle et maîtrisée. Lola
comprit instantanément pourquoi autant de femmes
avaient péri à son bras : être dans son regard relevait de
l'évidence, comme une sorte de validation de sa propre
féminité.

— C'est vraiment pas de chance ce qui vous arrive
là, m'dame.

— À qui le dites-vous, répondit Lola, s'efforçant de
maîtriser une panique intérieure.

— Crever en plein désert, après tout ce chemin…
Vous faites la 66 m'a dit Patti.

— Oui, depuis Chicago.

— Et il est où votre mari ? Vous l'avez perdu en
route ? ricana-t-il.

Lola se contenta de répondre d'un sourire affecté.
Sous un gilet molletonné remonté sur les coudes,
l'homme portait une chemise en jean dont l'usure riva-
lisait avec celle de sa peau. Les veines gonflées des
avant-bras irriguaient des mains robustes où semblait se
concentrer toute sa vigueur. Il leva un pouce par-dessus
l'épaule.

— Je viens de jeter un œil à votre roue, là. Je crois
que j'ai ce qu'il faut dans le garage.

— Ah ! C'est… c'est une bonne nouvelle.

Il tendit un bras tremblotant par-dessus le comptoir, scrutant le visage de la conductrice comme s'il était contrarié par un événement imprévu.

— Passe-moi les clés, *honey*.

— Vous voyez ? se flatta la serveuse en les lui donnant, je vous l'avais dit ! Il a toujours la solution cet homme-là. Prends donc un café d'abord, Dave.

Le vieux bonhomme jeta un coup d'œil aux enfants au fond de la salle et revint à Lola.

— J'ai comme dans l'idée que la petite dame est pressée… On y va ?

Quelque chose de tangible dans le bleu meurtri de ses iris.

Un frisson glacé parcourut Lola.

Des images défilèrent sous son crâne.

Celles de toutes les scènes de crime qu'elle avait collectées et répertoriées sur le blog avec ce détachement teinté de fascination, comme si la connaissance des faits consistait en un rempart contre la barbarie. La probabilité de rejoindre bientôt un grand ensemble était maintenant réelle.

Mais Lola avait un tour d'avance : en aucune façon David Owens ne pouvait connaître son identité. Elle chassa l'air de ses poumons.

— D'accord. Je vais chercher mes clés de voiture.

— Vos clés ? Vous les avez dans la main, m'dame.

Quelqu'un appuyait douloureusement sur le cœur de Lola.

— Ah ! oui. Je suis un peu perturbée par cette histoire de roue.

Il lui tourna le dos, ouvrit largement la porte. Poussée par le vent, l'odeur crayeuse de ciment gorgé de pluie saisit Lola.

— Vous venez ?

Elle pivota et dirigea son regard vers le box où étaient les enfants :

— Je vais à la voiture !... Gaston, c'est quoi déjà le nom du personnage aux cheveux longs et mal rasé dans *Le Seigneur des Anneaux* ?

Le garçon leva la tête au-dessus de la banquette tel un périscope, surpris par la question.

— Aragorn ?

— C'est ça ! Aragorn.

Allumer une veilleuse. S'engouffrer dans les ténèbres.

En refermant la porte, Lola eut le sentiment de s'arracher à la réalité. Avec la désinvolture du bourreau conduisant sa victime à l'échafaud, David Owens marchait devant elle d'un pas lourd, les bras raidis, supportant la vengeance d'une vie tant offensée. Plus loin sur sa gauche, un train charriait son interminable fardeau, divisant le ciel et la terre.

S'emparer du téléphone dans le vide-poche.

Taurus (April 21 – May 21)
Keep in mind that in the long
run, this will turn out to be one
of the most rewarding periods
of your life.

La serveuse rousse revint avec une assiette garnie de
cookies et la déposa sur la nappe cirée.

— Pour vous mes chéris. Offert par la maison.

Annette la remercia. Cette femme exprimait la stabi-
lité rassurante des gens simples qui ne cherchent qu'à
être agréables aux autres et satisfaire leurs désirs.

— … Tu as fait de belles photos ? s'intéressa-t-elle,
donnant du bouffant à ses cheveux de ses ongles vernis.

— Oui.

— Beaucoup ?

— Environ deux mille depuis Chicago.

— Deux mille ? s'exclama la serveuse, épatée.

La jeune fille lui résuma brièvement le but de leur
voyage et le sujet du blog qu'elle alimentait en
iconographies.

— « Le tueur de la Route 66 »… Voilà une légende qui plairait à Dave ! lui qui s'amuse à raconter des horreurs aux touristes à longueur d'année.

Un talon cogna un de ses tibias sous la table.

— Tu peux lui demander pourquoi y a plein de chaussures dans un arbre à l'entrée de la ville, lui chuchota Gaston, si c'est un truc pour faire peur aux touristes ?

Annette traduisit les propos de son frère. Le rire en arpège de Patti fut des plus mélodieux.

— C'est une de ces coutumes de la route. Les gens offrent une paire de vieilles chaussures au désert pour marquer leur passage à Amboy – généralement celle qu'ils ont usée depuis qu'ils ont entamé leur voyage… C'est qu'elle est longue, la 66.

Rassuré, Gaston retourna à sa console de jeu. La porte fit teinter une petite clochette : un jeune couple de motards dégoulinait sur le linoléum. D'un geste amical, la serveuse les invita à s'installer.

— … Si vous désirez quoi que ce soit d'autre toi et ton frère, confia-t-elle à Annette, vous n'avez qu'à demander. OK, *sweetheart* ?

La jeune fille soupira en regardant sa montre. Les milk-shakes étaient avalés depuis un bon quart d'heure, elle avait hâte de rejoindre l'hôtel.

— Ils en mettent du temps à fixer une roue… Je vais voir ce que fait maman.

— Elle a dit qu'on ne devait pas bouger d'ici.

— C'est bon, je jette un œil.

La jeune fille traversa la salle jusqu'à la fenêtre donnant sur la route, écarta les lamelles du rideau : la seule enseigne du hameau se détachait dans le soleil couchant. Le parking était vide. Annette reprit sa place, murée dans une étrange perplexité.

— Qu'est-ce qui se passe ?

— La voiture. Elle n'est plus là.

Gaston haussa les épaules.

— Ils ont dû l'emmener au garage.

— Y a quelque chose qui cloche.

— Quoi ?

— Tout à l'heure, elle t'a demandé un truc bizarre.

— Le nom de Grand-Pas, le descendant d'Isildur.

Gaston renifla dans la manche de son tee-shirt monstrueusement large.

— … C'est son professeur qui lui manque, ajouta-t-il.

— Mais pourquoi elle a dit ça juste avant de sortir ?

Le garçon se remémora toutes les fois où sa mère l'avait convié à ses jeux pour le tirer de son marasme, usé de codes ou de signes secrets pour lui inventer un monde plus chouette. Il releva les yeux de sa console.

— T'as raison, c'est pas net. On ferait mieux d'aller voir.

— Attends. Je vais parler à Patti.

Annette se rapprocha du comptoir. La serveuse sexagénaire remplissait deux tasses de café.

— Vous pourriez me dire où est le garage, s'il vous plaît ?

— C'est juste là, derrière. Attends, chérie, je suis à toi dans une minute.

Elle emporta les deux tasses. Annette assit une demifesse sur l'un des tabourets, examinant la décoration : évier en inox, étagères garnies d'objets publicitaires vintage Coca-Cola, four à micro-ondes, sachets et boîtes en carton à l'effigie du Roy's Motel Café, tout était propre, rangé. Punaisées au mur, à gauche d'une petite porte donnant sur la cuisine, de nombreuses photos confirmaient la notoriété du lieu. La serveuse y figurait, souriante et fraîche, fraternisant avec le touriste.

— Je vais t'accompagner, fit-elle, de retour dans son champ de vision.

— Mon frère vient avec nous.

Dehors, pas un chat. Ils contournèrent la station-service. À moins d'une dizaine de mètres, derrière de vieilles portes-accordéon branlantes, une remise tenait lieu de garage. À l'intérieur se trouvait bien la Mercury mais personne ne travaillait à fixer la roue, le local était vide. Patti plaça les paumes de ses mains sur ses hanches.

— Où est-ce qu'ils ont bien pu passer ? fit-elle surprise.

— La personne qui est avec ma mère, vous la connaissez bien ? demanda Annette d'une voix chancelante.

— Dave ? Bien sûr ! Il a son caractère mais c'est un homme adorable... Qu'est-ce que vous avez les enfants ?

Elle passa une main dans les cheveux de Gaston tétanisé par l'appréhension.

— Ils ne sont pas loin, va. Dave fait sûrement visiter la ville à ta maman. C'est un peu notre guide officiel, ici. Y en a pas pour longtemps. Le mieux est de patienter tranquillement à l'intérieur.

— Attendez madame, juste une seconde...

Annette saisit son frère par le bras et fit le tour de la voiture. Ils échangèrent un regard : la roue n'avait pas été touchée. Annette ouvrit la portière avant gauche, fouilla le vide-poche.

— Elle a dû prendre son portable, murmura-t-elle. Il n'est plus là.

Elle sortit le sien de sa poche, composa le numéro et retint sa respiration. Les bras légèrement écartés du corps, Gaston tourna sur lui-même avec l'espoir qu'une sonnerie crève le crépuscule.

— C'est le répondeur.

Un silence s'abattit sur les deux enfants : les cheminements de leurs pensées aboutissaient à la même certitude.

— Il faut prévenir Desmond, reprit Annette.

— Oui, c'est ce que maman voulait nous dire tout à l'heure.

Annette retint un gémissement.

— J'ai pas son numéro, seulement son adresse mail !

Un clapotis discret provenant du toit en tôle annonçait une nouvelle averse.

— Je dois retourner travailler les enfants, s'impatienta la serveuse.

Gaston serra la main de sa sœur. Tels deux automates, ils emboîtèrent le pas de la femme aux cheveux roux.

Cancer (June 22 – July 22)
Time to organize a plan for a
group : clients, family or
friends.

Gary plongea la cordelette dans la bassine de liquide savonneux puis la manœuvra autour de lui, formant des lombrics transparents de plusieurs mètres dans l'air. De tout le comté, il était le meilleur à cet exercice. Depuis la terrasse abritée, une bière à la main, les invités de la *garden party* – requalifiée *living-room chatting* à cause de la pluie – commentaient le déhanché du chef de police, la souplesse de l'épaule, le plié du genou. Des gamins couraient dans l'herbe, sautant après les bulles de savon géantes qui montaient vers une nuit ourlée de bronze.

Il y avait là, en tenue décontractée et chemisiers à fleurs, le meilleur de la police de Jerome, Stanfield et Oakboro ainsi que les plus fidèles voisins de la famille Banning. Melinda revint de la cuisine, portant un saladier de marshmallows et une poignée de pics en bois.

Elle se planta au milieu de la terrasse, telle une prêtresse en jogging abricot éclairée de lanternes et guirlandes lumineuses.

— Qui veut griller des marshmallows ? cria-t-elle.

Les adultes tournèrent la tête. Déjà, elle disposait les friandises devant la cheminée où crépitait un feu de bois. Une nuée d'enfants rappliqua aussitôt et chacun fut prié de retirer ses chaussures avant de préparer sa brochette. La sonnerie de la porte surprit tout le monde, une sonnerie qui se voulait discrète, rapidement suivie d'une autre, insistante. Melinda alla ouvrir : l'officier Cindy Burgess se tenait sur le perron dans son uniforme. De service ce dimanche, elle avait assumé la coordination de la circulation en ville et veillé au respect des aires de stationnement. L'accolade fut affectueuse mais l'officier refusa de boire le moindre jus de fruit.

— Il faut que je parle à Gary, c'est urgent.

Sur un geste de sa femme, à regret, Gary passa la cordelette poisseuse à une petite fille en short mauve et retrouva Cindy sur le patio. À la façon dont elle tenait ses mains enfoncées dans les poches et la tête légèrement inclinée par-devant, il comprit qu'il en avait fini avec les bulles pour aujourd'hui.

— J'ai reçu un SMS d'Annette.

— Un souci ?

Cindy sortit le téléphone de l'étui fixé à son pantalon et afficha le message. Gary s'empara de l'appareil de ses gros doigts : *We need help. Urgent. Mum is missing.*

— Plutôt bref, dit-il. Tu as essayé de les joindre ?

— Oui. Annette ne peut pas appeler à cause de son forfait limité. Il y a eu un problème avec la voiture et ils ont dû s'arrêter dans une station-service.

— Où sont-ils ?

— Amboy, en Californie.

— Amboy… Le comté de San Bernardino ?

— Oui. En plein désert de Mojave. Les enfants sont dans le café du hameau. Leur mère est sortie accompagnée d'un homme qui était censé l'aider à changer sa roue. Depuis, elle n'est pas revenue.

Gary se grattouilla le menton.

— Combien de temps ?

— Environ une heure, dit-elle, jetant un coup d'œil à sa montre.

Le chef de police ponctua l'information d'un bref mouvement de tête et invita Cindy à le suivre. Ils quittèrent la terrasse.

— Tu as essayé d'appeler Mme Lombard ?

— Elle est sur messagerie.

— Et cet homme dont a parlé Annette, est-ce qu'elle connaît son nom ?

— Seulement le prénom : Dave. C'est un ami de la serveuse.

Gary poussa la porte de son bureau en maugréant et s'installa devant son ordinateur, l'œil sombre.

— Assieds-toi.

— Qu'est-ce qu'on fait ? demanda Cindy d'une voix crispée.

Il passa une main sur son visage, soupira.

— Une heure, c'est un peu court pour appeler la cavalerie. Elle est peut-être en visite dans un de ces musées pour touristes…

— Sans les enfants ?

— Ou alors elle fait ses courses, j'en sais rien.

— Le seul endroit ouvert, c'est le café où sont Annette et Gaston.

— Comment vont-ils ?

— Ils ont peur.

— Amboy... Qu'est-ce qu'on a comme poste de police dans le coin...

De l'index, il enfonça une touche du clavier de son ordinateur et chassa l'aquarium et ses poissons de l'écran. Sa messagerie s'afficha. Plusieurs courriers attendaient d'être lus : le dernier, reçu à 17 h 45, émanait du professeur Blur. Il cliqua sur le message.

> Salut barbecue man !
> Je pars en Californie. Une autre piste à suivre, sérieuse. On avait tout depuis le début sous les yeux – l'expo de Pierre Lombard/Bobby Wyatt était une sorte de rébus. Je t'expliquerai. À moins qu'il ait fichu le camp depuis, il est possible que David Owens se cache à Amboy. Je vérifie sur place et t'appelle.

Gary émit un sifflement.

La figure sinistre peinte sur le tableau que Desmond lui avait montré ce fameux jour de septembre traversa son esprit telle une bulle remplie de soufre.

— Je ne t'attendais pas. Mais je gardais espoir qu'un jour tu ferais la connerie de te pointer.

Il l'avait laissée conduire la voiture jusqu'au garage, devisant de sa voix rauque et fendillée, presque jovial, mais une fois à l'abri des regards, le masque était tombé. Après avoir confisqué son téléphone à Lola, le vieil homme s'était montré particulièrement convaincant en plaçant la pointe d'un tournevis sous sa gorge pour l'empêcher de crier. L'écrasant de sa hauteur, imprimant à son corps l'onde vacillante qui commandait à son bras droit, il l'avait conduite en direction de l'école désaffectée, la tige métallique appuyée contre son flanc écorchant sa peau. Il l'avait ensuite poussée à l'intérieur d'une salle de classe dont le plafond poreux semblait en proie à un terrible chagrin. Depuis, il se livrait à une chorégraphie singulière autour d'elle, marchant à rebours, marquant le sol détrempé d'empreintes de chaussures selon un trajet aléatoire.

— Qu'est-ce qui t'amène ici, miss ?

David Owens retira la batterie du téléphone et fracassa l'appareil contre un mur.

— Ne me dis pas que tu cherches encore ton mari.

Lola garda le silence. Depuis qu'il avait plaqué son dos à la carrosserie de la voiture, elle ne doutait plus qu'il connaisse son identité mais ne parvenait pas à l'expliquer. Tel un poisson nageant péniblement dans quelques centimètres d'eau, elle luttait pour garder le contrôle de ses pensées, agir au mieux pour elle et les enfants.

— … À moins que ce soit moi que tu sois venue voir, pour me rendre gentiment ce qu'il m'a volé.

D'un coup de pied, il projeta une chaise rouillée vers elle.

— Assieds-toi.

Lola obéit plus par nécessité que par volonté : ses jambes chancelaient.

Malgré son handicap, David Owens affichait encore cette assurance virile de l'être dominant, supérieur aux autres par défaut. Desmond, dont le visage n'était que douceur, avait donné à Lola une impression similaire le premier jour de leur rencontre, lorsqu'il s'était brutalement assis près d'elle, déterminé à lui faire avouer ses mensonges.

Terrible analogie, Lola détourna les yeux.

La pluie ruisselait le long des planches clouées aux fenêtres, grossissant une flaque d'eau qui dessinait sur le carrelage comme un faciès monstrueux. Dans un coin de la pièce, on avait empilé des pupitres d'élèves en une cathédrale pathétique. Il n'existait qu'une seule issue : la porte que le vieil homme venait de verrouiller sur leur passage. Il s'immobilisa au milieu de la classe, tournevis au poing, professeur s'apprêtant à dicter un problème mathématique dont l'élève savait la résolution impossible. Dans ce calme irréel, Lola percevait de

David Owens une image familière, celle d'un homme dont elle savait tout jusqu'aux plus noirs desseins.

— Où est-il ?

Elle leva sur lui un regard d'incompréhension.

— Le cahier, où est le cahier ?

— J'ignore de quoi vous parlez, dit-elle tout bas.

Suspendue au mur du fond, une pendule arrêtée affichait l'heure de la récréation avec obstination.

— Écoute ma jolie, on n'a pas le temps de jouer à ça.

En trois enjambées il fut près d'elle.

— J'ai une photo de famille sur ma table de nuit, je m'endors tous les soirs en la reluquant. Ton mari la gardait dans son portefeuille. Tu veux que j'aille la chercher ?

Comme le vent détache une feuille à l'arbre mort et la plaque contre l'écorce du tronc, le souvenir de la tente saccagée de Pierre au camping de Pine Flat lui revint brusquement en mémoire. La gorge de Lola se noua.

— Les gosses, j'ai pas bien vu s'ils ont grandi depuis mais toi, tu n'as pas changé. À part ça.

De sa main secouée de spasmes, l'homme approcha le tournevis de sa joue, passa la pointe sur les cicatrices de haut en bas.

— Qu'est-ce qui t'est arrivé, ma jolie ?

Lola se raidit au contact du métal. La tige de l'outil coulissa sous l'œil droit.

— Tu vois, l'emmerdant avec cette maladie, c'est que je serai obligé de viser de près ta cervelle pour être sûr de ne pas te rater.

— Et vous n'aimez pas ça, murmura-t-elle.

La remarque le surprit.

— Précise ta pensée.

— … Vous n'aimez pas vous salir les mains, dit-elle, regrettant d'avoir parlé trop vite.

Des yeux bleu délavé disparurent derrière un rempart de sourcils. Il écarta le tournevis.

— Tu as lu le cahier ?

Lola baissa la tête. Sur sa poitrine, le pendentif demeurait immobile.

— Alors c'est bien à toi qu'il l'a envoyé.

Il saisit son menton. Ses ongles bombés teintés d'ocre pénétrèrent sa chair.

— Tu ne l'aurais pas filé aux flics au moins ?

— À votre avis, glissa-t-elle d'un ton qu'elle voulut neutre.

Il souffla par le nez en grognant.

— Qu'est-ce que t'en as fait, bordel ?

— Et vous, qu'est-ce que vous avez fait à mon mari ?

L'homme se racla le gosier, ses doigts se relâchèrent.

— Qu'est-ce que ça peut bien te faire de savoir ce qu'est devenu ce salopard ?

— C'est le père de mon fils.

Il tira une chaise vers lui et s'installa à califourchon, jambes écartées, bras croisés.

— Un type qui abandonne sa femme et ses gosses n'est plus un père, affirma-t-il. C'est rien qu'un minable.

— Et c'est pour ça que vous l'avez choisi ?

La tige du tournevis, tremblotante, chatouillait le dossier.

— Ça fait des années que je raconte ma vie à des péquenots. Y en a pas un qui m'a cru, sauf ton mari. Parce qu'il était journaliste. Il a vite compris que ce qu'il y avait dans ma caboche pouvait valoir un paquet de pognon… Sauf que cet enfoiré a essayé de me doubler.

Un frémissement traversa Lola comme si la combinaison d'un coffre se révélait à elle. Des passages du cahier remontèrent du fond de sa mémoire, charriés par l'effroi : « Essayer de faire pousser des chaussures sur un arbre », « Échouer devant l'enseigne d'un motel au beau milieu de nulle part », « Tu te retrouves à l'école avec le bras qui part en couille », « Y a que des trains sans fin qui traversent ma vie »… Pierre avait glissé plusieurs indices entre les lignes, certainement assez pour permettre à un lecteur averti de localiser le tueur.

— Vous voulez récupérer le cahier pour le détruire.

Il haussa les épaules avec aigreur.

— Ton mari s'est bien foutu de moi ! Il a voulu jouer au plus rusé, j'ai fait ce que j'avais à faire, le bon Dieu ne m'a pas donné le choix, proféra-t-il.

Il régnait une chaleur tropicale dans la pièce. Le visage de Lola se couvrait de fines gouttelettes.

— Le désespoir pousse parfois les hommes à commettre des erreurs, soupira-t-elle, je ne crois pas que Dieu y soit pour grand-chose.

Il partit d'un grand éclat de rire, révélant l'émail usé de ses dents.

— Ton gus, désespéré ? Il s'est barré avec le cahier parce qu'il avait flairé la bonne affaire et qu'il voulait le fric rien que pour lui, le fumier !

— Il aurait pu vous dénoncer à la police, il ne l'a pas fait.

— Réfléchis un peu avant de causer, ma belle : pour me donner aux flics, il fallait qu'il leur refile aussi le cahier, sinon il ne pouvait rien prouver : c'était comme leur fourguer la poule aux œufs d'or !

Le menton de Lola s'affaissa légèrement sur son cou.

— Faut pas voir du sentiment là où y a que de l'avarice, grommela-t-il.

Dans un soubresaut, le tournevis racla le dossier de la chaise, rappelant le crissement du bâton de craie contre l'ardoise du tableau. Les yeux du vieil homme vacillèrent un court instant, comme si un souvenir pitoyable cheminait dans les tréfonds de son âme, puis ils obliquèrent vers Lola avec une étincelle indéfinissable.

— Tu veux savoir où il est ton mari ?

Lola releva la tête.

— Dis-moi ce que tu as fait du cahier et je te conduirai à lui, fit-il d'une voix de velours.

Le regard miséricordieux qu'il promena sur Lola contrastait avec la consternation qui s'emparait soudain de sa future victime.

Près de la fenêtre, Annette et Gaston suivirent les feux rougeoyants de deux motos dans la nuit, le cœur lourd ; la présence de ce jeune couple dans le café avait quelque chose de tranquillisant. Une demi-heure s'était écoulée depuis qu'Annette s'était entretenue avec Cindy Burgess de la police de Jerome. Lorgnant l'horloge Route 66 qu'éclairait un néon rose vif au-dessus de la porte, Patti eut soudain l'air de considérer sérieusement la situation et fit signe aux enfants.

— Il faut que je vous parle.

En deux secondes, Annette et son frère grimpèrent sur les tabourets du bar.

— Je ne comprends pas pourquoi Dave et votre mère mettent si longtemps à revenir.

Les enfants échangèrent un regard confus, comme s'ils dissimulaient un sombre secret qu'ils brûlaient de partager. Cela n'échappa guère à la serveuse.

— Vous avez quelque chose à me dire ?

Ils firent non de concert. Soudain, Gaston s'immobilisa, fixant un point derrière Patti.

— Hé ! On dirait le gus du tableau sur le blog, chuchota-t-il à l'oreille de sa sœur.

— Quoi ?

Il lui secoua le bras.

— Là, les photos sur le mur, le barbu !

Au milieu des portraits de groupes avec Patti, un Pola-roid montrait un vieil homme, le crâne couvert d'une capuche. Annette ne put que constater la ressemblance.

— T'étais pas censé l'avoir vu ce tableau, toi, souffla-t-elle.

— Tu crois que c'est lui qui est avec maman ?

— Mais non.

Patti croisa les bras sur sa poitrine.

— Bon, et si vous me mettiez au parfum tous les deux ?

Gaston désigna le mur customisé de photographies.

— C'est lui le *Route 66 killer*.

— Qu'est-ce qu'il dit ton frère ?

— Le vieux là, insista-t-il, il a tué des tas de gens !

Brièvement, du mieux que son anglais le lui permit, Annette raconta toute l'histoire : la disparition du père de Gaston, le cahier reçu par la poste, le récit sanglant du tueur dans lequel sa mère puisait les informations de leur blog, le tableau exposé à Jerome, la police locale confiant l'enquête à un « grand professeur de Chicago »… La serveuse se détendit, incrédule.

— Mais Dave n'a jamais tué personne, gloussa-t-elle en haussant les épaules. C'est des histoires qu'il raconte aux clients pour le folklore. Ça fait marcher le commerce, mais c'est des âneries ! Où est-ce que vous êtes allés cher-cher tout ça ?

Annette reçut un coup de coude de son frère. Il lui chuchota quelques mots à l'oreille, elle acquiesça.

— Il faut que vous veniez avec nous, madame : on voudrait vous montrer quelque chose dans la voiture.

La serveuse repoussa nerveusement ses cheveux d'un mouvement de tête.

— OK, soupira-t-elle, récupérant un trousseau de clés sous le comptoir.

À peine arrivée au garage, Annette se glissa dans la Mercury et tendit bientôt à son frère deux paquets plats et carrés d'une quarantaine de centimètres de large.

— Le tableau du tueur, on ne l'a pas avec nous mais on a ces deux autres peintures : maman nous les a offertes.

La jeune fille retira l'emballage en toile de jute sans précaution. Patti reconnut d'abord le *Roy's Special Sandwich* avec sa tomate cerise et son cornichon. Le sujet du tableau de Gaston ne lui était pas non plus étranger.

— C'est la vieille Cadillac de Dave… Elle a des bosses partout. Mais qui a peint ça ?

Annette se tourna vers son frère.

— Le père de Gaston.

Patti s'attarda sur la bouille du garçon, si pâle sous le néon souffreteux du local, puis revint à sa sœur.

— Et à quoi est-ce qu'il ressemble ton beau-père ?

Gaston fut le plus rapide. Il retira de la poche de son short sa console de jeu et afficha l'image en fond d'écran : celle d'un enfant de quatre ans dans les bras de son père, posant au bord du Grand Canyon. Sa main ne flancha pas lorsqu'il tourna l'écran vers la serveuse.

— *My dad !*

Patti battit des cils.

Ses yeux d'un gris-bleu vespéral se posèrent tour à tour sur la photo et les enfants, comme si une vérité enfouie en un lieu inaccessible de sa conscience, laborieusement, se frayait un chemin jusqu'à elle, avec son cortège de fantômes.

Desmond fit le plein d'essence à vingt-cinq miles de Seligman, dans une de ces villes seulement fréquentées par des usagers de la 66. Au Ranch House Café d'Ash Fork, derrière l'immuable comptoir en Formica, une serveuse sans âge équipée d'une cafetière capable de remplir des tasses à perpétuité l'accueillit d'un généreux sourire. Bonnie eut droit à un bol d'eau fraîche, deux saucisses et des tas de gouzigouzis de la part des habitués dont les salopettes étaient comme cousues aux tabourets du bar et leurs chapeaux de fermier greffés à leurs fronts. Le coup de fil de Gary dissipa la torpeur dans laquelle, malgré lui, Desmond glissait mollement après deux heures de route, sonné par les antalgiques. Adossé à sa voiture, alors qu'il s'apprêtait à lancer à la chienne sa balle en caoutchouc sur le parking, il suspendit son geste.

— Où ça ?... Amboy ?

Le chef de police confirma. Un type était venu pour aider Lola à changer sa roue.

— Les enfants l'ont vu ? À quoi il ressemble ?

Gary éclaircit sa voix avant de répondre qu'il pouvait bien s'agir du type ayant servi de modèle à Bobby

538

Wyatt pour son tableau. À un mètre de Desmond, frétillant du derrière, la chienne balayait le bitume humide de sa queue, impatiente de s'élancer après son jouet.

— Tu es en contact avec la police locale ?... Ils prennent ça au sérieux ?

Son ami occulta la dernière question mais précisa que le shérif de Newberry Springs venait d'appeler la serveuse et qu'elle était seule avec les enfants depuis bientôt deux heures.

Un afflux de représentations mentales désordonnées assaillit l'esprit de Desmond. Les pages d'un cahier soufflées par le vent, le visage de Lola dans la clarté de la lune sur la terrasse de l'hôtel, le sac de couchage de Pierre Lombard déployé sur le bureau de Ted Mc Kee, les doigts de Lola retirant de la capuche un portefeuille, le coin arraché d'une photographie... Une porte s'ouvrait pour mieux refermer sur lui une vérité sans fard.

— C'est lui, Gary. Il sait qui est Lola. Il va la tuer.

Desmond souleva le hayon, y jeta furieusement la balle. Bonnie grimpa dans le 4 × 4 sans réaliser que le jeu venait de se terminer.

Éleda n'avait pas tort : il ne savait rien du chemin qui le menait. S'il était tout aussi incapable d'en connaître l'issue, il savait à présent que ce chemin, une femme l'avait pris avant lui. Inconsciente messagère, depuis le premier jour de leur rencontre, par un ahurissant caprice du destin, Lola le guidait vers son oncle, résolument.

Quelle connerie de lui avoir lâché la main. Quelle connerie !

Jusqu'à cet instant, la finalité de sa quête relevait de l'impérieuse nécessité de comprendre, pénétrer l'esprit d'un homme qui avait lancé sur lui un couteau imprégné du sang de sa petite sœur pour y débusquer le démon qui commande à sa déraison, puis arracher les mots à sa gorge jusqu'au pardon.

Dorénavant, plus rien n'importait sinon sa mort.

Sur l'autoroute, Desmond poussa la voiture bien au-delà de la vitesse autorisée, espérant que le vent l'emporte avant que David Owens ne revienne dans ce bar y chercher les enfants.

La pluie avait repris, martelant la carrosserie. Une odeur de moisi montait de la moquette du coffre où l'homme l'avait contrainte à prendre place. La perspective de finir sous les roues de cette poubelle n'était pas ce qui déclenchait en Lola cette sensation d'être broyée, le cœur pétrifié, mais bien l'idée qu'une fois débarrassé d'elle, il retournerait au café pour tuer sa fille et son fils, quoi qu'elle fasse.

On ne sait rien de la barbarie tant qu'elle n'a pas frappé nos proches.

Enfoui entre ses mains, le pendentif recélant quelques photos de famille réunies par Gaston ainsi que les fichiers des scans du cahier, taisait sa vacuité.

Le vieil homme avait modérément apprécié l'idée que son précieux journal ait été détruit par un crétin boutonneux et ses actes criminels pillés : en révélant l'existence du blog, et de fait, la banalisation de ses exploits sur la Toile, Lola avait perdu le peu d'empathie que David Owens semblait lui accorder. L'exaspération était montée, telle une sève mauvaise, figeant la face de l'homme malade. Elle avait mis en abîme son récit sans vergogne, extirpé les crimes page après page comme des lambeaux de chair arrachés à un corps, démystifié des années de prouesses meurtrières. Pire que le vol commis par son mari, Lola avait tout dévasté.

La voiture ralentit, vira sur la gauche et s'engagea sur un chemin de caillasses. Elle s'arrêta bientôt dans un crissement sinistre de plaquettes de frein.

— Descends de là.

À la lueur d'une lampe torche, pestant contre sa propre maladresse, David Owens ligota les mains de Lola à l'aide d'une cordelette grossière.

— Pourquoi vous m'attachez ?

— J'ai plus l'âge de courir après les filles qui voudraient me fausser compagnie.

La température avait chuté avec la nuit. Rien à l'horizon sinon le relief lointain d'une haute colline au milieu de nulle part, alourdie d'un ciel charbonneux. Lola frissonna sous la pluie.

— Où est-ce que vous m'emmenez ?

— Sois donc pas si impatiente.

Il la conduisit avec cette légère raideur de la jambe droite, tenant la corde reliée à ses poignets, un œil sur une boussole dont il essuyait régulièrement le cadran contre son ventre. Le tournevis dépassait de la ceinture du pantalon, en évidence.

Point de procès.

Il allait se débarrasser d'elle, comme il avait fait disparaître son mari, d'un même élan mécanique. Le tee-shirt trempé adhérait à la peau de Lola, accentuant la sensation de froid.

— Vous allez me tuer ?

— Avance.

Réunir ses forces.

Elle y avait réfléchi, recroquevillée dans le coffre. Elle devait se hisser à hauteur d'âme, jeter les mots comme on lance des cartes sur une table, pousser cet homme dans ses retranchements intimes, le recours terminal. Dans ce monde aux fondations bancales où il avait grandi, peut-être aurait-elle une chance de le voir trébucher.

— Vous attendez toujours qu'il vous fasse des excuses ? fit-elle incidemment.

Il répondit sans tourner la tête, la capuche rabattue sur son front.

— De qui tu me causes ?

— De quelqu'un qui semble important dans votre vie : Dieu.

L'homme renifla.

— Qu'est-ce que ça peut bien te foutre ?

— J'ai lu le cahier des dizaines de fois. Tous ces crimes, cette violence qui s'est emparée de vous très tôt, vous en parlez comme d'une malédiction.

— Si Dieu m'a fait, alors il n'est pas Dieu.

— Mais c'est votre mère qui vous a fait. C'est votre mère qui n'était pas « mère ».

De sa voix éraillée, il produisit un son proche du ricanement puis cracha devant lui.

— Paix à son âme, ponctua-t-il.

Dans l'obscurité, Lola distinguait à peine ses mouvements. Vision monolithique gris sombre, le vieil homme paraissait flotter dans les airs.

— Comment a-t-elle pu faire une chose pareille : vous laisser seul et affamé au point de manger la peinture sur les murs ?

— Bah ! J'aurais pas dû raconter ça, c'était pas utile... T'en causes pas dans ton blog, au moins ?

— Non. Je parle seulement de vos crimes.

Son dos tressauta comme traversé par un courant électrique.

— Pfff ! Mettre du « sentiment ». C'était bien une idée de journaliste !

— Pourtant ce passage fait toute la lumière sur votre vie.

— Sans blague.

Lola sentit la corde se détendre. Le sang lui battait les tempes avec ardeur. Si l'homme relâchait sa vigilance, ne serait-ce qu'une seconde…

— Vous ne vous êtes jamais posé la question de savoir d'où venaient ces pulsions violentes ? reprit-elle. Et vos difficultés à l'école, l'impossibilité de retenir vos leçons, c'était dû à quoi ?… À votre avis, pourquoi vous n'arriviez pas à avoir d'enfant avec Suzann Jordan ?

Il stoppa net, braqua sur elle le faisceau tremblotant de la lampe. Il devait éplucher le moindre aspect de son visage, y chercher la raison de ce bavardage inédit.

— Où tu veux en venir ?

— L'idée que vous soyez stérile ne vous est jamais venue à l'esprit ?

Un rire puissant secoua la silhouette avant de s'éteindre dans une toux rauque.

— J'ai bien entendu ?

Il tira d'un coup sec sur la corde et fit chanceler Lola. Elle sentit le médaillon glacé battre contre elle puis la chaîne pénétrer sa chair lorsque l'homme enserra son cou.

— C'est moi que tu traites d'impuissant ?

— Stérile, articula-t-elle d'une voix étranglée. Je n'ai aucun doute sur votre virilité… Pour avoir séduit autant de femmes… vous avez dû leur donner… beaucoup de plaisir…

L'homme grogna.

— J'ai eu un gosse, il est mort-né. Tu l'as lu dans mon journal, non ? Et je suis encore capable de faire bien des choses à une dame, ma jolie, ajouta-t-il en approchant ses lèvres desséchées de sa bouche.

L'odeur de sa peau aigre, le sifflement de ses poumons, Lola mettait la machine à rude épreuve. Enfoncer le clou.

— Et si l'enfant n'était pas de vous ?

Il relâcha l'étreinte.

— Qu'est-ce que tu me racontes encore comme connerie…

Le ton manquait de fermeté. Lola eut le sentiment qu'une brèche s'ouvrait.

— Le plomb dans les peintures, c'est ce qui a empoisonné votre sang, assena-t-elle.

— Le plomb ?

— Vous avez souffert de saturnisme, une affection qui cause des troubles du comportement, des difficultés de concentration… Elle a aussi des conséquences sur la fertilité.

Sous l'éclairage inconstant de la lampe torche, David Owens esquissa une grimace amère.

— … Vous aviez faim, renchérit Lola, vous n'étiez qu'un enfant, et vous vous êtes empoisonné.

Le regard d'un bleu polaire demeurait fixe, comme si l'homme se protégeait derrière un rideau de ténèbres, réfugié dans un monde parallèle, se refusant à sortir.

— Le poison, je l'avais déjà dans le sang, grommela-t-il. Et maintenant, la ferme !

Il reprit sa marche, enroulant la corde autour de son avant-bras gauche, tirant sa victime comme on conduit une bête à l'abattoir. L'effort faisait saillir les tendons. Lola se tut, laissant le vieil homme s'imprégner d'une vérité toute neuve : en nommant le mal qui avait réduit sa vie à une moisson pathétique et lugubre, elle lui offrait la possibilité d'accéder à une certaine idée du pardon et le soulageait d'une culpabilité formidable – du moins avait-elle la naïveté de le croire.

Bientôt, la progression du vieil homme se fit plus heurtée et il s'immobilisa, essoufflé. Il contrôla sa boussole, fouilla le sol du faisceau de la lampe, fit quelques pas jusqu'à un arbuste biscornu.

— On y est.

Lola considéra l'obscurité autour d'elle, y chercha les contours d'une cabane coiffée de tôle ondulée aux gouttières arrachées comme il en surgissait à l'écart de la route.

Rien.

Il n'y avait rien d'autre que le désert confusément vaste hérissé de cactus.

— Pourquoi on s'arrête ici ? balbutia-t-elle.

L'homme frappa le sol du pied. Un son de bois creux lui répondit. La lampe torche révéla un cadenas enfoui sous le sable mouillé.

— Tu descends là.

Cette faculté de puiser dans des réserves insoupçonnées que l'on nomme l'espoir quitta Lola. Dans ce silence épaissi du désert où prospérait le néant, elle était comme un papillon de nuit dont on aurait épinglé les ailes.

Une clé tomba par terre.

— Ouvre la trappe.

— Je vous en prie, ne faites pas ça.

— Ouvre, je te dis !

Elle obtempéra. Engourdies par le froid, ses mains entravées peinèrent à la manœuvre.

— Ça ne vous servira à rien de me tuer, s'entêta Lola. Vous n'êtes pas ce monstre que vous contrôlez tant bien que mal. Pensez à cette femme que vous aimez et pour laquelle vous avez tout arrêté.

— Laisse Patti en dehors de ça, tu veux ?

— Elle ignore encore tout de votre passé, n'est-ce pas ?… Si je ne reviens pas avec vous à Amboy, qu'est-ce que vous allez lui dire ?

— C'est pas tes oignons.

— Vous allez la tuer ? Vous allez aussi tuer mes enfants ?

— Dépêche-toi d'ouvrir ce putain de cadenas !

Le mécanisme joua.

Lola s'écarta du panneau de bois.

D'un coup de pied, l'homme souleva la trappe qui recouvrait un orifice béant. Une émanation âcre indéfinissable monta du ventre du désert.

— Allez. Descends.

— Me condamner, fit-elle hâtivement, c'est les condamner tous.

Le vieil homme extirpa le tournevis de son pantalon.

— Si tu ne veux pas que j'y mette aussi tes gosses, sois gentille et descends là-dedans.

Sous elle, une cavité noire ouvrait la gueule.

La conviction que tout se jouait maintenant.

Lola modula un filet de voix.

— Ramenez-moi à Amboy, Mr Owens. Il est encore temps d'arrêter tout ça.

Le visage de l'homme se contracta : on aurait cru qu'il venait de voir s'allumer un gyrophare derrière un buisson.

— Comment tu connais mon nom ?

— Mon mari…

— Je ne donne jamais mon nom à personne. Qui t'a dit comment je m'appelais ?

Dans cet équilibre précaire du mensonge, Lola ne sut que répondre. Une gifle la fit vaciller, elle s'affala sur le sol.

— Tu l'as filé aux flics ! Tu as filé ce damné cahier aux flics !

— Non, je vous l'ai dit : il a été détruit. Mais quelqu'un possède une copie, avoua-t-elle.

Il retint sa respiration.

— Son nom.

Les nerfs de Lola étaient au bord de la rupture. Elle grelottait.

— Tout à l'heure, vous m'avez demandé d'où venaient les cicatrices à mon visage. J'ai eu un accident. Ce jour-là, j'aurais dû mourir. L'homme qui est venu m'aider, c'est à lui que j'ai confié une copie du cahier.

— De quoi tu me causes encore ?

— Quand je vous dirai son nom, vous comprendrez comme moi que tout était écrit d'avance.

David Owens se pencha sur elle avec un air sournois, emprisonnant sa mâchoire. Les cheveux de Lola pleuraient sur sa figure.

— Écoute-moi bien : j'ai toujours un réservoir plein et les poches remplies de billets au cas où j'aurais à me tirer en vitesse. J'ai pas l'intention de retourner là-bas, tu piges ? Personne ne t'entendra crier par ici.

Quelqu'un vient de perdre gros à la loterie et c'est pas moi. Faut que je te fasse un dessin ?

— Il sait qui vous êtes, bredouilla-t-elle. Vous ne pouvez plus l'arrêter. Vous débarrasser de moi n'y changera rien.

La pression irrégulière des doigts sur la peau mouillée de Lola traduisait la violence des secousses qu'il tentait de contrôler.

— Mais de qui est-ce que tu me parles, bordel ?!

Elle chercha son regard sous les sourcils en broussaille, sa voix se brisa dans un murmure.

— De l'enfant qui n'était pas assez grand pour vous ouvrir le ventre avec sa hache.

Une étrange quiétude s'installa, habitée par les bruits invisibles de la nuit comme les reptations du serpent à sonnette sur le sable, le cri lointain d'un coyote ou le crépitement de la pluie sur les yuccas.

Lola crut déceler comme une inconstance dans les yeux du vieil homme.

David Owens avait lâché la corde.

Leo (July 23 – Aug. 23)
Chats with siblings (or close
friends) spur you to initiate a
joyful plan of action.

Le silence du moteur invitait à la somnolence. Ponctuellement, la radio crachotait quelques mots, infor-
mant les officiers qu'un calme relatif régnait dans le
secteur. Un pied relevé contre la portière, l'œil collé à la
route, l'adjoint Lane se frotta le nez.

— Quelle salope, Matt.

L'adjoint Masters hocha la tête, mâchonnant un cure-
dent. Il avait positionné sa jambe de la même façon, le
coude passé par la portière.

— Ben, c'est clair, ça se fait pas.

Réquisitionnés par le shérif, les deux jeunes hommes
gardaient sans conviction l'accès à l'autoroute par la
voie la moins fréquentée du comté. Sûr qu'un dimanche
soir sous le crachin, il allait s'en passer des miracles
dans un coin aussi perdu. Aussi, l'un et l'autre
avaient-ils hâte de faire demi-tour et de se boire

quelques bières fraîches devant un DVD. À leur droite, la masse sombre d'Amboy Crater se détachait sous une nuit grincheuse.

— Jenna t'a vraiment écrit ça ? s'étonna l'adjoint Masters, retirant ses Ray-Ban pour en astiquer les verres jaunes avec une lingette.

— Ouais.

— Et c'est tout ? Juste ça : *T'es trop lourd, ciao Hondo* ?

— Ouais.

Les lunettes reprirent leur place à l'arête du nez.

— Ça lui est venu comme ça, d'un coup, juste après vos fiançailles ?

— Ouais.

À peine vingt-trois ans au compteur, l'officier Lane passa une main sur sa nuque aussi large que sa tête : athlétique, belle gueule, lèvres charnues, une moue contrariée froissait son regard.

— J'ai pas anticipé, fit-il.

De fines gouttelettes tombaient sur le pare-brise comme s'étiole le chagrin d'une jeune fille. L'adjoint Masters retint son souffle dans sa barbe : bouffi du nombril jusqu'aux doigts, le front aplati et les cheveux frisottés noir mouton, il aurait rêvé que Jenna lui adresse un texto, même un dans ce genre-là : depuis cinq bonnes minutes, l'image de l'ex-copine de son pote maniant le tuyau d'arrosage devant le pavillon du jeune couple en tee-shirt jaune poussin et short moulant rouge assorti à son gloss, s'imposait à son esprit comme le lézard imprime sa forme au sable du désert.

— T'as raison, mec, c'est une vraie salope…

L'adjoint Lane frappa ses cuisses avec dépit.

— Faut que je me tire d'ici, Matt. Je veux pas finir tout seul comme mon père.

— Moi je l'aimais bien ton père.

— C'était un alcoolique.

— Bah ! Au moins, il est pas mort d'un cancer.

— Ses potes non plus : ils ont tous crevé sur le chantier.

— Moi, faudrait me payer pour faire ouvrier.

— T'inquiète, Matt. Personne ne te demandera jamais de réparer un lavabo.

L'adjoint Masters s'apprêtait à demander à son ami de justifier sa remarque avant de se raviser. Objectivement, il était inapte aux travaux manuels : changer un rouleau de scotch était une tâche dont il s'acquittait déjà avec difficulté.

— J'ai envoyé les photos à plusieurs agences à L.A., reprit l'adjoint Lane d'une voix morne.

— Quelles photos ?

— Celles que Jenna a prises pendant qu'on était sur la plage à Miami, précisa-t-il en tirant sur sa chemisette noire, faisant saillir ses pectoraux.

Matt Masters ôta le cure-dent de sa bouche, vaguement déconcerté.

— Ah bon ? Mais c'est des agences de quoi ? Cinoche ?

— Mannequinat.

Un gloussement secoua le ventre mou du conducteur. L'adjoint Lane se gratta négligemment l'oreille.

— Paraît que je ressemble à l'acteur de *Sexy Dance*, plaida-t-il, morphologiquement parlant.

L'adjoint Masters répéta les deux derniers mots en proie à une hilarité totale, déclenchant par un effet de contagion émotionnelle un fou rire chez son voisin. Un coup de poing contre son bras gauche calma cette ardeur joyeuse.

— Hé ! Matt, vise-moi ça !

L'adjoint Masters rajusta ses Ray-Ban et plissa les paupières : au loin, un nuage de poussière semblait se mouvoir en plein désert. Lane sourit malgré lui, songeant non sans excitation que quelque chose d'inattendu venait enfin perturber la routine d'un quotidien pâlot ; il enclencha la sirène.

De leurs couleurs limpides rouge et bleu, les phares rotatifs trouaient la nuit avec ostentation. Gaston, le nez contre la vitre, ne cherchait pas d'explication à la présence d'une voiture de police devant le café. Il en allait de même de l'absence de sa mère. Il comptait les gouttes, se concentrait sur les variations d'intensité de la pluie, comme si une accalmie dans un ciel noir colère et la réapparition gaillarde de la lune gibeuse entraîneraient automatiquement la matérialisation de l'être aimé sur le parking du motel. Seul l'écho lointain d'un train de marchandises traversant le désert et remontant vers Amboy semblait capable d'arracher l'enfant à ce triste engourdissement.

La porte grinça, claquant la bise à la clochette. Sous un poncho imperméable, un short dévoilant des mollets musclés, un indien moustachu et grisonnant pénétra dans le café. Il alla directement vers la serveuse, la serra dans ses bras.

— On a cherché partout, fit-il tout bas. L'école est vide, sa voiture n'est plus là. Ils ont lancé un avis de recherche et dressé des barrages des deux côtés de la 66.

— Je n'arrive pas à le croire, Albert… gémit doucement Patti.

Elle baissa les yeux sur le comptoir et les releva aussitôt vers les enfants, tassés l'un contre l'autre sous la fenêtre.

— Je ne sais plus quoi leur dire, soupira-t-elle.

L'homme hocha la tête.

— Tu me fais un café ?

Il se rapprocha d'Annette et Gaston avec un sourire hospitalier.

— Bonsoir… Albert Avanaco, maire de la ville… et accessoirement, patron du Roy's Motel Café… Ça va ? Vous tenez le coup ?

Annette serra la main qu'on lui tendait.

— Le shérif Kirby va venir vous voir. Il a quelques questions à vous poser. Est-ce que vous voulez boire ou manger quelque chose ?

Refus polis. Ils étaient bien trop noués pour avaler quoi que ce soit.

— On va retrouver votre maman, ne vous inquiétez pas. Ils ne sont sûrement pas loin. Patti m'a dit que vous faisiez la Route 66… Depuis Chicago ?

Quatre yeux tristes et las acquiescèrent. Le tintement de la clochette fit tourner les têtes. Un homme au visage buriné frôlant les soixante-dix ans se tenait devant la porte : jean à pinces et chemise délavée, une étoile épinglée à la va-vite sur un torse bombé, le shérif Mike Kirby retira son chapeau de cow-boy beigeasse, découvrant quelques cheveux gris qu'il s'empressa de discipliner du plat de la main. Le regard qu'il leva sur la serveuse n'annonçait rien de bon.

— Qu'est-ce qui se passe, Mike ? Où est-il ?

La voix de Patti vibrait d'angoisse. Annette et Gaston s'étaient dressés sur leurs sièges, blêmes.

— Quelqu'un a tenté de rallier l'I-40 en allant par le nord un peu avant Bagdad Road, marmonna le shérif. Mais il n'a pas pu passer, mes gars l'ont pris en chasse.

Patti fit le tour du comptoir sans lâcher la cafetière.

— Dave ?

L'officier baissa les yeux sur le décolleté de la serveuse.

— Ça ressemblerait à sa Pontiac.

— Est-ce que c'est vrai ce que disent les gosses, Mike ? Il aurait vraiment tué des tas de gens ?

La question demeura suspendue dans l'espace quelques secondes comme lorsqu'un moustique hésite avant d'aller griller ses ailes contre une ampoule électrique. Les regards de cinq adultes convergèrent sur les enfants, jeunes apôtres aux redoutables prédictions dont ils seraient eux-mêmes les victimes. Le shérif grommela un juron.

— J'espère bien que non, Patti.

La clameur d'une sirène de police coupa court à la discussion. Quelque chose de parfaitement fortuit se produisit alors : une vieille américaine traversa la ville à tombeau ouvert. Le shérif poussa un autre juron, pivota sur ses bottes en peau de serpent et courut vers son véhicule. Le café se vida rapidement de tous ses occupants. Représentation déconnectée du réel, les feux arrière de la vieille américaine rougissaient l'asphalte en direction de l'est, deux véhicules de police à ses trousses.

Personne ne vit l'accident.

Trop loin. Trop sombre.

Seulement les flammes qui montaient vers le ciel à moins de trois cents mètres en fulgurance. Mais ils perçurent clairement le sifflet du train avant l'impact et le fracas de la tôle broyée.

Compagne de route peu réjouissante, la pluie s'était finalement désintéressée du 4 × 4 pour aller s'épancher ailleurs, vers d'autres contrées. L'autoroute éteignait sa rumeur dans le rétroviseur et devant Desmond, un ruban d'asphalte rétréci traversait un espace d'ombre et de sérénité, s'offrant en perspective aux phares du véhicule. La pendule électronique de l'habitacle indiquait 22 h 50. Mais le temps n'avait plus cours depuis le second coup de fil de Gary.

Réduite en bouillie. La loco a traîné la Pontiac sous ses roues sur un demi-mile.

David Owens avait jeté sa voiture contre un train de marchandises.

David Owens était mort.

Est-ce que Lola était dans la voiture ? Le chef de police n'en savait foutre rien. C'était la panique, là-bas.

Le dos de Desmond appuyait contre le dossier du siège, comme cimenté. Il avait parcouru deux cents miles et laissé derrière lui presque autant de panneaux indicateurs sur le bord de l'I-40.

Est-ce que Lola était dans la voiture ?

Desmond roulait vers l'inconstance du destin, et bien que rien ne fût avéré, tout déjà l'abandonnait.

Des lumières clignotantes dans la nuit l'obligèrent à ralentir. Barrage de police – le shérif de Newberry Springs avait condamné la 66 pour raisons de sécurité. L'officier penché à la portière compara avec défiance la photo du permis de conduire aux contours de son visage, puis il lui demanda de justifier sa présence dans le secteur. Gary ayant averti le shérif Kirby de la venue du professeur, il était attendu, on le laissa passer. Debout sur ses pattes engourdies, fascinée par les gyrophares, Bonnie les guetta derrière la vitre jusqu'à ce que la nuit les absorbe comme une éponge.

Le 4 × 4 se déplaçait maintenant à la vitesse de cinquante miles à l'heure. Un sentiment de résignation submergeait le conducteur. En choisissant de périr sous un train, David Owens dressait des parois de mystère autour de lui *ad libitum*. Desmond repliait ses doigts sur un vide absolu. L'image de Lola en sang dans une voiture encastrée entre deux immeubles s'imposait à lui avec virulence. Se pouvait-il que fatalement elle finisse broyée dans pareil sarcophage ?

Il actionna le lève-vitre électrique pour que l'air extérieur rafraîchi par l'averse pénètre ses os. Après avoir franchi un faible dénivelé, il crut discerner au loin la forme trapue d'un coyote sur le bas-côté de la route, sans doute perturbé dans ses pérégrinations nocturnes par l'éclat tonitruant des phares. Le conducteur modéra sa vitesse pour donner à l'animal le temps de déguerpir en songeant à ce qu'il dirait à Gaston et Annette lorsqu'il serait face à eux, en total désarroi, comment travestir le silence logé au creux des mots.

Jaillissant de la nuit, quelque chose roula sur le bitume directement sous les roues.

Desmond enfonça la pédale des freins. Son torse partit en avant, retenu par la ceinture, le 4 × 4 fit un singulier tête-à-queue et s'immobilisa quarante mètres plus loin sur le revêtement encore humide.

À l'arrière, entre deux gémissements, la chienne peinait à se redresser. Le souffle coupé, Desmond jeta un œil dans le rétroviseur : une boule constituée de branchages séchés roulait sur le bas-côté.

Un buisson poussé par le vent avait failli le tuer.

Il coupa le contact, fit jouer la boucle de la sangle, et l'étau de se desserrer. La ceinture de sécurité venait de lui entailler cruellement les côtes. Il adressa à la chienne des paroles de réconfort mais Bonnie n'en avait cure : elle grognait de façon anormale, griffant la vitre arrière gauche. Spontanément, son maître tourna la tête.

Juste à temps pour retenir la main passée par la portière dont la vitre était baissée et sentir contre son cou la caresse acérée d'une tige de métal.

Il agrippa le poignet de son agresseur, appuya de l'autre main contre l'épaule, effectua une torsion puis tira le bras vers lui d'un coup sec. Un cri sourd. Comme un serpent embroché se contorsionne, un tournevis tressauta au bout de phalanges osseuses avant de choir sur le siège passager. Desmond manœuvra ensuite de telle façon que l'homme se retrouva acculé contre la portière, arc-bouté et dans l'impossibilité de bouger, l'épaule encastrée contre le rétroviseur. Le visage crispé, son agresseur le fixait, entre stupéfaction et ravissement. Bonnie aboyait avec fureur.

— Nom de Dieu !

Fatiguée par les années, la voix lui fut cependant reconnaissable dans toute son aigreur.

— Le fils du bâtard !… C'était pas des conneries, alors. T'es plus chez ta mère à Chicago ?

En dépit de la douleur qui le tenaillait, David Owens souriait presque de ces retrouvailles. L'un et l'autre demeurèrent un instant dans cette fixité morbide, soudés par le passé, quarante-cinq années d'arriérés comprimant leurs poumons. Un ricanement affectueux s'échappa de la gorge du vieil homme.

— T'as bien grandi, mon salaud !… C'est quoi cette coiffure de hippie ?

Sur l'échelle perpétuellement branlante de son amour-propre, Desmond venait de gravir l'échelon à hauteur d'homme, et incontestablement, les événements tournaient à son avantage. Le livre n'était donc pas achevé, d'autres mots s'écriraient ici.

— Fin de la route, mon oncle.

— J'aurais dû t'achever y a longtemps.

Le vieil homme portait des traces d'abrasion sur un côté du visage, ses frusques étaient maculées de sable et sa capuche déchirée. Dans un élan raisonné ou désespéré, il avait sauté en marche et sacrifié sa Pontiac pour gagner du temps, fuir par le désert en longeant la route. Desmond avait sans doute confondu ses vieilles frusques avec le pelage terne d'un coyote : le buisson ne s'était pas retrouvé tout seul sous ses roues, l'oncle cherchait un moyen de prendre la fuite en arrêtant la première voiture qui passerait sur la 66. Le destin venait bougrement contrarier ses plans.

— Les flics te cherchent partout. Tu n'iras nulle part.

— On parie ? grimaça-t-il.

560

— Où est-elle ?

Tout son être tressaillait, traversé d'ondes intempestives.

— La femme du Français ? Peut-être bien sous un train. Peut-être bien ailleurs.

— Où est-elle ?

— Hé ! Elle t'a tapé dans l'œil, on dirait.

Le vieil homme tenta de se redresser en prenant appui contre la portière de son bras libre, peine perdue.

— Faut reconnaître qu'elle a un beau cul… et qu'elle est plutôt du genre tenace, la Française, tout le contraire de ta maman.

Desmond serra les dents. Il savait où l'oncle le menait, vers un des passages du cahier qui concernait sa mère : cette ordure avait entretenu une relation sadique avec elle, téléphonant régulièrement à l'appartement de Lincoln Park en se faisant passer pour un collègue de son mari, alimentant Nora Blur de fausses rumeurs au sujet de la conduite du VRP avec ses clientes. Il donna un léger tour de vis au bras presque inerte.

— Elle s'appelle Lola, grinça-t-il. Qu'est-ce que tu lui as fait ?

L'oncle cligna des yeux en gémissant. Sa voix se réfugia dans les aigus, portée par un souffle inconstant.

— … Pour ton père, ça a été plus facile… J'ai juste eu à glisser l'arme dans sa main à l'hosto… *Bang !*

Une ombre passa sur le visage du conducteur.

Ce qu'il avait pressenti le jour où un drap blanc s'était soulevé, dévoilant à la tempe de son père une plaie comme la marque du diable, placée du mauvais côté.

La tentation de prendre dans le vide-poche le revolver et de fracasser le crâne de l'oncle d'une balle l'effleura. À l'arrière, Bonnie tournait en rond, glapissant.

— Cet abruti de Français m'a conduit directement à lui, enchaîna le vieil homme… On peut dire que ce coup-là, le bon Dieu avait bien fait les choses… Si tu avais vu sa tête quand ton père m'a vendu le revolver en faisant celui qui ne m'avait pas reconnu !

Un rire sinistre secoua son thorax.

— … Ça, il n'avait pas bonne mine, ton papa… J'allais pas me priver de ce petit plaisir, le laisser partir tout seul… Je me suis dit que ça lui plairait que son frangin lui tienne compagnie avant de tirer sa révérence… Ça a dû lui faire plaisir de savoir qu'il y aurait toujours quelqu'un pour veiller sur le fiston… ce qu'il n'a jamais été foutu de faire !

Un courant électrique traversa Desmond depuis l'aisselle gauche, comme si l'oncle enfonçait une lame à l'endroit où sa peau s'était déchirée, jadis. Il ferma les yeux pour garder le contrôle. En vain.

— … Parce que moi, je t'ai bien regardé pousser pendant toutes ces années, et avec toi, fichée dans le cœur, ta haine du crime qui transpirait des articles que t'écrivais. Je la guettais ta signature dans les colonnes ! Le prix Pulitzer, morveux, c'est moi qui te l'ai donné !… *Je pense très fort à vous deux en ce triste jour anniversaire. Cette maudite blessure nous rapprochera toujours. Mon retour est pour bientôt…* Postée dans le Missouri le 17 juillet 75. Tu l'as bien reçue ma carte postale, au moins ? s'inquiéta l'oncle avec un sourire grandiose.

Desmond bascula vers un territoire inconnu.

Se pencha imperceptiblement.

Il tendit les doigts.

Atteignit la clé de contact.

Tourna la clé.

Enclencha le levier de la boîte automatique.

L'oncle comprit ce qui allait se passer et changea aussitôt de figure.

— Qu'est-ce qui te prend, mon neveu ?

Doucement, la voiture se mit à avancer.

Comme un boléro macabre entamé en plein désert, une joue contre la carrosserie, le vieil homme se contracta, suivant la danse à contretemps.

— Arrête ça !

— Ça doit pas être facile avec ta patte folle ce genre d'exercice. C'est tellement plus simple de s'en prendre à des femmes et des mourants, hein salopard ?

Desmond appuya doucement sur la pédale.

— Allez, cours.

— Arrête ça, p'tit con !

— Où est-elle ?

— En enfer, comme toi ! Parce que c'est là que je t'ai mis, c'est là que tu es le meilleur si j'en crois ce que j'ai lu sur toi dans la presse… Combien de pognon tu t'es fait avec tes bouquins qui causent d'assassins minables, hein mon salaud ?

Il enfonça plus loin la pédale.

— Où est Lola ?

L'oncle chancelait, tentait désespérément de s'agripper à la portière, ses jambes allant à reculons.

— OÙ EST LOLA ?! hurla Desmond, détachant chacun de ses mots.

Un soupçon de défi passa dans les yeux du vieil homme, comme un nageur s'apprête à sauter du haut d'une falaise, frôlant l'allégresse.

— Regarde-toi, articula-t-il dans un ultime effort, tu es le péché, comme moi… le fruit du péché !… Tu portes ma marque ! Tu portes en toi la mort !

Sa carcasse brutalement se déroba, comme happée.

Sursaut vaporeux du véhicule.

Desmond stoppa le 4 × 4.

S'empara de l'arme dans le vide-poche.

L'oncle gisait au milieu de la route, face contre terre, un bras le long du corps, l'autre formant un angle improbable, contraint dans une posture grotesque. Ses mains bougeaient encore, secouées de soubresauts. Desmond s'accroupit, posa deux doigts sur la nuque humide et chaude, écouta, ne discerna rien d'autre que la complainte de la nuit.

Sa rage se dissipa.

Son visage se décomposa.

On eût dit un condamné en sursis, hésitant à rejoindre sa cellule.

Il ignorait quel sort David Owens avait réservé à Lola.

Lorsqu'il se releva, le revolver pendant à son bras, son regard accrocha quelque chose de rond et de métallique comme posé au milieu de la route, renvoyant la lumière écarlate des feux arrière du véhicule : un écrou.

X

Dead end

État de siège à Amboy. Quelques heures avaient suffi
pour que la population quadruple, passant de sept à
trente pékins. Camions et véhicules de secours
débarqués des villes les plus proches s'étaient four-
voyés au beau milieu d'une zone désertique. Une quinzaine de pompiers achevaient de refroidir de leurs
lances les débris incandescents encastrés sous les
wagons du train dont les essieux en acier avaient broyé
la Pontiac comme de la paille. Annette et Gaston se
tenaient debout sous l'enseigne lumineuse du motel,
main dans la main, transfigurés par l'absence de leur
mère telles des statues de sel.

— Mademoiselle Lombard ?

Un officier se dirigeait vers eux d'un pas mesuré,
tenant dans ses bras des couvertures.

— Shérif adjoint Lane. Bonsoir mademoiselle Lombard.

— Belair. Moi c'est Annette Belair.

— Oh. Désolé.

Elle serra son frère contre elle comme pour se justifier.

— Lombard c'est le nom de mon beau-père, le père de Gaston.

Le jeune shérif adjoint lui présenta les couvertures.

— De la part de Patti… La nuit est fraîche.

— Merci.

Annette couvrit les épaules de son frère dont les yeux fixaient inlassablement la route en direction de l'est.

— Attendez, mademoiselle…

L'officier l'aida à s'envelopper à son tour de la couverture. Elle en ressentit un bien-être immédiat.

— Le shérif ne devrait plus tarder maintenant.

Il plaça ses mains derrière le dos et considéra le ciel partiellement étoilé non sans un certain malaise.

— Drôle d'histoire, hein ? se décida-t-il au bout d'une minute.

Elle acquiesça du menton.

— Alors comme ça, vous avez enquêté sur un tueur en série avec votre mère ?

L'officier oscillait imperceptiblement d'un pied sur l'autre.

— Oui.

— Pas banal comme vacances, dans le genre.

— Est-ce que vous avez des nouvelles du professeur Blur ? s'enquit Annette.

Gary Banning avait appelé la jeune fille une heure plus tôt pour l'informer d'un retard probable du professeur, lui en précisant la raison.

568

— Il est avec le shérif… Excusez-moi.

Un appel radio mit fin à la conversation et l'officier s'effaça dans la nuit. Sur les épaules d'Annette, la couverture flirtait avec le vent ; autre chose pesait sur elle, plus dense et plus terrifiant que les ténèbres, l'idée qu'elle portait un signe au front.

Un moment d'égarement avait suffi. Une petite maladresse et sa vie avait chancelé. Elle se souvenait parfaitement de l'instant où l'écrou avait glissé de ses doigts, de l'incroyable vélocité avec laquelle il avait roulé sous la voiture, des trombes d'eau qui s'abattaient alors sur la route. Elle avait cherché mollement, alors, et peut-être était-elle passée juste à côté de la pièce métallique. Le vol de l'ordinateur et du cahier, la roue crevée, le malheur veillait sur elle sans pitié.

Elle serra les doigts de son frère, scrutant une ligne claire qui prenait forme à l'horizon.

— Les voilà, murmura-t-elle.

The truth, idea or cause is
right at your feet.

Bonnie bondit hors du véhicule de police et courut vers les enfants, engendrant un sentiment de réconfort immédiat. Desmond replia les bras autour d'Annette et de Gaston. Des larmes retenues depuis des heures s'offrirent à leurs joues, des questions se pressaient à leurs lèvres.

— Il est mort ? demanda Annette.

— Il est mort.

Les paupières de Gaston étaient rougies et gonflées.

— Et maman ?

— On va la trouver, murmura Desmond.

— Tu crois qu'il lui a fait du mal ?

— Il ne faut pas penser à ça, Gaston.

Le garçon observa au loin les deux puissantes locomotives attelées en double traction miroiter sous les projecteurs des pompiers.

— Si c'était pas lui qui conduisait la voiture, c'était qui ?

— Je pense que ce vieux fou a sauté en marche avant la collision.

— Mais maman, est-ce qu'elle était avec lui ? Elle a sauté aussi ?

Combien de temps le garçon serait-il capable de tenir sans une réponse à cette question ? Desmond le serra plus fort. S'adresser à des centaines d'étudiants, décrypter des comportements criminels à la pelle, sensibiliser l'auditoire aux actes les plus ignobles, tenir conférence dans des amphithéâtres bondés, rien de tout cela ne l'avait préparé à ce moment : le professeur était parfaitement démuni face à Gaston auquel il redoutait tout autant de dire la vérité que de mentir. Le confier à une chienne lui semblait pour l'instant la décision la plus raisonnable à prendre.

— Bonnie meurt de soif, tu veux bien t'occuper d'elle ?

Gaston hocha la tête.

— Ensuite, il faut que vous me racontiez ce qui s'est passé, d'accord ?

— D'accord.

Découvrant du sang séché au col de chemise du professeur, Annette eut un mouvement de recul. Desmond surprit le trouble dans son regard et porta la main à son cou.

— Ce n'est rien, juste une égratignure.

— Professeur Blur ?

Un bruit de portière que l'on claque précéda l'apostrophe. Le shérif Mike Kirby rajustait son chapeau chahuté par le vent. Ils avaient fait connaissance une heure plus tôt sur la route devant le cadavre de David Owens et discuté de son implication dans de nombreux meurtres durant le trajet. Le chef de police conservait cet air sceptique du promeneur qui se refuse à croire à la toxicité de son omelette aux champignons tant qu'il n'est pas sujet à de violents vomissements.

— Les gars n'ont pas encore terminé leurs relevés mais ils vont rapatrier le corps sur Barstow pour l'autopsie… Ils ont aussi réquisitionné votre véhicule pour les besoins de l'enquête.

— C'est la procédure.

— Ah ! je viens d'avoir le capitaine des pompiers, ils n'ont retiré que de la tôle écrabouillée sous la loco. Pas de corps, jugea-t-il utile de préciser.

Desmond suivait du regard Gaston et Annette qui s'engouffraient à l'intérieur du café avec la chienne, la queue en panache.

— Le chef de police Banning m'a dit que vous étiez ami avec Mme Lombard.

— C'est exact.

— Son mari aurait disparu du côté de Williams, c'est ça ?

— Oui, il y a quatre ans.

Le shérif se gratta la nuque en retroussant les lèvres. Le souvenir encore frais de leur conversation dans la voiture soulevait des pans d'incrédulité.

— … Ici tout le monde appréciait le vieux Dave. Un gars bien. Toujours prêt à rendre service. On a du mal à penser qu'il ait pu commettre tous ces meurtres dont vous m'avez parlé.

— C'était aussi l'avis des collègues de travail de Richard Angelo.

— Richard qui ?

— *L'ange de la mort*. Il a tué vingt-cinq patients dans un hôpital à Long Island dans les années quatre-vingt. Tout le monde le considérait comme un infirmier hors pair… La voiture d'Owens venait de quelle direction avant la collision ? questionna-t-il, aspirant une bouffée d'air froid.

Le shérif leva le menton vers le désert.

— Ouest. Dave connaissait bien le coin. Mieux qu'un coyote.

— Il a certainement conduit Lola Lombard quelque part dans ce secteur.

Le shérif donna une chiquenaude à son chapeau en jurant. Les sillons partant des yeux se creusaient en arabesques sur les joues mais la ligne de la bouche demeurait d'une impassible raideur.

— Foutu bordel, professeur. C'est un foutu bordel qu'on a là.

— Quelle distance d'ici au prochain hameau ?

— Mes hommes l'ont vu faire demi-tour à environ sept miles, un peu avant Bagdad Road.

Respirer la nuit, l'entendre chuchoter.

S'affranchissant des nuages, le ciel déployait sa cape étoilée, révélant une formation plus sombre qui se découpait au sud de la ville.

— Là-bas, cette colline, c'est quoi ?

— Amboy Crater. La curiosité locale. Un cratère volcanique vieux de plus de six mille ans… Y a toujours des touristes pour venir visiter la journée. À deux ou trois heures de marche en plein soleil, c'est l'enfer !

Desmond éloigna la mèche de cheveux qui se frottait aux poils de barbe affleurant son menton. Un pli amer se forma à son front.

C'est par là qu'il fallait chercher Lola.

En enfer.

Sagittarius (Nov. 23 – Dec. 21)
Pivotal days between july 11
and 18 give you keys to the city
(or at least a partnership
opportunity).

Par un escalier rudimentaire taillé à même la roche, il l'avait conduite au fond d'un boyau étroit lequel se divisait en plusieurs galeries. Dans ce goulot creusé au ventre de la terre, il lui avait attaché les chevilles. Puis il s'était redressé, les genoux légèrement fléchis, paumes sur les cuisses, comme on s'apprête à flatter un petit chien. L'homme était resté une poignée de secondes à observer sa proie grelottante sur un lit de caillasses, l'inconstance de ses pensées causant de curieux ravages à son regard.

— Désolé, mais tu ne me donnes pas le choix.

C'est là qu'il avait eu ce geste incroyable – était-il habituel ? L'avait-il fait avec d'autres victimes ? De sa main tressaillante, figurant un diagramme où l'espérance n'avait pas sa place, David Owens l'avait bénie.

L'homme s'était effacé en emportant la torche dont le faisceau accrochait aux parois rocheuses une ultime clarté, le boyau avait résonné du sifflement de ses poumons et du crissement de ses chaussures sur le sol humide, et un espace vide, opaque, s'était refermé sur elle.

Depuis lors, le silence persistait en quelque chose d'inconsistant, insaisissable, plus maussade que le néant : l'obscurité totale. Être rongée par la peur ou bien assaillie par mille petites bêtes affamées étaient les seules choses que craignait Lola : il lui semblait qu'elle n'était pas seule dans cette galerie, d'improbables créatures frôlaient ses doigts, s'infiltraient sous son jean, remontaient sa colonne vertébrale. Le sang qui cognait ses tempes produisait un boucan infernal. Elle s'était débattue contre l'invisible, ruant pour chasser l'engourdissement. À maintes reprises, elle avait tenté de dénouer le lien à ses chevilles, de se relever, mais après de dérisoires reptations sur le sol rugueux et dans l'impossibilité de rester debout en équilibre, ses forces l'avaient abandonnée. Une sensation de froid la traversait maintenant de part en part aussi cruellement qu'une épée.

Contrôler les frémissements de son corps.

Insidieusement, la température des lieux calmait le jeu. Captive des profondeurs, Lola plongeait petit à petit dans une léthargie malsaine, doutant que cette fois, une armée de pompiers viennent la secourir et qu'une main chaude se tende vers elle.

S'abandonner à l'immobilité.

Déserter l'espoir.

Fermer inutilement les yeux.

Sans acrimonie, Desmond avait questionné Patti sur les habitudes de David Owens et ses hobbies, dissimulant comme un appel à l'aide dans la retraite secrète de son regard. La serveuse s'était appliquée à bien le servir : ils étaient venus s'installer ici à la fin des années quatre-vingt-dix, avant que la maladie ne se déclare. Le vieil homme s'était passionné pour l'histoire de cette ville pétrie par l'oubli, ressuscitée au seuil du renoncement par la volonté de quelques originaux dont Albert Avanaco. Ensemble, ils avaient retapé les bungalows du motel, repeint les façades et fabriqué une nouvelle enseigne dont aucune tempête n'était jusque-là venue à bout. Une souscription lancée par le maire sur un blog pour la préservation d'une des villes les plus emblématiques de la Route 66 permettait de lever des fonds du monde entier : l'argent récolté maintenait la station-service et le café en fonctionnement. Figure typique de la Mother Road dont il connaissait toutes les aspérités, photographié au moins aussi souvent que l'enseigne et sa flèche rouge, le vieux Dave faisait partie du décor. Le désert, il s'en était accommodé comme l'on se fait aux désenchantements de l'âge. Il ne craignait ni la morsure du sable ni les épines du soleil et se plaisait à chasser le serpent à sonnette dont il prélevait les écailles pour confectionner des colliers, orner les chapeaux des touristes gogos. Un « chouette type » qui vivait chichement, campait depuis peu dans l'ancienne école de la ville, là où le shérif adjoint Lane avait ramassé les morceaux du téléphone portable de Mme Lombard.

— Il ne voulait plus qu'on habite ensemble, précisa la serveuse.

— Pour quelle raison ?

— Il était persuadé que je le quitterais s'il vibrait comme un néon vingt-quatre heures sur vingt-quatre sous mon nez...

Elle piocha dans une boîte de mouchoirs en papier.

— Le père des enfants, je le connaissais, avoua-t-elle. Il est resté quelques mois avec nous. Il me jouait de la guitare, des chansons de films. Je l'aimais bien...

Des larmes roulaient sur ses joues, le chagrin se répandait en elle comme une pluie acide.

— Le shérif m'a dit que Dave avait fait des choses horribles à votre famille...

— C'était il y a longtemps, oui.

Elle secoua la tête. Le déshonneur tombait sur Patricia Schmale sans prévenir.

— Si je peux faire quoi que ce soit pour les gosses, ajouta-t-elle en se mouchant.

Patti avait réintégré sa place derrière le comptoir, tel un robot, pour y servir plats chauds et cafés aux derniers pompiers encore présents dans la ville – la voie était dégagée et le train ne tarderait pas à repartir. Au fond de la salle, le maire, le shérif et ses adjoints s'entretenaient au sujet du vieux Dave avec la même ardeur qu'un groupe de supporters soucieux des résultats désastreux de leur équipe de base-ball. Desmond avait entendu de la bouche des enfants le récit de leur naufrage : l'anecdote de sa ressemblance avec un acteur de la trilogie *Le Seigneur des Anneaux*, loin de le faire sourire, l'avait troublé à l'extrême. Lola ne s'était pas laissé surprendre et savait qui était l'homme venu changer sa roue, elle l'avait suivi résolument afin d'écarter toute menace de ses enfants et gagner du temps. Mais Lola avait surtout appelé à l'aide, crié presque son nom sur le pas de la porte.

— Quand elle est sortie, on n'a pas bien fait attention au type qui était avec elle, se désolait Annette. C'est quand Gaston a vu la photo au mur qu'on a compris.

Sur la banquette, face à Desmond, la jeune fille entourait les épaules de son frère : affalé sur la table et les paupières chancelantes, il piquait du nez, Bonnie pesant sur ses baskets, elle aussi gagnée par le sommeil. Desmond emprisonna une main de la fille de Lola dans les siennes pour la réconforter, dissimulant son trouble.

— On va la retrouver, Annette.

Une terrible image resurgie du passé agressait ses nerfs.

Celle de sa mère effondrée sur la table de la cuisine, un bras supportant le poids de sa tête. Le tic-tac de la pendule contrariait alors le silence comme une marche solitaire du temps. Desmond gardait encore le souvenir d'une odeur de tabac brun en persistance et cette sensation d'épouvante lorsqu'il avait touché l'épaule de Nora Blur, plus froide que le cendrier en métal à côté d'elle.

Il quitta son siège, se rapprocha du maire. La discussion fut brève. Après la pluie, la nuit calmait les ardeurs du désert : la température fléchissait sans mollir et baisserait encore jusqu'au lever du jour. S'il y avait une chance que Lola soit encore en vie, il fallait la courir sans attendre. Albert Avanaco s'empara de son poncho.

— Je vous rapporte ça, fit-il en sortant.

Des regards interrogateurs se posèrent sur le professeur aux cheveux longs. Desmond dit alors d'un ton neutre :

— Je vais la chercher.

— Maintenant ? s'offusqua presque le shérif, un œil sur la pendule.

— Maintenant.

Puis il ajouta, levant les sourcils :

— Des volontaires ?

Les mains des enfants se dressèrent avec celles de tous les hommes présents dans le café, pompiers compris.

Albert Avanaco peinait à distinguer les abords du chemin depuis la voiture. Il suggéra au shérif de ralentir. Enfin, une piste se montra, creusée grossièrement dans la terre, jalonnée de caillasses. Le maire d'Amboy fit pivoter son pouce.

— C'est là !

La voiture de police freina, dérangeant quelques buissons d'épines. Celle conduite par le shérif adjoint Masters se rangea à proximité, rapidement suivie du véhicule de secours des pompiers. Le maire déplia une vieille carte sur le capot, appuya deux fois de l'index à l'intersection d'un chemin qui serpentait depuis la 66.

— On va chercher dans ce secteur.

Le shérif Mike Kirby dégourdissait ses jambes avec une grimace de vieux cow-boy redoutant la tempête.

— C'est toi le guide.

— Avant l'arrivée du chemin de fer, les Indiens suivaient cet ancien tracé…

Desmond releva le col de sa veste puis saisit la torche que lui tendit l'adjoint. Bonnie tournait autour des deux hommes, reniflant des odeurs sauvages à la surface du sol.

— Les empreintes de pneus sont fraîches, nota Desmond.

Le maire hocha la tête.

— La terre n'a pas encore bu toute la pluie.

L'adjoint Masters remonta la fermeture de sa veste d'uniforme kaki jusqu'au menton, coinçant quelques poils de barbes dans le zip. Les quatre pompiers volontaires étaient déjà prêts, équipement complet sur le dos.

Huit lampes torches fouillèrent bientôt le sol aride, surprenant quelques animaux nocturnes sous les arbustes. Bonnie allait d'un homme à un autre, telle une mariée le jour de ses noces, soucieuse du confort de ses invités. Du faisceau de sa lampe, Desmond interrogeait chaque monticule derrière lequel on aurait dissimulé un corps, scrutait les replis du plus infime cactus auquel un morceau de tissu aurait pu s'accrocher. Il lui était parfaitement inconcevable que Lola puisse demeurer en un lieu tellement hostile et sans âme.

— La dernière fois que j'ai mis les pieds dans le coin, déclara le shérif, c'était pour y chercher les débris d'une soucoupe volante, en 2008…

— On est pourtant loin de Roswell, observa Desmond.

— Les gens du coin raffolent des petits hommes verts.

— Et Hollywood n'est qu'à trois heures de route, compléta le maire, rajustant son poncho.

Ils laissèrent Amboy Crater sur leur gauche, remontèrent la piste sur deux miles jusqu'à ce qu'elle se meure, sans prévenir. L'équipe fit une halte, des gourdes d'eau circulèrent, Albert Avanaco déplia sa vieille carte : y figuraient les accès aux mines de sel jadis exploitées dans la région. La plupart étaient protégés de grilles permettant le passage des petites bêtes comme les scorpions, serpents et chauves-souris mais d'après le maire, tous n'étaient pas répertoriés. Il existait des dizaines de prises d'air ou cheminées, simplement recouvertes de planches, qui jalonnaient des galeries communiquant les unes avec les autres ou partiellement éboulées.

— On a commencé à en faire le relevé il y a quatre ou cinq ans avec Dave.

— Il a sûrement repéré l'entrée d'une galerie éloignée du chemin, mais accessible à un vieux bonhomme comme lui, réfléchit Desmond.

Albert Avanaco avait indiqué en pointillé sur la carte un tunnel souterrain en partie effondré dont ils n'avaient pas achevé l'exploration. Il partait d'une faible colline et rayonnait sur trois ou quatre miles. Ils reprirent leur marche dans cette direction. Des flaques d'eau s'ouvraient çà et là devant les hommes, proposant un reflet déformé de la lune délivrée des nuages. Puis, sans prévenir, le maire s'agenouilla pour interroger la surface du sol, ôtant un brin de raideur au visage du shérif.

— Tu nous fais l'Indien, Al ? Les dieux du « grand désert blanc » te causent ?

— Moque-toi, fils de quincaillier.

— Ça veut dire quoi déjà ton nom en sioux ?

Il se releva, frotta ses mains.

— *Ours penché*. Mes ancêtres sont cheyennes, pas sioux, précisa-t-il.

Puis il désigna l'empreinte d'un talon de chaussure à la commissure d'une flaque. Une autre empreinte, moins large. Puis d'autres.

— Elles vont en direction de l'ouest, deux personnes à l'aller, une seule au retour, énonça-t-il.

— J'ai quelque chose ! lâcha soudain l'adjoint Masters, tenant sa torche à l'oblique.

Les hommes établirent aussitôt un cercle autour de lui : une chaîne brisée pendait à ses doigts. À son extrémité, retenu par le fermoir, un petit scarabée scintillait dans la lumière. Le professeur s'avança.

— C'est à elle, murmura-t-il.

Le shérif lâcha un juron, emplit ses poumons et fit un moulinet avec un bras.

— Allez. On se déploie !

Desmond suivait déjà la piste à l'opposé de la route, escorté par la chienne.

Ils marchèrent plus rondement, jetant le faisceau de leurs torches par-devant, jusqu'à ce que les traces se fassent moins précises, que des nappes de sable recouvrent la terre et que le désert se refuse à les guider. Albert Avanaco posa une nouvelle fois sa joue au ras du sol, son poncho étalé en corolle autour de lui. Le shérif ôta son chapeau, disciplina ses cheveux.

— Alors ?

Albert Avanaco se releva sans entrain, secoua la tête.

Les pompiers posèrent leurs bardas, des épaules s'affaissèrent.

— On les a perdus, grommela Mike Kirby.

Puis, il ajouta, tapotant le cadran de sa montre :

— Demain, on y verra plus clair.

Desmond leva la torche et d'un mouvement circulaire illumina le désert, cherchant ce qui pourrait bien servir de point de repère.

— Elle est ici… Tout près…

Dans la lumière blafarde se révélait le panorama morne et plat d'une planète inhabitée. Sa mâchoire se contracta.

— Cette foutue mine débouche forcément quelque part !

Il appela Lola, reçut l'écho de sa voix comme un boomerang.

Desmond cria encore deux fois son nom, à se détraquer les cordes vocales, braquant la torche en différents endroits. Bonnie crapahutait au loin, fouillant le sol de son museau, pistant quelques créatures clandestines.

— Ça ne sert à rien, professeur…

Il sentit une main peser sur son épaule : de la buée sortait de la bouche du vieux shérif.

— … On reviendra demain quadriller le terrain avec des renforts.

Un instant, il resta prostré, dardant la lampe torche vers un néant sans borne, avec l'obstination du soldat qui se refuse à rendre les armes. Ses muscles vibraient de fatigue, son torse lui faisait un mal de chien, Desmond était au comble de l'épuisement. Il appuya sa phrase d'un mouvement de tête catégorique :

— Je ne rentrerai pas sans elle, shérif.

Le temps et l'éternité s'étaient rejoints en un courant simultané.

Suivre la courbe de l'étourdissement, flotter doucement vers les limbes, aux marges de l'enfer.

Lola… Lola…

Aller là où une voix l'appelait telle une bannière que l'on dresserait dehors, au bord de ce tombeau.

Lola…

Comme le frôlement d'une main sur sa bouche.

Elle s'éveilla dans un sursaut, recracha la terre tombée en pluie sur son visage, ouvrit brusquement les yeux : un filet de lumière apparut dans sa nuit, halo pâle tantôt fixe, tantôt mouvant. Lola redressa son buste. Aussitôt, une sensation nauséeuse incontrôlable s'empara d'elle. L'odeur minérale développée par l'eau qui avait ruisselé dans les interstices de la roche et rendu les parois plus friables lui tournait les sens.

La lueur chavira, puis revint, plus intense.

Il ne pouvait s'agir que d'une hallucination.

Lola décida qu'il en allait autrement.

L'espoir pouvait encore renaître là, de l'infiniment petit.

Pouvait-elle seulement bouger ?

La température de son corps avait baissé, son cœur battait avec moins de vaillance. Elle concentra ses forces, contracta les muscles abdominaux, détendit ses jambes et ses bras. En dépit de ses entraves, Lola reprit sa lente progression tractant son corps comme elle le pouvait ou se positionnant à quatre pattes, griffant alternativement épaules, hanches et genoux contre la pierre. Les progrès grotesques de son déplacement à l'intérieur du tunnel déclenchaient en elle des sanglots de protestation. Sa peau fut rapidement à vif, les écorchures s'enflammèrent contre le sable mais la lueur blanche l'attirait à elle irrémédiablement. Lorsque Lola perçut comme l'haleine tiède du désert sur ses cheveux, elle redoubla de vigueur, prenant appui contre la paroi sur la droite, jusqu'à ce que son épaule ne trouve rien d'autre que le vide : David Owens ne l'avait pas conduite très loin, le goulot s'élargissait, elle approchait de la sortie – à moins qu'elle ne se soit égarée dans une galerie adjacente. Lola pivota et roula sur elle-même trois fois avant qu'un obstacle ne la freine brusquement. Son dos avait heurté quelque chose de bien moins tranchant que la roche. Elle tâta de ses doigts ankylosés ce qu'elle identifia comme une bâche raidie par le temps, s'arc-bouta, et dans un ultime effort, s'y recroquevilla, cherchant là un maigre confort. Ne plus endurer la morsure de la pierre humide.

Elle leva les yeux : si loin au-dessus d'elle, la clarté qui l'avait guidée jusqu'ici découpait une sorte de rectangle minuscule aux contours flous : une ouverture, à moins d'une dizaine de mètres.

Elle venait d'épuiser ses dernières forces, comment se hisser jusque-là ?

Ses muscles se relâchèrent, sa peau se fit indifférente à la douleur et au froid, sa vision se brouilla. Tel un cheval fourbu s'écroule sans sommation, Lola perdit pied, emportant au fond du gouffre où basculait sa conscience comme l'aboiement fantôme d'un chien.

J'ai un pouls.

Elle est en vie !

Madame ?... Madame Lombard ?

Madame, vous m'entendez ?

Elle est en hypothermie.

Il faut la couvrir.

Descendez le brancard !

Attention à sa tête...

Oh ! putain !

Qu'est-ce que c'est que ça, bon Dieu ?!

Faites gaffe où vous marchez les gars... Y a des macchabées partout !

Quatre squelettes. Peut-être plus. Des lambeaux de vêtements adhéraient aux os, comme solidifiés. Des morceaux de chairs nécrosées et de cheveux étaient encore visibles sur certains cadavres dissimulés sous de vieilles bâches de chantier.

— On est bons pour la criminelle, grommela le shérif.

— Et CNN, ajouta le maire.

Tous trois oscillaient entre stupeur et jubilation, un verre de bière contre le coude. Une affaire de ce genre pouvait générer quelques dizaines de milliers de connexions supplémentaires sur le site officiel d'Amboy et rameuter dix fois plus de touristes. Le shérif retira son chapeau poussiéreux et le posa sur le comptoir.

— J'aurais jamais pensé aller chercher par là, admit-il. C'est un miracle qu'on l'ait trouvée. Grâce à toi, Al.

Le maire secoua la tête, insensible au compliment.

— J'y suis pour rien. C'est le professeur qui a eu l'idée d'aller fouiller du côté des mines.

— Et sa chienne ! Sacré flair, compléta l'adjoint Masters.

— Ça a dû être terrible. Passer quatre heures avec tous ces cadavres… Enfin, il l'a laissée en vie, c'est déjà ça.

— Il faisait noir, elle a rien pu voir.

Le shérif reposa sa bière presque vide.

— Tu parles ! Elle n'est pas descendue toute seule : connaissant le vieux Dave, il lui a sûrement fait faire le tour du propriétaire.

— Tu crois qu'il est là-dedans, Mike ? interrogea le maire à voix basse.

— Qui ça ?

— Le père du petit…

Le grincement de la porte se fit entendre : Patti se tenait sur le seuil, un gilet sur les épaules, un trousseau de clés dans une main.

— On ferme. Tout le monde dehors, lâcha-t-elle.

Les commentaires cessèrent aussi promptement que se vida le bar ; la serveuse remarqua tout de suite la gêne dans les regards du shérif et de son jeune adjoint lorsqu'ils la saluèrent. Elle s'était déjà résolue au pire. On tondrait ses cheveux. On lui cracherait peut-être même au visage. Les médias allaient se repaître de son manque de bol, mettre en doute la parole de la concubine d'un meurtrier – forcément complice. Ou bien ferait-on d'elle la reine d'un bal macabre, le fleuron d'une entreprise commerciale lucrative avec visite guidée d'Amboy et de la mine cachée du fameux tueur de la Route 66. Le Roy's Motel Café surpasserait alors en notoriété le vrai faux Bagdad Café de Newberry Springs et Albert Avanaco pourrait bientôt acheter un appareil à toaster huit tranches de pain de mie d'un coup et peut-être même exaucer le vœu de toute une vie : rouvrir le motel. Quoi qu'il en soit, il faudrait beaucoup de temps à Patricia Schmale pour affronter les autres, digérer son manque de discernement quant au choix des hommes ayant partagé sa vie et reconquérir cette sensualité nonchalante qui faisait tout le charme du service au Roy's Motel Café. Mais plus pénible encore lui serait d'apprendre l'identité des quatre victimes retrouvées dans la mine – quatre hommes auxquels elle avait servi son Roy Special Sandwich avec un petit quelque chose en plus, une langueur toute raffinée.

David Owens n'avait jamais cessé de tuer.

Sa relation avec elle avait sans doute canalisé ce besoin de détruire et de dominer mais jusqu'au bout, la haine avait commandé à l'oncle, enchaînant son âme au bûcher des fous.

Albert Avanco frictionna affectueusement l'épaule de sa serveuse.

— Ça va aller, Patti ? Tu vas tenir le coup ?

Elle dégagea ses boucles rousses du col de son gilet. Ses yeux étaient secs.

— Il portait en lui toute la misère du monde, Al, plaida-t-elle. C'est la misère qui lui a déchiré le cœur.

Le maire guida Patti contre son poncho dans une accolade fraternelle.

— Allez, va te reposer. Demain promet d'être une rude journée.

Il suivit du regard la serveuse jusqu'à ce qu'elle disparaisse au coin de la rue. Puis, comme chaque soir, le maire éteignit les enseignes du café et du motel, rabattant un couvercle de ciel noir sur Amboy.

Dans quelques heures, une nuée de journalistes l'attendrait sur le parking.

XI

End of the trail

Aries (March 21 – April 20)
Overwhelmed with details and
scenarios ? One thing is clear :
you are unclear.

Vendredi 22 juillet

Santa Monica, Californie

Une tendresse vagabondait dans l'air. Les vagues allaient et venaient, charriant d'épais bouquets de goémon noir. Le pantalon de Gaston remonté au-dessus des mollets s'ornait de traces de sel.

— Allez Bonnie ! Attrape !

La chienne suivit des yeux le trajet de la balle en direction de l'océan et, soulevant des arcs blonds de ses pattes arrières, courut se jeter à l'eau. Fidèle à sa vocation, Annette figeait sur le sable détrempé de la plage de Santa Monica une des dernières images qu'elle emporterait de l'Amérique. Leur avion décollait demain pour Paris. Assis sur son pull, pieds nus, Desmond observait les nuages former un rempart céleste au soleil, Lola appuyée contre son épaule. Sans ostentation, un contact physique permanent s'était instauré. Plus que le besoin de se rassurer, il s'agissait de dire à l'autre qu'on existait et que vivre commencerait toujours maintenant.

Lola se remettait doucement de ce passage qui ne figurerait jamais dans le cahier de David Owens, jouant sur les apparences pour ne pas inquiéter Annette et Gaston. Mais Desmond savait que les écorchures s'effaçaient plus vite que les fêlures au miroir de la pensée, et il craignait que son retour en France ne se révèle pour elle une épreuve supplémentaire. Il la serra contre lui.

— Reste encore quelques jours, Lola.

— Tu sais bien que c'est impossible. Et les enfants ont hâte de rentrer.

Il effleura son visage du bout des doigts, rabattant les mèches de cheveux derrière ses oreilles, l'embrassa à la dérobade.

Bouleversé par cette alliance soudaine du présent et du passé que le hasard venait d'assembler dans un nouvel ordre, il avait conduit la famille Lombard à sa destination finale, les enfants et la chienne en brochette sur la banquette arrière du 4 × 4 restitué par la police.

Au creux de son bras, Lola se réchauffait doucement.

Quelque part dans le désert, un homme et une femme avaient jeté un pont, entrelaçant leurs doigts, formant comme une passerelle suspendue au-dessus d'une couverture de survie. Mais plus insolite que la persistance d'un sentiment d'appartenance à cette femme – et bien moins délectable – quelque chose se révélait à Desmond en secret : la possibilité qu'il ait vécu jusqu'à ce jour dans le mensonge. La menace véritable qui avait commandé à sa vie n'était peut-être pas David Owens, cet homme décharné au bord de la route, jetant sur lui cette hargne ultime, mais bien un prédateur plus sournois, subtilement éclos, nourri par la colère et la haine : lui-même.

Il avait un revolver à portée de main dans la voiture.

Il pouvait maîtriser le vieil homme et le livrer à la police.

Il ne l'avait pas fait.

Dorénavant, l'oncle cheminerait à ses côtés, et des deux points de vue de la vie, Desmond devrait sans cesse le combattre pour choisir le bon.

Tu es le péché.

Tu portes en toi la mort !

Une vibration à la hanche l'obligea à se redresser. Il n'y avait que Gary pour appeler dans un moment pareil. Le chef de police se renseignait sur leur localisation.

— Santa Monica Bay… La fin de la route, oui.

Gary réclama une photo souvenir de tout le monde devant le célèbre panneau *66 – end of the trail* situé sur le ponton à cent mètres sur leur droite avant de laisser à Desmond le soin de deviner la raison de son appel.

— Quelque chose qui te chagrine dans mon horoscope ?

Pas seulement. Gary avait des nouvelles de la police criminelle de Barstow. Trois des cadavres de la mine étaient identifiés. Des types qui faisaient la route et dont on avait perdu trace en 2007 et 2009.

— Quelle nationalité ?… Bikers américains ?

L'empreinte dentaire de la quatrième victime n'avait pas encore donné de résultat mais *a priori* il s'agissait d'un homme d'une soixantaine d'années. Cette précision s'imposa à l'esprit de Desmond comme une évidence.

— OK. Merci Gary. Je te rappelle.

Il fit disparaître le téléphone dans sa poche. Lola l'interrogea du regard.

— Une invasion de Harley à Jerome, sourit-il. Gary ne sait plus où les mettre.

Gaston débeula soudain, les joues rougies, et se laissa tomber dans le sable près de sa mère, essoufflé.

— Elle est trop forte la chienne !

À son tour, Annette les rejoignit, prenant place à côté de Desmond, assise en tailleur.

— Qu'est-ce que tu penses de celle-là ? lui demanda-t-elle, le nez sur l'écran de son appareil photo.

Desmond se pencha par-dessus la nuque délicate de la jeune fille : entre ses doigts, on voyait Bonnie chevauchant une vague, les oreilles déployées.

L'image flottante d'un berger allemand retenu par une corde sous l'auvent d'une maison lui traversa l'esprit, libre enfin d'aller à la dérive du passé.

Annette et Gaston ignoraient que les pompiers avaient déniché autre chose que leur maman dans la mine. Il était heureux que Lola ait décidé de leur cacher ce qu'elle tenait pour vérité : David Owens lui avait laissé entendre que la dépouille de son mari gisait quelque part sous terre mais les expertises disaient le contraire.

Desmond sentit Lola se blottir contre lui, glisser une main sous sa chemise.

Respirer encore cet instant.

Entendre le cri d'une mouette reprenant son vol.

Le sablier pouvait bien pencher et le sable s'écouler un peu moins vite.

Il attendrait avant d'annoncer à Mme Lombard que sa quête n'était pas encore achevée.

Capricorn (Dec. 22 – Jan. 20)
The horizon isn't your destination.

I'm moody all the morning
Mourning all the night
And in between it's nicotine
And not much hard to fight

— S'il vous plaît, monsieur ?

Buste incliné, sourire avenant, la sexagénaire lui présentait son appareil photo telle une offrande.

— Vous pourriez nous prendre tous les deux, mon mari et moi ?

Ça lui arrivait bien cinq ou six fois par jour. Des touristes de tous bords, jeunes, décatis, frêles ou gras du bide, mais avec cet air ravi à leur fendre le visage. Il repoussa sa guitare, délaissa son siège pliant et cadra en plan large l'ultime panneau de la Route 66 sous lequel le couple, fièrement, posait. La petite dame en jogging le remercia, son mari fit de même. Ils se sentirent obligés de jeter un œil à ses œuvres, complimentèrent son trait de crayon, dressant leurs pouces d'une façon triviale.

— Pas mal !

Ils s'éclipsèrent dans la foule, main dans la main, oubliant sur le banc un journal. L'homme le ramassa et reprit sa place derrière son stand, attendant qu'une jolie fille ravie de se faire croquer au fusain pour seulement quinze dollars dégaine son gloss fraise écrasée et vienne s'asseoir devant lui, un gobelet de soda géant sur les genoux. Mais à l'heure du repas, les bimbos ne se bousculaient pas au portillon. Il jeta le journal sur la table devant lui, rajusta son béret et reprit sa guitare, s'allégeant du poids inexorable de l'ennui, entre blues et tintamarre de mouettes.

> *Black coffee*
> *Feelin' low as the ground*
> *It's driving me crazy just waiting for my baby*
> *To maybe come around*

Sa voix se brisa sur les derniers accords, dans un dérangement hors norme : il regardait fixement la photographie d'un vieil homme étalée en première page du *Los Angeles Times*. Il reposa la guitare sans précaution et s'empara du journal. Une brise soulevait sa barbe, chahutait sa lecture avec indolence. L'homme releva la tête, observant la devanture du restaurant Bubba Gump et le dessin de sa crevette joyeuse comme si on venait de la repeindre en jaune poussin dans la nuit.

Le journal lui glissa des mains.

D'un mouvement presque chancelant, il se leva, son cœur battant à tout rompre, et dans cette nouvelle ronde il buta contre son chevalet, faisant chuter quelques toiles encore vierges sur le ponton. Il n'y prêta pas attention. Avec l'air du type qui vient d'apprendre qu'il a gagné au Loto, l'homme partit droit devant, tournant le dos à l'horizon, indifférent aux visages surpris des badauds, droit sur le boulevard, son short élimé battant ses cuisses blanches. Il trotta cinq ou six minutes, presque une éternité, jusqu'à ce qu'il aperçoive un officier de police arrêté devant un stand de saucisses. D'un élan décidé, les pans de sa chemise hawaïenne flottant dans l'air comme deux fanions, il se planta devant lui, et sans attendre que l'officier ait avalé son *Cozy Dog*, avec un délicieux sentiment d'abdication, Pierre Lombard lui demanda de contrôler ses papiers.

Remerciements :

Sophie Suberville (The French American Cultural Society), Marie-Anne Toledano, Pascale Furlong et Fabrice Place (Consulat Général de France, Chicago), le guide du *Petit Futé*, Jared Seide (qui m'a fait découvrir Sedona et Jerome), Nicolas Watrin (qui m'a fait entendre la cruauté d'un certain chagrin), Danielle Thiéry, Eric Stemmelen, Bob Garcia, Alain Decharte et Pascal Matyja (ils m'ont soutenue durant ces terribles moments de doute que connaît l'auteur), la librairie *Folies D'encre* à Gagny, Claude Mesplede (qui m'a rappelé la règle d'or d'Hammett), Thomas H. Cook (pour nos précieux échanges), mes amis et lecteurs, et Céline Thoulouze, mon éditrice (pour tout ce qu'elle m'apporte chaque jour et à laquelle je dédie la scène du jacuzzi).

La musique du livre :

Celle qui a soufflé la pluie, le soleil et le vent sur la route, est essentiellement composée de musiques de films signées Terence Blanchard (*Influences*), Alexandre Desplat (*Les Marches du Pouvoir, Le Discours d'un Roi, Tamara Drew*), Philip Glass (*Les Heures*), James Newton Howard (*La Jeune Fille de l'Eau*), Deborah Lurie (*Imaginary Heroes*), Graeme Revell (*The Fog*), Simon Rattle (*Le Parfum*), Edward

Shearmur (*The Skeleton Key*), Gabriel Yared (*Au Pays du Sang et du Miel*). Le titre du livre *Black Coffee* est inspiré par la chanson tirée de l'album éponyme, enregistré par Peggy Lee en 1953-1956 (Decca Records) et qui a donné vie au personnage de Nora Blur. L'album *Across the Crystal Sea* de Danilo Perez (arrangements de Claus Ogerman) a été de tous les instants d'écriture.

Le voyage :

Les repérages du roman ont été faits sur la Route 66 de Chicago à Los Angeles, durant un séjour avec ma famille en juillet 2011. De nombreuses photos et commentaires figurent sur un blog consacré à ce voyage :

http://blackcoffee66.blogspot.fr/

Retrouvez Sophie Loubière sur Facebook :
www.facebook.com/pages/Sophie-Loubière-Officiel

Découvrez une
nouvelle inédite de

SOPHIE LOUBIÈRE

Dirty George Clooney

DIRTY GEORGE CLOONEY

Un bras s'actionna, une main sonda le vide au pied du lit, rencontra le verre lisse d'une bouteille, la porta à la bouche. L'alcool réfréna l'inconfort que Mrs Strahans ressentait dans son corps, chassa la morsure du manque. Réveillée par le bruit de la chasse d'eau actionnée par son fils, elle avait ouvert les yeux dans un sursaut. Elle reposa la bouteille sur la moquette, et tourna la tête : à côté d'elle, un homme dont le visage ne lui était pas inconnu dormait d'un sommeil paisible.

Ce qui la frappa tout de suite, ce fut son odeur. Un parfum familier. Et aussi sa façon de bouger dans son sommeil, de fouiller l'oreiller avec sa tête en grognant. La lèvre inférieure était légèrement repliée sur la fossette du menton, une mèche de cheveux rabattue sur le front. Une barbe naissante dessinait un croissant de lune à la moitié du visage, accentuant son aspect anguleux. Un rayon de soleil qui filtrait des persiennes dorait la peau de ce grand corps nu, enroulé dans le drap. Mrs Strahans cligna trois fois des paupières, la vision se fit plus nette.

Pas de doute possible.

Elle pouffa de rire.

On aurait dit que, dans la nuit, le père Noël avait déposé là un cadeau, répondant au souhait inconscient d'une mère de famille élevant seule ses fils, strip-teaseuse à temps partiel dans un bar de Cottonwood. Mais Mrs Strahans ne croyait plus au vieux barbu depuis que son papa s'était tiré une balle dans la bouche au pied du sapin, un soir de réveillon en 78. Le fait que son fils aîné, Sony, ait été condamné pour recel à purger une peine de deux ans de prison l'avait confortée dans l'idée que le malheur se transmettait par le sang. Et en cette chaude matinée du 17 juillet, aucun flocon de neige ne s'annonçait dans le ciel azur. À part le sable du désert, rien ne tombait sur la toiture brûlante du bungalow depuis des semaines.

Mrs Strahans se redressa, rajusta sa nuisette en Nylon. Son crâne lui faisait un mal de chien et elle suait comme une tranche de saucisson oubliée en plein soleil. À l'éblouissement succéda la torpeur : elle n'avait aucun souvenir de ce qu'elle avait fait la veille après que son ex-mari fut passé la voir au club pour lui taper encore du fric. Le désordre qui régnait dans la pièce donnait une vague idée du scénario : canettes de bière vides, bouteilles de vodka renversées, cendriers gorgés de mégots, elle avait foiriné à l'excès. Mais comment expliquer la présence de George Clooney au milieu des draps ? Le murmure du rideau de perles qui séparait sa chambre du couloir lui fit lever les yeux : son fils cadet se tenait là, torse nu, une main appuyée contre la cloison, l'autre grattouillant sa tignasse. Il grimaça.

— T'as une de ces têtes, m'man… T'as chassé des cafards ou quoi ?

— Fiche-moi le camp, abruti.

Reconnaissant l'homme assoupi, le fils leva le menton, vaguement surpris.

— Et lui, qu'est-ce qu'il fait là ?

— J'sais pas.

L'adolescent afficha un air désapprobateur.

— Il va pas rester j'espère ?

— Chut ! Moins fort, tu vas nous le réveiller… Tu fais du café ?

— Demande-lui plutôt, à l'autre connard !

Il secoua la tête en quittant la pièce.

Mrs Strahans devina l'embarras de son fils : trouver monsieur Nespresso dans le lit de sa mère avait quelque chose de déstabilisant. C'était comme jeter un pot de peinture noire sur un mur blanc – ou bien l'inverse. La présence de cet homme providence tranchait avec l'aspect misérable du mobile home. Au n° 572, Siesta Street, la poussière emprisonnait les rideaux aussi sûrement que la moquette sentait les pieds. La question était de savoir ce qu'un type aussi friqué pouvait bien foutre, hier soir, dans le strip-club le plus minable d'Arizona. Mrs Strahans décida que la réponse attendrait bien un peu. D'abord, le tour du propriétaire. Doucement, elle souleva le drap entortillé pour prendre la mesure de l'animal. La courbe des fesses d'une candide blancheur la mit en émoi. Quitte à partager le lit du docteur Ross, autant jouir de la situation. Mais pas avec une migraine pareille. Avec précautions, Mrs Strahans se leva et alla d'un pas chancelant soulager sa vessie, se rafraîchir la façade et avaler de quoi dissiper les maux de tête.

Dans le miroir de la salle de bains, elle ne reconnut pas la femme aux joues noircies de khôl mais celle-ci lui parut résolument jeune : émanait de Mrs Strahans une lumière qu'aucune crème de soin n'avait jusqu'alors donné à son teint. Lorsqu'elle rejoignit la chambre, la sensation d'étourdissement reprit, donnant à ses gestes une nonchalance charnelle. Sur le matelas, nimbé dans un halo chatoyant, le quinquagénaire n'avait pas bougé. Le miracle persistait. Hollywood Boulevard décrochait de son trottoir l'une des étoiles les plus sexy du cinéma. La rencontre improbable avait lieu à presque cinq cents miles de Los Angeles. Brusquement, il revint en mémoire un détail à Mrs Strahans : la veille, elle avait lu dans le journal un article concernant un tournage pas loin, à Sedona. Un film avec George Clooney. L'acteur s'était peut-être bien échoué au Babe's Palace après une rude journée de labeur en plein cagnard. La mère de famille divorcée qui agitait son cul sous le nez des clients, avec cette grâce sereine qui faisait la joie des habitués, avait à coup sûr cloué sur place le beau brun grisonnant. Un soupir souleva la poitrine de la strip-teaseuse. Enfin, il se passait du bon dans sa vie de merde. Quelqu'un déposait autre chose que des canettes vides et des mégots dans la corbeille à bonheur. Douce-ment, elle se pencha puis embrassa du bout des lèvres le front humide de George Clooney. Elle s'employa ensuite à le réveiller par de délicats frottements, se collant à lui. L'effet fut instantané. Une paupière se souleva, un iris noisette cueillit son sourire.

— Salut George, murmura-t-elle.

Un grognement de félicité répondit au bonjour. L'homme bascula sur le dos et déploya un bras pour fouiller illico sous la combinaison de Mrs Strahans.

— Comment je m'appelle ? questionna-t-il faus-sement.

— George.

— George comment ?

— George Clooney.

Sa peau moite et collante exhalait l'alcool, sa voix était plus rouillée qu'une carcasse de voiture abandonnée au milieu du désert. Il ordonna à Mrs Strahans de répéter encore son nom avant de ricaner. Il attrapa sa nuque, puis il fit ployer sa partenaire au-dessus de lui de telle façon qu'elle embrasse le viril panorama de son intimité. Bien que surprise par la trivialité du geste qui allait à l'encontre du charisme de l'acteur, Mrs Strahans n'opposa pas de résistance. Lorsque George agrippa sa croupe et la complimenta d'une drôle de manière, usant de mots grossiers, elle ne se formalisa pas non plus. Mais lorsqu'il commença à lui donner de grandes claques sur les fesses, Mrs Strahans se redressa, déconcertée.

— Non mais ça va pas ?

— Bah quoi ?

Quelque chose clochait.

— … T'aimes bien ça d'habitude, ma salope.

Un regard désagréablement familier.

Insupportable et dégueulasse.

Mrs Strahans se mit en pétard.

Elle en avait flanqué plus d'un à la porte pour ça. Personne n'avait le droit de la lorgner de cette façon. Pas même un collectionneur de mannequins et de catcheuses.

— Dégage de chez moi, la vedette.

La tête lui tournait de plus belle.

— … Fous-moi le camp !

Elle fit mine de se lever mais l'homme l'empoigna si fort par un bras qu'elle retomba, déséquilibrée. Sa tête cogna le montant métallique du lit. Au claquement électrique dans son cerveau succéda la douleur. Elle ne perdit pas connaissance tout de suite. Elle perçut le poids d'un corps qui se rabattait sur elle comme un couvercle, et poussa un hurlement.

Plus tard, Mrs Strahans expliqua au Juge que l'acte de son fils était celui d'un jeune homme désespéré de voir ainsi sa mère outragée. Et bien qu'elle regrettât d'avoir indirectement privé l'industrie cinématographique d'un acteur, réalisateur et producteur surdoué, elle assumait parfaitement le geste de son fiston et l'intention qui l'animait. En défonçant le crâne de ce fumier d'un coup de batte de base-ball, il avait certainement préservé sa maman du pire : Dieu seul sait ce que ce malade lui aurait fait subir. Mrs Strahans eut plus de mal à comprendre, en revanche, que ce n'était pas George Clooney mais son ex-mari qu'on avait trouvé agonisant dans sa chambre et que l'acteur poursuivait sa formidable carrière après ce malheureux épisode sans la moindre petite cicatrice au visage.

Ce qu'ils sont capables de nous faire croire avec leurs effets numériques, de nos jours.

« *Un roman que vous ne lâcherez pas.* »

Françoise Chandernagor

Sophie LOUBIÈRE
L'ENFANT AUX
CAILLOUX

Elsa est une vieille dame seule qui observe ses voisins pour tromper l'ennui. Elle est persuadée que la famille d'à côté a des choses à cacher. En plus de leurs deux enfants, rayonnants, un troisième apparaît parfois – triste, maigre, visiblement maltraité. Un enfant qui semble appeler à l'aide et qui lui en rappelle un autre... L'aider devient une obsession. Mais que faire, seule, face à la police et aux services sociaux qui lui affirment qu'il n'existe pas ?

Retrouvez toute l'actualité de Pocket :
www.pocket.fr

POCKET N° 15970

« *Un roman mijoté
à petit feu, une
vraie bombe à
retardement.* »

Françoise Dargent
Le Figaro

Sophie LOUBIÈRE
DANS L'ŒIL NOIR
DU CORBEAU

Animatrice d'émissions culinaires, Anne Darney
approche de la quarantaine. Ses quelques histoires
ressemblent à une succession de plats fades en
comparaison de son premier *boyfriend*, Daniel.
Pour s'affranchir de ce souvenir obsédant, Anne
décide de partir à San Francisco. Mais l'affaire
« Daniel Harlig » qu'elle découvre là-bas n'a rien
d'une bluette… En contrepartie de la préparation
d'un festin d'anthologie, le monumental inspecteur
Bill Rainbow, un fin gourmet, va accepter de
rouvrir pour elle une enquête au goût de cendres.

Retrouvez toute l'actualité de Pocket :
www.pocket.fr

Faites de nouvelles rencontres sur pocket.fr

- Toute l'actualité des auteurs : rencontres, dédicaces, conférences...
- Les dernières parutions
- Des 1ers chapitres à télécharger
- Des jeux-concours sur les différentes collections du catalogue pour gagner des livres et des places de cinéma

Composé par Facompo
187, rue Calmette-et-Guérin, 14100 Lisieux

Imprimé en France par **CPI**
en avril 2017
N° d'impression : 3022570

POCKET – 12, avenue d'Italie – 75627 Paris Cedex 13

Dépôt légal : octobre 2016
S24631/03